LE TESTAMENT DE STONE

Pour Roy et Owain, qui adoraient l'un et l'autre la fantasy.

Pour l'édition originale publiée en Grande-Bretagne en 2007 sous le titre
The Stone Testament
par Scholastic Children's Books, an imprint of Scholastic Ltd, London.

Depôt légal : novembre 2008
ISBN : 978-2-02-097199-7
N° 097199-1

Loi n° 49-956 du 16 juillet 1949 sur les publications destinées à la jeunesse.

Celia Rees

LE TESTAMENT DE STONE

traduit de l'anglais (Grande-Bretagne)
par Jean Esch

Ouvrage traduit avec le concours
du Centre national du livre

Seuil

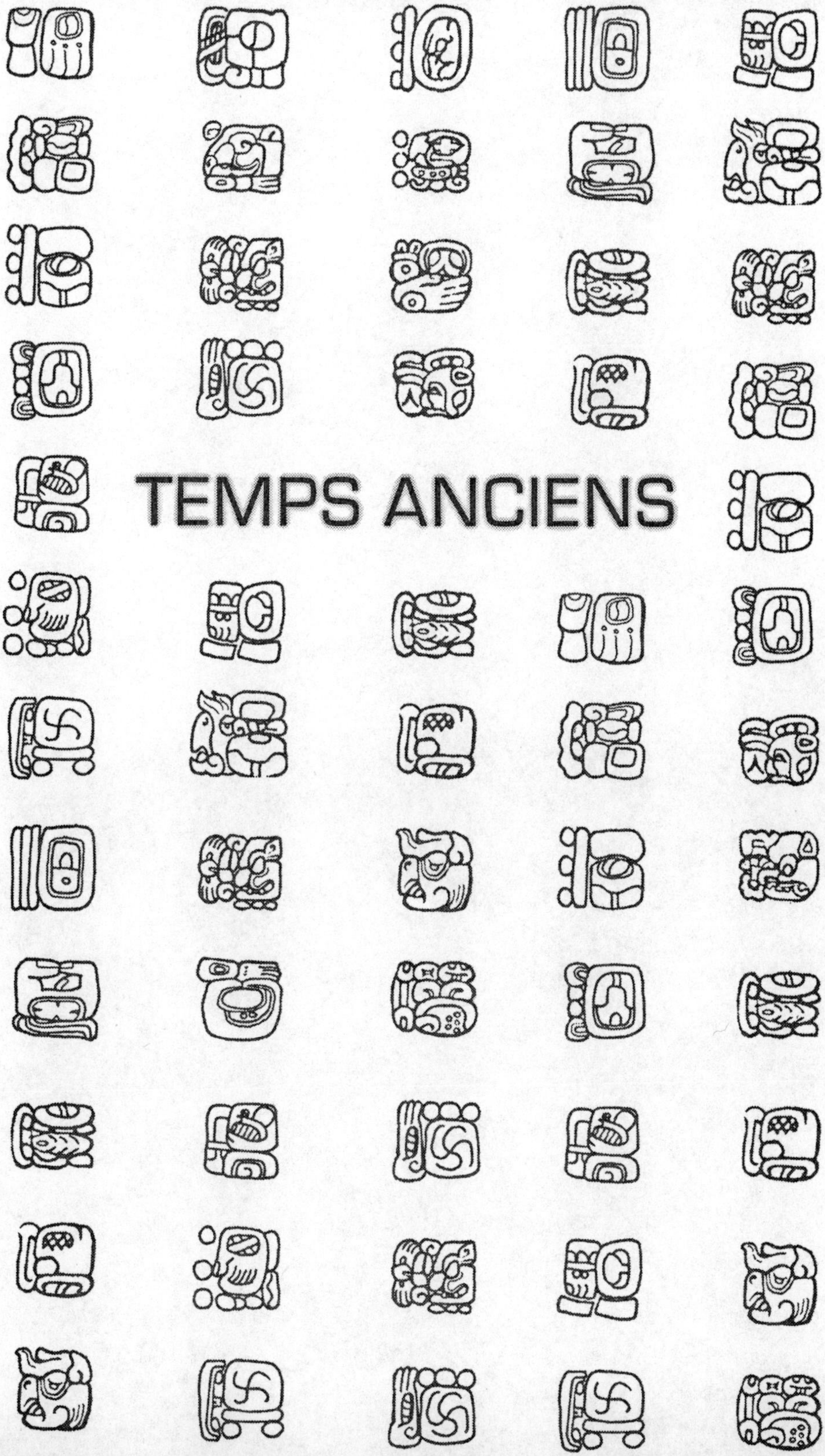

TEMPS ANCIENS

CHAPITRE PREMIER

L'Œil de la Mer

Mikel chantait la « Chanson du Départ ». Cette terre était condamnée, ainsi que toutes les plantes et tous les êtres vivants. Il n'y avait qu'un seul moyen de survivre : il fallait partir.

Concentré sur sa complainte, et sur la tâche qu'on lui avait confiée, il ne remarquait pas combien il faisait froid ; il ne s'apercevait même pas que du givre s'était formé sur ses cheveux, ses sourcils et ses cils. Il était là depuis plus d'une journée déjà, assis en tailleur et immobile, au sommet d'un promontoire qui dominait le Cap des Âmes, l'endroit où se rejoignaient trois océans. La paroi rocheuse plongeait à pic vers l'eau bouillonnante et poursuivait sa course vertigineuse vers les abîmes. Les vagues s'écrasaient contre les immenses falaises, puis rebondissaient comme si elles avaient atteint l'extrémité du monde. Elles retombaient alors dans un chaos furieux d'eau écumante, qui formait de vastes tourbillons, lents à leur périphérie, puis de plus en plus rapides, de plus en plus serrés, se déplaçant vers un point unique et central, situé juste sous la falaise. Là, l'eau était figée et noire, compacte comme du verre. L'Œil de la Mer.

Il y avait quelque chose de différent dans cette lentille d'eau bombée, quelque chose d'anormal. Le jeune garçon était profondément troublé, mais il avait suffisamment de jugeote pour ne pas plonger son regard dans ce terrifiant tourbillon de courants. Il aurait été aspiré à coup sûr, comme n'importe quel bateau, comme les esprits des morts qui passaient près de lui en chuchotant, au cours de l'ultime étape de leur voyage. Dans une sorte de bégaiement précipité, les âmes des hommes, des femmes et des enfants fuyaient de tous côtés, telles des feuilles mortes emportées par le vent.

Le nombre de morts n'avait cessé d'augmenter. Certains de ceux qui avaient tiré le noir à la place du blanc, lors de la sélection, avaient choisi de partir mettre fin eux-mêmes à leurs jours, et la fumée s'échappait encore des bûchers funéraires de ceux qui avaient été décimés par la peste et la famine. Des sacrifices plus importants s'imposaient et, de ce fait, l'odeur de l'encens envahissait l'air au-dessus du Temple des Dieux Sauvages ; les marches étaient luisantes de sang. Les alentours résonnaient nuit et jour de prières et d'incantations, mais rien n'apaisait les Dieux.

Ce n'était pas suffisant. Ce ne le serait jamais.

Des rapports alarmants avaient circulé avant même qu'il quitte la cité. Des patrouilles épuisées étaient revenues des zones périphériques ; des soldats, pourtant aguerris, étaient écœurés par ce qu'ils avaient vu. Les Dieux Sauvages descendaient de la montagne et détruisaient tout sur leur chemin. Des histoires se répandaient à toute vitesse en ville. Les Dieux, disait-on, se nourrissaient de la chair de toutes les créatures vivantes, sans faire de distinction entre les hommes et les animaux. Mais ils étaient maintenant rassasiés, repus, et ils ne consommaient que les meilleurs morceaux : ils arrachaient le cœur et le foie de leurs victimes, ils brisaient leur boîte crânienne pour atteindre la chair tendre comme on ouvrirait une noix. Chaque terreur nouvelle alourdissait le cœur de Mikel. Que feraient les Dieux lorsqu'ils atteindraient la ville et découvriraient la trahison qui les attendait ?

Mikel refusait de se laisser distraire par ces pensées, tout comme il ignorait les âmes qui passaient près de lui, demeurant délibérément sourd à leurs complaintes et à leurs lamentations. On l'avait laissé ici comme un élément du Grand Dessein, où Tous devaient agir comme Un Seul. Il gardait les yeux fixés sur la courbe de l'horizon pour essayer d'apercevoir, plus loin encore, les mers au-delà des mers. Ses oreilles captaient l'immobilité sous le grondement de l'eau tourbillonnante, agitée et mousseuse ; il écoutait les créatures géantes dans les profondeurs de l'océan. Il les entendait chanter et s'appeler, mais elles étaient très éloignées. C'était un bruit à peine perceptible. Les grognements des phoques qui chassaient, les sifflements aigus des dauphins et des marsouins, les gazouillis des oiseaux coureurs qui filaient parmi eux, tout cela était beaucoup plus distinct, mais Mikel les ignorait. Ces créatures restaient près des côtes ; elles ne lui étaient d'aucune utilité. Seules celles qui sillonnaient le vide immense du grand large pouvaient lui décrire par leur chant les routes maritimes, les itinéraires que suivraient les navires pour traverser ces terrains vagues aquatiques, et les dangers qu'ils risquaient de rencontrer. C'était pour apprendre toutes ces choses qu'on l'avait posté à cet endroit.

Il tourna la tête vers le nord-est. Une succession de notes bégayantes, lointaines mais fortes, vibra à l'intérieur de son crâne et palpita dans son cerveau. Le son émanait d'un de ces marsouins à lunettes. Il ne recevait aucune réponse. C'était un mâle solitaire. Le garçon attendit qu'il approche avant de lui envoyer son propre signal. Le même son se répéta, beaucoup plus proche cette fois. Mikel colla sa langue à son palais pour imiter plus ou moins ce cliquetis, bien que ce ne soit pas nécessaire. Il transmettait ses pensées, enveloppées de sons que la créature comprendrait.

En retour, il n'entendit que le sifflement aigu du vent, le martèlement du ressac, le rugissement de l'eau tourbillonnante, les projections de grêle. Le silence qui l'entourait se propagea ensuite aux autres animaux. Les phoques, les dauphins, les marsouins, les oiseaux... tous se turent.

La grande bête se rapprochait. C'étaient des créatures curieuses. Curieuses et intelligentes. Elle voulait savoir qui l'appelait du rivage. Elle se trouvait à l'est, à deux jets de pierre des falaises. Le garçon entendit le sifflement semblable à un murmure avant d'apercevoir le jet blanc de l'évent. Puis le dos gris creva la surface comme un tronc d'arbre. La bête demeura ainsi ; elle attendait, elle écoutait les explications du garçon puis, d'un grand coup de queue, elle disparut dans une explosion sonore. Le garçon eut alors une vision fugitive et plongeante : un miroitement de bulles, un bleu indigo intense, puis les ténèbres et le froid écœurants. Mikel chassa cette image de son esprit et sourit intérieurement. Quand on lui donnait une règle et un compas, il savait où les poser et comment les déplacer sur la carte.

Les bruits recommencèrent ; ils résonnaient contre la paroi de sa tête, ils vibraient dans les os de son visage. Forts. Doux. Forts. Doux. C'était la voix du plus grand d'entre eux. Ils étaient plusieurs. Ils se rapprochèrent, puis s'arrêtèrent au large. Mikel ne distinguait pas leurs étroites formes bleues à travers la pluie mêlée de neige et la couverture de l'eau, mais il percevait leurs voix. Ils étaient gigantesques, deux fois plus grands que le plus grand arbre de la forêt, et ils parcouraient bien des mers. Mikel écouta attentivement leur chant. Il avait plus de mal à maîtriser leur langage, mais il parvint néanmoins à se faire comprendre. Leurs réponses faillirent le rendre sourd. Pour des créatures aussi imposantes et majestueuses, elles étaient extrêmement bavardes. Son cerveau se démenait pour enregistrer tout ce qu'on lui disait ; il était question de la meilleure façon de traverser l'océan dépourvu de routes, mais aussi d'autres terres : étaient-elles grandes ?

Lointaines ? Les voix lui parlaient également d'importants changements en d'autres lieux : glaciations, inondations, formations de nouvelles mers, des terres qui disparaissaient et apparaissaient, là où il n'y en avait jamais eu avant.

Mikel les remercia et se prépara à affronter le froid saisissant de leur départ. On ne l'avait pas chargé de rassembler des informations sur d'autres pays, uniquement d'apprendre le tracé des routes maritimes. Néanmoins, ces renseignements étaient utiles ; ils pouvaient même se révéler vitaux. À quoi bon mettre le cap vers des terres aussi menacées que la leur ? Il resserra les pans de sa cape en fibre de roseau. La mer était presque invisible désormais : un scintillement noir au milieu des flocons de neige tourbillonnants. À l'intérieur des terres, la glace descendait des montagnes ; elle envahissait les vallées comme des doigts qui s'écartent et glissait vers l'océan. Par endroits, elle l'avait déjà atteint. Des blocs énormes se détachaient avec des grincements assourdissants, poussés par le poids d'une masse inexorable.

Le babillage des petites créatures maritimes avait repris. Les oiseaux postés sur les corniches en contrebas se disputaient et bavardaient en faisant claquer leurs becs, alors que les plus jeunes se pavanaient et se pressaient de faire disparaître toute trace de duvet sur leurs ailes. De petites plumes pelucheuses flottaient au vent. Les oiseaux s'apprêtaient à partir. Certains les avaient devancés. Seuls les plus téméraires resteraient. Ils devaient s'envoler vers des terres plus chaudes au nord. L'océan insondable lui-même était plus accueillant que cette terre en hiver. Mikel se demandait ce qu'ils pourraient lui apprendre, mais le cerveau des oiseaux n'avait...

Son attention abandonna la colonie à ses chamailleries. Quelqu'un gravissait le chemin dans son dos. Cette personne marchait à pas feutrés, avec précaution, mais Mikel entendait le frottement de ses pieds contre les brins d'herbe gelés et le léger craquement des semelles en cuir de ses chaussures. Il savait qui était sa visiteuse, mais elle s'était isolée de lui. Elle était l'une des rares à posséder ce don. La surface de son esprit était aussi noire et brillante que la lame du couteau qu'elle sortait tout doucement de sa gaine.

Elle se trouvait juste derrière lui maintenant. Il entendait sa respiration, légère et naturelle, malgré l'ascension raide. Il s'attendait à sa venue. Il ne pouvait pas déchiffrer ses intentions, mais il percevait le murmure de la lame contre le cuir graissé. Il sentit une hésitation passagère, mais il ne réagit pas. Devant lui s'étendait le grand Œil de la Mer, dans son dos se tenait une Guerrière de la Déesse, prête à tuer.

TEMPS FUTURS

CHAPITRE 2

L'Espoir en un jour meilleur

Tout le monde était mort. Pas uniquement dans cette pièce, mais dans celle d'à côté également, et dans la suivante. Elle le savait car les mouches le lui disaient. Une ou deux au début, volant au hasard, se cognant aux vitres en bourdonnant, mais il faisait très chaud, c'était d'ailleurs inquiétant en cette saison, et maintenant, le bruit était ininterrompu, obsédant ; c'était une rumeur compacte et monotone, comme si la multitude ne formait plus qu'un. Elle sentait le contact de leurs minuscules pattes griffues, alors qu'elles se déplaçaient sur son visage, ses mains et toutes les parties de son corps exposées, et malgré cela elle demeurait immobile. Un simple battement de cils la trahirait. Les mouches ne venaient jamais seules. Baal-Zebul les accompagnait. C'était sous ce nom qu'elle le connaissait. Au cours des millénaires, on lui avait donné bien des titres, mais la signification de son nom restait toujours la même : Le Seigneur des Mouches.

La destruction serait totale. Le Cinquième Âge du Monde s'achèverait dans le feu et les inondations, la tempête et le chaos. Les Dieux Sauvages sillonneraient le territoire et seuls les Enfants de la Sixième Aube avaient été prévenus. Ici, mais aussi dans des communautés semblables à travers tout le pays, et dans le monde entier, les Enfants de la Sixième Aube, les E6A comme on les appelait pour faire plus court, étaient partis les premiers, ils avaient accédé à un autre niveau afin d'attendre la Fin, l'ultime coucher de soleil.

Elle avait été prise jeune. Elle ne connaissait pas son âge ni son véritable nom, ni son lieu de naissance. Elle n'avait conservé aucun souvenir de l'époque ayant précédé son enlèvement, mais parfois, dans ses rêves, elle voyait un endroit fort différent de celui-ci : un lieu qui avait la couleur des cendres, une terre de cratères et de ruines où soufflait en permanence un vent chaud et où des projections cinglantes de sels blanchissaient la poussière. Parfois, elle voyait un campement en ruine : des cabanes de boue séchée qui s'effritaient, disséminées autour d'une ville en feu. Derrière ces cabanes, il y avait un lac asséché et, au-delà, un alignement de collines grises creusées de ravines noires. Au premier plan s'étendait une grande route déserte. Un chien famélique déchiquetait un gros bout de quelque chose qui gisait à proximité d'une épave, sur le bas-côté. Elle savait qu'il y avait des gens, tapis dans un coin sur le sol en terre battue d'une cabane à moitié détruite par un tir de roquettes, mais dans ses rêves il n'y avait personne. Il n'y avait jamais personne dans ses rêves. Elle était toujours seule, avec le goût du vent amer dans la bouche.

Ils l'avaient sans doute achetée. À l'époque des récoltes, ils avaient les poches pleines de dollars. Pour commencer, ils se rendaient dans des pays pauvres, déchirés par des guerres et des conflits, où les gens prêts à vendre leurs enfants ne manquaient pas. Ils lui avaient donné un nom : Zillah. Quand ils accueillaient de nouveaux enfants, ils consultaient un catalogue de prénoms ; ils suivaient la liste de A à Z, puis ils recommençaient au début, aussi méthodiques que dans tout ce qu'ils faisaient. Elle n'avait pas de nom de famille. Elle était une authentique Enfant de la Sixième Aube. Depuis sept ans déjà. Elle devait avoir sept ou huit ans à l'époque ; elle avait dépassé l'âge auquel ils prenaient les enfants habituellement. Elle en avait donc quatorze ou quinze maintenant. L'âge d'être transférée dans la Maison des Femmes, là où elle était couchée présentement, au milieu de la seule famille qu'elle avait jamais connue. Elle n'éprouvait ni chagrin ni pitié pour les morts qui l'entouraient. Elle n'avait aucune affection pour aucun d'entre eux. Toute forme de rapport humain avait été bannie. À la Maison des Petits, on déplaçait régulièrement les pensionnaires pour décourager les relations amicales ; leurs tuteurs étaient remplacés constamment pour empêcher toute intimité entre les adultes et les enfants. Les contacts avec l'extérieur étaient strictement interdits, bien évidemment. Pour devenir un Enfant, les croyants renonçaient aux liens familiaux et amicaux, jugés trop terre à terre. Ces relations étaient fustigées. Elles étaient trop fragiles. C'était ce qu'ils avaient cru. Et ils étaient tous devenus croyants. Ils avaient obéi à l'édit. Ils avaient mis fin à leurs jours sans poser de questions. Maintenant, ils étaient tous morts, et elle n'éprouvait plus que colère et mépris.

Tout l'amour était réservé au Fondateur Divin, le sauveur et le conservateur. Sa religion était la seule authentique, basée sur la vision et la visitation. Le Fondateur était passé à un autre niveau, il y a plusieurs années, mais quelqu'un poursuivait son œuvre : l'Avocat. Toutes les autres croyances étaient fausses. Tout cela était écrit dans La Signification de la Sixième Aube, Le Livre de la Loi. C'était le seul ouvrage autorisé, mais Zillah en avait trouvé d'autres.

Les Enfants de la Sixième Aube possédaient des maisons communautaires, baptisées Sections, réparties à travers le monde, mais celle-ci était la Grande Maison. Appelée jadis Ringmere[1] Hall, c'était l'endroit idéal pour les Enfants : une demeure isolée, située sur une vaste propriété au fin fond de la campagne anglaise, protégée par des portes électroniques installées au bout d'une longue allée et de hautes clôtures tout autour. Le bâtiment principal était immense, fait de pierres couleur ocre et construit autour d'une cour centrale. Les Enfants n'occupaient que ce bâtiment, orné de portiques, et les deux ailes qui le flan-

1. Ringmere : littéralement l'anneau du lac. (N. d. T.)

quaient ; la partie Est, au-dessus de l'entrée, était séparée du reste de la demeure. C'était l'Aile du Fondateur, là où il avait vécu quand cette maison était la sienne. Elle était conservée telle qu'il l'avait laissée ; rien n'avait changé, dans l'attente de son possible retour.

Nul n'avait le droit d'y pénétrer, à l'exception de l'Avocat.

Zillah avait découvert un accès quand elle avait dix ou onze ans. Une petite porte située au pied d'un escalier abandonné s'ouvrait sur l'aile interdite. Elle s'y rendait rarement et choisissait toujours bien le moment : l'après-midi, quand les plus jeunes étaient censés faire la sieste ou de l'exercice dehors ; ou alors la nuit, quand tout le monde dormait. Elle ramassait les restes de bougies utilisées durant les cérémonies, elle volait des allumettes aux cuisines et se déplaçait tel un fantôme dans les pièces aux volets clos. Il était évident que cette aile n'avait pas été occupée depuis de nombreuses années. Le papier peint se décollait et les lourdes tapisseries avaient été déchirées par leur propre poids. Des portraits sombres vous toisaient sur les murs, et les meubles protégés par des draps formaient des silhouettes floues dans la pénombre. Les pièces sentaient encore les feux de charbon, pourtant éteints depuis longtemps. Des toiles d'araignée pendaient des plafonds, semblables à des drapeaux en berne, et la poussière recouvrait tout.

Zillah avançait prudemment d'une pièce à l'autre, en prenant soin de ne toucher à rien, de crainte de découvrir le corps momifié du Fondateur, étendu derrière le baldaquin d'un des lits à colonnes, mais il n'y avait aucun signe de sa présence, ni d'aucune autre.

Sauf dans une pièce, que Zillah avait baptisée la bibliothèque. Des rangées de livres masquaient les murs et certains étaient ouverts sur des tables, comme si quelqu'un venait de les lire. Le jour où Zillah découvrit cette pièce, son cœur s'emballa. Elle se figea sur le seuil, saisie par la peur. Cette alcôve sans fenêtre était épargnée par la poussière et les toiles d'araignée, ce qui signifiait qu'elle était fréquentée, régulièrement. Un fauteuil en cuir trônait devant la cheminée. À côté, une table ronde supportait une lampe à pétrole, une carafe remplie d'un liquide ambré et un verre dont l'intérieur était tapissé d'une pellicule de liquide sucré et collant. Un alcool quelconque, supposait-elle, bien que cela soit formellement prohibé par la Loi. Les cendres dans la cheminée étaient encore tièdes, et un grand seau à charbon contenait de quoi allumer un feu. Des malles et des valises en cuir étaient alignées sur le sol. Si par malheur on la surprenait dans une zone interdite, difficile d'imaginer ce qui pourrait lui arriver, mais la curiosité l'emporta. La présence de ces bagages l'incita à pénétrer dans la pièce.

Les malles en cuir cabossées étaient frappées de deux initiales dans le coin : B. G. Wesson. Un frisson glacé la parcourut quand elle reconnut le nom de l'Estimé Fondateur, avant qu'il se débarrasse de sa personnalité terrestre. Elle n'avait jamais imaginé le Fondateur sous les traits d'une personne réelle qui possédait des choses matérielles. Les bagages étaient couverts de vieilles étiquettes, à moitié arrachées, jaunies et friables, venant des quatre coins du monde. Et leur contenu avait de quoi déconcerter. L'une d'elles était remplie de vieux documents : des cartes et des manuscrits. Une autre renfermait des papiers personnels : des lettres froissées et cornées, sur des feuilles couleur crème, couvertes des mêmes pattes de mouches, avec une encre qui avait viré au sépia. Dans une autre valise étaient rassemblés des morceaux de pierres, dont certaines portaient des marques au crayon rouge, là où se trouvait peut-être une inscription. Enfin, la dernière contenait une série de petits objets aux formes indéfinies, usés par le temps ou lissés par la mer. Il y avait, en particulier, une étrange boîte avec un couvercle en forme de dôme, en os ou en ivoire décoloré, jaunie et marbrée comme des dents de vieillard. Elle s'ornait de symboles presque effacés, de simples rayures par endroits. Elle était vide. L'intérieur, tapissé de cuir vert matelassé, strié et fripé, ressemblait à de la peau de crocodile. Zillah s'apprêtait à refermer la boîte, déçue, quand elle vit quelque chose briller à travers une fente dans le capitonnage. Elle libéra l'objet en question en se servant de son index et de son pouce à la manière d'une pince. Il était petit, mais en or. Difficile de l'identifier. Zillah pensa qu'il s'agissait d'une abeille. Les ailes étaient brisées, le corps avait été poli par les années, mais on distinguait encore, faiblement, les striures sur le dos, et la forme était caractéristique : une large tête qui allait en s'affinant jusqu'à l'emplacement du dard. L'objet occupait très exactement la paume de sa main.

À cet instant, les toiles d'araignées du couloir s'agitèrent et tremblèrent, dérangées par un courant d'air froid qui venait de derrière elle. Zillah eut l'impression que ses oreilles remuaient sur sa tête lorsqu'elle entendit des pas décidés racler le sol de pierre. La porte par laquelle elle était entrée n'était pas la seule de la pièce. Les mains tremblantes, elle referma la boîte, vérifia qu'elle n'avait rien dérangé et ressortit par où elle était venue.

C'est seulement une fois de retour dans le dortoir qu'elle constata qu'elle tenait encore dans la main l'abeille en or ! Elle n'avait jamais rien possédé. Les objets personnels étaient interdits. Ici, tout appartenait à tout le monde, y compris les vêtements. Cette abeille était la seule chose qui la différenciait des autres. Depuis ce jour, elle l'avait gardée soigneusement, en lui creusant une petite cachette dans le matelas de tous les lits qu'elle avait occupés. D'une certaine façon, le fait de sentir cette abeille près d'elle lui donnait un sentiment de sécurité. Comme maintenant, où elle la serrait dans sa main.

La bibliothèque était utilisée par l'Avocat, et par lui uniquement. Un seul verre, un seul fauteuil confortable. Aussi Zillah limitait-elle ses visites aux moments où il était absent. Ce qui n'était pas difficile. Il voyageait très souvent, accomplissant inlassablement sa mission qui consistait à délivrer le message dans le monde entier. Ils étaient informés de ses déplacements au cours des annonces faites lors du premier office ; Zillah savait donc quand elle pouvait se rendre à la bibliothèque. Là, elle lisait comme on dévore. Les livres étaient pour elle une chose étrange car ils étaient tous interdits, à l'exception de ceux du Fondateur, bien entendu. Le seul dont elle avait entendu parler était la Bible. Le Livre Saint. Le Fondateur en tirait de courtes citations pour justifier certains passages de ses propres écrits. Maintenant qu'elle avait l'ensemble du texte devant les yeux, Zillah découvrait à quel point il avait trahi les paroles qui s'y trouvaient ; il les avait déformées pour servir son but. Plus elle avançait dans sa lecture, plus elle comprenait que La Signification de la Sixième Aube était une masse inepte de croyances usurpées, aussi bancale qu'un puzzle dont on aurait découpé les pièces pour pouvoir les assembler de force.

Elle se demandait comment quiconque pouvait y croire, et pourtant, les E6A était un mouvement répandu dans le monde entier. De nouvelles Sections naissaient chaque jour, et de plus en plus de gens portaient les bracelets tissés de fils marron, bleu, rouge et or. Cette croyance reposait sur une foi aveugle et non sur la logique. L'Espérance en un Jour Meilleur. Les Enfants montreront le Chemin. Les slogans se mélangeaient et se fondaient sous forme de couleurs éclatantes et onctueuses qui tournoyaient comme un film à la surface de son esprit. Elles se déplaçaient pour dévoiler la vérité qui se trouvait au cœur. La folie en faisait partie intégrante. Dans les salles obscures de l'aile interdite, Zillah étudiait des ouvrages rares et insolites. La plupart étaient très anciens, accompagnés d'étranges illustrations, écrits dans des langues qu'elle ne comprenait pas, mais la présence du mal était palpable. Elle commençait à découvrir leur véritable nature, ainsi que les secrets sombres et terrifiants qui se cachaient au cœur du Livre de la Loi. Puis il se produisit une chose qui dépassait tellement ses élucubrations les plus folles, les plus cauchemardesques, qu'elle mit fin définitivement à ses visites.

Zillah s'était trompée de couloir en se rendant dans l'Aile du Fondateur et, sans savoir comment, elle se retrouva dans les caves. Attirée par une lumière violette tremblotante, elle traversa une petite chapelle, dont l'étroite nef était encombrée par des sculptures très minutieuses qui serpentaient sur toutes les surfaces et s'entortillaient autour des colonnes cannelées et des arches. L'Avocat avait dû avancer son retour car il était là, face à un autel de pierre massif, vêtu de sa robe dorée. Les pulsations de lumière violette qu'elle avait aperçues s'échappaient d'un crâne en cristal sombre devant lui. Il y posa les mains et le faisceau lumineux se divisa entre ses doigts, en rayons qui éclairèrent le plafond en pierre ouvragée. Sa silhouette commença alors à devenir floue et à scintiller. Lorsqu'il leva les bras, sa robe prit des couleurs différentes et sembla se solidifier, se durcir, tout en se couvrant de stries qui dessinaient des chevrons, telles d'immenses ailes. On aurait dit qu'il se dilatait et grandissait, comme si son enveloppe humaine était envahie par autre chose, une forme insolite, hideuse. Il releva la tête ; elle semblait couronnée de cornes incurvées, à moins qu'il s'agisse d'une paire de crêtes. La masse épaisse de son cou enfla et les muscles de son dos furent parcourus de lentes ondulations qui évoquaient les reptations d'un python ou d'un anaconda. À la base de sa colonne vertébrale, des os plats s'élargirent, s'allongèrent et s'affinèrent pour évoquer une forme reptilienne...

Zillah agrippa les torsades d'un pilier qui ressemblait à un sucre d'orge, en priant pour qu'il soit assez large pour la cacher, tout en craignant de s'évanouir. Heureusement, elle parvint à se ressaisir, suffisamment pour reculer, très lentement, avec précaution, malgré ses jambes tremblantes. Puis elle s'enfuit.

Elle n'avait aucune raison de penser que ses incursions dans l'Aile du Fondateur avaient été découvertes, mais ce qu'elle y avait vu lors de sa dernière visite rendait son évasion impérative. Dès lors, toutes ses pensées se concentrèrent sur une seule question : comment ficher le camp d'ici ? Elle avait l'âge maintenant de participer à des « parties de pêche », destinées à réunir de l'argent et à recruter des membres. La vie au-dehors avait été pour elle une révélation. Contrairement à ce qu'on lui avait fait croire, les rues n'étaient pas pleines d'ivrognes et de voleurs. Rares étaient les signes annonciateurs de la Fin du Monde. Elle employait bien son temps : elle observait, écoutait et apprenait. Elle avait commencé à élaborer un plan lorsque les événements décidèrent à sa place du jour de sa fuite. Ils devaient se préparer au départ. Le temps pressait.

Deux jours plus tôt, juste avant l'aube, toute la communauté s'était rassemblée dans ce qu'on nommait encore le Grand Salon. Vêtus de tuniques marron et noir, les couleurs de la terre et de la nuit, ils avaient marché l'un derrière l'autre en suivant le dédale de motifs que dessinait le parquet peint en bleu, la couleur de l'eau. Des lecteurs attendaient à chaque sortie, comme tous les matins, vêtus de tuniques rouges, la couleur du jour naissant. Mais ce jour-là, au lieu de recevoir une bénédiction, chaque suppliant se vit remettre une petite pilule blanche.

Les regards des lecteurs étaient peut-être déjà tournés vers l'éternité. Quoi qu'il en soit, ils ne prêtèrent guère attention aux derniers membres de la communauté, des cadets pour la plupart, qui défilaient devant eux. Nul n'ignorait ce qu'ils s'apprêtaient à faire ; il y avait eu au préalable des séances de préparation et de méditation. Une fois le processus achevé, la nouvelle serait diffusée sur Internet pour que le monde entier sache. Mais pas tout de suite. La diffusion prématurée de leur objectif provoquerait de pénibles ingérences de la part des autorités. Leur communauté n'était pas unique, et tout devait être soigneusement coordonné depuis la Grande Maison Principale.

Zillah prit la pilule dans sa paume et l'échangea discrètement contre une autre, une substance inoffensive provenant de l'Infirmerie, qu'elle avait dissimulée dans sa manche. Les premières lueurs de l'aube éclairaient le long alignement des fenêtres, tandis que les lecteurs faisaient la queue pour recevoir leurs pilules de la main de l'Avocat. Zillah prit sa place au fond de l'immense salle. Sur le mur opposé, le portrait du Fondateur Divin les toisait : ses yeux ressemblaient à deux pièces de monnaie en cuivre ternies, enfouis dans les replis de chair de son visage vérolé.

L'Avocat se retourna pour s'adresser à l'assemblée ; sa robe dorée vira au rouge sang dans l'éclat du soleil levant.

« Écoutez-moi, mes frères et mes sœurs. »

Il posa sur eux un regard pénétrant. Il avait toujours été costaud, avec un teint basané, mais depuis quelque temps il avait acquis une étrange et inquiétante ressemblance avec le Fondateur. Ils auraient pu être père et fils. « Voici venu votre salut », déclara-t-il. Son visage charnu brillait, il étincelait d'amour pour eux, alors qu'il levait au-dessus de sa tête une petite pilule blanche, entre le pouce et l'index. La lourde manche en soie de sa robe glissa. Son bras était épais et musclé, couvert d'un entrelacs de poils noirs et fin semblable à une toile d'araignée. « Aujourd'hui, nous allons tous atteindre le niveau supérieur à l'être humain, nous allons suivre le Fondateur dans un autre lieu, là où les contraintes de la chair et du temps ne signifient rien. Nous attendrons La Grande Purification et le moment où nous pourrons effectuer notre retour dans un monde plus heureux. »

L'Avocat mit la pilule dans sa bouche. Ce geste était un acte de foi et le signal adressé à tous les autres pour qu'ils fassent de même. Ils avalèrent donc une quantité précise de poison à action lente et regagnèrent bien sagement leurs couches pour attendre que leur esprit éternel quitte leur enveloppe charnelle périssable.

Ils moururent sans un bruit.

Zillah demeura couchée parmi eux comme si elle était morte, elle aussi. Elle s'entraînait quotidiennement à la Pratique, un mélange complexe d'arts martiaux et de méditation. C'est ce qui lui permit, à cet instant, de ralentir sa respiration, de réduire son rythme cardiaque, de mettre ses fonctions vitales en veilleuse et de projeter son esprit ailleurs. Elle avait perdu toute notion du temps maintenant, mais elle estimait qu'une journée au moins s'était écoulée, peut-être deux. Elle n'avait pas prévu d'attendre aussi longtemps pour s'enfuir, mais elle savait qu'elle n'était pas la seule à être toujours vivante. L'Avocat était encore là. Elle l'avait entendu aller et venir, passer en revue les dortoirs pour déceler d'éventuels signes de vie. Il était passé près d'elle à pas feutrés sans même lui jeter un regard. Ça, c'était le premier matin. Depuis, elle ne l'avait pas revu, mais elle ne l'avait pas non plus entendu partir. Elle aurait dû être choquée qu'il soit le seul encore en vie, mais elle s'aperçut qu'il n'en était rien. Sans doute avait-il avalé un inoffensif placebo, se disait-elle. Le sacrifice, c'était bon pour les autres, pas pour lui. Et comme il se croyait seul, il avait dévoilé une partie de sa véritable nature, qu'elle avait déjà entrevue dans la chapelle. Là-bas, dans l'Aile du Fondateur. Avant, elle avait simplement peur. Désormais, elle était terrorisée.

Elle ne voulait pas courir le risque de sortir de son corps, mais il le fallait. Peut-être l'Avocat était-il parti par une autre issue et elle ne pouvait pas rester couchée là éternellement. Elle devait en avoir le cœur net.

Elle se vit allongée sur son lit, comme si elle était réellement morte. Le froid la saisit et, alors qu'elle se demandait comment l'esprit pouvait être sensible aux phénomènes physiques, elle perçut un mouvement par la fenêtre. Ces pièces accueillaient jadis les quartiers des domestiques. Les fenêtres étaient étroites, faites de petits carreaux, et la vue encore réduite par les plantes grimpantes, qui avaient pris leur couleur d'automne. À travers le feuillage écarlate, elle vit l'Avocat. Ce fut une vision fugitive, juste avant qu'il sorte de son champ de vision. Il traversait la cour de graviers, en venant de l'Aile du Fondateur, et avait troqué sa robe contre un costume. Il tenait un sac dans ses bras, tout contre lui, tel un enfant endormi, comme s'il contenait une chose infiniment précieuse. Il glissa la main dans sa poche, et Zillah entendit le déclic caractéristique d'une portière de voiture qui s'ouvre à distance. Bientôt, il serait parti. Le soulagement lui coupa les jambes. Et lui fit oublier toute prudence. Mentalement, elle l'incitait à monter dans sa voiture et à s'en aller, mais l'Avocat restait là, une main posée sur le capot, la tête penchée sur le côté, comme s'il tendait l'oreille ou essayait de se souvenir de ce qu'il avait oublié. Et soudain, il fit demi-tour pour repartir en sens inverse, en marchant d'un pas léger sur le gravier, presque sans faire de bruit. Zillah s'éloigna prestement de la fenêtre, mais pas assez. Elle le vit lever la tête.

Le gravier crissait bruyamment à chacune de ses grandes enjambées. Il ouvrit la porte d'entrée et traversa le hall. Il était dans l'escalier, il gravissait les marches deux par deux. Il pénétra dans le Couloir des Petits à l'étage du dessous. Son allure ralentit lorsqu'il inspecta chaque lit, mais la pause ne fut que temporaire. Déjà, il était de retour dans l'escalier et il montait vers le Quartier des Femmes. Zillah l'entendit marcher dans le couloir étroit qui donnait sur les dortoirs, elle entendit la porte grincer, et partout, le bourdonnement des mouches qui enflait puis retombait, alors qu'il passait d'une pièce à l'autre ; un bruit de plus en plus frénétique, jusqu'à ce que les mouches ressemblent à des frelons. Elles se préparaient à l'accueillir...

Aussi immobile que ses compagnons, Zillah s'imagina sous la forme d'une petite balle noire de plus en plus petite, au point de disparaître quasiment ; elle espérait mourir avant qu'il la trouve, ou que, du moins, il la laisserait mourir vite.

Il y en a une ici, quelque part, pensait-il en montant l'escalier. En dépit de tous ses efforts, il restait dans la maison un être vivant, alors qu'ils devraient tous être morts.

L'espace d'une seconde, il avait senti sa présence, il avait eu la vision fugitive d'un visage de jeune fille passant derrière une des fenêtres des derniers étages, tel un papillon pris au piège. Il s'arrêta devant chaque lit pour vérifier que son occupant était bien mort. S'il y avait une survivante, se disait-il, il pouvait y en avoir plusieurs.

Sa première réaction avait été l'étonnement, la stupeur, à l'idée que quelqu'un ait eu assez de volonté pour désobéir. Seuls les véritables croyants étaient autorisés à participer à l'Ultime Rite, invités à quitter leur enveloppe de chair et à l'abandonner derrière eux comme de vieux vêtements que l'on jette. Seuls ceux qui accomplissaient cet acte de leur propre chef, dans la foi authentique, accéderaient au niveau supérieur, atteignant ainsi la vie éternelle, une récompense qui n'avait pas de prix. Cette instruction émanait du Fondateur Divin lui-même. Qui oserait la défier ? Leurs méthodes avaient fait leurs preuves. Il n'y avait pas mieux. La plupart des candidats se présentaient gaiement, en frappant dans leurs mains et en chantant, suppliant qu'on leur permette de troquer leur ancienne vie contre cette nouvelle vision. Il ne fallait généralement que quelques jours, parfois juste un week-end, pour qu'ils oublient leur existence d'avant, qui ils étaient, et le fait qu'il pouvait exister d'autres croyances, un autre monde que celui-ci. Ils obéissaient pleinement, sans poser de questions ; ils accueillaient la mort comme un soulagement joyeux. Alors, comment une telle chose avait-elle pu se produire ? Qui pouvait bien avoir le pouvoir, la force de résister ? Qui avait encore la volonté de désobéir ? Assez de volonté tout court ? Un doute infime s'insinua en lui, un léger accroc dans ses certitudes, accompagné d'un souffle de peur, à peine perceptible. Si un tel incident pouvait survenir, il pouvait y en avoir d'autres. C'était la dernière phase du Grand Dessein. Et si toute l'opération se trouvait compromise, voire mise en danger par un détail aussi insignifiant... ? Il serra le poing. Il n'était pas habitué à ce genre de sentiments. La colère l'envahit, une horrible sensation de froid et une chaleur effroyable qui brûlait les planches du parquet sous ses pieds, qui s'échappait de sous ses talons comme un jet de vapeur. Une partie de cette colère était dirigée contre lui-même ; il n'aurait pas dû enfiler si vite son masque humain.

Raison de plus pour qu'il n'y ait pas de survivant. À grands pas, il parcourut le Dortoir des Petits, à la recherche du sang chaud, à l'affût d'un battement de cœur. Son regard glissait sur les lits, sur l'alignement pathétique de ces petits corps allongés, comme on le leur avait demandé, contemplant le plafond avec leurs yeux aveugles, les mains croisées sur la poitrine. Pour lui, ils n'avaient pas plus d'importance que les asticots qui commençaient déjà à éclore sur leur peau. Il n'avait jamais été un partisan du Programme de Recrutement. Si on les prenait trop jeunes, ça ne donnait jamais de bons résultats ; trop âgés, voilà ce que vous risquiez. Ces enfants de l'Est causaient bien plus de tracas que les adultes qui venaient de leur propre chef. Il y avait des problèmes de langue. Leur famille leur manquait. Certes, ils finissaient par être domptés, soumis à l'intérêt commun, à la Volonté du Fondateur. Tous, sauf celle-ci. Il maudit le personnel qui n'avait rien remarqué, qui ne l'avait pas alerté. Trop tard pour les punir, ils étaient tous morts.

Il orienta ses recherches vers l'étage du dessus. Le Dortoir des Femmes n° 2. Elle était forcément là. Elle ne pouvait plus lui échapper. Il sentait le pouvoir qui le démangeait au bout des mains. Les mouches bourdonnaient autour de lui, survoltées par sa présence, mais il ne remarquait pas leur vacarme, pas plus qu'il n'entendait sa respiration. D'un seul claquement de doigts, il lui briserait la nuque. Il s'arrêta à l'entrée du dortoir pour regarder à travers le hublot en verre renforcé, découpé dans la porte. Le joint en caoutchouc soupira lorsqu'il poussa le double battant, les doigts recroquevillés ; ses ongles longs, semblables à des griffes, mordirent dans le bois tendre à travers la peinture marron.

Il sentait sa présence. Ses narines se dilatèrent lorsqu'il capta l'odeur de la vie chaude et parfumée au milieu de toute cette mort froide et puante. Il avança d'un pas, puis s'arrêta et se retourna. Il secoua la tête, comme si le bourdonnement des mouches avait fini par l'agacer, mais la cause était ailleurs. Il avait perçu un autre bruit. Le ululement à deux tons caractéristique d'une sirène de police, plusieurs même. De plus en plus proches. Les notes s'entrelaçaient et se superposaient. Et soudain, au-dessus de sa tête, il entendit le ronronnement sourd et régulier des rotors d'un hélicoptère.

La nouvelle s'était vite répandue. Ça non plus, ce n'était pas prévu. La nouvelle de leur départ ne devait être diffusée sur Internet que dans trois jours au minimum. Il se figea, paralysé par une hésitation qui ne lui ressemblait pas. Quelqu'un avait désobéi. Quelqu'un dont la fougue l'emportait sur la raison et qui n'imaginait pas à quel point le projet global pouvait pâtir d'un communiqué prématuré. Quelqu'un qui ne savait même pas qu'il existait un projet global. De nouveau, il sentit enfler sa colère, mais cette fois-ci il l'étouffa. Inutile de gaspiller de l'énergie. Le monde entier apprendrait la nouvelle bien assez vite, de toute façon. Il détestait laisser des choses inachevées, mais il la trouverait. Tôt ou tard. Le gravier crissa dans la cour, les voitures de tête franchissaient déjà le portail. Elle attendrait.

Il ne pouvait pas se permettre de se laisser attraper, en aucun cas. Ce n'était que la première étape d'une succession complexe d'événements qui constituaient l'Ultime Phase et dont l'accumulation coïnciderait avec la Convergence Cosmique, qui effacerait tout ce qui avait existé jusqu'alors et annoncerait la Nouvelle Ère du Monde.

CHAPITRE 3

L'Avocat

Il emprunta le vieil escalier des domestiques, une étroite spirale taillée dans le mur. Les marches l'emportèrent dans les profondeurs, jusqu'à ce qu'une baisse de la température et une odeur de terre lui indiquent qu'il se trouvait maintenant sous le niveau du sol. Mais l'escalier se poursuivait. Si cette maison était l'endroit idéal pour le Grand Dessein, ce n'était pas seulement à cause de ses dimensions et de son isolement. Son emplacement avait été déterminé en fonction de l'art ancien de la géomancie, sur un site doté d'une puissance tellurique et cosmique exceptionnelle. Son ancien nom, Ringmere Hall, résumait tout. Elle se dressait à l'intérieur d'un cercle de pierre, bien plus étendu qu'Avebury, ordonné autour du monticule sur lequel reposait la maison, entourée de pelouses et de jardins. Le lac n'était plus qu'un plan d'eau paysager désormais, destiné à servir de miroir à la splendeur architecturale de la maison, mais dans la vase de ses profondeurs boueuses étaient enterrées des offrandes : des épées tordues, des lances brisées, des os attachés par des liens en cuir, des crânes fendus lors de sacrifices. Non loin de là, un cruel amas de pierres déchiquetées avait servi jadis d'autel rituel. À l'intérieur du domaine, divers monticules et tertres indiquaient les emplacements d'autres sites païens.

Une succession de propriétaires avait entretenu pendant plus de mille ans le pouvoir caché en ce lieu, veillant à ce qu'aucune église ne soit construite à l'intérieur du périmètre de la propriété, montant la garde pour la protéger d'autres dommages ou interventions, tout en nourrissant son appétit avec des offrandes en tout genre. De telles activités devaient demeurer à l'abri des regards indiscrets, et plusieurs générations s'étaient activées sous terre pour bâtir des salles et des passages secrets. Des tunnels se déployaient en éventail, et l'un d'eux menait à une butte boisée, à bonne distance de la maison. Cette colline, aménagée au XVIIIe siècle, était plantée de magnifiques arbres : des cèdres bordaient les contreforts, le sommet était entouré de pins d'Écosse et coiffé de wellingtonias majestueux. Le tunnel débouchait dans une glacière, construite par le propriétaire de l'époque, conformément à la mode de ce temps-là. Sir Gideon Ffulke, alchimiste et nécromancien amateur, avait découpé la glace du lac en hiver et l'avait stockée sous terre afin de confectionner des crèmes glacées et des sorbets pour ses invités l'été ; il s'agissait aussi de conserver d'autres choses indispensables à ses activités, et qui devaient être gardées au frais. La glacière était maintenant entourée de clôtures et de panneaux interdisant l'accès.

L'Avocat escalada les marches effritées pour sortir de la glacière. Le tertre verdoyant se dressait telle une couronne au-dessus de la forêt de conifères environnante, plantée par Buller Gilpin Wesson, dernier propriétaire et Fondateur Vénéré, qui avait transformé sa demeure familiale en séminaire et fait don du Domaine Wesson à l'Ordre. Les sirènes s'étaient tues, cela signifiait que tous les véhicules d'intervention avaient sans doute atteint la maison maintenant. Le vrombissement sourd des rotors continuait à résonner au-dessus de sa tête, mais la voûte dense des aiguilles de pin le cachait. Il emprunta un chemin qui le conduirait au bureau du domaine forestier. Là, il trouverait des voitures utilitaires. Il en prendrait une et il suivrait une route peu fréquentée pour atteindre la limite de la propriété. Il n'aurait aucun mal à en sortir. Elle était trop vaste pour qu'on puisse l'encercler, et il y avait trop d'issues.

Une fois qu'il serait loin d'ici, ils n'auraient plus aucune chance de le retrouver. Il se dirigeait vers le sanctuaire idéal, là où personne ne songerait à le chercher. De plus, nul ne savait qui il était réellement. Il ne le savait pas lui-même. L'homme qu'il avait été autrefois avait disparu depuis un certain temps déjà, sa personnalité première avait été totalement évidée. Désormais, il n'était plus que l'Avocat, un costume de chair tiède qui se déplaçait, prêt à servir de véhicule et d'enveloppe au Fondateur lui-même.

Il collait contre sa poitrine le sac pesant qu'il transportait, car, bien que pressé, il ne voulait pas le secouer. Ce sac renfermait un très vieux coffret en ivoire, doublé de peau de crocodile. Il n'était plus vide. Il contenait maintenant un objet sculpté dans un cristal très sombre, rempli du poids des âmes récoltées.

L'hélicoptère vira et effectua un nouveau passage au-dessus de la propriété. Par radio, le pilote signala un mouvement au sol. Il choisit un vaste espace dégagé devant la maison pour se poser. L'engin resta immobile quelques secondes, avant d'entamer une descente en douceur. Les patins touchèrent le sol et le pilote leva la tête. Dans le soleil de cette fin d'après-midi, les plantes grimpantes qui couvraient la façade donnaient l'impression que la maison ruisselait de sang.

CHAPITRE 4

Compte à rebours

Adam était attendu au bloc opératoire à 10 heures. On lui avait administré une prémédication étant donné qu'il ne réagissait pas toujours très bien à l'anesthésie. Sans doute avaient-ils augmenté la dose cette fois, ou utilisé un autre médicament, car il avait l'étrange impression de flotter. Ce n'était pas déplaisant, mais tout semblait ralenti. Il y avait de longs vides entre les tics et les tacs de la pendule, entre deux gouttes de pluie qui venaient s'écraser sur les carreaux. Ils auraient dû venir le chercher depuis longtemps maintenant, mais rien ne se produisait. Dans l'immense espace temporel qui paraissait s'étendre devant lui, il se surprit à parcourir en marche arrière toutes les choses qui lui étaient arrivées ce matin, un peu comme s'il les revivait...

Il n'avait pas eu droit à un petit déjeuner, et l'attente lui avait déjà semblé interminable. Il portait une sorte de chemise de nuit en vue de l'opération, et on lui avait interdit de se lever, sous aucun prétexte. Soudain, il avait eu terriblement envie de faire pipi. La nervosité, sans doute. Il s'était retenu le plus possible ; il n'avait aucune envie d'uriner dans une de ces bouteilles, sous le regard d'une infirmière qui attendait ou (pire encore) qui la lui tenait.

Finalement, il avait balancé ses jambes hors du lit et posé instinctivement son bon pied sur le sol froid, même s'il ne boitait presque plus. Apparemment, il n'y avait personne dans le couloir, à l'exception de deux types tout au bout, assis de part et d'autre d'une porte fermée. Ils étaient à bonne distance et les toilettes se trouvaient dans l'autre direction. Ils n'avaient pas des têtes de médecins ou d'infirmiers, il y avait peu de risques qu'ils l'interpellent.

De fait, ils ne lui adressèrent qu'un simple regard indifférent. Adam était allé aux toilettes et avait regagné sa chambre très vite. Mission accomplie.

Il s'était dirigé vers la fenêtre ; son léger boitillement apparaissait plus nettement à cause de la chemise de nuit. L'opération ne lui faisait pas peur. Il n'avait aucune raison d'être inquiet, il le savait, il voulait juste voir une dernière fois le monde extérieur avant de descendre au bloc. Cette opération au pied était devenue une routine ; l'ultime étape d'une longue série. Rien de difficile ni de compliqué, juste un léger ajustement du muscle et du tendon. Pas de quoi se faire du souci. Il pourrait même quitter l'hôpital après un jour ou deux. Il avait hâte. Quand tout serait terminé, il pourrait marcher, courir et jouer au football, enfin débarrassé de tous les problèmes qu'il avait connus dans sa vie jusqu'à maintenant.

Dehors, le temps était froid et gris. Tout le monde avait rejeté sur le réchauffement de la planète la responsabilité des températures anormalement élevées. Eh bien, c'était terminé ! On était passé de l'automne à l'hiver en l'espace d'une nuit. Le ciel plombé et les rafales de pluie lui rappelaient qu'on était au début décembre. Les arbres perdaient leurs feuilles à toute vitesse maintenant : rouges, marron et jaunes, peu importe leur couleur, elles finissaient en tas sur le sol, semblables à une bouillie de carton détrempé. La fenêtre s'ouvrait à peine, mais Adam avait soulevé le loquet et inspiré une bouffée d'air froid et humide qui faisait entrer le monde extérieur dans la sécheresse étouffante de l'hôpital. Il n'avait pas peur, s'était-il répété, mais on n'était jamais sûr de rien. On ne pouvait pas savoir.

Il resta là, les mains appuyées contre l'encadrement de la fenêtre, les yeux levés vers le ciel. Absorbé par ses pensées, il n'avait pas remarqué immédiatement ce qui se passait à ses pieds. Un homme se tenait sous l'auvent qui couvrait l'entrée principale de l'hôpital. Il tenait une feuille de papier à la main et s'apprêtait à lire ce qui y était écrit. Des gens rassemblés autour de lui prenaient des notes et des photos ; il y avait même deux équipes de la télévision qui essayaient de s'abriter de la pluie. Adam jeta un regard en direction du téléviseur fixé au mur de sa chambre.

Aucun doute, BBC News 24, la chaîne d'information en continu, diffusait en direct la scène qu'il avait devant les yeux. Si une des caméras se relevait pour filmer la façade de l'hôpital, il pourrait se voir à la télé. Mais elles demeurèrent fixées sur l'homme à la feuille. Adam prenait la télécommande pour monter le son lorsque l'infirmière entra et le prit la main dans le sac.

« Qu'est-ce que tu fiches debout ?

– Il se passe quelque chose dehors. C'est à la télé... regardez ! »

L'infirmière renonça à le gronder pour s'approcher à son tour de la fenêtre.

« En effet, dit-elle. Monte le son, vite ! »

Une jeune femme vêtue d'un tailleur rose et tenant un micro dans son poing parlait face à la caméra.

Adam reporta son attention sur le téléviseur.

« Nous vous tiendrons informés en cas de nouveaux développements. À vous, les studios.

– À suivre, donc, dit le présentateur. Après les macabres découvertes effectuées hier à Ringmere Hall, dans le Warwickshire, d'autres nouvelles effroyables nous parviennent d'Europe et d'Amérique... »

Le présentateur fit pivoter son fauteuil. Derrière lui, les images de secouristes, munis de masques et de combinaisons, sortant des sacs mortuaires d'une grande maison, laissèrent place à une carte du monde sur laquelle clignotaient des points rouges. Simultanément, une liste de pays défila en bas de l'écran.

« J'ai loupé cette histoire ! » dit Adam.

Inconsciemment, il faisait reposer tout le poids de son

corps sur une seule jambe, afin de soulager son mauvais pied, dont seuls les orteils touchaient le sol. Ce garçon avait de la chance, se disait l'infirmière en l'observant. S'il était né à une autre époque, il aurait boité affreusement. Son dossier indiquait qu'il avait été victime d'un déplacement de la hanche à la naissance, et était atteint de ce qu'on appelait un pied bot. Il aurait eu un mal fou à marcher, sans parler des railleries qu'il aurait dû supporter. Heureusement qu'il vivait au XXIe siècle, on pouvait faire quelque chose pour lui.

« Moi, je sais ce qui s'est passé, dit l'infirmière.

– Quoi donc ?

– Je te le dirai quand tu te seras recouché. »

Adam obéit immédiatement.

« Tu aimes ce genre d'histoires ? La littérature fantastique ? »

Elle prit le livre de poche tout corné qui se trouvait sur la table de chevet. Il l'avait emprunté à la femme qui passait dans les chambres avec son chariot.

« Oui », répondit Adam. Il se redressa dans son lit, les bras croisés. Elle faisait exprès de le faire attendre. « Des fois.

– Moi aussi. Il paraît que cet écrivain est très doué. Mais je l'ai jamais lu. »

Elle retourna le livre pour lire le résumé au dos.

« Vous pourrez le prendre quand je l'aurai fini, si vous voulez. Allez, racontez-moi. »

Amusé par le petit jeu de l'infirmière, il sourit. Elle lui rendit son sourire. Il l'aimait bien. Elle était jolie, jeune et toujours prête à bavarder. Pas comme sa collègue, avec qui elle partageait son service. Celle-là, elle ouvrait à peine la bouche et elle était toujours de mauvaise humeur, comme si elle souffrait d'une migraine permanente, dont vous étiez la cause.

« Bon, d'accord », dit-elle. Ses yeux pétillaient par avance à l'idée de ce qu'elle allait lui raconter. « Hier soir, une jeune fille a été admise ici en urgence. Elle est mêlée à cette histoire de secte.

– Quelle histoire de secte ? »

L'infirmière leva les yeux au ciel.

« Ils ne parlent que de ça depuis que c'est arrivé. Tu ne regardes donc jamais la télé ?

– Non, presque pas. Il n'y a que des choses tristes. »

À moins de posséder une carte pour recevoir les chaînes câblées, ce qui n'était pas son cas, la télé était allumée en permanence sur la chaîne d'information et vous ne pouviez pas l'éteindre, alors Adam coupait le son. Les nouvelles n'étaient jamais bonnes : guerres, réchauffement climatique, des gens bombardés dans des endroits désertiques, un bloc de glace de la taille du Pays de Galle qui sombrait dans l'Atlantique sud.

« Quand je suis ici, j'ai déjà assez de soucis, expliqua-t-il.

– Eh bien, figure-toi qu'une secte, les Enfants de la Sixième Aube...

– J'en ai entendu parler. » Il se redressa davantage. « Que s'est-il passé ?

– Ils se sont suicidés !

– Hein ? Tous ?

– Apparemment. Mais on ne sait pas trop. Ils continuent

à découvrir d'autres centres, il y en avait dans le monde entier. Pour l'instant... » Elle croisa les bras et le regarda fixement... « Ils n'ont retrouvé qu'une survivante. Ils l'ont amenée ici hier soir, par hélicoptère. Elle est dans une chambre au bout du couloir.

– Celle avec les deux types assis devant la porte ? »

L'infirmière hocha la tête.

« Ouah ! »

Voilà pourquoi il y avait toutes ces caméras dehors. Jamais il ne s'était trouvé aussi près d'une histoire qui faisait l'actualité. C'était comme connaître une vedette. Il se sentait intimidé.

« Dis donc, reprit l'infirmière, comment sais-tu qu'il y a deux hommes devant sa porte ? »

Adam rougit.

« Elle va mourir ? demanda-t-il pour ramener la discussion vers la jeune fille.

– On fera tout pour l'éviter ! répondit l'infirmière, indignée. Elle est surtout déshydratée. Les autres ont avalé du poison. Pas elle.

– Comment vous le savez ?

– Elle n'est pas morte.

– Elle va s'en tirer, alors ?

– Médicalement, c'est probable. Mais après une telle expérience, comment savoir ? Bon, assez bavardé, j'ai du travail ce matin. »

Il ne voyait pas de lapins blancs en train de consulter des montres, mais une sensation vraiment angoissante s'était emparée de lui, comme s'il évoluait en dehors de son corps. Il avait l'impression de regarder les choses d'en haut, quelque part sous le plafond. Il voyait l'anesthésiste, il l'entendait compter à rebours. En temps normal, Adam n'atteignait jamais sept. Il voyait l'infirmière s'adresser au type en blouse verte, il le voyait hocher la tête d'un air distrait, pendant que la pluie martelait les vitres. Il entendait grincer une des roues du chariot, alors qu'il se voyait emmener dans le couloir. Il franchit les portes juste au moment où cette fille avançait vers lui. Peut-être était-il inconscient, en train de rêver, même si cela n'était pas censé se produire, car voilà qu'il se retrouvait dans son corps soudain et la fille le toisait.

C'était la fille de la secte dont tous les membres s'étaient empoisonnés. Il l'avait deviné, sans savoir comment. Elle avait son âge, un peu plus peut-être ; elle portait une chemise de nuit de l'hôpital et traînait derrière elle un pied de perfusion. Ses cheveux étaient châtains par endroits, plus clairs à d'autres, longs et épais, tombant devant son visage ; leur couleur lui rappelait un lion d'Asie qu'il avait vu au zoo. Sa peau mate contrastait avec ses yeux bleu-vert, deux aigues-marines laiteuses ourlées de noir. Elle le regarda en plissant le front, ses épais sourcils noirs se rejoignirent, comme si elle le reconnaissait, sans pouvoir dire où elle l'avait déjà vu. Lui ne l'avait jamais vue, il en était certain. Pas dans cette vie, en tout cas. Elle avait un visage qu'on ne pouvait pas oublier. Toutefois, il y avait en elle quelque chose de particulier, de familier...

Adam se demandait quelle était cette chose quand il entendit de nouveau la voix de l'anesthésiste. Il n'atteignit pas le chiffre cinq.

CHAPITRE 5

La Fille la plus célèbre du monde

Le garçon allongé sur le chariot était à peu près de sa taille, légèrement plus petit peut-être. Elle avança à ses côtés, en se servant du lit sur roulettes et des garçons de salle pour se cacher des deux policiers qu'on avait placés à sa porte. Elle leur avait dit qu'elle devait aller aux toilettes. Ils s'étaient regardés, hésitants. L'un des deux était parti chercher une infirmière, mais il n'y en avait aucune dans les parages, et elle avait insisté en lui expliquant que ça pressait. Les toilettes n'étaient pas loin, avait-elle ajouté, il pourrait la suivre du regard jusqu'à la porte, et même l'accompagner s'il le souhaitait. Il refusa cette proposition.

Elle prenait son temps, essayant de trouver un moyen de sortir d'ici, lorsque ce garçon apparut dans le couloir, venant en sens inverse. Elle marcha à ses côtés pendant quelques mètres, avant de bifurquer furtivement dans la chambre qu'il venait de quitter. Un grand placard occupait presque tout un mur. Elle ouvrit les portes et trouva ce qu'elle cherchait : un jean, un sweat-shirt à capuche, un T-shirt, des sous-vêtements et des pyjamas de rechange, tout cela soigneusement plié. Il y avait même une paire de baskets sur le sol. Parfait. Elle arracha la perfusion plantée dans son bras et prit une poignée de mouchoirs en papier dans la boîte qui se trouvait sur la table de chevet pour arrêter le sang. Il ne fallait pas qu'elle tache ses jolis vêtements neufs.

Ces baskets avaient quelque chose de bizarre. L'une des deux avait une semelle plus épaisse que l'autre, ce qui la faisait boiter légèrement, mais à part ça, c'était la bonne taille, impec. Le jean, en revanche, était un peu trop court ; elle devait être plus grande que lui. Bah, elle ne pouvait pas se montrer difficile. De l'argent. Il lui fallait de l'argent. Pas beaucoup, mais suffisamment. Ce n'était pas très bien de voler les affaires de ce garçon, mais elle n'avait personne, rien, alors que lui, il possédait sûrement une famille dans sa maison, des gens qui s'occupaient de lui. Il n'avait aucune photo dans son portefeuille, mais elle imaginait maman, papa, la sœur, le frère et même le chien. Ils lui apporteraient de nouvelles affaires et remplaceraient l'argent qu'elle avait pris. Elle plia les billets, les fourra dans sa poche et remit le portefeuille dans le tiroir. C'était du vol, oui, mais nécessité faisait loi.

Elle rabattit la capuche sur sa tête et ressortit en douce de la chambre, cessant aussitôt de se préoccuper de ce garçon. Il fallait qu'elle quitte cet hôpital, et vite. Tout le monde savait où elle se trouvait, et l'Avocat viendrait s'en prendre à elle, cela ne faisait aucun doute. Malgré cela, elle ne se pressa pas. Elle s'était absentée depuis quelques minutes seulement, pas assez pour que les policiers s'inquiètent et, de plus, ils ne cherchaient pas un gamin avec un sweat-shirt à capuche. Ils levèrent à peine la tête de leurs journaux quand elle passa devant eux. « La secte de la mort ! » clamait le gros titre. Le reste de la une était occupé par une photo d'elle, agrandie et floue, provenant d'un portrait de groupe pris quand elle avait une dizaine d'années. Si ça se trouve, ces policiers eux-mêmes faisaient partie de la secte. Les Enfants ne vivaient pas tous dans des Centres. Un grand nombre d'entre eux était des TV : des Travailleurs Viraux comme on les appelait, qui agissaient au sein même de la société, éparpillés dans toutes les couches sociales, toutes les professions.

Elle avança d'un pas déterminé, tête baissée. Quand vous saviez où vous alliez, ce que vous faisiez, c'était plus facile. Bientôt, elle serait sortie de cet hôpital. Ce pouvait être une patiente venue en consultation externe, une simple visiteuse, une des centaines de personnes qui entraient et sortaient constamment de cet immense bâtiment.

Des journalistes et des photographes étaient encore dehors, avec une équipe de la télévision. C'était une histoire énorme, qui risquait de prendre encore de l'ampleur. Pour l'instant, elle était l'unique survivante. Personne ne voulait s'en aller. Peut-être que son état lui permettrait de faire une déclaration, ou peut-être qu'elle allait décéder. Alors, ils patientaient, assis dans des voitures, à l'arrière des camionnettes, ou debout, regroupés sous des parapluies. Aucun d'eux ne s'attarda sur elle ; ils ne la remarquèrent même pas. Ils étaient trop occupés à fumer, à bavarder, à grignoter des tablettes de chocolat ou des sandwichs. Ils attendaient la suite des événements, sans voir passer la fille la plus célèbre du monde.

CHAPITRE 6

Temple Green

Assis par terre, Kris regardait Temple Green en écoutant la pluie tomber sur l'abri de fortune de Bram. Le seul autre refuge était la crypte, mais elle était à moitié inondée. D'ailleurs, l'abri était presque étanche ; Bram avait fait du joli boulot avec les sacs en plastique et les bâches. Kris ne connaissait pas le véritable nom de Bram. Ici, tout le monde avait un surnom, alors on l'appelait Bram, c'est tout. Lui, il s'appelait Christophe, en vrai, mais personne ne l'appelait jamais comme ça, sauf Mamma Celestine. Il essuya l'eau qui coulait sur son visage, changea de position, tira sur sa capuche. Mamma Celestine était sa grand-mère, et elle n'aimait pas la pluie.

Elle lui disait toujours : « Christophe, il fait trop froid dans cette ville ! Il pleut tout le temps ! »

Comme s'il était responsable ! Là d'où elle venait, il faisait peut-être chaud, mais il y avait de violentes tempêtes. Il avait vu ça à la télé : les palmiers couchés par le vent, parallèles au sol, les coulées de boue qui ensevelissaient des villages entiers. Récemment, ça s'était mal passé, là-bas. Elle ne parlait plus d'y retourner.

Il lui avait demandé de l'appeler Kris, dès le départ, mais elle ne l'avait pas écouté.

« C'est comme ça que tu t'appelles, mon garçon. Qu'est-ce qui te fait honte ? »

Il avait haussé les épaules, personne ne prononçait correctement son prénom. Depuis que maman était morte. Ils l'appelaient tous Christopher et il n'aimait pas ça. Ils l'appelaient comme ça à l'époque où il vivait dans ce foyer pour enfants, et quand il rectifiait, ils le traitaient d'effronté. Il n'était pas resté longtemps. Ils l'appelaient comme ça également dans les familles d'accueil. Comment pouvaient-ils s'intéresser à lui, alors qu'ils ne savaient même pas prononcer son nom ? Il s'était enfui, là aussi, et il avait fini par trouver refuge à Temple Green. C'était ce qui ressemblait le plus à une maison pour lui, jusqu'à l'arrivée de Mamma Celestine. Elle l'avait pris chez elle, mais il continuait à revenir ici, de temps en temps. Ça grouillait d'individus louches, alors il venait voir si le vieux allait bien, si personne ne le rançonnait ou ne l'embêtait.

Le vieux était assis à côté de lui, recroquevillé à

l'intérieur de ses multiples épaisseurs de vêtements, semblable à une tortue. Ils ne parlaient pas beaucoup, mais peu importe. Le silence était un bon compagnon ; le martèlement de la pluie sur la bâche produisait un bruit agréable. Le monde de Bram se résumait à Temple Green. Il vivait dans l'enclos de l'église. Tout ce qu'il possédait tenait dans deux sacs en plastique noir, glissés sous le banc. Il quittait rarement son emplacement ; il faut dire qu'il n'avait pas vraiment besoin de se déplacer. Les gens lui offraient des choses. Le prêtre de l'église, les fidèles. Le bâtiment était en cours d'aménagement, mais les ouvriers veillaient sur lui, ils lui donnaient quelques pièces, ils lui apportaient des tasses de thé et des restes de bacon. Pour le moment, ils n'étaient pas sur le chantier. À cause de la pluie.

Tous les deux contemplaient le monde au-delà de la grille. Temple Green. Il avait dû y avoir de l'herbe à une époque, mais désormais, ce n'était plus qu'un grand rectangle de boue, nu comme une table de billard usée, avec quelques taches vertes ici et là. La place était entourée d'immeubles ; des routes passaient au-dessus, envahies par la circulation. Régulièrement, une voix jaillissait des haut-parleurs de Temple Station, la gare voisine, pour annoncer des annulations et des retards à cause de la pluie, ou la présence d'un obstacle sur les voies, quand ce n'était pas pour inciter les voyageurs à la prudence ou interdire de faire ceci ou cela.

Toutes sortes de gens échouaient ici, tels des déchets flottants coincés dans les lagons créés par le flot incessant de la ville. Ils trouvaient refuge sous le pont routier, dans les tunnels désaffectés ou les hangars de la gare. Ils avaient tous un endroit. Certains construisaient même des habitations branlantes, en carton et en plastique, contre le grand mur en pierre, tout noir, de l'église. C'était déconseillé. Ces constructions étaient régulièrement détruites. Les dealers et leurs clients, les macs et leurs filles traînaient autour de la place. Présentement, ils s'abritaient de la pluie, sur les pas de porte des boutiques vides, ou appuyés contre les affiches à moitié déchirées qui couvraient les vitrines brisées des bureaux abandonnés près de la gare. Temple Green voyait passer beaucoup de gens, mais ils évitaient tous l'enclos de l'église. C'était le domaine du vieux.

Personne par ici ne connaissait son véritable nom, ni ne cherchait à savoir qui il était, mais c'était normal. Pas de nom. Pas de passé. Telle était la règle. Et quand quelqu'un vous donnait son nom, il était probablement faux, alors ça ne servait à rien de demander. On trouvait là des rock stars, des médecins, des banquiers millionnaires, des avocats et des prophètes. À Temple Green, tout le monde avait été quelqu'un avant que la malchance et les temps difficiles les expédient ici. Personne ne cherchait trop à embêter les autres car cette étendue de boue piétinée était aussi un lieu de transactions. Ça ne voulait pas pour autant dire que c'était un endroit sûr. Parfois, des bagarres violentes éclataient, pour des questions de territoire, et certains sans-abri n'hésitaient pas à tuer pour une couverture. Les gens qui descendaient des rues d'en haut prenaient des risques. Ils venaient quand même. D'ailleurs, il y en avait quelques-uns en ce moment même, nerveux sous leurs parapluies noirs, poussés jusqu'ici par le besoin : filles, garçons, drogues en tout genre.

Kris s'était aventuré à Temple Green pour la première fois à l'âge de douze ans. Des yeux avides l'observaient, mais il n'en avait pas conscience. Il avait quitté la chaleur de la gare quand il avait senti que les patrouilles de vigiles commençaient à le repérer, et il était parti à la recherche d'un endroit pour dormir. Il avait fui son dernier foyer d'accueil. Le sixième ? Le septième ? Il n'arrivait plus à compter. Certaines familles avaient été gentilles avec lui, d'autres non. Quelle que soit la façon dont elles le traitaient, il ne restait jamais très longtemps. Il ne se sentait pas à sa place. La plupart faisaient ça uniquement pour l'argent. Même quand elles affirmaient le contraire, elles ne s'intéressaient pas vraiment à lui. C'était toujours pareil, pire qu'au centre. Au moins, là-bas, personne ne jouait la comédie. Généralement, la police le rattrapait, et on l'envoyait dans une autre famille, mais il était plus âgé maintenant, il était le fils d'une clandestine. Cette fois, ils ne l'avaient pas recherché. Les services concernés avaient mieux à faire.

Le vieux avait veillé sur lui jusqu'à l'apparition de Mamma Celestine. Kris vivait avec elle désormais.

« J'ai perdu ma fille unique, toi, je ne te perdrai pas. Alors, t'avise pas de fuguer. »

Elle était venue des Sugar Isles, de Taïnos, là où elle vivait, exprès pour le retrouver. Née en Jamaïque, elle possédait un passeport britannique qui lui avait permis de venir ici et d'obtenir sa garde. La maman de Kris était née à Taïnos, un pays indépendant en ce temps-là. Un long moment s'était écoulé avant que Mamma Celestine ne découvre que sa fille était morte. Kris connaissait bien l'histoire. Sa grand-mère s'était rendue à l'épicerie du coin, où l'on trouvait un journal anglais, *Le Clairon*, que lisaient les habitants des Sugar Isles. Le propriétaire de la boutique avait punaisé au mur une page du quotidien, jaunie maintenant : une photo du mariage de sa petite-fille. Une des punaises était tombée. Les portes étaient ouvertes, devant et derrière, pour rafraîchir la boutique, et une brise soufflait de la mer. Mamma Celestine faisait la queue, en s'éventant, reconnaissante à ce petit vent frais, quand elle remarqua l'article qui figurait au dos de la photo. Au soleil, le papier journal était devenu cassant, aussi l'avait-elle replié avec soin ; elle ne voulait surtout pas déchirer la robe de mariée. L'article parlait d'une fusillade entre gangs rivaux. « Victime innocente », tel était le titre. Une pauvre femme tuée par une guerre qui ne la concernait pas. Le nom de sa fille apparaissait dans l'avant-dernier paragraphe.

Kris regardait par la fenêtre de leur appartement, il attendait sa mère. Elle vivait illégalement dans ce pays, mais elle avait un travail, elle faisait le ménage dans des bureaux. Le soir, elle rentrait tard, et Kris savait qu'elle serait fatiguée. Alors, il avait préparé un poulet au curry avec du riz, le plat qu'elle préférait. Aujourd'hui, même l'odeur lui donnait envie de vomir. Il guettait son retour chaque soir et il songeait à la joie qui illuminait le visage de sa mère quand elle l'apercevait, en revenant de l'arrêt de bus d'Orchard Road. La main appuyée contre le carreau, il se tenait prêt à lui faire signe, au cas où elle lèverait la tête vers lui. Et parfois, elle le regardait. Ce soir-là, elle passa devant un groupe de garçons de la cité. Ils étaient assis sur le mur devant les immeubles, avec leur capuche sur la tête. Ils se passaient un joint. Elle sourit et leur adressa un signe de tête. Ils lui répondirent de la même manière, à contrecœur, mais elle connaissait certainement leurs mères, alors ils la saluèrent.

Ce qui arriva ensuite fut si rapide que tout fut terminé en un clin d'œil. Et pourtant, Kris crut avoir le temps de descendre dans la rue pour l'entraîner à l'abri. Il avait serré le poing pour frapper au carreau. Mais elle ne l'entendait pas. Il ne pouvait pas la prévenir. Une voiture gris métallisé tourna au coin. Une vitre fumée s'abaissa et une main apparut, avec des bagues à chaque doigt, il s'en souvenait, et des bracelets, en or et en argent. Cette main tenait une arme à feu. Un gros pistolet automatique. Mat, pas brillant comme les bracelets. La main tressauta lorsque la balle jaillit du canon, une fois, deux fois, *poc, poc*, pas aussi fort qu'à la télé. Puis la voiture disparut dans un crissement de pneus et une odeur de caoutchouc. Les frères se dispersèrent dans la cité. Sa mère était agenouillée, seule dans la rue. Elle se tenait le ventre à deux mains, avec un air hébété, puis elle bascula. Du moins, c'est ce que croyait Kris ; il n'avait jamais réussi à faire le tri entre ce qu'il pensait avoir vu et ce qui s'était réellement passé ce soir-là. Peut-être qu'il n'avait rien vu du tout, mais ça n'avait pas d'importance. Chaque image demeurait vivace dans sa tête, prête à être visionnée encore et encore.

Il n'avait raconté à personne qu'il avait tout vu. Pas même à la police. Que pourrait-elle faire ? Ni aux assistantes sociales et aux psychologues, car il ne voulait pas qu'ils voient ce qu'il y avait dans sa tête. Uniquement à Mamma Celestine et au vieux. Il leur avait dit qu'il avait vu ce qui s'était passé. Le vieux avait hoché la tête et, ensuite, il avait semblé encore plus triste que d'habitude. La bouche de sa grand-mère s'était crispée légèrement ; elle lui avait pris la main. Il ne l'avait pas retirée, même si, en temps normal, il n'aimait pas qu'on le touche. Elle avait des doigts fins comme des os d'oiseau et sa peau était sèche, semblable à du vieux papier. Des larmes brillaient dans ses yeux sombres, alors qu'elle continuait à serrer la main de Kris dans la sienne. Ils n'avaient pas échangé une parole, ils étaient restés comme ça pendant un long moment.

« Elle n'a pas voulu que je la voie. » La douleur déforma davantage son vieux visage. « Je n'ai pas réussi à la joindre, tu comprends ? »

Non, Kris ne comprenait pas. Comment pouvait-elle voir de si loin ? Qu'entendait-elle par « la joindre » ? Comme quand on téléphone à quelqu'un ? Il avait envie de lui poser la question, mais quelque chose l'en dissuadait. Mamma Celestine se montrait secrète parfois, comme si elle savait des choses qu'elle ne pouvait pas partager avec lui car il était encore trop jeune. Alors, il ne dit rien. Il aurait voulu que cet instant dure plus longtemps, qu'il ne se termine pas par ces paroles brutales : *ça ne te regarde pas.*

Mamma Celestine aimait penser que certaines personnes étaient envoyées sur terre pour vous aider, et que des choses étaient écrites. Elle considérait Bram comme le sauveur de Kris, une sorte d'ange gardien, même si ce rôle pouvait paraître incongru. Elle lui faisait parvenir régulièrement de petits cadeaux. De la nourriture, parfois : une tranche de son fameux pain de viande épicé, des acras, un morceau de poulet mariné, ou bien quelque chose de sucré comme de la noix de coco ou une part de gâteau à la mélasse. Parfois, c'étaient des articles de toilette : du dentifrice, de la crème à raser, des petites savonnettes à la lavande qu'elle adorait. Bram stockait soigneusement tous ces objets, sans jamais les utiliser, apparemment. Tout bien considéré, Kris pensait qu'il préférait la nourriture. Parfois, Mamma Celestine lui écrivait même des lettres, de sa belle écriture avec pleins et déliés qu'elle avait apprise chez les bonnes sœurs. Bram lisait la lettre sans faire de commentaire, puis il la pliait avec soin et la rangeait dans une de ses nombreuses poches. Parfois, il lui renvoyait un message : dis-lui ceci, dis-lui cela. Ces messages n'avaient aucun sens pour Kris. Il ne comprenait pas comment ils pouvaient communiquer tous les deux.

Kris jeta un regard en biais à son compagnon, assis à côté de lui sur le banc. Peut-être qu'il devrait faire un véritable effort pour les rapprocher, l'un et l'autre. Le vieux avait besoin d'un bon récurage. Pour donner l'impression qu'il utilisait les produits que lui faisait parvenir Mamma Celestine. Une coupe de cheveux lui ferait du bien également. Kris renifla. Sans oublier des vêtements propres. Il pourrait garder sa moustache, mais il faudrait la tailler. Et les dents. Il lui en faudrait des neuves, des fausses. Avec tout ça, il serait présentable. Il avait besoin d'attentions et d'un toit. Or Mamma Celestine aimait veiller sur les gens et elle vivait dans un appartement. Kris était souvent dehors ; il ne monopolisait pas toute la bienveillance de sa grand-mère, loin s'en faut. Bram serait peut-être ravi, lui aussi. Le regard de Kris se posa brièvement sur les bras sombres et noueux du vieil homme qui dépassaient des manches de son manteau élimé, raidies par la crasse. Il avait des poignets très fins. D'épaisses veines bleues couraient sous sa peau. Il avait besoin de prendre du poids. Il appréciait la cuisine de Mamma Celestine, et celle-ci se ferait un plaisir de le nourrir.

Kris était en train de songer au meilleur moyen de les rapprocher quand il sentit le vieil homme se raidir. Il se passait quelque chose. Kris tourna la tête. Des années dans la rue avaient appris à Bram à toujours demeurer méfiant, à garder les yeux ouverts, même quand il semblait dormir. Kris se reprocha son manque de vigilance ; sa petite vie douillette le ramollissait. Il observa attentivement les alentours, de manière discrète. Rien ne l'inquiéta. Une fille était sortie de la gare. Sans parapluie. Elle n'avait même pas de manteau. Elle était trempée jusqu'aux os. La pluie ruisselait sur elle. Ses cheveux pendaient comme des ficelles hors de sa capuche, le tissu de son sweat-shirt était plaqué sur son corps. Certes, elle attirait l'attention, mais Kris se disait que ce n'était pas son problème ; pas plus que celui de Bram, à moins qu'il la connaisse. Ça pouvait s'avérer délicat. Elle était jolie ; elle avait une peau légèrement mate, mais ce n'était pas une sœur. Des hommes s'étaient approchés d'elle, des types qui avaient mauvaise réputation. Des maquereaux moscovites, dont certains étaient armés. Kris avait repéré la bosse caractéristique sous leurs blousons en cuir de mauvaise qualité. Ils lui lançaient des regards lubriques, ils exhibaient leur or, ils lui faisaient signe, mais elle restait indifférente. Elle ne semblait pas avoir peur. Au contraire. Elle les regardait fixement avec ses yeux bleu-vert, d'un air méprisant, comme si elle voyait s'avancer une armée de cafards. Elle avait une posture de boxeuse, le poids du corps également réparti sur ses deux jambes. Kris sourit. Il espérait presque que l'un d'eux s'approcherait d'un peu trop près et qu'elle lui filerait une raclée. Aucun doute, cette fille était de taille à se défendre.

Il allait en faire la remarque au vieux lorsque celui-ci lui saisit le bras.

« Hé ! Tu me fais mal ! »

Kris voulut se dégager, mais le vieux serra encore plus fort. Il avait beau être âgé et maigre, il le tenait solidement, et ses ongles entaillés et noirs s'enfonçaient dans la peau de Kris.

« Cette fille...

– Oui, je l'ai vue ! Et alors ? »

Kris voulut se libérer de nouveau, mais le vieux l'attira contre lui et montra la fille avec l'index tordu de son autre main.

« C'est elle !

– Elle quoi ? Je ne comprends rien, mon pote !

– Il faut que tu... »

Le vieil homme se tourna vers lui ; ses yeux gris pâle étaient fiévreux, désespérés, et alors que Kris le regardait, une fine pellicule sembla les recouvrir, assombrissant les iris et les pupilles dilatées. Soudain, sa tête s'inclina, sa mâchoire se relâcha, sa langue pendit sur le côté, comme si elle était devenue trop grosse pour sa bouche. Il essaya de parler, mais en vain. Sa tête bascula vers l'avant. Un filet de bave resta suspendu dans le vide quelques instants, avant de couler sur ses genoux.

« Qu'est-ce qui se passe ? » demanda Kris.

Il sentit l'étau se desserrer autour de son bras ; il recula. Le vieil homme s'écroula. Les muscles des cuisses du garçon se raidirent ; oubliée, la fille. Bram avait un grave problème. Kris se leva, prêt à courir, mais quelque chose l'en empêcha. Le vieux avait toujours été bon avec lui. Kris devait payer sa dette.

« Hé, mec... »

Le visage du vieil homme s'était décomposé, ratatiné, comme si toute la vie qui s'y trouvait avait été aspirée. Il avait des haut-le-cœur, il allait vomir.

« Aaaaargh... ! »

Kris recula d'un bond, avec une grimace de dégoût. Il avait failli en recevoir sur son jean, ou sur ses Converse. Il détestait la maladie, et tous les machins dégueulasses qui allaient avec, mais il eut la présence d'esprit d'allonger le vieux sur le côté pour éviter qu'il s'étouffe.

Il prit son téléphone et composa le numéro des urgences. Il tomba sur un message enregistré, accompagné d'une musique. Ils se feraient un plaisir de l'aider, mais à cause d'un nombre inhabituel d'appels, ils devaient le mettre en attente. Il essaya d'envoyer un SMS. Idem. De toute façon, ils refuseraient certainement de venir ; ils n'aimaient pas envoyer des ambulances par ici ; ils avaient peur de se faire attaquer, et ils détestaient ramasser des clochards qui empestaient leur véhicule. Kris referma son téléphone à contrecœur. Bram paraissait mal en point. Son visage avait pris une couleur étrange et il respirait bizarrement. Kris ne savait pas quoi faire. Il jeta des regards autour de lui. Les habitants de Temple Green se rassemblaient ; la vie des sans-abri était ennuyeuse, la moindre distraction était la bienvenue. Néanmoins, aucun n'avait envie d'intervenir.

« Qu'est-ce que vous regardez comme ça ? Allez au diable ! leur lança-t-il d'un ton hargneux, avant de reporter son attention sur Bram.

– Ne t'occupe pas de moi... » Kris dut se pencher pour entendre le murmure rauque du vieil homme ; chaque parole était une souffrance. « Rattrape-la ! Tu dois...

– OK, OK, du calme. »

Mais Bram était déjà reparti ; ses yeux se révulsèrent. Pas question de l'abandonner ici. Il mourrait. Kris devait aller chercher de l'aide. Il connaissait un type, un ancien médecin, foutu dehors parce qu'il se droguait. Il regarda autour de lui, mais il ne le vit pas. Si, il était là !

« Hé, vous ! Approchez ! »

Kris l'agrippa par la manche de sa parka grasse. Ses pupilles ressemblaient à des têtes d'épingle, mais il n'était pas totalement dans les vapes.

L'homme s'essuya les mains sur son pantalon de survêtement déchiré et se pencha pour examiner Bram. Il plongea son regard dans les yeux du vieil homme en soulevant une paupière, puis l'autre.

« On dirait qu'il a fait une vilaine attaque. »

Il desserra les vêtements autour du cou de Bram pour l'aider à respirer.

Les curieux s'éloignaient ; ce n'était pas la première fois qu'ils voyaient quelqu'un mourir. Finalement, ce n'était pas très intéressant. D'ailleurs, l'ancien médecin serait parti avec eux si Kris ne l'avait pas retenu.

« C'est tout ce qu'on peut faire ?

– Oui, plus ou moins. Vérifie que rien ne l'empêche de respirer. Installe-le confortablement. » Il récitait ces paroles par automatisme ; elles semblaient sorties d'un scénario à moitié oublié. « Et prie pour que l'ambulance arrive rapidement. »

Il pencha la tête, comme s'il guettait le bruit de la sirène.

« Elle ne viendra pas, dit Kris. Je n'ai pas réussi à les joindre.

– Ah... » L'ancien médecin se leva et soupira. « Dans ce cas, c'est foutu. On peut rien faire.

– Il y a forcément quelque chose à faire ! »

Kris resta là, à réfléchir. Temple Green s'était vidé. La fille à l'origine de ce drame n'était plus là. Le vieux allait parfaitement bien avant qu'elle apparaisse. Qui était-elle pour avoir provoqué une telle réaction ? Peut-être qu'un des maquereaux moscovites lui avait mis le grappin dessus. La colère de Kris enfla. Bien fait pour elle ! Elle n'avait qu'à pas mettre le vieux dans cet état. Il pouvait voler une voiture, mais ça prendrait trop de temps. Et l'hôpital le plus proche était St-Anne, juste derrière la gare. Alors, il commença à démonter l'abri de fortune.

« Qu'est-ce que tu fais ? lui demanda l'ancien médecin.

– Attrapez l'autre bout de la bâche. On va l'envelopper dedans pour l'emmener. C'est pas très loin. »

L'autre faillit éclater de rire, mais le regard du garçon l'en dissuada. Il était peut-être maigrelet et trop petit pour son âge, mais ces gamins des rues étaient coriaces. Et méchants. Un refus de l'aider pouvait avoir de fâcheuses conséquences. Alors, il hissa le corps inerte sur la bâche. Le vieil homme était grand, mais pas très lourd. Ce ne serait pas un fardeau. De plus, il avait été médecin. Autrefois. N'avait-il pas prêté serment ?

D'autres personnes vinrent les aider dès qu'elles apprirent que la victime était Bram. Le vieil homme était toujours prêt à partager ce qu'il avait. Quatre hommes prirent chacun un coin de la bâche ; il méritait qu'on se mouille pour lui.

« On va se débrouiller, petit, dit l'ancien médecin. File

devant. Va les prévenir. Il a fait une hémorragie cérébrale, ça semble sérieux.

– Attendez ! »

Kris se pencha pour prendre quelque chose sous le banc. Bram ne se séparait jamais d'une petite mallette en cuir. Elle était enveloppée dans un sac en plastique qui la protégeait de la pluie. À l'intérieur, il n'y avait qu'un vieux carnet corné et quelques papiers, mais le vieux vérifiait sans cesse son contenu. Si elle n'était pas à ses côtés quand il se réveillerait, il allait s'inquiéter. Kris glissa la mallette sous le manteau du vieil homme. *S'il* se réveillait...

« Autre chose pendant que tu y es ? ironisa un de ceux qui tenaient la bâche.

– Non, répondit Kris en lui tapant dans le dos. Vous pouvez y aller.

– Effronté, ce petit salopard, murmura l'homme. On fait pas ça pour toi, je te signale.

– On se retrouve là-bas. »

Les porteurs stabilisèrent leur charge et traversèrent la place en glissant dans la boue, avec leur linceul improvisé. À part eux, il n'y avait plus personne. Où était la fille ? Aucun signe. Comme si elle n'était jamais venue par ici. Kris avait fait une sorte de promesse à Bram, mais il devrait attendre pour essayer de la retrouver. Dans l'immédiat, il avait une autre mission. Il sauta sur son vélo et partit en pédalant furieusement. Arrivé dans la rue qui passait au-dessus de Temple Green, il se faufila au milieu des voitures immobilisées au carrefour. Il repartit dès que le feu passa au vert. Sans voir le taxi qui roulait sur la voie de bus et qui grilla le feu rouge.

CHAPITRE 7

Dans les rêves

Il y avait quelqu'un dans la chambre avec Adam. Il n'avait pas besoin d'ouvrir les yeux pour savoir qui c'était. Frère Zachariah, surnommé Frère Zack, mais pas en sa présence. Adam sentait l'odeur de son après-rasage coûteux. D'ailleurs, il n'avait jamais eu d'autre visiteur que Frère Zack. Sa seule présence dans cette chambre donnait à Adam envie de retrouver l'endroit chaud et obscur qu'il venait de quitter. Hélas, celui-ci s'éloignait un peu plus à chaque seconde. Il n'avait pas le choix, il devait se réveiller.

Toutefois, il n'ouvrit pas les yeux tout de suite ; Frère Zack n'avait pas besoin de savoir qu'il était réveillé. Cet endroit obscur n'était pas vide ; il était habité par les échos d'autres choses. Adam y avait fait de curieux rêves.

Maintenant, des images défilaient devant lui, à toute vitesse, comme s'il avait les yeux ouverts. Des larmes qui coulent sur un visage de plâtre et gouttent sur la tête d'un enfant. Du sang qui jaillit d'une plaie sur une peau tendue par les côtes d'une cage thoracique et pénètre dans le bois autour de clous à tête carrée. Des gouttes de lait qui apparaissent sur la trompe incurvée d'un éléphant. De petites graines noires dessinaient des lettres qu'il ne pouvait pas lire.

Un commentaire lui parvint :

... des témoignages de phénomènes miraculeux...

C'était la télé. La voix mourut.

Adam ouvrit les yeux. Frère Zack était assis dans le fauteuil près de la fenêtre ; la télécommande à la main. Avec son autre main fine, il triturait le bas de son surplis vert foncé. Un petit froncement de sourcils rida la peau lisse de son front lorsqu'il regarda par la fenêtre, distrait. Le son de la télé était coupé, mais le commentaire se poursuivait. Partout à travers le monde, les croyants et les non-croyants visitaient des lieux de pèlerinage improvisés. *Était-ce ça ?* Le visage de Frère Zack ne trahissait plus aucune émotion, mais Adam sentait l'excitation qui montait en lui, irrépressible. *Une série d'événements bizarres dans le monde entier. Était-ce ce qui avait été promis ?* Adam pouvait pénétrer dans l'esprit de Frère Zack ! Il ressentait les émotions qui l'habitaient ! Trop occupé à nier une telle possibilité, Adam perdit le fil de cette pensée.

« Je vois que tu es réveillé. »

La chambre s'assombrissait ; dehors, la lumière du jour déclinait, le soir tombait. La croix blanche, dont les branches étaient ciselées pour ressembler à une étoile, luisait sur la poitrine de Frère Zack. D'un petit geste, il repoussa les cheveux noirs qui tombaient devant ses yeux ternes et il observa le garçon couché dans le lit. Une petite moue retroussa ses lèvres fines lorsque ses yeux se posèrent sur la cage qui entourait la jambe d'Adam. Celui-ci perçut une répulsion si forte qu'elle explosa dans sa bouche comme un aliment pourri et lui provoqua un haut-le-cœur.

« Infirmière ! Infirmière ! »

Frère Zack s'était levé d'un bond pour crier dans le couloir. L'infirmière arriva aussitôt, avec une bassine pour Adam.

« C'est rien, c'est l'anesthésie. Ça va passer. »

Elle jeta un regard à Frère Zack, qui s'était planté devant la fenêtre et leur tournait le dos. Puis elle reporta son attention sur Adam. Sa pitié le submergea, tiède comme une pluie d'été. L'infirmière repartit en emportant la bassine, en même temps que sa pitié. Frère Zack se retourna. Adam sentait son hostilité, semblable au frottement d'une lime sur la peau.

« Nous avons reçu des informations... »

Pas de « Comment te sens-tu ? Comment va ton pied ? » Rien. Mais il s'y attendait, non ? Frère Zack ne l'avait jamais aimé. Frère Zack n'aimait personne, de toute façon, mais il détestait particulièrement toute forme d'infirmité.

C'était la cause de sa répulsion. Il ne pouvait détacher son regard du drap ; il ne pouvait s'empêcher d'imaginer ce qui se trouvait dessous. Adam avait envie d'ôter les pansements en disant : « Allez-y, rincez-vous l'œil ! » Il savait que pour Frère Zack il serait toujours un infirme désormais. Même quand il serait rétabli, Frère Zack regarderait les fines cicatrices blanches, et Adam aurait envie de cacher son pied, comme un animal blessé.

« Un individu prétend être de ta famille.

– Hein ? »

Tous les sens d'Adam étaient en éveil ; cette nouvelle avait chassé les dernières brumes de l'anesthésie. C'était bien la dernière chose à laquelle il s'attendait. Il éprouva tout d'abord un vif étonnement, qui céda place à l'exaltation, tandis que son esprit s'efforçait d'assimiler tout ce que cela impliquait. Jusqu'à cet instant, il avait toujours été seul au monde. Un orphelin sans parents proches. Voilà pourquoi il avait passé sa vie à l'École du Temple, même durant les vacances. Quand il aurait l'âge requis, il entrerait dans le Temple à proprement parler et il endosserait le surplis vert, comme Frère Zack. Du moins, c'était prévu ainsi. C'était l'existence qu'on lui réservait. Mais ça n'arriverait pas. Plutôt mourir.

« Oui, dit Frère Zack. Tu as un parent, semble-t-il. C'est en tout cas ce qu'il affirme.

– Où est-il ?

– Ici. À l'hôpital. »

C'était encore plus stupéfiant. Le choc, la curiosité, l'excitation : toutes ces émotions se succédaient et se bousculaient en lui. Soudain, ses yeux s'emplirent de larmes de soulagement. Il n'était plus seul ! Depuis son arrivée à l'hôpital, Adam s'était surpris plusieurs fois à imaginer qu'il avait une véritable famille : il y aurait des fleurs dans sa chambre, des roses jaunes, les punaises du panneau de liège serviraient à accrocher des cartes de prompt rétablissement. Il avait peu de souvenirs conscients de sa mère ; quant à son père, il ne s'en souvenait pas du tout. Mais il imaginait un couple : la femme était jolie, rousse ; l'homme, plus âgé, avait l'air distingué. Ils étaient penchés au-dessus de lui, le visage plissé par l'inquiétude, ils interrogeaient les médecins sur son état de santé.

Il savait que c'était idiot, et il ne comptait pas sur Frère Zack pour dévoiler des sentiments de cette nature, mais n'importe quelle relation était préférable à la solitude. Il aurait aimé avoir un peu de temps pour savourer son soulagement et sa joie, mais son euphorie serait de courte durée, il le savait. Mieux valait ne rien laisser paraître. Il ravala ses sentiments. Les mauvaises nouvelles allaient suivre ; Frère Zack avait hâte de les lui annoncer. Ses lèvres pincées tressaillaient comme s'il avait du mal à réprimer un sourire.

« On l'a ramassé dans la rue. C'est une épave humaine. Il est dans le coma. On pense qu'il ne survivra pas. »

Et voilà. Il avait eu une famille pendant sept secondes. Six.

« Comment savez-vous, alors, que c'est un parent ?

– Il avait des papiers sur lui. Certains documents... » Frère Zack se racla la gorge. « Comme il a peu de chance de s'en sortir, et que tu es son seul parent connu, ils auront besoin de ton autorisation tôt ou tard.

– Mon autorisation pour quoi faire ?

– Pour débrancher le respirateur. »

Les mots se bousculaient dans la bouche de Frère Zack, tellement il se réjouissait de les prononcer. On percevait en lui une sorte d'excitation, différente toutefois de la joie qu'il éprouvait à tourmenter Adam habituellement. Pour lui, ce n'était qu'un passe-temps, comme arracher les ailes des mouches. Non. C'était plutôt comme lorsqu'il pensait à tous ces drôles de miracles. Pourquoi cet enthousiasme ?

Frère Zack se tourna vers lui et Adam perçut son impatience ; il en sentit le goût dans sa bouche, comme une pièce de monnaie en cuivre brûlante.

« Mais il n'est pas encore mort. Vous l'avez dit.

– Non. Mais...

– Et si je refuse de donner mon autorisation ?

– Pour quelle raison ? »

La patience de Frère Zack commençait à se fissurer. Le garçon serait novice l'année prochaine. Il vivait conformément à la Règle, à l'instar de tous les adeptes de l'Ordre. Il n'avait pas le droit de mettre en doute les décisions d'un supérieur. Il avait déjà démontré, à plusieurs occasions, qu'il n'était pas fait de la bonne étoffe. Frère Zack estimait qu'il faudrait le renvoyer, mais le Nouveau Maître tenait absolument à le protéger, pour une raison quelconque. « C'est un orphelin, Zachariah. Nous sommes une fondation caritative. Nous devons donc nous montrer charitables, disait-il, les mains levées en signe de bénédiction. Où irait-il ? »

Quelle importance ? Pour Frère Zack, ce petit saligaud pouvait bien vivre dans la rue, comme tous les rats qui infestaient le Green. Le Temple était extrêmement hiérarchisé, et il n'avait pas connaissance du mode de fonctionnement de l'Abracax, l'Ordre Intérieur secret, mais il avait bien l'intention d'y remédier. Malgré son jeune âge, il avait déjà fait du chemin et son ambition ne connaissait pas de limites. Le savoir, c'est le pouvoir, et il savait plus de choses qu'ils le croyaient. Par exemple, il savait que la secte avait provoqué un vif intérêt, et voilà qu'apparaissaient ces signes, ces présages. Ces événements annonçaient d'importants changements, mais comment, et pourquoi, seul l'Ordre Intérieur le savait.

L'accession à Abracax dépendrait de sa capacité à donner une impression de fidélité et d'obéissance absolues. Si le Nouveau Maître s'intéressait à ce garçon, il ne devait pas s'y opposer. Jusqu'à présent, c'était un orphelin. L'apparition du père avait provoqué des remous. Là encore, Frère Zack sentait que cela cachait des choses, une autre intervention de l'Abracax, mais les ordres du Nouveau Maître avaient été simples et clairs. Identifier cet individu, puis s'en débarrasser. Pour l'instant, il n'avait encore rien découvert. Cette fichue infirmière du service de soins intensifs s'était montrée d'une étonnante sévérité au sujet des affaires personnelles du vieil homme. À moins d'entrer dans la chambre et de débrancher lui-même tous les appareils, ce qui risquait de nuire à la réputation de l'Ordre, obtenir le consentement du garçon lui semblait la meilleure solution. Pour l'instant. S'il continuait à se montrer entêté, la situation risquait de changer.

« Il n'est pas mort, dit le garçon dans son lit. C'est ce que vous avez dit.

– Pas encore. Apparemment. Mais à long terme... »

Frère Zack avait du mal à croire qu'il était en train d'argumenter avec ce gamin. Il faisait un effort pour contenir une fureur froide ; c'était comme saisir à pleines mains une barre de métal gelé.

« À long terme, ce sera un acte de miséricorde... »

Soudain, Adam se pencha en avant, pris de haut-le-cœur bruyants.

« Vous voulez bien appeler l'infirmière ? Je crois que j'ai encore envie de vomir. »

Frère Zack sortit prestement, en faisant voler son surplis. Cet homme était tellement hypocrite qu'Adam croyait qu'il allait vomir pour de bon.

L'infirmière demanda à Frère Zack de quitter les lieux.

« Pouvez-vous lui apporter d'autres vêtements ? lui demanda-t-elle, alors qu'il s'en allait.

– Il a son uniforme. »

Il parlait de son surplis, semblable à celui de Frère Zack, mais bleu. L'infirmière le foudroya du regard.

« Des vêtements normaux. Il en a besoin.

– Que sont devenus ceux qu'il avait ?

– On les lui a volés.

– Volés ? Vous n'avez donc aucun système de surveillance ici ?

– Ce sont des choses qui arrivent. Un des patients... »

Elle baissa la voix en accompagnant Frère Zack vers la sortie. Celui-ci détacha son regard du garçon alité et Adam perçut en lui une nouvelle poussée d'excitation lorsque l'infirmière lui raconta ce qui s'était passé. Une réflexion liée à la nouvelle qui défrayait la chronique pénétra dans l'esprit sombre et féroce de Frère Zack, et y disparut. Adam laissa sa tête retomber sur son oreiller. La fille qu'il avait vue dans le couloir lui avait volé ses affaires, puis elle était sortie, tranquillement, et elle avait disparu. Il lui souhaitait bonne chance. Il espérait qu'elle réussirait à filer, et qu'ils ne la rattraperaient pas. Jamais.

Il était content de se retrouver seul, ne serait-ce qu'un instant. Que voulait Frère Zack au juste ? Pourquoi tenait-il tant à ce qu'il achève ce membre de sa famille en débranchant l'appareil ? Ou en appuyant sur un bouton, ou n'importe quoi d'autre. La télé diffusait des images muettes ; la télécommande se trouvait à l'autre bout de la chambre, là où Frère Zack l'avait laissée. Encore des mauvaises nouvelles. Les derniers bilans des glissements de terrain et des inondations. Des images filmées dans une partie quelconque du monde montraient des villages balayés comme des fétus de paille détrempés, des enfants nageant comme des rats dans une eau boueuse. Adam ferma les yeux pour chasser ces visions. Il avait déjà la nausée.

Il essayait de s'habituer à l'idée qu'il avait désormais un parent, quel qu'il soit. Qui était-ce ? Frère Zack n'avait rien dit. Il voulait juste le voir mourir.

CHAPITRE 8

L'Heure des visites

Adam avait décidé qu'il ne signerait pas ce document. Ni maintenant, ni plus tard. Jamais. S'il le signait, il se retrouverait à nouveau seul au monde. C'était peut-être ce qu'ils voulaient, d'ailleurs ; ils espéraient certainement mettre la main sur l'argent dont il hériterait à la mort de son parent. Cet homme avait vécu comme un clochard, mais les papiers en sa possession indiquaient qu'il était extrêmement riche.

« Je peux aller le voir ?

– Sans doute. » Frère Zach examinait ses ongles pales.

Délicatement, il repoussait une cuticule qui empiétait sur une lunule violette. « Mais ça ne servira pas à grand-chose. Il est dans le coma, comme je te l'ai expliqué. »

Malgré cela, une fois Frère Zack reparti, Adam demanda la permission d'aller voir son nouveau parent. L'infirmière répondit qu'elle devait se renseigner. Elle revint lui annoncer qu'il était un peu trop tard ; le médecin allait commencer sa visite de l'après-midi. Demain, peut-être, dit-elle. Apparemment, personne n'y voyait d'objection.

Le lendemain, un agent hospitalier vint le chercher avec un fauteuil roulant pour le conduire dans l'unité des soins intensifs.

« C'est un ami à toi ? demanda-t-il en poussant Adam dans les couloirs. Un parent ?

– Un parent.

– Oh. Un oncle ? Un cousin ?...

– Euh... » Adam hésita. Personne ne lui avait précisé le lien de parenté qui l'unissait à cet homme. « Un oncle, répondit-il finalement. Je crois.

– Tu n'en es pas sûr ?

– Non. On... on avait perdu le contact.

– Ta mère le sait pas ? Elle t'a rien dit ?

– Je n'ai pas de mère. Je suis orphelin. Je n'ai aucun parent en vie. Enfin, je n'en avais pas jusqu'à maintenant.

– On y est. »

L'agent hospitalier s'arrêta devant le bureau des infirmières et on lui indiqua une chambre située non loin de l'unité principale.

« À voir sa tête, ce serait plutôt ton grand-oncle ! », commenta-t-il en jetant un coup d'œil à travers la vitre.

L'infirmière vint ouvrir la porte.

« Avant que tu entres, dit-elle à Adam, il faut que je te prévienne. Son état de santé est stable maintenant, mais il y a peu de chances qu'il te reconnaisse, ni même qu'il réagisse en te voyant.

– Surtout qu'il l'a jamais vu, ajouta l'agent hospitalier. J'ai l'impression qu'il est pas prêt de réagir à quoi que ce soit avant longtemps. »

L'infirmière poursuivit, en ignorant cette remarque.

« Certains parents nourrissent de grands espoirs. Parle-lui. Tiens-lui la main. Des fois, ça change beaucoup de choses, tu serais surpris. Un simple contact humain peut provoquer des miracles.

– Allez, mon gars. » L'agent hospitalier lui fit franchir la porte et le poussa vers le lit. « Vois ce que tu peux faire. » Il s'attarda un instant pour observer l'homme alité, puis il secoua la tête. « Faudra plus qu'un miracle, à mon avis. Ce vieux bonhomme m'a tout l'air d'un mourant, et j'en ai vu pas mal, tu peux me croire. »

Adam aurait difficilement pu dire le contraire. Il se surprit à examiner les écrans des machines, à la recherche des signes vitaux. Le visage posé sur l'oreiller était d'un gris jaunâtre, décharné, les yeux étaient enfoncés dans les orbites et les paupières légèrement entrouvertes, telles deux cicatrices violacées bordées de rides profondes. La chair pendait sur les pommettes saillantes, la peau était tendue, presque blanche, sur l'arête vive du nez. Une barbe naissante étamait les joues, ce qui surprit Adam, mais il en conclut que, quel que soit votre état, les poils et les cheveux continuaient à pousser. Une chose était certaine : cet homme ne ressemblait pas du tout au parent qu'il avait imaginé.

« Tu peux t'approcher. Prends-lui la main », dit l'infirmière d'un ton joyeux et encourageant.

Adam n'en avait pas envie. Les mains du vieil homme reposaient sur la couverture ; les doigts étaient recourbés comme des griffes, les ongles décolorés, épais et striés ; les veines ressemblaient à de gros vers bleus sous la peau parcheminée. À contrecœur, Adam tendit le bras. La peau était sèche et rêche sous ses doigts, mais la main était chaude. Il retira vivement la sienne sous le choc.

« Tu es son petit-fils ? demanda l'infirmière.

– Son fils », corrigea Adam.

Il ne savait pas comment il le savait, mais soudain, il eut cette certitude.

« Oh, fit l'infirmière, surprise. Pourtant, il semble...

– Trop vieux. Oui... » concéda Adam.

Comment savait-il ? Pour masquer sa confusion, il fit rouler le fauteuil vers les résultats d'examens accrochés au pied du lit.

« C'est la remarque que je me suis faite, dit-il. Mais c'est bien le même nom sur les examens : Abraham Black.

– Dans ce cas... » L'infirmière s'approcha. « Quelque chose me tracasse. Tu sais, ce prêtre ?

– Frère Zack. Avec la longue tunique verte...

– Oui, c'est lui. » Elle regarda l'homme couché dans le lit. « Je l'ai surpris ici l'autre jour, en train de fouiller dans la table de chevet, dans les affaires de ton papa.

– Ah bon ? » Voilà qui éveilla la curiosité d'Adam. « Qu'est-ce qu'il cherchait, à votre avis ?

– Ton papa ne possède pas grand-chose, le pauvre, mais quand on l'a amené ici, il avait une petite mallette. Il n'y avait presque rien à l'intérieur, d'après ce que j'ai pu voir, juste un vieux livre, quelques papiers, etc. Mais..., ajouta-t-elle, encore indignée par ce souvenir, j'ai vu Frère Machinchose qui partait avec. Pas question de le laisser faire. Je suis responsable des affaires personnelles de mes patients.

– Qu'avez-vous fait ?

– Je la lui ai reprise, qu'est-ce que tu crois ! Je me sentirais plus tranquille si tu la surveillais.

– Euh, c'est un peu compliqué. »

Adam n'osait pas avouer qu'entre ses mains la mallette serait encore moins protégée que dans une table de chevet qui ne fermait pas à clé, dans une chambre d'hôpital.

« Peut-être que vous pourriez la garder dans votre bureau en attendant ? suggéra-t-il. Par contre, je veux bien y jeter un coup d'œil.

– Entendu. Je vais la chercher. Quand tu auras fini, je l'enfermerai dans mon casier. Ce prêtre n'osera jamais aller fouiller là-dedans ! »

Elle revint avec une petite valise cabossée, à peine plus grande que deux boîtes à chaussures juxtaposées. Elle n'était pas fermée à clé. Adam souleva le couvercle en cuir éraflé et découvrit un portefeuille marron craquelé qui contenait des papiers. Un vieux passeport corné au nom d'Abraham Black, périmé et couvert de tampons. Une enveloppe, froissée et déchirée sur les côtés, était glissée dans le fond. À l'intérieur, il y avait des photos, à moitié effacées et abîmées, salies par des traces de doigts, comme si elles avaient été manipulées sans fin, tel un jeu de cartes qui a trop servi. On y voyait une femme aux longs cheveux roux, qui riait ou souriait, parfois seule, parfois accompagnée d'un jeune blondinet aveuglé par le soleil. Adam approcha les photos de ses yeux et les orienta dans la lumière pour les examiner, longuement. Quand il les eut suffisamment observées, il battit des paupières pour chasser ses larmes et rangea les photos dans l'enveloppe avec un grand respect, les doigts tremblants. Bien qu'il n'ait conservé aucun souvenir d'elle, il savait que cette femme était sa mère. Bien souvent, il avait fait surgir son image pour alimenter son fantasme d'une famille unie et joyeuse. Ce petit garçon était l'enfant qu'il avait été autrefois.

Il prit une autre enveloppe et la retourna. Dessus était écrit : *À ouvrir en cas d'accident.*

Elle avait déjà été ouverte. À l'intérieur se trouvait l'adresse d'un cabinet d'avocats : Skidmore, Punter, Moody & Stanfield, Londres. Un numéro de compte à la Coutts Bank, sur le Strand, et un morceau de papier sur lequel le nom d'Adam était imprimé en lettres noires : Parent : Adam Black, c/o Temple College, Temple Green, Londres.

Adam remit les documents en place, très soigneusement. Voilà comment le Temple connaissait l'existence de son père, donc. Mais pourquoi ces gens voulaient-ils sa mort ? Et pourquoi Frère Zack s'intéressait-il tant au contenu de cette mallette ? Adam reporta son attention sur le corps alité, relié par des tuyaux à toutes ces machines qui le maintenaient en vie. L'existence de son père ne tenait plus qu'à un fil ; la moindre intervention pouvait lui être fatale. Frère Zack oserait-il faire une chose pareille ? Adam n'en était pas certain, mais il se méfiait de lui, et encore plus de l'Ordre. Il se sentait envahi tout à coup par un vif sentiment protecteur. Ce vieil homme était un inconnu, certes, mais c'était aussi son père. Personne ne le lui prendrait du jour au lendemain.

C'était une chambre double. Le lit voisin était inoccupé. Adam eut soudain une idée ; ça pouvait marcher. Il s'installa pour examiner les autres documents contenus dans la mallette. Sous le portefeuille se trouvait un carnet relié de cuir bleu foncé, dont les feuilles étaient bordées de lignes ondulées aux teintes irisées. Un nom – Aurel Lockwood – était inscrit sur la couverture, et également sur le frontispice marbré, à l'intérieur d'un double cadre noir.

Adam sortit délicatement le carnet de la valise. Peut-être renfermait-il un indice qui expliquerait l'intérêt des Frères de l'Ordre. Il l'ouvrit au début. Les feuilles, raidies par les lettres qui y étaient collées, craquèrent quand il les tourna. C'était une écriture moulée, avec des pleins et des déliés, à l'encre bleue, passée. Les annotations qui les accompagnaient étaient en noir, rédigées d'une petite écriture fine et nette, penchée. Il devina que c'était celle de son père.

LOCKWOOD[1] # 1

11 Forfar Street
Londres

Vendredi 5 janvier 1906

Mon cher Stone[2],

Une éternité semble s'être écoulée depuis que vous avez quitté notre vieux Londres et son brouillard pour les cieux plus cléments de votre Californie bien-aimée. De fait, alors que j'écris ces lignes, des bourrasques font trembler ma fenêtre et la laissent criblée de suie. Au moins, la pluie a chassé la neige, mais un triste feu, plein d'amertume, brûle dans ma cheminée, et les mornes braises résistent à mes tentatives pour leur conférer un semblant de gaieté. Il faudra que j'évoque avec Thompson (une fois de plus) l'insouciance de ce livreur de charbon qui a la sale manie de déposer son chargement dans la cour au lieu de le déverser directement dans la cave, où il est relativement au sec. Mais je n'ai pas commencé cette lettre avec l'intention de me plaindre de l'incompétence des marchands, de mes conditions

1. LOCKWOOD, AUREL (1880-1975), auteur de romans étranges. Son bref succès dans les années 1910 fut éclipsé par la notoriété qui entoura la série de procès dans lesquels furent impliqués des membres du Mouvement Décadent. Il connut toutefois une sorte de renaissance parmi des écrivains pratiquant un genre similaire dans les années 1920, surtout en Amérique, avant de retomber dans l'oubli. Aujourd'hui, la plupart de ses œuvres sont épuisées.

2. STONE, BRICE AMBROSE (1872-1919 ?), auteur américain, journaliste et aventurier. Né à San Francisco. S'est installé à Londres en 1895. Il est retourné à San Francisco en 1905. Auteur accompli de nouvelles sur la mort, l'horreur et l'occulte. Il s'est rendu au Mexique en 1906 et a disparu. Vu pour la dernière fois en 1919. On suppose qu'il est mort là-bas, mais il aurait été aperçu ultérieurement, au Brésil.

de vie ou des désagréments, reconnus universellement, du climat britannique (même si ce sujet figure parmi nos préoccupations majeures et alimente d'inépuisables conversations, souvent ennuyeuses, je le crains, comme vous avez eu l'occasion de le faire remarquer).

Dernièrement, j'ai été profondément perturbé par certains événements survenus au sein du Cercle, et vous êtes la seule personne en qui j'ai suffisamment confiance pour vous confier mes peurs. Nous avons l'un et l'autre, à différents moments, émis le souhait d'appartenir à ce groupe, attirés par un intérêt commun pour l'occulte et une fascination pour "toutes les choses bizarres". Nous avons tous les deux connu la même déception, même si, me semble-t-il, celle-ci n'avait que peu de rapport avec la foi elle-même – je sais que votre intérêt est aussi puissant que le mien – et était plutôt due aux autres membres. Vous avez alors suivi votre propre voie, en adoptant des méthodes de recherches bien plus scientifiques. Quant à moi, je suis resté membre, étant d'une plus grande tolérance vis-à-vis de la folie humaine, comme vous l'avez souvent dit. Je me souviens fort bien de cette dernière réunion explosive chez Madame T[1] quand vous lui avez demandé pourquoi son guide spirite était toujours un Amérindien (votre remarque leur est passée au-dessus de la tête, je le crains). Une vive dispute s'en est suivie, si j'ai bonne mémoire, et pour finir vous les avez traités de " bande de charlatans et d'escrocs narcissiques, qui adoraient se déguiser ".

Je suis d'accord avec ce résumé. Bien que je sois resté dans le groupe, j'ai cessé de me déguiser et je n'assiste plus que rarement aux réunions. Elles sont devenues bien trop ritualistes à mon goût, mais

1. MADAME T – ELENA NIKOLAYEVNA TELENSKY (1842-1910), née Helena Beren, de parents allemands, dans ce qui est aujourd'hui l'Ukraine. Membre fondateur du Cercle de l'Aube Nouvelle, elle prétendait être une des premières Illuminati, et de ce fait, en contact permanent avec les esprits de l'air et de la terre.

relativement inoffensives. Du moins, le croyais-je. Jusqu'à ce qu'un événement récent me remplisse de l'inquiétude la plus effroyable.

J'ai gardé le contact avec une ou deux personnes. Je continue à dîner avec M[1] à mon club, de temps à autre, et cette histoire le concerne, bien qu'indirectement, ainsi que deux autres membres du Cercle. Le premier est celui que j'appellerai le Poète[2]. Vous le connaissez sous le surnom de Jeune Homme Sombre à Lunettes. J'espère que vous me pardonnerez, Stone. Vous savez que ce n'est pas mon genre de faire des mystères, mais une fois que vous aurez lu ce qui suit, vous comprendrez pourquoi je répugne à indiquer les noms de ces personnages, même dans mon propre bureau. Surtout dans mon bureau, d'ailleurs.

M. et moi devions dîner au club et j'avoue être arrivé légèrement en retard. C'était une de ces journées mornes entre Noël et le jour de l'an : la salle réservée aux membres était presque déserte. Je trouvai M. enfoncé dans un fauteuil, et encore plus profondément dans ses pensées, le journal du soir posé devant lui, plié. Il termina son whisky soda et en commanda deux autres, un pour lui et un pour moi. Nous bavardâmes de choses et d'autres, puis il m'apprit qu'en traversant le parc, il avait croisé le Poète, qui paraissait dans un état terrifiant.

« Pitoyable. Quasiment en haillons. À moitié mort de faim, je dirais. » Telles furent les paroles de M. « Émacié, le teint livide. Je l'ai à peine reconnu. »

---

1. LORD ALGENON MOUNTJOY (1876-1944), membre du Cercle entre 1898 et 1910. Aristocrate excentrique, connu essentiellement pour avoir conçu le jeu de Tarot qui porte son nom.

2. Y. A. CONNORS (1865-1906), poète irlandais prometteur ayant appartenu au Cercle de l'Aube Nouvelle entre 1897 et 1906. Mort par noyade en mars 1906. Verdict : suicide. Quelques vers qu'il a laissés ont conduit certains à le comparer à Thomas Chatterton (1752-1770). Seule œuvre publiée : Vie inachevée, *poèmes rassemblés par Aurel Lockwood pour Yellow Press Book, en 1908.*

S'étant souvenu de son nom, M. s'adressa à lui fort courtoisement, mais le jeune homme ne dit presque rien.

" Il marmonna des paroles incompréhensibles. Sincèrement, Lockwood, j'ai craint qu'il ait perdu la raison. Peut-être aurais-je dû insister pour qu'il m'accompagne, mais il était dans un tel état... Jamais on ne l'aurait laissé entrer ici. De plus, j'allais être en retard, et vous savez combien je suis à cheval sur les horaires. " En disant cela, il me jeta un regard désapprobateur. " Je lui ai glissé dans la main deux ou trois billets, qu'il n'a pas refusés, puis je suis reparti rapidement. "

Après quelques pas, il éprouva des remords d'avoir laissé un individu en proie à une telle détresse, mais quand il se retourna, notre ami le Poète avait disparu.

" Je vous le dis, Lockwood. Nous étions en terrain découvert. Cet homme était trop faible même pour parler. La seconde suivante, il s'était volatilisé. "

De toute évidence, cette rencontre l'avait bouleversé, mais il n'y avait pas grand-chose à ajouter. Notre conversation nous entraîna vers d'autres sujets, puis nous passâmes à table. Nous fîmes un très bon repas, je dois l'avouer. Ils servent un excellent rosbif et un pudding d'un genre très collant dont je suis particulièrement friand. Après cela, nous bûmes un ou deux brandys en fumant un cigare. Quand je repartis, M. avait retrouvé le sourire.

La nuit était claire et froide, un semblant de neige saupoudrait le sol. Il est rare que l'on puisse admirer les étoiles au-dessus de Londres, aussi déclinai-je l'offre de M. de me ramener avec son cab, je préférais marcher. Je décidai de traverser le parc, mais avant que j'aie atteint l'autre côté, il se mit à neiger. Tout d'abord, je ne m'en souciai pas ; je me souviens même d'avoir eu l'impression que les étoiles elles-mêmes descendaient du ciel en tourbillonnant, à travers les arbres. Je pris la peine de le noter (j'ai toujours sur moi un carnet. Au cas où. Une phrase comme celle-ci peut être utilisée dans une histoire où il neige, mais si on ne l'écrit pas tout de suite, quand on essaye de s'en souvenir ensuite, cette satanée formule nous est sortie de la tête). Bref, la neige continua à tomber, de plus en plus épaisse, à tel point qu'en traversant Trafalgar, je commençai à changer d'avis et, arrivé au Strand, je me mis en quête d'un fiacre. Mais vous savez ce que c'est : quand on décide de marcher, ils font la queue, mais dès que vous vous ravisez, plus moyen d'en trouver un.

Mon cher Stone, j'avançais maintenant sous une tempête de neige comme il doit en exister dans vos montagnes Rocheuses. Tout seul. Le blizzard avait chassé des rues les piétons et les fiacres. Je n'avais d'autre solution que de continuer à batailler contre les morsures d'un vent glacial qui soufflait de l'est. Après St-Paul, je quittai l'artère principale dans l'espoir d'être abrité par la proximité des immeubles.

C'est alors que j'en pris conscience pour la première fois. Malgré la neige qui étouffait tout, j'eus l'impression d'être suivi. Ces rues habituellement très peuplées étaient désertes. Le temps inclément, la violence de la tempête, avaient contraint même les plus courageux à rester chez eux, sinon je ne l'aurais jamais entendu. J'étais accompagné par le frottement et les bruits sourds d'une démarche traînante, et un petit tapotement comme si quelqu'un avançait à l'aide d'une canne qu'il cognait contre les murs et faisait traîner sur les grilles. Je songeai que mon suiveur était peut-être le Poète, mais je rejetai très vite cette idée. J'étais suivi par quelque chose de lourd et d'aveugle...

Cette pensée me fit me retourner, mais je ne voyais absolument rien à travers le tourbillon blanc des flocons. Rien d'humain, veux-je dire. Rien, à part, peut-être, une masse noire informe qui aurait pu être n'importe quoi, ou le néant. Mes yeux me jouaient des tours.

mais j'éprouvais un sentiment de danger, très net, auquel se mêlait autre chose : une profonde tristesse. Et une impression de vide. Un désir qu'il fallait combler.

Comme vous le savez, ma maison est nichée dans les profondeurs d'un quartier plutôt miteux. Cet endroit grouillant de monde en temps normal a attiré des individus originaires des quatre coins de la planète. Ils sont venus dans notre grande métropole pour chercher une vie meilleure ou pour échapper à la persécution dans leur pays : Indiens, Afghans, Turcs, Juifs moscovites et d'Europe centrale, Arabes du Moyen-Orient, Égyptiens et Chinois. Il y a parmi ces gens de grands érudits, réduits à vivre très modestement. J'ai appris énormément de choses à leur contact, et je compte un grand nombre d'amis parmi eux. On regarde ces gens avec crainte et méfiance à cause de leurs origines, mais jamais je n'ai ressenti la moindre appréhension en parcourant ces rues. Jusqu'à ce soir-là.

Les pubs qui déversaient une lueur jaune blafarde dans ce chaos blanc et tourbillonnant offraient la perspective d'une présence humaine, mais eux-mêmes manquaient singulièrement de clients. Malgré tout, j'étais tenté d'entrer. Je ne prends pas peur facilement, vous le savez, mais ce *toc-toc* incessant me troublait et j'avais encore un long trajet à parcourir. Un whisky ou deux me calmeraient. De plus, ce détour inciterait peut-être mon suiveur à apparaître dans la lumière : je pourrais ainsi voir à quoi il ressemblait, mais je n'étais pas sûr d'en avoir envie. En outre, ce détour me ralentirait et lui permettrait de me rattraper.

Alors, je pressai le pas. Le *toc-toc* et les raclements ne faiblissaient pas. Il avait calé son allure sur la mienne. Quand je m'arrêtais, il s'arrêtait. Quand je repartais, mon compagnon invisible en faisait autant. Les rues désertes ne sont pas les plus sûres. Les paroles de M. au club m'avaient remis en mémoire toute cette histoire. "expérimentation dangereuse", aviez-vous dit. Et si ce n'était pas seulement ça ? Et si... J'avoue que j'étais de plus en plus nerveux, pour ne pas dire terrorisé. Malgré cela, je me surpris à ralentir le pas. J'étais submergé par l'envie irrésistible de me retourner. De héler cet individu pour en finir. Mais je le savais, c'était ce qu'il attendait de moi. Il minait ma détermination. Cette simple pensée me glace le sang. Grâce au ciel, je n'en fis rien. Vous comprendrez pourquoi dans un instant.

Le Poète m'attendait sur les marches de mon perron. Il était couvert de neige, et l'espace d'un instant, je crus qu'il s'agissait encore d'un sale tour de ce satané livreur de charbon car cette silhouette recroquevillée ressemblait fort à un sac de charbon sous la neige. Jusqu'à ce qu'il bouge. Je n'eus pas le loisir de me demander qui diable pouvait bien se trouver dans la rue avec nous, j'étais trop occupé à ôter la neige de son manteau. Il avait une plaie à la tête, au-dessus de l'œil droit.

"Vous saignez !"

Je le poussai dans la maison, mais il rejeta ma sollicitude. Il voulait savoir si j'avais été suivi.

Quand je lui répondis que je craignais de l'avoir été, il devint encore plus pâle que la neige dans la rue : sa plaie au front formait une horrible cicatrice boursouflée. Je crus qu'il allait s'évanouir et l'aidai à s'asseoir dans un fauteuil devant la cheminée. C'est alors que je compris : quelle que soit cette créature dehors, c'était lui qu'elle cherchait, pas moi.

"Votre tête, mon ami." Je lui offris mon mouchoir, mais il le repoussa.

"Ce n'est rien." Il porta la main à la plaie et regarda le sang sur ses doigts d'un air surpris. "J'ai glissé dans la neige."

Quoi qu'il en soit, j'ordonnai à Thompson d'apporter de la teinture d'iode et des vêtements secs. Pour une fois, un bon feu brûlait dans la cheminée et il régnait une douce chaleur dans le salon. Nous avions bien besoin, l'un et l'autre, des vertus reconstituantes d'un grog, que j'entrepris de préparer moi-même. Je sortis deux gros verres du placard, y versai une bonne dose de whisky, pressai un peu de jus de citron sur deux morceaux de sucre et ajoutai sur le tout un peu d'eau chaude provenant de la bouilloire qui était sur le feu.

Le pauvre garçon était dans un triste état, comme l'avait dit M, mais le grog sembla faire son effet : il donnait l'impression de se réchauffer peu à peu. Toutefois, lorsque le vent se mit à mugir au dehors, son agitation redoubla.

" Il est toujours là, à l'extérieur, vous savez ", me dit-il.

Je lui servis un autre grog. Il avait bu le premier d'un trait. Il tremblait si fort qu'il devait tenir son verre à deux mains, et malgré cela, il parvint à en renverser la moitié. Je croyais que le deuxième grog le calmerait, mais il demeura extrêmement agité : il arpentait la pièce de long en large et ne cessait d'examiner les volets.

Je tentai de le rassurer en lui expliquant que tout était bien fermé, les portes verrouillées et les volets barrés. Mais il répondit par un ricanement, une sorte de son creux et métallique, sinistre.

" Mon cher Lockwood, dit-il, croyez-vous vraiment que cela suffira à l'empêcher d'entrer ? "

J'allais l'interroger sur la nature de son poursuivant, mais madame Abbott entra sur ces entrefaites avec de la nourriture, interrompant notre conversation. Il refusa de s'asseoir pour manger, de me fournir une explication, et même d'enfiler les vêtements secs apportés par Thompson, tant que je n'eus pas accompli des rites de protection. Je sais ce que vous pensez de ces pratiques, Stone, et habituellement, je partage votre avis – ça ne sert qu'à gâcher du sel, voilà mon opinion –, mais cette nuit-là, je fis ce qu'il me demandait. J'informai Thompson que je n'avais plus besoin de lui, ni de madame Abbott, jusqu'au lendemain (qu'allaient-ils penser ? Il y a des limites aux explications que l'on peut fournir). J'allai chercher ma petite réserve d'eau bénite et effectuai les rites d'éloignement et de protection sur les pas de portes et dans le salon. Alors seulement, le Poète se détendit et consentit à s'asseoir pour se sustenter.

Il mangea du bout des lèvres, mais se servit un grand verre de mon meilleur brandy. Réconforté, il commença à me raconter son histoire.

Je ne nierai pas que ses paroles m'inquiétèrent au plus haut point. Je commençais à me réjouir d'avoir pratiqué certaines observances, même si je n'y crois pas plus que vous. Quand vous saurez ce qu'il me raconta, peut-être comprendrez-vous ces précautions. Hélas, je crains que cette lettre doive attendre. Les forces qu'il redoutait se sont accrues. La nuit va tomber et je rechigne à coucher cette histoire sur le papier durant les heures obscures.

Le Poète est toujours près de moi, quelque peu rétabli, même s'il dort à l'intérieur du pentacle et insiste pour que nous observions les rituels chaque soir. Comme il refuse de sortir, je lui ai trouvé une occupation : dresser le catalogue de mes livres, trier et étiqueter ma collection qui, comme vous le savez, est un véritable fouillis. Madame Abbott se plaint sans cesse de la place qu'elle occupe, ce qui l'empêche de faire le ménage. Voilà où nous en sommes.

La suite pour bientôt.

Bien à vous, en toute fraternité,

Aurel Lockwood

L'écriture de la lettre suivante était plus petite et fortement penchée vers la droite, les mots semblaient s'entrechoquer, comme si celui qui les traçait avait du mal à suivre le rythme de ses pensées.

STONE # 1

c/o Tribune office
Market Street
San Francisco
Californie
USA

Jeudi 18 janvier 1906

Mon cher Lockwood,

Votre lettre se lit comme une de vos histoires. J'attends avec impatience le prochain épisode palpitant. J'en veux encore, et vite, s'il vous plaît !

Plaisanterie mise à part, je sais que j'ai toujours dit que le Cercle était un rassemblement d'idiots et de charlatans, mais j'ai des raisons de croire que l'un d'eux est véritablement dangereux. Avant de m'embarquer pour les États-Unis, j'ai fait une escale à Paris. Votre Poète était là, avec un autre membre, un certain Buller Gilpin Wesson, celui que vous surnommiez Le Jeune Homme au Regard Fixe[1]*. Je ne*

1. *WESSON, BULLER GILPIN (1880-1969 ?), amateur d'occultisme, voyageur, alpiniste, certains ajouteraient escroc et fanfaron éhonté. Il adopta un grand nombre de pseudonymes, du plus facétieux – Leo De Vincey –, au plus inquiétant – Le Seigneur des Âmes Mortes – et connut une très grande notoriété avant de renoncer définitivement aux sciences occultes et à toutes les pratiques inhérentes.*

crains pas de le nommer et je vous encourage à faire preuve de la même franchise. Les individus dans son genre se nourrissent de la peur. Wesson et Connors travaillaient à un quelconque projet secret[1] *et semblaient s'entendre comme larrons en foire. Je les ai croisés à plusieurs reprises Aux Deux Magots. Le Poète était enivré par l'absinthe, mais son compagnon toujours aussi vif d'esprit. Je doute qu'il me connaisse, mais moi, j'aurais reconnu notre ami n'importe où. Je n'ai jamais vu un tel regard : on dirait que ses yeux n'émettent aucune lumière. Et cette cicatrice à la joue, semblable à un trou. Provoquée par une sagaie, à ce que l'on raconte ? Ou s'agissait-il de la rapière d'un comte autrichien ? Il s'est même fait limer les canines, conformément à quelque rite indigène. N'est-ce pas incroyable ?*

Bref, comme je vous le disais, tous les deux étaient visiblement de mèche. Peut-être se sont-ils brouillés depuis, mais soyez prudent, mon ami. L'illuminé ne doit pas être sous-estimé, surtout s'il s'est aventuré dans des territoires interdits. C'est lui qui se cache derrière les ennuis de votre Poète, je vous le garantis. Je ne lui ferais pas confiance un seul instant. Alors, surveillez vos arrières, comme ils disent par ici. J'ignore s'il apparaît dans le prochain épisode. Si tel est le cas, soyez prudent et gardez un œil sur notre jeune ami.

Avec mes sentiments les meilleurs,
Votre ami,

Brice Ambrose Stone

1. *La traduction de* Claves Angelicae – Liber Mysteriorum – *ayant appartenu à la fois à Elias Ashmole et au Dr Dree. Un texte alchimique qui serait écrit en enochian. Considéré comme extrêmement dangereux par certains membres du Cercle.*

11 Forfar Street
Londres

Dimanche 28 janvier 1906

Mon cher Stone,

Votre lettre a renforcé mes craintes et m'incite à me hâter d'achever l'histoire du Poète. Nous avons toujours fait grand cas de l'intuition, vous et moi, et la vôtre s'est révélée aussi aiguisée qu'à l'accoutumée lorsque vous vous êtes risqué à affirmer dans votre lettre que celui que nous surnommons Le Jeune Homme au Regard Fixe, et que j'appellerai ici par son nom – Buller Gilpin Wesson – se cache derrière tout ça. J'ai appris, par le Poète, qu'ils s'étaient effectivement rencontrés à Paris, et que pendant un certain temps, ils ont été assez proches l'un de l'autre. Wesson peut se montrer fort charmant et séduisant, particulièrement après un verre ou deux d'absinthe. Le Poète était à court d'argent, comme toujours, et Wesson l'image même de la générosité. Son père, le brasseur des Midlands, l'a fait riche comme Crésus. Wesson père a acheté une ruine dans le Warwickshire, Ringmere Hall, et dépensé une fortune pour la restaurer. J'ai assisté là-bas à une fête de plusieurs jours, quand Wesson rejoignit le Cercle. Une séance fut organisée, je m'en souviens. Madame T détecta des horreurs, à la fois passées et futures, et refusa de rester une minute de plus. Les invités se séparèrent dans une sorte de confusion. Mais je garde cette histoire pour un autre jour. Revenons-en à notre duo parisien. Liés par une passion profonde et durable pour tout ce qui touche à l'occultisme, ils s'entendaient à merveille. Pendant un temps, du moins. Très vite, Wesson exprima ses désirs. Le Poète a rapidement gravi les Niveaux pour quelqu'un d'aussi jeune. Madame T a un jour déclaré que son visage juvénile était " un masque qui dissimulait un esprit aussi sage qu'ancien " (elle a toujours eu un faible pour lui). D'un autre côté, c'est elle qui a surnommé Wesson " La Bête ". Je me souviens de l'avoir entendue dire : " Une vieille âme, pas très charitable. " Elle a insisté pour qu'il reste à Thadis[1], afin d'expier ses vies antérieures. Elle l'a empêché de progresser. C'est pour cela qu'il a quitté le Cercle. Il a rejoint une autre secte, le Culte d'Abramelin. On raconte qu'ils suivent une voie radicale, en quête de connaissances que le Cercle a strictement interdites, à juste titre selon moi.

Mais revenons-en à l'histoire qui nous préoccupe. Pour résumer, Wesson souhaitait que Le Poète participe à une certaine cérémonie tirée du Livre Interdit. Il prétendait en avoir acquis un exemplaire (vous savez combien ils sont rares) dans le ghetto de Prague, en dépensant une fortune, mais il avait besoin de l'aide d'un autre Adepte. D'après ce que savait le Poète, Wesson ne possédait pas ce grade. " Bien sûr que si ! " fanfaronnait Wesson en exhibant son accoutrement d'Abramelin et ses insignes de fonction. Le Poète refusa, avec raison, en faisant remarquer que ces cérémonies étaient, comme l'indique le titre de l'ouvrage " interdites ". Quiconque tentait simplement de les reproduire était un inconscient qui risquait la mort, ou pire. Wesson le traita de froussard et jura de trouver quelqu'un d'autre pour l'aider. Il s'agissait en l'occurrence d'une cérémonie de possession. Une activité infâme. Une fois la cérémonie achevée, il

1. Niveau Un.

aurait le pouvoir de surveiller n'importe qui. Il détiendrait la clé de quelque transmigration sulfureuse et pourrait se projeter à l'intérieur d'une autre personne en prenant possession de son corps tel un vil parasite jailli de l'éther.

Le Poète quitta Paris, mais en arrivant à Londres, il se sentit poursuivi. Il dut faire appel à toutes ses forces psychiques pour résister, mais il sentait qu'il était en train de se faire posséder. Comme si une fissure s'ouvrait et que l'obscurité rampait vers lui, pour s'insinuer dans son âme. En dernier recours, il chercha l'aide de ceux qui s'étaient voués à la Connaissance, en sachant que nous devions la lui accorder librement. C'est pour cette raison qu'il est venu me trouver.

Pour couronner le tout, j'ai reçu une lettre de JWD.[1] C'est un vieux moulin à paroles pompeux, avec un fâcheux penchant pour l'exagération, mais Madame T et lui ont détecté une importante agitation astrale. Ils craignent que quelqu'un ait effectivement acquis des pouvoirs interdits et se serve de ce savoir pour tenter une Convocation. Quand je leur ai raconté ce que mijotait Wesson, ils ont été profondément troublés. Comme vous le savez, son ambition est sans bornes. En outre, il est téméraire et ne connait pas la peur.

Assez pour aujourd'hui. La suite pour bientôt.

Bien à vous, en toute fraternité,

Aurel Lockwood

1. *DUNWOODY, DR JONOTHON WITHERS (1845-1916), membre fondateur de l'Ordre et médecin légiste du district sud-est.*

STONE # 2

c/o Tribune office
Market Street
San Francisco
Californie
USA

Samedi 10 février 1906

Mon cher Lockwood,

Je partage vos inquiétudes concernant Wesson et votre pauvre Poète, et je pense, tout comme vous, que Wesson mijote quelque chose d'inquiétant. Je n'ai aucune confiance en lui. C'est un être impitoyable et audacieux, capable de tout. Il représente un danger qui pourrait devenir une très grande force maléfique. Je crois qu'il a entrepris un voyage, qualifiez-le astral si vous voulez, animé d'intentions sinistres, mais je ne crois pas qu'il soit allé très loin. Je vous aiderai dans la mesure de mes moyens, mais vus d'ici, tous ces machins de l'Ancien Monde paraissent fort lointains et étrangers, enveloppés de bouffées d'encens moisies et de la puanteur abrutissante de la pipe d'opium. Je sens que ces chemins sont trop encombrés, les filons de la sagesse sont épuisés. Je ne pense pas que la réponse, si réponse il y a, se trouve là-bas.

Depuis quelque temps, je suis en proie à une impatience grandissante. En revenant ici, j'ai retrouvé une ville différente, mon travail m'ennuie, les rues du centre sont pleines de gens. Le ciel bleu de jadis a été obscurci par un nuage gris morose ; mes tendres souvenirs ont été inondés par des torrents d'eau glacée et transpercés par le vent cinglant qui souffle de la mer, implacablement.

C'est sans doute un phénomène fréquent après une longue absence, mais je ne suis pas obligé de supporter ça ! Comme l'a écrit un jour un de mes compatriotes : « … chaque fois que dans mon âme règne un mois de novembre humide et bruineux… et surtout, chaque fois que mes hyposulfites prennent le dessus, à tel point que seuls de puissants principes moraux m'empêchent de sortir dans la rue pour faire tomber méthodiquement les chapeaux des passants, j'estime qu'il est grand temps de partir en mer, dès que possible… [1] »

Voilà ce que je ressens présentement. Lui était un marin et il trouvait le soulagement de cette façon. Vous, vous pouvez vous promener dans les collines de votre Pays de Galles bien-aimé. Moi, quand je suis dans cet état d'esprit, je selle un cheval et galope vers les High Sierras. J'ai l'intention de suivre les anciennes pistes indiennes vers le sud, peut-être jusqu'au Mexique, qui sait ? Je voyagerai sans but, en suivant l'humeur de mon cheval. Je vais m'ouvrir au hasard. Certains y verront de la magie de bas étage, mais même après toutes ces heures passées dans des réunions ou des séances, la seule véritable magie dont je me souvienne, c'est la simplicité du heureux hasard. Je ne vous abandonne pas, Lockwood, et vos ennuis ne quitteront pas mes pensées, mais je vais entreprendre moi aussi un voyage, à la recherche d'autres sagesses, dans d'autres lieux, et qui sait ? Peut-être y trouverai-je des réponses.

J'ai l'intention de partir dans un jour ou deux. Dès lors, toute correspondance deviendra, par la force des choses, aléatoire, mais lorsque j'aurai une idée plus précise de ma destination, je prendrai des dispositions pour faire suivre mon courrier. J'ai décidé de tenir un journal de bord, vous aurez donc, tôt ou tard, un récit complet de mon périple.

Avec mes sentiments les meilleurs,
Votre ami,

Brice Ambrose Stone

1. HERMAN MELVILLE, *Moby Dick*, 1851.

Lockwood # 3

Trellech House
Castell Newyld
Gwent

Vendredi 2 mars 1906

Mon cher Stone,

Comme vous pouvez le constater en voyant l'adresse ci-dessus, j'ai commencé cette lettre au Pays de Galles et je la continue dans le train qui me ramène à Londres. Je ne voulais pas quitter Forfar Street dans l'état actuel des choses, mais j'ai été rappelé par une affaire urgente que j'étais le seul à pouvoir régler. J'espérais tout arranger très vite, mais certaines choses ne peuvent se faire dans la précipitation. L'hiver commence enfin à battre en retraite et je n'étais pas totalement mécontent, je l'avoue, d'être obligé de passer quelque temps sur ma lande natale, où les jonquilles sont presque en bouton, où les perce-neiges parsèment les sous-bois comme des perles éparpillées. Je pensais à vous en faisant une dernière promenade dans mes collines bien-aimées et au retour, je trouvai votre lettre qui m'attendait sur la table du vestibule. Il en va ainsi du heureux hasard, comme vous me le rappelez. Je trouvai également un appel pressant de Thompson. Son message est bref (ni lui ni Madame A n'étant des adeptes de l'écriture) et il ne précise pas la nature exacte du problème, mais j'ai le désagréable pressentiment que cela concerne le Poète.

Avant que j'oublie, je vous souhaite un agréable voyage, mais dépêchez-vous de revenir ! Vous êtes une des rares personnes en qui je peux avoir totalement confiance et j'aurai bien besoin de vos conseils.

Dimanche 4 mars 1906

J'ai dû interrompre ma lettre à cause de notre arrivée imminente à Paddington. J'ai laissé passer un jour ou deux avant de la reprendre, le temps d'essayer de comprendre ce qui s'est passé, mais si je ne me soulage pas de ce fardeau auprès de quelqu'un, je sens que je vais devenir fou.

J'espère et je prie pour que cette lettre vous parvienne avant que vous entrepreniez votre voyage.

En arrivant chez moi, je trouvai ma maison en ébullition. De fait, avant même d'entrer, j'éprouvai un profond malaise. Je gravis les marches du perron en proie à une véritable *terreur psychique*. D'ailleurs, je n'étais pas le seul à sentir quelque chose. Dès que nous entrâmes dans ma rue, le cheval du fiacre commença à s'agiter et il fut impossible de le calmer. Le garçon engagé pour porter les bagages n'était pas moins nerveux : il fallut lui offrir un penny de plus pour qu'il accepte de porter les valises jusque sur le pas de la porte.

La maison est ancienne, plus ancienne qu'il y paraît ; le squelette d'une très vieille charpente est enveloppé d'une peau d'aspect plus moderne. Elle est également plus robuste que son extérieur élégant pourrait le laisser croire. Elle est assez solide pour résister aux intempéries de toutes sortes, pas uniquement aux bourrasques de vent et à la neige en hiver. C'est son passé qui m'a séduit en premier lieu[1]. Je sais que vous ne croyez pas aux présences autant que moi, mais il me semble logique de vivre et de travailler entre ces murs. Cette maison se niche à l'ombre de la grande église de Nicholas[2], ce que je considère comme une double bénédiction car je suis reconnaissant pour la protection qui m'est ainsi offerte et je pense que nous pouvons le revendiquer comme *l'un des nôtres*.

À peine étais-je entré dans la maison que je fus accueilli par M. Thompson, qui affichait son air le plus triste, et qui m'informa que Mme Abbott était en train de faire sa valise. Je la trouvai dans sa chambre et parvins à la calmer suffisamment pour qu'elle accepte de boire une tasse de thé avec moi. Quand je lui demandai ce qui se passait, elle me jeta un regard rempli d'angoisse.

« Je suis à bout de nerfs. J'en peux plus. Ça nuit à ma santé. » Elle s'éventa vigoureusement et déplaça son corps massif dans le fauteuil. (Vous vous souvenez certainement qu'elle est solidement bâtie.) C'est pourquoi j'ai demandé à M. Thompson de vous écrire. C'est plus qu'un être humain peut en supporter.

« Quoi donc, madame Abbott ? Expliquez-moi précisément.

– D'abord, y a son comportement, sir ! Depuis votre départ, on ne l'a quasiment pas vu. » Elle gonfla son opulente poitrine et pinça les lèvres pour montrer qu'elle se sentait insultée. « De plus, j'ai pas l'habitude qu'on rejette ma cuisine. Je lui ai pourtant préparé des mets délicats. Une tranche de langue en gelée. Ça fond dans la bouche, vous en savez quelque chose, Sir. Et ma fameuse terrine de

---

1. DR ARNOLD BRUM(E) (1574-1637), célèbre alchimiste ayant fait construire une maison « en dehors de la ville » pour y installer son laboratoire, « un endroit où je pourrai effectuer mon travail le plus secret sans attirer l'attention avec des odeurs nocives ou des explosions pouvant survenir de manière inattendue, à tout instant ». L'emplacement exact est inconnu. Des récits oraux mentionnent Forfar Street.

2. HAWKSMOOR, NICHOLAS (1661-1736).

bœuf, préparée avec ma recette secrète. Il a touché à rien ! Ni solide ni liquide. M. Thompson lui montait ses repas. Il était obligé de laisser le plateau devant la porte. Fallait pas le déranger. Franchement, il est très bizarre...

– Ça dure depuis combien de temps ?

– Depuis votre départ, Sir. " Elle tordait nerveusement ses doigts potelés. " Quand il sort, c'est toujours au beau milieu de la nuit, d'après M. Thompson, mais c'est pas le pire, Sir. Loin de là. Le plus terrible, c'est... " Elle jeta des regards inquiets autour d'elle et baissa la voix pour s'exprimer dans un murmure : " C'est les bruits.

– Les bruits ? " Ce que j'entendais faisait croître mon inquiétude. " Quels bruits ?

– Dites-lui, vous, monsieur Thompson. Moi, je peux pas. J'ai la gorge toute serrée. "

En disant cela, Mme Abbott porta sa main à son cou, tandis que la grande silhouette élancée de Thompson sortait de l'ombre.

" Tenez, madame Abbott. " Il dévissa le bouchon d'une flasque en argent. " Remettez-vous. Versez-en quelques gouttes dans votre thé. "

Mme Abbott est parfois sujette à ce qu'elle nomme " des crises de nerfs ". L'alcool fort proposé par M. Thompson sembla repousser une attaque imminente ; malgré tout, sa main tremblait quand elle porta sa tasse à ses lèvres. Ayant bu, elle remercia d'un hochement de tête et se renfonça dans son fauteuil, prête à reprendre son récit.

" C'est comme vous l'a dit Madame A, Sir, dit Thompson. On le voit presque jamais. Il reste dans sa chambre. Il a pris des livres et je sais pas quoi encore dans la Longue Pièce. Je lui ai pourtant dit que vous seriez pas content. Il dit qu'il peut pas travailler ailleurs.

– Vous êtes sûrs qu'il est toujours là ? "

Ils échangèrent un regard.

" Oh, oui, Sir ! On l'entend. La nuit. Vous pouvez pas le louper quand la maison est calme. Il fait les cent pas et il braille, comme s'il se disputait avec quelqu'un, puis ce sont des cris stridents et des bruits fracassants. Madame A était d'avis de vous demander de revenir, mais ça semblait s'être calmé ensuite. On entendait encore des gémissements et des grognements, mais plus étouffés. Des pleurs aussi, à vous fendre le cœur. Je me suis même risqué à frapper à la porte, plusieurs fois, pour voir s'il était pas souffrant. Soit il ne répond pas, soit il m'ordonne de ficher le camp, de manière on ne peut plus claire. Parfois, on entend des rires et des murmures, comme s'il avait de la compagnie, mais personne n'est entré dans la maison, à part nous et les commerçants, depuis votre départ. " Il interrompit son récit pour se tourner vers Mme Abbott. " Depuis quelques nuits, sa voix a changé.

– Changé ? Comment cela ?

– Elle est devenue plus grave. Plus rauque, éraillée. On le reconnaît plus.

– Est-il sorti de la maison ? "

Thompson hocha la tête.

" Récemment, je l'ai entendu aller et venir. Mais pas Madame A, à cause qu'elle prend ses gouttes.

– Sans ça, je ferme pas l'œil de la nuit, Sir, précisa la domestique, comme pour s'excuser.

– Il sort vers la fin de la nuit, reprit Thompson, et il rentre juste avant l'aube. Du moins, j'ai supposé que c'était lui. J'ai entendu des pas lourds dans l'escalier, comme s'il était épuisé.

– Il est toujours là-haut ?

– Apparemment, il sort jamais dans la journée, pas vrai, Madame A ? »

Il fallait que j'en aie le cœur net. Je demandai à M. Thompson de m'accompagner et, armé d'un solide tisonnier (prêt à toute éventualité), je montai dans les étages. Madame Abbott insista pour nous accompagner, mais elle resta au pied de l'escalier.

Je ne sais pas si vous vous en souvenez, cher ami, mais la maison est bâtie toute en hauteur, sur quatre étages. Mes propres appartements sont situés au premier. Abbott et Thompson logent au troisième, sur l'arrière. Le Poète avait quitté une chambre située près de la mienne pour s'installer au grenier, qui lui offrait une succession de pièces où il pouvait demeurer à l'écart de la maisonnée, sans qu'on vienne le déranger.

Le silence régnait lorsque nous arrivâmes au dernier étage, mais l'atmosphère y était plus glaciale, indéniablement. Une sorte de malaise s'empara de nous. Thompson s'avança le premier pour frapper à la porte et s'enquérir poliment de l'état de santé de notre hôte. Je l'écartai d'un geste brusque.

Je frappai à mon tour, plus fort, sans obtenir de réponse.

« Pour l'amour du ciel ! Laissez-nous entrer ! Vous terrorisez toute la maison. »

Je donnai un coup d'épaule dans la porte, puis demandai à Thompson de me prêter main forte.

Les gonds cédèrent dans un grincement sinistre et un bruit de bois qui se fend. Propulsés à l'intérieur du grenier par notre élan, nous découvrîmes...

Rien.

Il n'y avait personne, mais il régnait dans la pièce le plus grand désordre.

" Je suis navrée, Sir. " Mme Abbott avait gravi l'escalier en haletant. Malgré cela, elle entra dans le grenier d'un pas décidé, prête, semblait-il, à faire un grand ménage, sur-le-champ. " Comme je vous le disais, il voulait pas me laisser entrer.

– Ne vous en faites pas, madame Abbott. On verra ça plus tard. "

Je me postai sur le seuil pour empêcher les deux domestiques de franchir la porte. Il y avait là un mystère. Je ne voulais pas qu'ils effacent d'éventuels indices en touchant à tout.

Thompson se gratta la tête. " Voilà qui est bizarre. J'aurais pourtant juré qu'il était là. "

Mme Abbott acquiesça. " On est debout depuis l'aube. Je l'ai pas vu ni entendu sortir. Et vous, M. T ? Oh, peut-être qu'il est passé par la fenêtre ! " Son visage s'éclaira, comme si cette hypothèse pouvait résoudre l'énigme.

Thompson, perplexe, regardait, derrière moi, les clous tordus et arraché. " Il s'était barricadé. Du travail de cochon. Pourquoi il a fait ça ?

– Aucune idée. "

J'ignorais ce qui s'était passé, mais sans même entrer dans le grenier je sentais déjà l'odeur rance de l'encens et une puanteur âcre ; je parcourus les titres sur les tranches des ouvrages éparpillés, je remarquai la traînée de poussière pâle sur le sol, les traces d'un pentacle effacé, les sigils d'une Convocation, les vêtements abandonnés sur le lit. Spéculations et explications se bousculaient dans ma tête, chacune plus effrayante que la précédente. J'avais hâte de me retrouver seul.

Je renvoyai les domestiques et m'assis sur le lit, les jambes molles tout à coup. Mes précieux ouvrages jonchaient le plancher comme de vulgaires romans de quatre sous. Dans tout ce fouillis, je découvris une coupure de presse concernant un objet précieux, un sarcophage de pierre dérobé au musée du Louvre. Je fus aussitôt assailli par les peurs les plus atroces. Seul, ce sarcophage n'est qu'un simple bloc de pierre : couplé à autre chose, il pourrait devenir l'objet le plus terrifiant de tous les temps, plus redoutable que l'Arche de l'Alliance perdue. Comme pour confirmer mes pires craintes, je voyais à mes pieds cette traînée de poussière d'argile couleur beige. Je parvins à me ressaisir et à descendre dans la Longue Pièce. Comme je m'y attendais, ma collection avait été pillée. Les signes de vandalisme étaient nombreux, mais le chaos était localisé. Les vitrines renfermant mes ouvrages sur l'occultisme avaient été forcées. Des livres rares, d'une valeur inestimable, avaient été jetés par terre. Le Poète savait ce qu'il voulait. Quant à mes collections d'objets anciens, la plupart des vitrines qui les abritaient étaient intactes. Seule celle des tablettes d'argile de Mésopotamie avait été ouverte et son contenu dérobé.

Je remontai dans le grenier pour tenter de découvrir d'autres indices. Je consulterai Matthews[1], s'il est revenu du Moyen-Orient. À nous deux, nous réussirons peut-être à déterminer la nature du danger. Après tout, c'est son expédition qui a découvert les tablettes. J'ignore si vous connaissez cette histoire, mon cher Stone, mais l'objet conservé au Louvre a été exhumé par l'archéologue français Émile Chaidec[2], au niveau supérieur de ce qu'il croyait être un tombeau royal, à proximité de Ninive. Tombeau qui n'a jamais été correctement excavé : Chaidec étant trop avide d'or. Il en a découvert, en grande quantité, mais il a également découvert quelque chose de beaucoup plus

1. MATTHEWS, J. R., archéologue, spécialiste du Moyen-Orient, membre du Cercle pendant quelque temps.

2. CHAIDEC, ÉMILE (1816-1854), consul de France et archéologue amateur, il a mis à jour des sites près de la ville moderne de Mosul. Mort prématurément.

sinistre. Ce ne sont pas un ou deux cadavres qu'il a trouvés, mais une multitude. Une fosse mortuaire. Des dizaines de corps, laissés à l'endroit où ils étaient tombés. Ils ne portaient aucune trace de violence. De petites coupes en argile fixées à leur cou suggéraient qu'ils avaient peut-être avalé du poison, sans que l'on puisse savoir s'ils avaient agi volontairement ou sous la contrainte. Ce n'était pas la première fois que l'on découvrait de telles scènes de massacres ou de suicides collectifs : elles marquent généralement le site d'un tombeau royal. L'équipe d'archéologues trouva l'or qu'elle était venue chercher, mais s'il y avait au même endroit une tombe de roi ou de reine, elle passa à côté. Il faut dire qu'elle ne se donna pas la peine de creuser. L'expédition connut divers problèmes : accidents, tempêtes de sable et autres difficultés. Finalement, Chaidec renonça à poursuivre son entreprise et il rapporta son butin au Louvre. Parmi ses découvertes figurait un sarcophage de pierre noire.

C'est celui-ci qui a été récemment volé au musée.

Pendant des années, il avait accumulé la poussière dans une réserve, personne n'ayant pris conscience de son importance. Quarante ans s'écoulèrent avant que Matthews demande la permission d'examiner les trouvailles de Chaidec. Il avait passé au crible les déblais de l'expédition et, à partir de certaines autres inscriptions, il avait bâti une théorie. S'il avait vu juste, l'archéologue français avait fait une découverte extraordinaire, peut-être une des plus importantes de tous les temps. Il avait mis à jour, non pas le tombeau d'un homme, mais celui d'un dieu ! Et pas n'importe lequel, un dieu inconnu jusqu'alors : une créature féroce ressemblant à un griffon, une chose hideuse avec des crocs et des griffes énormes, un mélange menaçant d'aigle cruel et de serpent écailleux. Matthews l'identifia provisoirement comme une manifestation de Mimma Lemnu : « Tout ce qui est maléfique." Un des dieux les plus anciens, il fut rétrogradé au rang de démon pour avoir volé la Tablette des Destinées. Même sous cette forme, il se révéla être un ennemi pour l'homme comme pour les dieux. Il fut finalement assassiné par Ninurta, car ces dieux anciens pouvaient mourir.

Certes, il est possible de tuer ces dieux, mais on peut également les ressusciter. Un frisson glacé me parcourut et mon corps devint aussi froid que ce sarcophage en basalte noir. Il n'y avait qu'une seule conclusion possible : tel était l'objectif poursuivi par Wesson.

Émile Chaidec est mort depuis longtemps, bien entendu. Comme tous les autres membres de l'expédition. Aucun d'eux n'a fait de vieux os, mais c'est une autre histoire. Permettez-moi juste d'ajouter ceci : un grand nombre de ces violations de sépultures s'accompagnent d'histoires de malédictions ; dans ce cas précis, il y a peut-être une part de vérité.

Les autorités françaises refusèrent d'entendre parler de cette affaire. À leurs yeux, Matthews était une sorte d'illuminé et elles qualifièrent sa théorie de balivernes. Matthews reprit son travail au musée. Il avait découvert une montagne de tablettes en argile brisées, toute une salle. Il fallait maintenant les classer. C'est là que j'intervins. J'étais familier de ce sujet et je possédais une bonne connaissance des langues anciennes. Nous nous rencontrâmes lors des réunions du Cercle et je lui fis part de mon intérêt. Il m'invita alors à venir voir sa collection, qui contenait quelques trouvailles fascinantes et curieuses : de minuscules perles de lapis et de cornaline dessinant des mouches. Dans la mythologie, les mouches étaient associées aux morts flottant sur l'eau après le Déluge, et au Seigneur qui les gouvernait. Et puis, il y avait les tablettes elles-mêmes. Nous passâmes des mois à rassembler les morceaux brisés. Les plus anciennes étaient couvertes d'une écriture cunéiforme et semblaient avoir servi à sceller un passage : des panneaux d'interdiction d'entrer, si vous voulez. Toutefois, une de ces tablettes anciennes différait des autres : on aurait dit qu'elle était porteuse, non pas d'une interdiction, mais d'une incantation. Hélas, elle était brisée. Nous n'en possédions qu'un fragment alléchant. Matthews décida alors de retourner en Mésopotamie, à Ninive, pour essayer de retrouver le reste. Je n'ai jamais pensé qu'il y parviendrait, évidemment. C'était tout bonnement insensé. Quelles étaient les probabilités ? Pourtant, il réussit ! Il rapporta la partie manquante. Les mains tremblantes, nous assemblâmes la tablette. Le Rite de Régénération : une incantation rituelle destinée à ramener un dieu de chez les morts. Matthews replongea au milieu des vestiges poussiéreux avec l'espoir de trouver autre chose. Pendant ce temps, je devais veiller sur les pièces en notre possession.

Aujourd'hui, en voyant cette traînée de poudre d'argile sur le sol, je me dis que j'ai failli à ma tâche.

Wesson avait découvert l'existence de cette incantation, sans doute grâce à un processus de déduction en partant du musée du Louvre, qui l'avait conduit à Matthews et à moi. À moins que Matthews lui en ait parlé directement. C'est un être enthousiaste. Quand Wesson avait appris que la tablette était entre mes mains, il avait envoyé le Poète pour me la voler.

Poursuivant mon travail de détective, je fouillai le grenier, en essayant de reconstituer ce qui s'était passé en ce lieu.

Mon humeur s'assombrit encore. Les feuilles de papier éparpillées sur le sol ou roulées en boule indiquaient que le Poète avait réussi à traduire les inscriptions cunéiformes gravées sur les tablettes. Soudain, une nouvelle découverte propulsa mon moral dans les abîmes.

en une fraction de seconde. Il s'agissait d'une tablette d'argile, mais toute récente : la surface ocre était encore molle, je pouvais y enfoncer l'ongle de mon pouce. L'argile avait servi à prendre l'empreinte d'un sceau cylindrique. C'étaient de petits tubes de deux ou trois centimètres de long, en pierre semi-précieuse : cristal de roche, calcédoine, lapis-lazuli. Dessus étaient gravés des personnages miniatures, parfois des textes, à l'envers, pour que le motif s'imprime dans le bon sens.

L'impression s'effectuait en faisant rouler le sceau sur de l'argile molle. Le résultat était une image unique, en longueur. J'allai chercher mes lunettes pour l'examiner. Ce sceau ne faisait pas partie de ma collection. De toute ma vie, je n'avais jamais vu la scène représentée, ni rien de semblable. Il s'agissait de toute évidence d'une planche d'astronomie. Je reconnus les symboles de la lune et du soleil levant. Un personnage aux ailes déployées pouvait représenter la constellation du Phœnix, et d'autres incarnaient sans doute les dieux associés aux diverses constellations. Il y en avait certains que je ne reconnaissais pas, quelques-uns étaient extrêmement stylisés. Le symbole d'un arbre de vie poussait au sommet d'une montagne sacrée couverte de marques incurvées... De l'eau ? Des écailles ? Des plumes ? Au niveau supérieur figuraient les symboles rattachés aux planètes, les Vagabonds, alignés telles des perles sur un fil. Mais c'était étrange : je n'en dénombrai plus que cinq. Deux dieux griffons, terrifiant mélange d'oiseau et de serpent, aux plumes finement ciselées, à la peau écailleuse, aux mains et aux pieds griffus, se tenaient de profil : l'un des deux posait le pied sur la montagne sacrée, alors que l'autre tendait son bras musclé vers le disque du soleil, en tenant dans son poing serré ce qui ressemblait à un couteau, à moins qu'il s'agisse d'une longue griffe..

Mimma Lemnu ?

Je me suis souvent demandé ce qui faisait surgir au premier plan de l'esprit humain ces images d'hybrides reptiliens répugnants. La croyance dans ces créatures semble incroyablement ancienne et elles apparaissent dans un grand nombre de religions et de cultures différentes. On les considère généralement comme maléfiques. Satan prend la forme d'un serpent au Jardin d'Éden. Le Mimma Lemnu des Babyloniens appartient sans doute à cette même tradition. La représentation miniature est aussi nette que le jour où elle a été sculptée et le portrait est ressemblant, assurément, mais pour ce qui est de la signification planétaire ? Je ne suis pas un spécialiste de la cosmologie sumérienne. J'espère que Wrightson saura.

En attendant, je me mis en quête de Thompson pour voir s'il pouvait m'aider à comprendre comment cette chose s'était retrouvée ici. De fait, un paquet était arrivé, à l'attention de M. Connors, avec des timbres étrangers. Du Moyen-Orient, de l'avis de Thompson, sans doute de Mésopotamie. Thompson est philatéliste à ses heures et il connaît son affaire. M. Connors avait semblé fort agité quand le domestique lui avait apporté le paquet. Un peu plus tard dans la matinée, il avait fait une de ses rares apparitions pour réclamer de la pâte à modeler.

Voilà donc un mystère résolu, mais les autres me laissent perplexe. Je vis dans la crainte.

Bien à vous, en toute fraternité et avec une vive inquiétude.

Aurel Lockwood

CHAPITRE 9

L'Inspecteur des anomalies

Adam arrêta sa lecture. Un œil l'observait.

« Quand cet imbécile de brancardier va-t-il venir te chercher ? »

Ces paroles pénétrèrent directement dans son cerveau. Sa surprise fut telle qu'il se contenta de hausser les épaules.

« Et ce prêtre détestable ? Il n'est pas dans le couloir en train de reluquer les infirmières ? »

Adam secoua la tête.

« Tant mieux. Il est temps que l'on fasse connaissance, toi et moi. Tu peux parler tout haut, si tu veux. »

La voix résonna dans le silence qui s'était abattu entre eux :

« Ça paraîtra moins bizarre. Si l'infirmière jette un coup d'œil, elle aura l'impression que tu fais ce que tu es censé faire, au lieu de prendre cet air-là, comme si on était déjà au cimetière.

– De quoi je dois parler ?

– Je ne sais pas. Parle-moi de toi. De ta vie. »

Après un début hésitant, Adam découvrit que ce n'était pas si difficile.

Il raconta ce qu'il savait de sa vie. À vrai dire, il avait oublié tout ce qui lui était arrivé avant l'âge de sept ans, quand il était devenu orphelin à la suite d'un terrible incendie. Lui seul en avait réchappé. Sa mère l'avait lâché par la fenêtre, dans les bras d'un passant qui avait vu les flammes et donné l'alerte. Elle avait sauvé son fils, mais pas elle. C'était ce qu'on lui avait raconté. Car il n'avait aucun souvenir de cet incendie, ni de tout ce qui avait précédé. Le traumatisme avait effacé cette période de son esprit. Des fragments lui revenaient en mémoire parfois, dans ses rêves, ou quand il s'y attendait le moins, sans qu'il puisse dire s'il s'agissait d'authentiques visions ou du fruit de son imagination. Il n'avait jamais connu son père et comme il n'avait pas d'autres parents il avait été recueilli par l'Ordre. Il ne l'avait pas quitté depuis.

« T'es-tu déjà demandé pourquoi ? »

Oui, bien des fois.

« As-tu pensé à poser la question ? »

Évidemment qu'il avait posé la question, mais les Frères n'aimaient pas trop expliquer les choses, surtout aux petits garçons. « Tu es ici pour prendre un nouveau départ », voilà ce qu'ils lui avaient répondu. « Tu dois accepter ton destin tel qu'il est, ce n'est pas à toi de le mettre en doute. » Par contre, ils étaient très forts pour accepter les choses telles qu'elles étaient, entre ces murs sombres et sinistres, dans ces longs couloirs de pierre qui résonnaient, dans les dortoirs glaciaux et l'immense réfectoire où ils prenaient leurs maigres repas, en silence. Cela faisait partie de la Discipline. De la Règle. Chaque partie de leur existence était fixée et chacun devait se conformer au programme, même un garçon de sept ans.

Il ne lui restait rien de son ancienne vie, pas même quelques photos. Tout avait été détruit dans l'incendie. Tout ce qu'il avait, c'étaient des bribes de rêves, des éclats de mémoire, la nuit dans son lit étroit. Parfois, il voyait un chien au pelage rugueux, il sentait sa chaleur, les poils raides qui frottaient contre sa peau. À d'autres moments, il voyait une femme, sans doute sa mère. Elle surgissait dans son esprit quand il voulait imaginer qu'il appartenait à une vraie famille. Elle était très belle, forcément, il ne pouvait pas se la représenter autrement.

« Elle était belle, tu as raison. Très belle. »

Adam revit la femme dont il avait examiné le portrait sur la photo froissée et passée, mais maintenant elle semblait ressuscitée, elle riait, elle parlait, elle repoussait ses longs et épais cheveux roux. Elle avait des yeux verts, comme lui, et une peau pâle lumineuse. Elle portait du rouge à lèvres et du vernis à ongles écarlate. Cette vision ne dura que quelques secondes, mais il ressentit une véritable douleur physique qui lui fit venir les larmes aux yeux, alors qu'il ne pleurait presque jamais.

Adam resta muet ; il incitait, mentalement, son père à poursuivre. Son cœur cognait dans sa poitrine.

« Je n'avais jamais songé à me marier, dit le vieil homme. Toute ma vie j'avais évité de m'encombrer avec ce genre de choses : une épouse, un enfant. Il n'y avait pas de place dans mon existence. Pas avec mon métier. Je voyageais énormément, vois-tu, je ne restais jamais longtemps au même endroit, et c'était dangereux... pas uniquement pour moi, pour les autres aussi. Je ne pouvais pas me permettre d'avoir des gens près de moi.

– Que faisais-tu ? demanda Adam. Tu étais un espion ? »

Son père rit.

« Quelque chose comme ça, oui, mais mon titre officiel était Inspecteur des anomalies. Je travaillais pour un consortium de musées. Tout à fait respectable. Mon métier consistait à parcourir les salles des ventes, à visiter les collections particulières et les musées du monde entier à la recherche des “anomalies” : des objets qui ne correspondaient pas aux données archéologiques. Certaines des choses que je recherchais étaient très convoitées, ou bien elles possédaient un statut quasiment mythique. Des gens étaient prêts à tuer pour s'en emparer, pour dissimuler leur provenance ou prouver qu'il s'agissait de faux. Mais ce n'était qu'une partie de mon travail. J'étais également archéologue et conservateur indépendant. C'est ainsi que j'ai rencontré ta mère. Au cours d'une conférence à Vienne, où je faisais une communication. Elle m'a abordé ensuite. »

L'image d'une jeune femme, un calepin à la main et le sourire aux lèvres, était si intense qu'elle en devenait presque insoutenable pour tous les deux.

« Elle m'a dit qu'elle avait apprécié mon intervention. Nous avons pris un café, avec des gâteaux... Et voilà comment tout a commencé. J'étais amoureux d'elle. Perdu. Je savais que c'était une erreur. J'étais beaucoup plus âgé. Mon travail risquait de la mettre en danger. J'avais souvent été, tour à tour, soudoyé ou menacé par des hommes sans pitié. Je pouvais veiller sur moi-même, mais sur quelqu'un d'autre ? J'aurais dû écouter cette voix intérieure qui me mettait en garde, mais je n'avais jamais connu pareil bonheur. Puis tu es né et ce bonheur a redoublé. Pendant quelque temps, ça a fonctionné, mais ce n'était qu'un sursis. J'accumulais des connaissances, je commençais à voir émerger un schéma d'ensemble. Les anomalies que je rassemblais venaient du monde entier, mais elles possédaient certaines caractéristiques communes. Pour commencer, elles étaient vieilles. Beaucoup plus vieilles que quiconque pouvait l'imaginer. Et plus elles étaient vieilles, plus elles présentaient de points communs, quelles que soient leurs origines, comme si on les avait choyées, préservées d'un monde ancien. J'approchais de quelque chose. L'incendie volontaire était un avertissement. Il m'était destiné, mais... »

Les paroles s'arrêtèrent, mais Adam resta muet. Que dire ?

« J'étais absent à ce moment-là, reprit son père. En rentrant, j'ai découvert... Il m'a fallu du temps pour m'en remettre. Je crois que je n'étais plus moi-même. Ils m'ont enfermé quelque part et on t'a confié à l'Ordre.

– Pourquoi eux ?

– Ils sont très puissants. Leurs motivations sont souvent troubles, dans le meilleur des cas, impossibles à déchiffrer. Et ils sont incroyablement opportunistes. L'incendie volontaire était un avertissement, mais ils ont réagi promptement pour s'emparer de toi. Et lorsqu'on m'a laissé sortir, ils m'ont empêché de te récupérer. Je n'étais pas quelqu'un de convenable, vois-tu. Alors, j'ai trouvé refuge dans la rue. »

Adam sentait l'émotion de son père, semblable à une épaisse vague noire qui s'abattait sur eux. Le silence s'installa. Il y avait tant de choses qu'Adam aurait voulu lui demander, sur sa mère, sur leur vie ensemble, quand ils formaient une famille. Mais son esprit emprunta une autre voie. Pourquoi son père avait-il choisi de vivre dans la rue, comme un clochard ?

« Au début, je me fichais de ce qui m'arrivait. La rue était le seul endroit où je pouvais vivre avec ma culpabilité. » Les pensées de son père recommencèrent à affluer dans l'esprit d'Adam. « Mais une fois que je me fus ressaisi... »

Adam attendit la suite.

Abraham Black replongea dans le silence. Il ne voulait pas avoir honte devant son fils, aussi lui était-il impossible d'expliquer comment la culpabilité, la peur qu'il éprouvait, l'avaient entraîné dans une terrible léthargie, une envie irrésistible d'échapper à la réalité. Mais il y avait autre chose. Parfois, un homme sain d'esprit a besoin de se réfugier dans la folie. Rapoport dans sa chambre, Stone dans son voyage vers le sud. Ils avaient suivi le chemin qu'avait emprunté Merlin, jusque dans la forêt sauvage, pour trouver la sagesse. Les rues de la ville avaient été sa jungle.

« Les rues étaient l'endroit idéal pour plusieurs raisons, reprit-il finalement. Elles m'offraient la liberté dont j'avais besoin pour tout préparer.

– Tout préparer pour quoi ? » demanda Adam.

Il avait saisi un fragment de pensée et il se demandait : qui était Rapoport ?

« Pour ce qui se passe maintenant. » Son père se cala contre ses oreillers. « Rapoport est un homme que j'ai connu. Il est là-dedans, lui aussi. »

D'un mouvement de tête, il montra le carnet posé sur les genoux d'Adam.

Le jeune garçon fronça les sourcils. Il ne comprenait pas très bien le sens de ces lettres. Qui étaient donc Lockwood et Stone ? Pourquoi son père était-il en possession de ce livre ?

Une fois de plus, Abraham Black eut du mal à expliquer ça à son fils. De même qu'un pénitent du Moyen Âge avait toujours un fouet pour se flageller, il avait gardé ce carnet, jusqu'à ce qu'il devienne un talisman. Si par malheur, il en était dépossédé, ce serait la fin de tout. Tous les espoirs s'envoleraient.

« Pour me rappeler mon devoir. » Ce fut la seule chose qu'il trouva à dire. « Quant à Lockwood et Stone... Chaque chose en son temps. Je suis fatigué maintenant. »

L'esprit d'Adam fut envahi par un vide grisâtre. Il ressentit tout à coup un épuisement intense, comme si l'un et l'autre étaient arrivés au bout de leurs forces.

« Tout se passe bien ? » L'infirmière avait passé la tête par l'entrebâillement de la porte. Elle fit sursauter Adam. Elle consulta la montre qu'elle portait épinglée à sa blouse. « Je crois que ça suffit comme ça, et il paraît que tu dois t'en aller. Alors, il a donné des signes ?

– Ses yeux bougent derrière ses paupières, dit Adam. Et il a serré ma main dans la sienne.

– Tu es sûr ?

– Certain.

– Excellent ! dit l'infirmière avec un grand sourire. Quand je vais dire ça aux médecins ! Comme je dis toujours : un peu de contact humain, ça peut tout changer. »

Elle se précipita vers son patient.

« Ah, au fait, ce prêtre est revenu, ajouta-t-elle en examinant les données affichées par les machines.

– Frère Zack ? Que voulait-il ?

– Je ne sais pas trop. Je l'ai surpris en train de traîner derrière la porte. Quand il m'a vue, il m'a dit qu'il venait rendre visite au patient.

– Qu'avez-vous dit ? »

Adam n'avait rien remarqué.

« Je lui ai dit : pas question, mon vieux. Un seul visiteur à la fois. »

Adam observa le corps inerte sur le lit. Il paraissait si vulnérable, impuissant et fragile.

« Je viens d'avoir une idée », dit-il.

Ce n'était pas juste une intuition. Il ne voulait pas abandonner son père. Alors que Frère Zack rôdait dans les parages.

CHAPITRE 10

Ka

La direction de l'hôpital se montra fort compréhensive. Le bien-être des patients passait avant toute autre considération, et après une seule et brève visite d'Adam, l'état de son père montrait déjà des signes certains d'amélioration. Il avait ouvert les yeux et il pouvait respirer sans aide extérieure. Le temps qu'Adam soit installé dans le lit voisin, Abraham Black se tenait assis et absorbait des aliments liquides. Les médecins étaient très satisfaits, même si son cas les laissait perplexes. Il n'avait pas été victime d'une crise cardiaque, plutôt d'une sorte de grand mal, un dérèglement temporaire du cerveau. Maintenant que la crise semblait passée, le rétablissement devrait être rapide.

Même si son père dormait la plupart du temps, Adam trouvait rassurant d'être là, couché près de lui. Il écoutait sa respiration régulière, les bips discrets des machines. Son esprit dériva vers Lockwood et Stone. Il ouvrit le carnet pour lire la suite de leur échange.

LOCKWOOD # 4

11 Forfar Street
Spitalfields
Londres

Samedi 17 mars 1906

Mon cher Stone,

N'ayant pas reçu de vos nouvelles, j'en déduis que vous avez débuté votre voyage. Tant pis. J'écrirai quand même, sous la forme d'un journal, afin de soulager la tension, et avec l'espoir que ma missive vous parviendra tôt ou tard.

Pour une fois, j'ai une bonne nouvelle à vous annoncer. Je suis allé voir Wrightson[1], j'ai prétendu que je devais rédiger un article

1. *WRIGHTSON, DENVERS (1840-1910), pionnier des explorations en Égypte et au Moyen-Orient. Considéré comme le père de l'archéologie moderne.*

et l'ai interrogé, mine de rien, sur la résurrection des dieux chaldéens.

Il m'a expliqué qu'il fallait placer à l'intérieur du sarcophage une effigie en argile du dieu et effectuer les incantations appropriées devant les Sept Sages[1]. Cela, je le savais déjà, et j'ai senti mon sang se glacer. Sans doute remarqua-t-il mon air horrifié, car il rit.

« Le Rite de Régénération a été perdu ! Et même si tel n'était pas le cas, le rituel ne peut être exécuté avec succès que lorsque les signes célestes indiquent que le moment est venu. Autant dire tous les trente-six du mois. Et encore ! »

Il voyait sur mon visage qu'autre chose me préoccupait. Je lui montrai le dessin imprimé dans l'argile.

Il l'examina en plissant les yeux.

« C'est une sorte de carte du ciel, dis-je.

– Liée à la résurrection de ce dieu ?

– Possible. » Je décidai alors de jouer franc-jeu. « Très certainement. »

Wrightson prit une loupe pour examiner la tablette de plus près. « Je reconnais les constellations : il y a là le Disque solaire ailé et un deuxième disque en dessous, qui symbolise L'Endroit Sans Étoiles. Le couteau, lui, représente l'instrument utilisé lors de la cérémonie de l'Ouverture de la Bouche. Le disque ailé semble traverser un portail pour pénétrer dans l'Âge suivant...

– Et les planètes alignées ?

– Hmm. Ce sont effectivement des planètes, mais j'en dénombre neuf ! Impossible ! s'exclama Wrightson en secouant la tête. Cet objet est un faux, mon vieux. Tout le monde sait qu'il n'existe que huit planètes et les Anciens en connaissaient seulement cinq ! Toutefois... »

1. *Sages ayant vécu avant le Déluge.*

Bien qu'il ait qualifié cette tablette d'objet contrefait, il prit le temps de l'examiner de nouveau. Puis il alla chercher un ouvrage sur une des étagères de sa bibliothèque et le feuilleta. Il trouva enfin la page qu'il cherchait.

« Étrange. Si l'on fait abstraction de la planète en trop et si on regarde les constellations, un alignement est effectivement prévu au moment qui correspond à ces positions précises !

– Qu'est-ce que ça signifie ?

– Cela indique la fin de l'ère actuelle de notre monde. »

Mon inquiétude, visible sur mon visage, le fit sourire.

« N'ayez pas peur ! Ce n'est pas censé se produire avant cent ans au moins. D'ici là, nous serons à l'abri sous terre, en train de nourrir les vers ! »

Habituellement, je trouve le sens de l'humour de Wrightson assez pénible, mais cette remarque m'arracha un éclat de rire. Cent ans ! Le prochain millénaire ! Si Wesson était véritablement l'instigateur de tout ça, ses manigances complexes ne lui serviraient à rien !

Hélas, ma joie fut de courte durée. Quand je lui demandai des nouvelles de Matthews, notre ami commun, Wrightson prit un air triste et grave.

« Vous ne savez pas ? Non, évidemment. » Il soupira. « Moi-même, je viens juste de recevoir la nouvelle. Il est mort. Assassiné et détroussé dans un souk sordide où il s'était rendu pour échanger des antiquités. »

<u>Une semaine plus tard</u>

Les ennuis se succèdent. Mes préoccupations se sont multipliées par cent depuis la dernière fois que j'ai pris la plume.

Hier, j'ai reçu un message de JWD, me demandant de me rendre à la morgue rattachée au poste de police de Rotherhithe. Je devais identifier un corps. Apparemment, on avait retrouvé mon ancien locataire.

Je marchai dans les rues grises mouillées de pluie, jusqu'à un horrible bâtiment de brique rouge situé non loin de la Tamise. À l'intérieur, tout n'était que murs marron et carreaux vert bilieux. Un endroit épouvantable, glacial, humide et suintant, à cause de la pluie incessante et de la proximité du fleuve. Pourtant, malgré le froid et le phénol omniprésent, impossible de ne pas être assailli par l'odeur douceâtre de la chair en décomposition. De fait, la puanteur de la mort devenait plus forte à mesure que nous descendions l'escalier de fer.

Notre infortuné ami figurait au milieu de plusieurs autres cadavres étendus sur des tables d'autopsie, recouverts d'un drap. JWD passa de l'un à l'autre en consultant les étiquettes fixées aux gros orteils, comme s'il cherchait à identifier une valise. Je demeurai en retrait, me préparant pour cette épreuve. Les corps repêchés dans l'eau offrent souvent un spectacle désagréable.

JWD avait enfin trouvé le bon apparemment car il souleva le drap d'un grand geste, tel un majordome qui change un lit. D'un air impatient, il me fit signe d'approcher.

"Allons, l'ami ! Il ne va pas vous mordre !"

Il s'esclaffa. Sans doute un exemple de cet humour noir qu'il partageait avec ses confrères médecins légistes et les autres personnes qui côtoyaient la mort chaque jour.

Pressé par cette remarque, je m'approchai de la table en m'apprêtant à jeter un rapide coup d'œil au cadavre, mais je me retrouvai en train de le contempler avec fascination ; je n'avais plus envie de détourner le regard. Il s'agissait bien du Poète. Cela ne faisait aucun doute. Une légère entaille, à moitié cicatrisée, au-dessus de l'œil droit était la seule blessure visible. Son visage était assombri par la contusion de la mort et une algue verte s'était entortillée dans ses cheveux, mais ces détails mis à part, on aurait pu croire qu'il dormait.

« Vous ne remarquez rien de bizarre ? »

JWD me proposa du tabac à priser pour combattre l'odeur écœurante. Je déclinai son offre, mais il inspira deux larges pincées de tabac, puis éternua violemment, ce qui accentua la coloration marron-jaune de sa grosse moustache. Il me regarda fixement avec ses petits yeux marron en boutons de bottine, larmoyants sous ses sourcils touffus. Cheveux gris, vêtu de tweed, petit et râblé, il ressemble à un fox-terrier mal entretenu.

Je haussai les épaules, ne sachant pas ce que j'étais censé remarquer.

« Wentworth, expliquez-lui. »

Le coroner s'avança.

« Excellent élément, reprit JWD en parlant de Wentworth comme s'il n'était pas là. Grande expérience. Il a assisté Bond, le légiste chargé des meurtres de l'Éventreur. C'est désormais une sommité dans son domaine. Il va vous dire ce... »

Wentworth l'interrompit : « Si vous le permettez, Docteur Dunwoody. »

Barbu, les cheveux bruns et les tempes grisonnantes, c'était un individu qui respirait l'intelligence. En tout cas, il savait comment se comporter avec JWD.

« Il n'est pas resté longtemps dans l'eau. Il a basculé dans le fleuve hier ou avant-hier soir et on l'a découvert presque immédiatement. En outre, il ne s'est pas noyé. À mon avis, il est mort depuis plusieurs semaines déjà et on l'a conservé dans un endroit froid. Une cave peut-être ou un sous-sol. Il fait plutôt frisquet en ce moment.

– Comment est-il mort ? m'enquis-je.

– Le corps ne présente aucune trace de violence, à l'exception de cette légère entaille au-dessus de l'œil droit. Je n'ai pas encore achevé mon autopsie, mais je parie que nous allons découvrir qu'il est mort d'un arrêt du cœur. »

JWD ricana. « Nous ne sommes pas plus avancés ! On meurt tous d'un arrêt du cœur, à l'arrivée. »

Un appariteur s'avança. « Terminé, messieurs ? »

Wentworth hocha la tête. L'appariteur tira le drap sur le corps, le dissimulant à nos regards, laissant le pauvre Poète à son dernier sommeil. On ne voyait plus que sa tignasse de cheveux en bataille.

Nous abandonnâmes Wentworth à sa sinistre besogne. Une fois hors de la morgue, JWD me tendit sa flasque pour me proposer une gorgée de brandy. J'acceptai avec joie.

« Vous m'avez dit, je crois, que ce pauvre garçon avait logé chez vous.

– C'est exact, répondis-je, alors que mon esprit luttait encore pour accepter la signification de ce que je venais de voir.

– Vous savez ce que ça veut dire ? »

Il me regarda en fronçant les sourcils d'un air féroce.

Évidemment que je le savais, mais les implications étaient si effroyables que je ne pouvais même pas répondre. J'enfouis mon visage dans mes mains et tournai la tête. Horreur absolue, atrocité suprême. Cette créature que j'avais vue, que j'avais hébergée sous mon toit, n'était pas humaine : c'était un artifice, un ka, un ersatz du jeune homme vivant, issu de l'éther même, au cours de je ne sais quelle cérémonie infâme.

" Ce ne sera pas ébruité, évidemment, dit JWD en sortant sa montre de sa poche. Mort accidentelle, j'y veillerai. C'est préférable au suicide. Il y a moins de risques que la famille fasse des histoires. En ce qui concerne l'autre affaire, je vais en parler à Madame T. Nous devons agir. Il faudra l'intervention de tout le Cercle, les membres en qui nous pouvons avoir confiance. Venez à mon domicile ce soir. Inutile d'attendre. Au fait, ajouta-t-il en plongeant la main dans son gousset, l'appariteur a trouvé ceci dans la doublure de la veste. Sans doute est-il passé à travers un trou dans la poche. Je sais que vous collectionnez ce genre d'objets. J'ai pensé qu'il vous l'avait peut-être fauché. " Il tendit sa paume ouverte. Un sceau cylindrique, taillé dans la calcédoine bleue, de deux ou trois centimètres de long, reposait dans les plis de chair rose de sa main.

Je pris l'objet et le déposai soigneusement dans ma propre poche de gilet. Il me paraissait doublement précieux, soudain. Je n'avais même pas besoin de l'examiner pour savoir qu'il s'agissait du cylindre qui avait imprimé dans l'argile l'image que j'avais montrée à Wrightson. Il avait été expédié au Poète dans un paquet portant des timbres du Moyen-Orient. Une intuition indésirable me disait que Matthews l'avait payé de sa vie.

J'acceptai l'offre de JWD de me raccompagner jusqu'à Tower Bridge, puis je descendis de voiture. Je n'habite pas très loin et je devais réfléchir à un tas de choses. Il faisait froid au bord du fleuve et le crépuscule tombait, alors que je m'enfonçais dans l'obscurité des abords de la Tour et suivais le tracé de l'ancien mur d'enceinte. Le brouillard venu du fleuve m'accompagna, étouffant le bruit incessant de la rue. Je dois avouer que cela m'arracha un frisson et me rappela ce soir d'hiver, qui me semblait si lointain, où j'avais découvert le Poète blotti sur les marches de mon perron. N'était-il déjà qu'une vile projection, ou encore un être de chair et de sang ? Mon intuition me fait pencher pour la deuxième hypothèse. Je me souvenais qu'il m'avait dit qu'il se sentait *surveillé, pourchassé*. Je me souvenais de cette présence que j'avais perçue dans notre sillage cette nuit-là. Il m'apparait évident désormais que la possession était loin d'être achevée quand le Poète était venu quérir mon aide. Mon effroi redoubla. Ce jeune homme menait un combat pour le salut de son âme et je l'avais abandonné face à l'adversité.

Un peu plus tard :

J'ai continué à réfléchir à ce qui avait pu arriver au Poète et j'ai consulté d'autres membres du Cercle, plus versés que moi dans ce domaine mystérieux de l'occultisme. Il semble y avoir deux explications possibles. Selon la première, la possession aurait été progressive. Alors que le corps et l'esprit du Poète faiblissaient, son ennemi, qui ne peut être que Wesson, s'est emparé de lui, totalement, et l'a utilisé pour piller ma collection et mon savoir.

La deuxième théorie n'est pas moins inquiétante. Mort depuis plusieurs semaines, avait dit le coroner, conservé dans un endroit froid, ou dans un quelconque état d'activité suspendue. Pendant un certain temps au moins, la créature qui vivait sous mon toit avait peut-être été une sorte de projection. Quelque chose proche du vampire de Stoker, sans le côté buveur de sang. À un moment donné, le Poète était sorti de chez moi sous une forme et était revenu sous une autre, privé de toute volonté et de détermination humaines, hormis celle d'accomplir les ordres de son maître. Dans cet état, il aurait pu continuer à passer pour un être humain. Si cette théorie n'explique pas tout, elle permet de comprendre pourquoi le sceau se trouvait dans ses vêtements.

C'est une mince consolation, mais JWD a tenu parole en concluant officiellement à une mort par noyade. Selon toute probabilité, Connors aurait basculé dans le fleuve, en état d'ébriété ou à cause d'un incident. Sa famille est satisfaite. Étant de confession catholique, ils auraient eu du mal à accepter une autre explication. Ils ont emporté la dépouille en Irlande pour l'enterrer. Puisse le jeune homme reposer enfin en paix désormais.

Il a fallu à l'ensemble du Cercle de nombreuses nuits de travail en commun (c'est une des raisons qui m'ont empêché d'achever cette lettre). Nos forces sont épuisées, mais je pense que nous avons réussi à contrer Wesson.

Je m'aperçois qu'un mois s'est écoulé depuis que j'ai commencé cette lettre. Avril est déjà là. Je ne veux pas parler trop vite, mais j'ai vraiment le sentiment que nous avons pris un virage. Le temps lui-même s'est amélioré. La journée d'aujourd'hui a été magnifique, l'air était doux, le ciel bleu et les rues en fleurs. Wesson a été vaincu et aucun ancien dieu chaldéen ne sera ressuscité avant le prochain millénaire. Malgré l'immense tristesse que m'inspire le sort du Poète, et mon sentiment de culpabilité face à mon impuissance, je puise dans ces éléments un peu de joie.

J'espère que cette lettre vous parviendra, où que vous soyez, et qu'elle vous trouvera en bonne santé.

Bien à vous, en toute fraternité éternelle.

Aurel Lockwood

CHAPITRE 11

Xibalba Be : la route des enfers

« Ha ! »

Adam s'était endormi. Il releva la tête brutalement, surpris par le bruyant éclat de rire de son père.

« Un virage, hein ? Si seulement c'était aussi simple.

– Comment ça ? »

La voix de son père sortait des ténèbres. Adam n'aurait su dire s'il l'entendait véritablement ou si elle était dans sa tête.

« Lockwood avait certainement cette impression.

– Ces deux hommes, Lockwood et Stone, tu les as connus ?

– Je n'ai jamais rencontré l'Américain, excepté à

travers ses lettres et ses écrits, mais j'ai connu Lockwood. Il était déjà très âgé. J'ai fait sa connaissance par l'intermédiaire de Rapoport, qui s'occupait de lui. Rapoport était un réfugié tchèque, venu ici après la guerre. Il détenait une chose que je convoitais.

– Une de tes "anomalies" ?

– Oui. Volée au National Museum. En suivant la piste du Tchèque, je suis tombé sur Lockwood. J'ai découvert que sa maison en était remplie. D'anomalies, pas de réfugiés tchèques. Lockwood les conservait dans sa bibliothèque, qu'il appelait la Longue Pièce. Sa collection était plus impressionnante que celle de certains musées. J'aurais dû les livrer tous les deux à mes employeurs du Temple.

– Tu travaillais pour *eux* ?

– Oui. J'en ai honte, mais je faisais ça surtout pour l'argent. Au début, du moins. À l'époque où j'ai rencontré Rapoport, je commençais à avoir des doutes au sujet de la mission et de l'objectif *véritables* de l'Ordre. Ce que m'ont raconté Lockwood et Rapoport dépassait de loin mes pires craintes. Je ne pouvais pas imaginer l'ampleur de leur réseau d'influence, à quel point ils étaient dangereux, et retors. À l'image de l'esprit qui se cachait derrière tout ça. Lockwood n'était pas un imbécile, mais il apprit à ses dépens qu'il avait eu tort de se croire débarrassé si vite de Wesson.

– Que veux-tu dire ? Quel rapport entre Wesson et le Temple ?

– Que sais-tu de votre légendaire Grand Maître ?

– Pas grand-chose... »

Adam prit le temps de réfléchir. C'était un personnage mystérieux. Il avait arraché l'Ordre aux ténèbres, il en avait fait une puissante organisation confessionnelle, présente dans le monde entier. Il demeurait le Chef de l'Ordre, chacun de ses successeurs portant le titre de *Nouveau* Maître, indépendamment du temps pendant lequel il avait exercé cette fonction. Aux yeux d'Adam, c'était une de leurs bizarreries, nombreuses. À vrai dire, il pensait que le véritable Grand Maître avait cassé sa pipe depuis longtemps.

« Eh bien, détrompe-toi, fiston.

– Comment peut-il s'agir de la même personne ? Il aurait bien plus de cent ans aujourd'hui !

– Tout est là-dedans, répondit son père en montrant le carnet. Si tu veux comprendre réellement, tu devras tout lire. Pour l'instant, sache simplement que si, autrefois, il n'avait que ce pauvre bougre de Poète pour le servir, il dispose maintenant de toute la puissance du Temple.

– Quel est leur objectif ultime ?

– Il dépasse l'imagination. Peu de gens le connaissent. Même au sein de leur organisation. Et au-dehors ? Lockwood. Mais il est mort. Rapoport. Mort également. Ne restent que moi et une seule autre personne. Dont l'existence doit rester secrète.

– Même pour moi ?

– Pour le moment. Ce que tu ignores ne peut te nuire. Cette personne semble avoir échappé à sa vigilance. Je veux que ça continue. »

La conversation retomba. Le calme s'installait peu à peu dans l'hôpital. Les derniers visiteurs étaient partis. Leurs discussions à voix basse et le trottinement de leurs pieds dans le couloir avaient cédé la place à un bruit de pas unique, feutré, et aux couinements d'une roue de chariot :

les infirmières débutaient leur dernière visite. Au loin, un réveil bourdonna, suivi d'une quinte de toux. Les pensées d'Adam le ramenèrent vers le sceau de Lockwood et la prophétie, ou quel que soit son nom. Une centaine d'années à partir de cette date, cela correspondait à...

« Aujourd'hui ? dit la voix de son père. Exactement. La manifestation cosmique et l'alignement planétaire, faisant intervenir le nombre exact de planètes figurant sur l'illustration, doivent avoir lieu très bientôt. Pas très réjouissant.

– Que doit-il se passer ?

– La Convergence Cosmique décrit un alignement du plan galactique avec l'apogée du solstice. Il existe une faille obscure dans la Voie Lactée, un endroit sans étoiles. Le 12 décembre à midi, jour du solstice d'hiver selon l'ancien calendrier julien, le soleil franchira cet endroit précis, connu des Mayas sous le nom de Xibalba Be. La route des enfers. Il s'agit d'un événement capital. C'est la Date de la Fin. L'ultime jour du Grand Décompte qui a commencé il y a 25 000 ans. La fin du monde. Cet événement a été prédit par bien des peuples différents : les Indiens hopis, les Égyptiens, les Cabalistes, les Esséniens, les Incas, les Navajos, les Cherokees, les Apaches, la Confédération iroquoise, la tribu Dogon et les Aborigènes, pour n'en citer que quelques-uns. Dans le lot figurent également les Sumériens. Il s'agit de l'événement dépeint sur le sceau de Lockwood.

– Mais personne ne croit à ces choses-là, véritablement ? dit Adam, avant tout pour se rassurer, pour chasser cette désagréable sensation qui s'insinuait en lui. Le monde ne peut pas disparaître de cette façon.

– Pas exactement “disparaître”. Ce terme est trompeur.

“Changer”, plutôt. Rapidement. Un phénomène d’extinction de masse. C’est déjà arrivé. Ça pourrait se reproduire. Le monde continuerait à exister, mais nous n’en serions plus forcément les maîtres. »

Tout cela paraissait encore irréel aux yeux d’Adam. Il ne pouvait pas l’imaginer. La disparition de toutes ces choses familières. Volatilisées en un clin d’œil cosmique.

« Wesson n’est pas resté inactif pendant ce temps. Il a réuni d’autres connaissances, auprès de nombreuses sources. C’est cet écheveau de ténèbres que j’ai suivi. S’il parvient à exécuter le Rite de Régénération au moment exact de la Convergence, il se transformera en dieu, et les pires craintes de Lockwood paraîtront dérisoires. Le monde tel que nous le connaissons sera soufflé comme une bougie, il ne restera que des horreurs indicibles. La majeure partie de l’humanité sera détruite ; les survivants seront sous le joug de monstres venus de l’Abîme. »

D’un mouvement de tête, son père montra l’écran de télé au-dessus de leur tête, alors qu’apparaissaient les images de BBC News 24 : des miracles et des merveilles, l’habituelle succession de désastres.

« Certains diraient que la fin a déjà commencé. »

Le dernier reportage concernait les suicides des membres de la secte : une vue aérienne de Ringmere Hall entouré de véhicules de secours, le lac calme comme un miroir, à laquelle succédait brutalement la façade de leur hôpital, pendant que le présentateur du journal lançait un appel à toute personne ayant aperçu l’unique survivante, qui avait disparu deux jours plus tôt. Une photo floue de la jeune fille apparut sur l’écran, au-dessus d’un numéro de téléphone.

Adam leva les yeux vers le visage qui occupait tout l'écran.

« Elle ne ressemble pas du tout à ça.

– Tu l'as vue ? »

Son père semblait intéressé tout à coup. Jusqu'à présent, il n'avait conservé aucun souvenir de l'épisode dans Temple Green, mais en voyant le visage à la télé, un flash transperça sa conscience, aussi tranchant qu'un éclat d'obus qui pénètre dans la peau.

« Oui, dit Adam. Sa chambre était au bout de mon couloir. Dans le même service. Elle m'a piqué mes affaires.

– Ah. » La voix de son père avait changé ; cette simple syllabe semblait remplie d'un espoir nouveau. « Ce n'est pas obligé de finir comme ça, évidemment ! Il existe d'autres mythes, d'autres légendes... »

Sa voix mourut ; une nouvelle pensée venait de le frapper. Tel un écran de cinéma, la surface de son esprit se divisa en plusieurs images, de plus en plus nombreuses. Ces représentations prenaient diverses formes : peintures murales, dessins, sculptures classiques, issus d'époques et de cultures hétéroclites. Chaque image contenait deux personnages, masculin et féminin. Parfois séparés, parfois unis, mais ils avaient tous deux choses en commun : ils étaient jeunes et ils ressemblaient à Adam et la jeune fille.

Quand Abraham s'exprima de nouveau, sa voix ne ressemblait plus à un murmure épuisé.

« La Convergence pourrait au contraire marquer un nouveau départ ! déclara-t-il avec une vigueur retrouvée. Ça dépend...

– De quoi ? demanda Adam.

– De nous ! »

CHAPITRE 12

À l'intérieur du temple

Le Nouveau Maître était assis derrière son bureau. La surface de celui-ci était remarquablement dégagée, à l'exception d'une clochette en cuivre, d'un sous-main et d'un encrier dans lequel trempait une plume. Il s'en servait présentement pour ajouter, ici et là, une remarque ou bien sa signature sur les documents qui nécessitaient son accord. Quand il eut terminé, il rassembla les feuilles, les aligna bord à bord avec un soin maniaque et fit tinter la clochette. Un frère lai, qui occupait les fonctions de secrétaire, apparut aussitôt, vêtu de sa longue robe noire qui balayait le sol, et prit les documents qu'on lui tendait. Le Nouveau Maître se tourna alors vers Frère Zack, comme s'il venait de s'apercevoir de sa présence.

Celui-ci savait qu'il s'agissait d'une technique de contrôle, destinée à maintenir un subalterne à sa place, et à user ses nerfs. À cet égard, le Nouveau Maître avait parfaitement réussi son coup. Frère Zack devait lutter de toutes ses forces pour ne pas se mordre le poing. Il ne supportait pas qu'on lui fasse prendre conscience de sa nervosité. Il détestait cette impression d'être redevenu un novice. Il se vengerait sur quelqu'un, et il connaissait déjà la victime.

Alors qu'il levait la tête, le Nouveau Maître marqua un temps d'arrêt en apercevant son reflet dans la surface lustrée du bureau et, d'un geste, il lissa son épaisse chevelure argentée, soigneusement taillée. Il redressa le sous-main, légèrement de travers et observa son subordonné pardessus ses doigts joints en triangle. Un sourire plissa son large et beau visage. Quiconque ne le connaissait pas aurait pu y voir une expression de bonté, voire d'affabilité. Il savait utiliser au mieux ses grands yeux bleus et son sourire charmeur, mais ses yeux pouvaient se transformer en glace en une fraction de seconde et son sourire prendre l'apparence d'un trait fin et pâle.

« Le garçon refuse de donner son autorisation, dit Frère Zack. Il se montre entêté.

– Dans ce cas, vous devrez trouver un autre moyen de nous débarrasser du vieil homme. »

Le Nouveau Maître soupira. Abraham Black était une erreur qui aurait dû être réparée depuis longtemps. Il leur avait été utile, pendant quelque temps, puis ils avaient découvert que c'était en réalité une taupe au sein de leur organisation. Il avait échappé à l'incendie criminel, mais cela lui avait fait perdre la raison. Il était devenu une sorte d'idiot et un clochard, à tel point que le Capitaine avait estimé qu'il ne représentait plus une menace. En vérité, c'était aussi bien que s'ils avaient réussi à le tuer. Mieux même, à certains égards, car ainsi il continuerait à souffrir. Par ailleurs, toute intervention, aussi discrète soit-elle, constituait toujours un risque pour l'Ordre. Le Capitaine était responsable des questions de discipline. À l'époque, le Nouveau Maître avait approuvé la décision de son collègue et considéré que Black n'était plus un problème. Erreur. Le Capitaine en avait payé le prix.

« Et le garçon ? Dois-je m'en débarrasser également ? demanda Frère Zack.

– Non. Il nous est encore utile. Mais je veux qu'il revienne ici dès que possible. Parlons maintenant de l'autre affaire : la fille. »

L'homme aux cheveux argentés fit pivoter son fauteuil pour regarder par la fenêtre. Des gouttes de pluie glissaient sur les carreaux en losange.

« Du nouveau ?

– Elle a été aperçue. Ici, dans la capitale. Apparemment, elle vivrait dans la rue...

– Et alors ?

– Elle se déplace beaucoup. Elle ne reste jamais longtemps au même endroit. Ces gens sont très difficiles à localiser... » En vérité, elle avait totalement disparu, mais Frère

Zack n'osait pas l'avouer à son supérieur. « Cette photo que vous nous avez donnée...

– Oui, je sais. » Le Nouveau Maître ouvrit un tiroir et sortit un cliché sur papier glacé. Il représentait une jeune fille souriante et sage, vêtue de sa longue robe noire. La photo provenait d'un portrait de groupe ; la qualité était médiocre. « Rien à en tirer. Toutefois, il y a quelqu'un qui pourrait vous aider. Il se joindra à vos patrouilles. Dès demain, à la première heure. En attendant, je veux que l'on règle le cas du vieillard, le plus tôt sera le mieux.

– Je pensais qu'il détenait des informations...

– Vous n'êtes pas ici pour penser, Frère Zachariah ! Uniquement pour obéir. Et l'autre garçon ? Celui qui se trouvait avec Black quand celui-ci a fait un malaise ?

– Toujours aucune trace, Monseigneur. Nous supposons que...

– Eh bien, quoi ? Qu'est-ce que vous supposez ? Suis-je obligé de vous arracher chaque mot ?

– Qu'il est protégé.

– Par qui, si je peux me permettre ? Ou par quoi ?

– Nous ne savons pas... »

La voix de Frère Zack n'était plus qu'un murmure rauque. Elle mourut alors qu'il se penchait en avant, en joignant ses mains de toutes ses forces pour les empêcher de trembler.

« Il y a beaucoup de choses que vous ignorez. » Le Nouveau Maître fit pivoter son fauteuil en sens inverse pour faire face à son interlocuteur. « Je suis fatigué, fatigué de toutes ces excuses. »

Le Nouveau Maître ne criait jamais. Au contraire,

quand il était en colère, il baissait d'un ton, sa voix devenait douce comme de la soie, presque inaudible. Mais sa colère pouvait être épouvantable. Les conséquences infinies. Et fatales. Quand un novice rejoignait l'Ordre, il s'y donnait corps et âme. Il renonçait à son nom, à toute identité extérieure. Il n'existait plus. Il était perdu pour le monde. Frère Zack avait été accueilli orphelin, comme Adam. S'il venait à disparaître, nul dans le monde extérieur ne s'en apercevrait. Il n'avait pas besoin qu'on le lui rappelle.

« Nous devons contrôler ces personnes, reprit le Nouveau Maître. Inutile de vous préciser, je suppose, que les ressources humaines sont de votre ressort, en tant que Sous-Capitaine. » Le Nouveau Maître tapotait doucement sur son bureau avec son ongle parfaitement manucuré, pour souligner chacun de ses mots. « Vous avez fait du bon travail, jusqu'à maintenant. D'ailleurs, étant donné que votre supérieur n'a toujours pas été nommé, je pensais... » Frère Zack sentit son cœur s'accélérer. Le poste de Capitaine était vacant ! « Mais peut-être n'êtes-vous pas prêt à assumer ce genre de responsabilités. »

Le Nouveau Maître frotta ses paumes l'une contre l'autre, dans un geste vaguement dédaigneux.

« Monseigneur, je... »

Frère Zack baissa les yeux en signe de déférence et s'efforça de masquer son ton geignard et suppliant, alors qu'il débitait un nouveau catalogue d'excuses.

Le Nouveau Maître semblait ne pas l'entendre. Il se tourna de nouveau vers la fenêtre pour regarder le crépuscule qui descendait sur la cour carrée. Ils n'avaient vraiment pas besoin de tous ces problèmes : le garçon qui devait aller à l'hôpital, le vieillard qui ressurgissait de nulle part, telle une ancienne infection... Et voilà que tous les deux se retrouvaient dans le même endroit. Coïncidence ? Peut-être. Toutefois, le Nouveau Maître ne croyait pas aux coïncidences. Et puis, il y avait l'histoire de cette fille. L'Avocat l'avait eue en son pouvoir, et il ne s'en était même pas aperçu. Le Nouveau Maître et l'Avocat étaient égaux, mais les organisations qu'ils dirigeaient l'un et l'autre étaient fort différentes. Totalement séparées. L'Avocat était devenu bien trop arrogant. Pour le Nouveau Maître, la faute incombait à la nature même de la secte, à l'organisation des Enfants de la Sixième Aube. La dévotion inconsidérée de tous ces disciples sans cervelle et le pouvoir absolu qu'il exerçait sur eux lui avaient fait perdre la raison, l'avaient empêché de voir l'évidence. Oui, il l'avait tenue entre ses mains, mais il ignorait qui elle était. Le mouvement de tête du Nouveau Maître fut imperceptible. Incroyable, se disait-il. Mais peut-être y avait-il une logique. L'intervention d'un autre facteur. Leurs ennemis semblaient faibles, impuissants. Mais leur faiblesse même, leur anonymat, faisaient peut-être leur force. Les choses ne se déroulaient pas tout à fait comme prévu. Il était temps d'agir. Le Nouveau Maître interrompit le monologue de Frère Zack qui continuait à se justifier.

« Prouvez-moi que vous êtes à la hauteur. » Il le chassa d'un geste pour bien montrer que l'entretien était terminé. « Eh bien, qu'attendez-vous ? Du vent ! »

Frère Zack se leva, s'inclina bien bas, puis s'éloigna à reculons.

Ils pouvaient demeurer cachés, mais, tôt ou tard, ils seraient obligés de se dévoiler. Qu'arriverait-il, alors ? Le Nouveau Maître fut envahi par une bouffée d'excitation.

« Ils auront été éliminés, se dit-il à mi-voix, ou bien ils seront en notre pouvoir. »

Ses pensées le ramenèrent vers l'Avocat. Il évoluait au sein du Temple. Sa véritable identité n'était connue que de l'Ordre Interne. Pour tous les autres, y compris Frère Zachariah, ce n'était qu'un visiteur important, et de ce fait, il devait être traité avec respect et déférence. Le Grand Maître du Temple, l'absent, et le Fondateur vénéré des Enfants de la Sixième Aube n'étaient qu'une seule et même personne, mais peu de gens dans l'une ou l'autre de ces organisations le savaient. Les deux ordres avaient toujours été scrupuleusement séparés. Sous peine de mort. Le Grand Maître l'avait voulu ainsi. Maintenant, les Enfants n'existaient plus. Le sacrifice avait été accompli. La première partie de l'objectif du Grand Maître avait été remplie. Bientôt, il reviendrait en personne. Tout devait être prêt. L'Avocat accompagnerait les patrouilles dès demain, quand elles partiraient à la recherche de la fille. En attendant...

Le Nouveau Maître prit une feuille de papier et se mit à écrire. Ensuite, il la plia délicatement et la cacheta à la cire. Des ordres pour Frère Zachariah. Rien ni personne ne pourrait se dresser sur leur chemin.

CHAPITRE 13

Notes de Brice Ambrose Stone

Le silence régnait dans la chambre. Adam avait bien d'autres choses à demander à son père, mais le vieil homme s'était rendormi. Adam, lui, était incapable de trouver le sommeil. Son esprit était un fouillis de questions et d'énigmes.

Il ouvrit l'épais carnet bleu. Peut-être y trouverait-il ses réponses.

Un télégramme, bruni par le temps, avait été collé juste après la dernière lettre de Lockwood.

20 AVRIL 1906 - SANTA FEY. BRICE AMBROSE STONE - AUREL LOCKWOOD. VOUS AVEZ SUREMENT ENTENDU PARLER DES TERRIBLES EVENEMENTS STOP NE SOYEZ PAS INQUIET STOP VAIS BIEN STOP ENVOIE CARNETS ET CAISSE SCELLEE CONTENANT OBJETS DE PROVENANCE INCONNUE STOP PORTEZ-LES A MCKENDRICK AU MUSEE DES SCIENCES STOP SURTOUT NE LUI DITES PAS OU ET QUAND ILS ONT ETE DECOUVERTS STOP POURSUIS MON VOYAGE STOP VOUS CONTACTERAI STOP.

Venaient ensuite de nombreuses pages découpées dans un petit carnet. Adam reconnut l'écriture nette et rapide de l'Américain. Les notes étaient illustrées, ici et là, d'esquisses habiles à la plume et à l'encre.

NOTES DE BRICE AMBROSE STONE

De Frisco à Fresno :

Je me suis rendu en train au domicile de mon vieil ami MK qui vit maintenant à la périphérie de Fresno. Nous étions ensemble à Yale et je ne l'ai pas revu depuis une éternité. Je pensais que cette visite constituerait un excellent départ pour mon voyage. J'y suis resté plusieurs jours et j'ai savouré les derniers instants de cette compagnie civilisée, le temps de faire l'acquisition d'un cheval, d'une mule, du matériel et des vivres nécessaires à cette chevauchée en pleine nature.

Le départ

Je suis parti avec la bénédiction du soleil. Les doutes que pouvait m'inspirer cette entreprise se sont vite envolés dans l'air vivifiant de cette journée qui commençait. J'étais impatient d'atteindre les collines. En bas, dans la vallée, chaque mètre carré de terre utilisable est cultivé. Les fleurs sauvages, les lupins, les coquelicots et leurs cousins de Californie, qui illuminaient jadis la prairie, sont désormais confinés aux bords des routes, à mesure que les hectares sont labourés par la charrue, les uns après les autres. MK m'expliquait l'autre jour qu'un nouveau projet consistait à faire pousser des fruits et des légumes qui seront ensuite expédiés dans les villes de l'Est à bord de véhicules réfrigérés. Lui-même envisage de partir s'installer aux environs de Santa Rosa pour y planter des vignes. Les gens ont besoin de nourriture, évidemment, et de bon vin, mais je préfère la nature sauvage.

Je laissai bientôt les prairies derrière moi. Toute la journée, je chevauchai au milieu des chênes noirs et des manzanitas aux fleurs blanches, en direction des bosquets de grands sapins parfumés. Bien qu'ayant emporté des vivres et même, c'est là mon seul luxe, une boîte d'excellents havanes, j'avais l'intention de subvenir à mes besoins dans la mesure du possible, et après avoir découvert que le gibier abondait, je tuai une demi-douzaine de cailles.

À l'approche du soir, je franchis la première de deux crêtes et découvris en contrebas un campement de mineurs. Le soleil couchant plongeait l'étroit ravin dans l'obscurité, et les restes de ces habitations humaines conféraient à la vallée un aspect lugubre. Les vestiges de cabanes pourrissantes s'alignaient de chaque côté d'une gorge sinueuse. Des morceaux de planches brisées jonchaient le fond ; des monticules de déblais, encore vierges de toute végétation, formaient des tertres irréguliers sur le sol de la vallée. La piste m'obligea à descendre et je me retrouvai en train de me frayer un chemin au milieu d'un fouillis de Bibles détrempées, de boîtes de conserve rouillées et d'outils cassés. Je suivis la piste qui gravissait maintenant une pente raide en direction de l'autre crête. Je progressais péniblement à travers un bosquet de manzanitas quasiment impénétrable. Après quoi, le terrain s'aplanit. La lumière déclinait rapidement et je jugeai que c'était un lieu idéal pour camper. À cet endroit, le sol avait été dégagé, pour une raison quelconque, et la végétation n'avait pas eu le temps d'en reprendre possession. Des planches de bois gorgées d'eau et mangées par les vers sortaient du sol en penchant curieusement. Je pensais qu'il s'agissait des restes d'une habitation quelconque. C'est seulement en me penchant et en découvrant des traces d'inscriptions que je compris que j'étais tombé, en réalité, sur un cimetière ! Je remontai en selle et éperonnai mon cheval, pourtant épuisé. Bien que n'étant pas excessivement superstitieux et n'ayant pas peur des esprits, je trouvai cet endroit sinistre. Je préférais mettre une certaine distance entre moi et ce campement de mineurs.

Étrange rencontre

À cause de l'apparition soudaine d'un nuage, il devenait imprudent de continuer. J'avais envisagé de camper, mais la fraîcheur de la nuit s'accentuait. Je me mis donc en quête d'un abri quelconque ; j'envisageai même de retourner au campement de mineurs, la perspective de tant d'inconfort me faisant oublier toutes mes autres craintes. C'est alors que je tombai sur une autre clairière, entourée d'une clôture brisée. Au centre se dressait une cabane rudimentaire, en rondins, dans un triste état. Il n'y avait plus de fenêtres, ni de porte, mais elle avait été bâtie solidement et la cheminée était toujours debout. Je l'inspectai soigneusement et, après m'être assuré qu'elle était déserte, décidai d'en faire mon refuge pour la nuit.

Elle me convenait parfaitement. Il y avait même un puits pour que je puisse donner à boire à mon cheval. Je rassemblai du fourrage pour lui, des aiguilles de pin et de l'herbe pour mettre sous ma couverture, et *me confectionnai un lit pour la nuit. Je nettoyai l'âtre de la cheminée, amassai du petit bois et, bientôt, j'obtins un joli feu, suffisant en tout cas pour me permettre de faire rôtir mes cailles en les enfilant sur un bâton. En outre, le feu m'offrait assez de lumière pour écrire ce journal et une chaleur bienvenue. J'allumai un cigare avec les braises et quelques gorgées de cet excellent brandy fourni par la gouvernante de MK me remirent du baume au cœur.*

Je m'apprêtai à ôter mes cailles de la broche, mis en appétit par l'odeur de la viande rôtie, lorsque j'éprouvai une sensation de gêne soudaine. Je percevais une autre présence dans la pièce. Ce sentiment devint si fort que je me surpris à examiner l'espace vide de la porte, m'attendant presque à y voir une silhouette. Mais il n'y avait que l'obscurité impénétrable. Ce qui ne fit qu'accentuer mon malaise. Je me retournai vers le feu, en me reprochant mon émotivité et ma nervosité. Habituellement, je ne m'effraie pas si facilement, mais je ne pouvais m'empêcher de songer aux événements effroyables qui avaient dû se produire dans un lieu si isolé. De fait, cette habitation aurait constitué un décor idéal pour ces récits de fantômes que nous trouvions si divertissants, mais raconter ce genre d'histoires dans son salon douillet, c'est une chose, les vivre, c'en est une autre.

L'impression d'être observé ne cessait de s'amplifier. Tout d'abord, je crus qu'il s'agissait d'une sorte d'oiseau, une chouette peut-être, qui me regardait avec ses grands yeux jaunes impassibles... Finalement, ce sentiment devint si insoutenable que je fus obligé de prendre un tison ardent pour inspecter chaque recoin de la cabane.

C'est alors que je le vis. Il était assis dans une alcôve, légèrement en retrait de la pièce principale ; un recoin dont j'aurais juré qu'il était vide quand j'étais entré dans la cabane. Il me regarda fixement, aussi impassible que la chouette que j'avais imaginée, pendant que je bégayais ma stupéfaction, puis il me rejoignit près du feu. C'était un Indien, d'environ 1 m 80, d'un certain âge à en juger par les filaments gris qui veinaient ses cheveux bruns. Sa tenue était très éloignée de l'imagerie populaire ; il n'avait pas de plumes sur la tête. Il portait un solide pantalon de coton et sa chemise en chambray, bien qu'usée, était relativement propre et soigneusement rapiécée. Seuls ses mocassins et ses cheveux tressés trahissaient ses origines. Je croyais que les derniers Indiens de cette région avaient été chassés par les mineurs, ou bien rassemblés par des agents gouvernementaux et envoyés dans des réserves. Il sourit et dit :

« Nous sommes toujours ici. Il suffit de savoir où regarder. »

Mais il n'était pas originaire de cette région. Il me désigna le sud. Je l'interrogeai sur sa tribu.

« Je suis de la tribu du peuple. » Ce fut son unique réponse.

Comme il ne représentait visiblement aucune menace, je lui proposai de partager mon feu et mon dîner, comme le font les voyageurs. Il s'accroupit face à moi et mangea avec la délectation frénétique d'un homme bien élevé qui rompt un long jeûne. Nous n'échangeâmes aucune parole jusqu'à ce que toutes les cailles eussent été mangées et les os léchés. Je lui proposai une gorgée de brandy, mais il refusa en expliquant qu'il ne buvait jamais d'alcool ; en revanche, il accepta volontiers un de mes cigares. Nous fumâmes en silence, puis je lui demandai ce qui l'avait conduit ici, si loin de sa terre natale. Il contempla le feu en train de s'éteindre et me répondit que c'était un rêve qui l'avait guidé. Il n'en dit pas plus, mais je sais quelle importance ces gens attachaient aux rêves. Ils les interprétaient, ils leur attribuaient des significations, et cela bien avant que nos aliénistes modernes fassent leurs découvertes récentes. Je lui demandai quel était ce rêve. Il répondit qu'il avait rêvé de moi. Sur ce, il lança le mégot de son cigare dans les cendres, étendit sa couverture devant le feu agonisant et sembla s'endormir aussitôt.

Quant à moi, je m'allongeai sur mon lit d'aiguilles de pin, mais je mis longtemps à trouver le sommeil. J'avais soudain l'impression d'évoluer dans une histoire de mon invention, mais elle dépassait largement tout ce que j'avais osé imaginer jusqu'alors.

Au matin, nous mangeâmes en silence. Il se leva d'un mouvement fluide et marcha vers l'ouverture de la cabane. Un cheval broutait à proximité, un superbe Appaloosa. Il siffla pour l'appeler, confectionna une bride avec une corde, et jeta une couverture sur le dos de l'animal. Puis il le monta, et je compris que nous devions chevaucher ensemble. Je ne protestai pas. J'étais parti sans idée préconçue, si ce n'est de m'en remettre au hasard. J'avais l'impression qu'on avait choisi mon guide à ma place et que j'entamais le voyage auquel j'étais destiné depuis toujours.

Le voyage

Nous avons passé de nombreuses journées ensemble. C'est un homme qui parle peu, mais jamais je n'ai connu quelqu'un qui possède une telle sagesse, une telle connaissance des choses spirituelles. Son don pour faire venir à lui les créatures animales ne représente qu'une infime partie de son savoir. C'est un maître de l'étrange, mais il est aussi éloigné du « Guide indien » de Madame T. que de ces statues en bois que l'on trouve devant les marchands de tabac.

Je n'ai pas l'intention de décrire chaque kilomètre de cette piste, tous les endroits où nous nous sommes arrêtés, tous les paysages que nous avons traversés. Comme l'a dit un jour un poète de mes amis, « nous avons suivi les routes les moins fréquentées[1] », et elles nous ont conduits à travers des forêts immenses, des champs enneigés dépourvus de sentiers, des étendues rocailleuses, à travers des cols élevés où l'air raréfié me faisait suffoquer. Seul, j'aurais péri, comme tant d'autres

1. *ROBERT FROST.*

avant moi. De fait, nous découvrîmes les traces de ceux qui s'étaient égarés dans ces contrées hostiles. Dans les hauteurs, nous tombâmes sur des objets abandonnés et des vêtements entassés qui conduisaient, telle une piste, à des chariots brisés dont les arceaux en fer saillaient comme de sinistres côtes rouillées. Nous vîmes des restes de chevaux et de bœufs. D'hommes et de femmes aussi. Parfois, nous apercevions une pierre tombale, mais la plupart du temps les corps gisaient à l'endroit même où ils étaient tombés, victimes du froid et de la faim ; des lambeaux de vêtements moisis étaient encore accrochés à leur squelette.

Une terre hostile

Nous avons franchi la grande barrière rocheuse, avant de descendre dans le désert. Tout aussi cruel, et tout aussi magnifique. Je serais mort un jour après avoir vidé ma gourde, deux peut-être, mais mon compagnon savait toujours où trouver des sources d'eau fraîche, des plantes disposées à offrir leur sève, des rochers capables de nous protéger du froid mordant de la nuit, ou lorsque les vents violents rendaient toute progression impossible. Nous sommes encore dans les premiers mois de l'année et les journées ne sont pas aussi chaudes que je l'avais supposé ; malgré tout, nous voyageons souvent de nuit, guidés par une lune si proche que nous distinguons ses chaînes de montagnes et ses mers. Notre route est éclairée par une constellation d'étoiles qui semblent flotter au-dessus de nos têtes, telles des lanternes chinoises célestes ; nous pourrions presque les toucher.

Le désert est un décor rude, mais d'une grande beauté. Une beauté rendue terrible par son hostilité envers le genre humain. Nous longeons des marais salants qui brillent d'une surprenante blancheur et étincellent comme si le sol était incrusté de diamants, mais où chaque respiration est empoisonnée et où l'air lui-même peut assécher un être humain et le vider de toute sa substance en quelques heures seulement. Le vent incessant peut vous *aveugler et vous étouffer, dépouiller un homme de sa peau, mais il a donné aux rochers des formes qui surpassent le talent de n'importe quel sculpteur.*

Ici, la vie et la mort ne sont séparées que par un cheveu. La beauté et le danger se mélangent ; chacun complète l'autre. Là réside un des grands secrets de l'existence, d'après mon compagnon. Chaque jour, il rend hommage à la nature ; tête baissée, dans une posture d'humilité, il prie, alors que l'aube apparaît dans des tons pastel exquis annonçant l'arrivée d'un soleil qui brille comme du cuivre à travers les nuages couleur safran. Promesse d'un pouvoir impitoyable. Il faut se méfier de tout. Au-dessus de nous tournoient de grands rapaces qui poussent d'étranges cris stridents. Ils suivent notre avancée, tissant dans le ciel de magnifiques motifs en spirale. Ils gardent leurs distances, mais si un cheval ou un homme venait à tomber, ils se rassembleraient en une meute vorace qui fonderait sur nous en un instant, pour nous lacérer avec leurs becs et leurs serres. Parfois, il semblerait qu'il n'existe, et ne pourra jamais exister, aucune forme de vie dans cet environnement sec et desséché. Et pourtant, après la moindre pluie, le désert laisse apparaître une beauté fiévreuse et éphémère, comme si les fleurs savaient qu'elles n'auront pas une deuxième chance. Je crois qu'il y a, là aussi, une leçon à retenir.

Le désert n'est pas dépourvu de vie, loin s'en faut, mais il me semble que les bêtes qui vivent là sont aussi hostiles que l'endroit qu'elles habitent. Comme bien des gens, je déteste les serpents, et chaque fois que nous nous arrêtons, je guette les signes éventuels de ces reptiles répugnants. La fois où l'un d'eux s'est approché, je ne l'ai pas vu, j'ai simplement entendu le bourdonnement sec de sa queue, et il était là, il avançait vers moi dans le sable en se tortillant d'une manière épouvantable, que je ne peux pas décrire. Je dégainai mon pistolet, prêt à expédier cette saleté en enfer, mais mon compagnon retint mon geste. Il attrapa l'animal en l'agrippant derrière sa grosse tête plate et l'immobilisa. Ignorant les contorsions de ce corps musclé, il me demanda de toucher la peau à la fois sèche et soyeuse, il m'invita à admirer la beauté de ces nuances de gris, de blanc, de marron, de noir et de crème qui constituaient les motifs en forme de losanges. Il me montra la subtile ingéniosité des dents cannelées et creuses, alors même que la créature crachait son venin. Sans lâcher le reptile qui continuait à se débattre, il sortit du sac qu'il porte en permanence sur son épaule un petit pot en pierre polie. Il me pria de tenir le récipient pendant qu'il extrayait avec prudence et dextérité le venin des crochets de l'animal, comme une fille de ferme aurait trait une vache. Après avoir laissé sécher le venin, il rassembla le petit tas de poudre. Elle possède, paraît-il, de nombreux usages. Quand il eut fini de vider le serpent de son venin, il lui trancha la tête avec son couteau de chasse. Ce soir-là, nous nous régalâmes. Il a gardé la peau et promis de m'en faire une ceinture.

Il ramasse toutes sortes de plantes, de fleurs, de feuilles, de racines, d'écorces, et même du sel sur les rochers, qu'il garde dans son sac. À mon avis, il s'agit d'une sorte de medecine man, ce que nos amis anthropologues appellent un shaman.

Les traces du petit cerf

C'était un formidable voyage, un voyage épique, celui d'un cheval et de son cavalier, mais aussi celui de l'esprit et de l'âme. De même que mon compagnon a réappris à mes sens à apprécier la beauté et la complexité qui m'entourent, il me révèle continuellement un monde caché.

Au début, ses actes me paraissaient incompréhensibles, si insensés que je n'étais pas loin de réviser mon opinion, après l'avoir considéré comme un grand sage. Ainsi, un jour, sans crier gare, il descendit de son cheval et s'élança sur l'étendue de sable parsemée de cailloux. Lorsque je l'appelai pour lui demander ce qu'il fabriquait, il me répondit :

« Je suis les traces du petit cerf. »

Je ne voyais aucune trace d'aucune sorte sur le sol sablonneux, mais je lui emboîtai le pas. Nous allâmes assez loin, en faisant des zigzags, jusqu'à ce qu'il s'arrête devant une parcelle de cactus à l'aspect laineux. J'examinai les bulbes de chair bleu-vert, bourgeonnants, qui poussaient à ras de terre, en essayant de repérer des traces de piétinement ou d'autres dégâts. En vain. En outre, ces cactus me paraissaient singulièrement inintéressants, rien à voir avec le majestueux Saguaro qui peut devenir beaucoup plus grand qu'un homme, ou le curieux spécimen en forme de tuyaux d'orgue, ou même le cactus tonneau obèse avec ses belles fleurs orange. J'allais en faire la remarque à mon compagnon lorsqu'il prit une flèche pour tirer sur le cactus, comme s'il s'agissait d'un animal ! Après quoi, il s'agenouilla devant, en psalmodiant et en faisant des sortes d'offrandes. Je crus véritablement qu'il avait perdu la raison et me reprochai mon excès de confiance, car je me retrouvais maintenant coincé en plein désert avec un fou.

Puis je compris. Il ne s'agissait pas d'un cactus ordinaire. C'était un peyotl, le cactus sacré. J'avais entendu des rumeurs au sujet de ses pouvoirs, mais je n'avais jamais vu cette plante de mes yeux, et je ne connaissais rien des rites qui y étaient associés. C'est donc avec une sorte de fascination mêlée d'excitation que je le vis prendre son couteau et couper la plante à la racine. Il fit cela avec douceur et respect, de crainte, peut-être, que la plante pousse un gémissement ou un cri, comme on le dit de la racine de mandragore. Il manipulait la plante avec le plus grand soin, telle une chose vivante, et la déposa délicatement dans son sac.

Il alla de cactus en cactus, afin de récolter un bon nombre de spécimens et, ce soir-là, il me laissa installer le camp, pendant qu'il sortait quelques bulbes de son sac afin de les réduire en pulpe pour récupérer le jus dans une gourde, en grattant méticuleusement chaque bout de chair. Sur ce, il alluma le feu, avec un soin tout particulier là encore. Quand il eut obtenu de belles flammes, il disposa deux flèches sur le sol, de façon à indiquer les quatre points cardinaux, puis me fit asseoir face à lui, à l'ouest du feu. Il sortit de son sac des sortes de hochets confectionnés avec des sabots de cerf, et il se mit à réciter des incantations. Puis il prit la gourde, la fit passer trois fois au-dessus de la croix, dans le sens du soleil, et m'invita à boire le liquide vert foncé.

Il avait un goût impossible à décrire et une étrange texture, légèrement gélifiée. J'avais entendu des choses extraordinaires sur cette plante et ses propriétés magiques. Bien supérieures, disait-on, à celles de l'opium qui engourdissait les sens et des prétendus champignons sacrés. J'étais assis en tailleur ; mes orteils commençaient à s'ankyloser et j'avais mal aux genoux. J'eus l'impression d'attendre longtemps, déçu qu'il ne se passe rien, pendant que les crécelles s'entrechoquaient et grinçaient, et que les psalmodies lancinantes de l'Indien s'élevaient et retombaient en cadence. Soudain, je m'aperçus que d'autres silhouettes dansaient autour du feu. Je commençais à me demander d'où elles venaient lorsque je me réveillai dans la froideur de l'aube. Le feu n'était plus qu'un tas de cendres, les silhouettes avaient disparu. Mon compagnon m'aida à me relever, me salua d'un sourire et me prit dans ses bras comme un frère. Il sentait la sauge et le feu de bois. Ce matin-là, je me joignis à lui lorsqu'il accueillit l'aube car j'avais franchi la Porte des Nuages Opposés, j'avais visité l'Autre Lieu, et j'en étais changé à tout jamais.

Nous nous remîmes en route, et j'accueillis avec bonheur le silence habituel de mon compagnon (je n'ai jamais connu un homme si peu bavard), car j'avais besoin de temps pour réfléchir à ce qui m'était arrivé. Malgré tous mes efforts, je ne pouvais pas convaincre mon esprit conscient d'explorer cette expérience, mais je sentais qu'elle ne ressemblait à aucune autre. Avant cela, j'avais essayé bien des fois d'atteindre l'autre côté, sans jamais être convaincu de l'efficacité de ces méthodes, ni même, à vrai dire, de l'existence d'un autre côté. J'étais toujours demeuré suspect, jusqu'à cet instant. Je me souvenais d'avoir rencontré un vieux soldat qui avait participé à la guerre entre le Nord et le Sud. Il portait une écharpe pour cacher une profonde cicatrice dans le cou, mais il ne répugnait pas à raconter dans quelles circonstances cela s'était produit. Il avait reçu une balle dans le cou. Il savait que la blessure était grave et il sentait qu'il se vidait de son sang, à toute vitesse. Soudain, tout ce qui l'entourait – la fumée, le grondement des canons, le crépitement des feux, les hurlements des blessés, et même sa douleur – disparut, et il eut l'impression de se trouver ailleurs, dans un endroit qui, par bien des côtés, était identique, et en même temps différent. Il sentait la présence d'autres mondes, dans lesquels il pourrait pénétrer aisément, et il lui semblait qu'il disposait d'un temps infini pour cela, puis il se retrouva dans la boue, couvert de sang, en proie à la douleur, et il se mit à pleurer. Le médecin qui le soignait crut qu'il pleurait parce qu'il souffrait, ou par peur de la mort. Absolument pas, dit-il, il pleurait parce qu'il savait qu'il continuerait à vivre.

C'est un phénomène fréquent parmi les soldats qui ont approché des frontières de la mort et ont survécu, contre toute attente. Assez fréquent, plus exactement. Personnellement, je n'avais jamais connu cela, mais maintenant, j'avais le sentiment, moi aussi, d'avoir trouvé un chemin conduisant vers l'infini. Il était peuplé de créatures et de choses dont je ne me souviens pas, et que je peux encore moins décrire, mais j'avais l'impression d'avoir côtoyé les dieux.

Transformations

Quelque chose en moi avait changé. Je commençais à voir les choses d'un œil neuf. Le paysage lui-même s'adressait à moi comme il ne l'avait jamais fait auparavant. Nous chevauchions au pied de formidables falaises dont les strates avaient enregistré l'histoire du monde entier. Des fossiles jaillissaient du sol, vestiges d'une forêt pétrifiée. Avant, j'aurais sauté de mon cheval afin de collecter des échantillons, mais désormais ces choses-là ne m'intéressaient plus. Elles parlaient d'un passé qui attendait d'être redécouvert, mais qu'apprend-on sur un homme en excavant ses ossements ? Je voyais le monde différemment. Pour moi, la terre était devenue brusquement un être doué de sensations. Incroyablement vieux, mais toujours vivant. Tout autour de moi, je le sentais battre, je sentais son esprit.

Nous pénétrions dans un pays différent, traversé d'immenses canyons de grès rouge pâle[1]. Désormais, je voyais des choses sur le sol plat de la vallée, une forme de grand serpent, là où je n'aurais vu, jadis, que des marques dans la poussière. Il semblait indiquer une direction, alors que nous étions entrés dans ce qui ressemblait à un canyon en cul-de-sac. Il n'y avait aucune issue. Autrefois, j'aurais tremblé à l'idée d'être victime d'une embuscade, de la part d'individus hostiles ayant quitté leurs réserves, ou de desperados, car je savais qu'un petit nombre d'entre eux rôdait dans cette ultime contrée sauvage. Mon compagnon me fit signe de mettre pied à terre. Il me conduisit sur une pente glissante, couverte d'éboulis, vers une façade rocheuse trop abrupte pour être gravie, surtout par un homme à cheval. Les pétroglyphes que je voyais gravés dans la pierre prenaient à mes yeux une nouvelle signification. Je m'interrogeais sur ces inscriptions étranges, comme s'il s'agissait d'un langage que j'avais connu, mais que j'avais oublié. Je distinguais des peintures sur le côté de la falaise. Des représentations

1. Le canyon Anderson. Situé maintenant dans la Zone 51. Ancien site d'essais nucléaires et aujourd'hui encore une zone interdite, contrôlée par l'US Air Force. Devenue la cible des théories du complot concernant les ovnis, liées à la rétro-ingénierie et au contact avec les extraterrestres.

de créatures terrifiantes, hautes de plusieurs pieds, un mélange d'oiseau, d'homme et de lézard, avec des mâchoires couvertes d'écailles et de longues griffes. Un frisson parcourut mon âme car je devinais qu'il s'agissait d'êtres que j'avais déjà rencontrés dans des rêves ou de visions dont j'avais perdu le souvenir.

Je demandai qui avait tracé ces inscriptions dans la pierre. Ce qu'elles représentaient.

« Le Hohokam. Le peuple qui était là avant. Elles montrent ce qu'il faut craindre, et ce qu'il faut vénérer. »

Je confiai à mon compagnon que ces images me paraissaient étrangement familières.

« Parfois, nous rêvons de ce qui s'est passé, répondit-il. Parfois, nous voyons ce qui va advenir. »

Il ne dit rien de plus.

L'ascension fut difficile tant elle était raide. Par endroits, le passage était si étroit, la pente si escarpée, qu'il fallait bander les yeux à mon cheval pour qu'il continue d'avancer. À de nombreuses reprises, j'aurais aimé que mon compagnon en fasse autant avec moi. Je suis sensible au vertige et un seul faux pas, la moindre glissade, aurait précipité ma fin.

Enfin, nous atteignîmes le sommet. Là, l'étroite paroi de pierre était percée d'arches jumelles. Entre les deux, la roche semblait sculptée en forme de tête d'aigle, et les arches formaient ses ailes déployées ; on aurait dit qu'un oiseau gigantesque avait été pétrifié pour l'éternité, en plein vol. Je gardai pour moi cette vision, mais mon compagnon sourit, et il hocha la tête, comme pour confirmer cette idée.

Il me demanda de regarder à travers ces arches, qui fonctionnaient à la manière de deux yeux immenses. Tout en bas, j'apercevais une vallée luxuriante et je compris que nous avions, enfin, atteint notre destination.

L'arrivée

Le fond de la vallée était parcouru par une rivière, large et sinueuse, scintillante, d'un bleu-vert laiteux. Nous y conduisîmes nos montures pour les faire boire. Mon compagnon a installé le camp dans la vaste étendue d'ombre que projette un peuplier de Virginie, et j'en profite pour mettre mes notes à jour.

Les motifs d'émerveillement sont nombreux dans ce paysage sauvage et accidenté. Les aigles tournoient au-dessus des rochers escarpés, très haut, semblables à des grains de cendre qui se détachent dans le ciel d'azur. Tout autour de nous, il émane de ces sculptures une beauté à vous couper le souffle. Quand je lève les yeux, mon imagination s'enflamme davantage encore, car certaines de ces formations sont nées de la main de l'homme. Elles se trouvent dans les endroits les plus inaccessibles, au milieu de parois lisses et raides, et on ne les distingue pas facilement tant elles se fondent dans le paysage naturel. Elles possèdent une grandeur que je n'ai jamais associée jusqu'à maintenant aux habitations des peuples primitifs, et j'ai hâte d'explorer les tours carrées et les constructions d'apparence robuste, hautes de plusieurs étages. Comment de telles choses ont-elles pu se retrouver ici, au cœur de cette nature sauvage immaculée ? Cette interrogation a obtenu la même réponse que mes précédentes questions.

Ceux qui étaient là avant.

J'ai songé à collecter quelques objets car ils étaient la preuve de l'existence d'un peuple sophistiqué, jusqu'alors inconnu. Et il n'en manquait pas. Le sol de la vallée était parfois délimité par des murets de pierre et creusé de puits nommés kivas. Il suffisait de racler le sol avec son pied pour faire apparaître des poteries aux motifs exquis, des outils en pierre soigneusement ouvragés et des paniers finement tressés, enfouis dans le sable.

Le ventre du monde

J'ai passé l'après-midi à collecter des choses et d'autres, pendant que mon compagnon se reposait sous un arbre.

Il se leva au moment où les ombres s'étendaient sur le fond du canyon. Il m'indiqua qu'il était temps de partir et je le suivis.

Nous gravîmes le flanc incliné du canyon, à travers une forêt naine de pins et de genévriers. Je pensais que nous grimpions vers les mystérieuses constructions que j'avais aperçues, accrochées à la falaise, à l'intérieur d'une immense caverne ouverte. Mais mon compagnon les ignora. Il m'entraîna dans la direction opposée en suivant un chemin ancien, une gorge étroite et profonde taillée dans la pierre. Nous longeâmes ainsi les contours de la falaise pendant quelque temps, puis il me fit comprendre que nous devions l'escalader en utilisant les prises sculptées dans la paroi rocheuse.

N'aimant guère l'altitude, je grimpai avec une détermination farouche, sans quitter des yeux les blocs de pierre qui se trouvaient devant moi. Comme je n'osais pas regarder en bas, je ne pouvais dire à quelle hauteur nous nous trouvions désormais, mais les cris des aigles me paraissaient tout proches, et alors que le sol de la vallée était excessivement calme, ici le vent gémissait dans mes oreilles et me poussait si fort que je craignais de lâcher prise.

Nous continuâmes à grimper ainsi jusqu'à atteindre une large fissure dans le flanc de la falaise, une ouverture verticale. Mon compagnon se glissa dans cet espace étroit et me fit signe de l'imiter.

Nous nous retrouvâmes dans un endroit sombre, faiblement éclairé par des sortes de fenêtres découpées dans la roche, en hauteur. Nous nous assîmes dans une salle de forme circulaire, semblable à une kiva. C'était la crevasse du monde, m'expliqua-t-il. Il me donna des morceaux de peyotl à mâchonner et me raconta que d'ici étaient sortis, pour la première fois, les enfants des dieux, porteurs de cadeaux, pour montrer aux gens comment vivre comme des êtres humains.

« Qui étaient ces premiers venus ? » demandai-je.

Il haussa les épaules, comme si c'était une question à laquelle on ne pouvait pas répondre. Ils étaient là, voilà tout. Ils étaient arrivés sur un étrange bateau, emportés par un déluge qui les avait déversés dans la montagne pour qu'ils puissent... Il chercha le bon terme ; il semblait ne pas y avoir d'équivalent dans ma langue, le plus proche qu'il trouva fut le mot renaître. Cette montagne tout entière était sacrée. Sainte. C'était... Là encore, il ne trouva pas d'équivalent. Le corps de la Mère, ou quelque chose comme ça, mais je devinais que ce terme représentait bien plus qu'une présence corporelle. La Mère, spirituellement et par essence. Alors que nous étions assis tous les deux dans cet endroit calme, j'éprouvais un tel sentiment de chaleur et de grâce, de quiétude et de paix, qu'il n'eut pas besoin de m'en dire davantage. On aurait pu croire qu'elle était là, avec nous. Il me narra des histoires de cette époque, quand de grands animaux régnaient sur la terre et parcouraient les plaines en toute liberté, sans craindre les chasseurs. J'ignore combien de temps s'écoula, mais quand je redressai la tête, les hautes fenêtres étaient constellées d'étoiles étincelantes.

Mon compagnon se leva et, après avoir allumé une torche pour éclairer nos pas, il me conduisit sur d'étroits chemins qui plongeaient dans la montagne sacrée.

À mesure que nous nous y enfoncions, les pierres se réchauffaient sous nos doigts et une vapeur blanche s'échappait des parois. C'était le souffle du serpent qui entoure la terre. Il a été capturé par Atar, un enfant des dieux, qui l'a obligé à avaler sa propre queue, mais il continue à se débattre pour se libérer et c'est ainsi qu'il secoue la terre et réchauffe les pierres.

Nous approchions du cœur de la montagne. Les voies étroites s'élargirent et nous pénétrâmes dans une autre salle circulaire. Il y faisait chaud et mon compagnon se déshabilla. Je l'imitai sans qu'il me le demande. Cela ne me paraissait nullement étrange. Une corniche avait été taillée dans la paroi, autour d'une mare profonde dont la parfaite immobilité reflétait la flamme de notre torche. De la vapeur montait de la surface ; il me fit comprendre que nous devions nous y baigner pour accomplir une sorte de rite de purification. L'eau était plus chaude que la température du corps et si riche en minéraux que nous flottions naturellement. Nous en ressortîmes dégoulinants, comme si nous émergions du liquide amniotique. Quand nous eûmes rassemblé nos affaires, il m'entraîna plus profondément encore au cœur de la montagne, dans une nouvelle salle. L'Endroit de la Mère, Le Ventre du Monde.

La salle formait un dôme, très haut au-dessus de nos têtes. Chaque son était amplifié. Le moindre coup frappé sur un tambour résonnait et nous revenait encore plus fort ; on aurait dit que la terre possédait un cœur qui bat. Quand l'Indien soufflait dans sa flûte, il produisait un son irréel, comme si le vent avait été capturé et emprisonné dans le sol. Je sentais les odeurs de copal, de tabac et de sauge qui s'échappaient d'une rangée de récipients calcinés par de nombreuses offrandes. Les parois aussi étaient noircies par la fumée, mais on distinguait des inscriptions à travers la patine du temps. Elles semblaient fort différentes de celles que j'avais rencontrées jusqu'à présent. Il s'agissait de simples pictogrammes, dont on devine aisément le sens car ils prennent souvent des formes d'hommes, de femmes, d'étoiles, d'arbres, d'oiseaux et d'animaux. Mais les glyphes que je voyais là étaient plus abstraits. Ils me sautaient au visage avec leur noir intense et leur ocre, aussi rouge et intense que du sang. C'était sans doute un des effets de la drogue, me dis-je, mais ils semblaient danser devant moi, en ondulant sur la roche, comme s'ils s'inscrivaient eux-mêmes sur les parois, dans un langage inconnu. Toutefois, leur signification me paraissait presque accessible. Je continuai à les voir pendant plusieurs jours, chaque fois que je fermais les yeux, aussi nettement que dans cette caverne. Suffisamment en tout cas pour les reproduire de mon mieux, dans ce carnet.

Un alignement d'esprits, les Kachinas, nous observait. Ils se tenaient droit, comme des humains, mais certains avaient une crête de plumes sur la tête ou une paire de cornes, et tous portaient des masques représentant quelque créature grotesque. Mon compagnon répandit un peu de copal et de tabac dans les bols noirs de suie destinés aux offrandes. Il les approcha du feu et la fumée s'éleva sous forme de nuages. Il fallait apaiser ces esprits féroces et dangereux.

Deux autres personnages occupaient des niches taillées dans la roche. Ils étaient presque grandeur nature, totalement humains et nus. L'homme avait un pied levé, il donnait l'impression d'être boiteux. L'un et l'autre étaient jeunes, tout juste sortis de l'adolescence.

« Premier homme. Première femme. » Mon compagnon baissa la tête et leur offrit des épis de maïs qu'il déposa à leurs pieds d'un air très respectueux. « Notre père. Notre mère. Un autre personnage les accompagnait, dit-il en désignant un joueur de flûte bossu. Kokopelli. L'impatient. Il les a abandonnés pour vagabonder, et il a rendu la terre fertile. Partout où il allait, il donnait de la nourriture aux gens en semant les graines contenues dans le sac qu'il portait sur son dos. »

Il y avait bien d'autres objets étranges. Témoins d'une longue histoire, depuis la nuit des temps jusqu'à aujourd'hui. Des offrandes apportées en ce lieu durant des millénaires : des lames superbement ouvragées, taillées dans le jade ou une autre pierre semi-précieuse, étaient disposées en éventail devant une cuirasse rouillée, ayant appartenu, sans doute, à un malheureux soldat espagnol condamné à griller à l'intérieur de son armure au cours d'une quête de l'or infructueuse. Il était accompagné de la religion qu'il avait apportée avec lui : la Vierge et le Baptiste étaient disposés de manière à donner l'impression qu'ils le réconfortaient. Cette sollicitude n'avait pas été accordée au chapeau de l'officier nordiste ou à la paire d'éperons d'un soldat de cavalerie.

Mon compagnon s'inclina devant chaque relique, fit ses propres offrandes et enflamma le copal, mais cette salle n'était pas notre destination finale. Il en restait une autre à visiter. Le saint des saints.

La Salle du Bateau

Cette crypte était la plus secrète. Je l'appellerai la Salle du Bateau. Elle était exiguë, on avait du mal à s'y tenir à deux, et elle renfermait la plus sainte des reliques, et à mes yeux la plus insolite. Elle reposait sur un autel de pierre rudimentaire. Il s'agissait du squelette d'un bateau, mais un bateau tel que je n'en avais jamais vu, un bateau fait d'os et de peau.

« Un bateau du premier peuple, expliqua mon compagnon avec révérence. Ceux qui sont venus de très loin, portés par le déluge. »

Il me conta leur odyssée, en parlant et en chantant tout à la fois, et je l'écoutai de manière fort respectueuse. Il croyait à l'authenticité de ce récit, censé faire partie de l'histoire de son peuple, bien qu'il s'agisse, en réalité, d'un mythe très répandu, partagé par bien des civilisations à travers le monde. En temps ordinaire, c'est cet aspect mythologique qui m'aurait intéressé, au lieu de réfléchir à la véracité historique, mais je me surpris à partager un peu de son émotion. Je n'avais jamais vu une de ces embarcations. C'était comme se retrouver devant l'Arche de Noé. D'autant qu'il s'agissait d'une chose tout à fait extraordinaire. Je crus tout d'abord être en présence d'un objet votif, semblable à ceux que les Égyptiens enterraient avec leurs pharaons. Je n'y voyais pas un véritable bateau et, cependant, j'étais profondément intrigué. En m'approchant, je constatai qu'il aurait pu, à une époque, être capable de naviguer. Il était remarquablement bien conservé pour l'âge qu'il devait avoir : la peau était épaisse et renforcee, on aurait dit de la peau de rhinocéros ; les os, fins et creux, semblaient provenir de quelque grand oiseau...

C'était la chose la plus étrange que j'aie jamais vue. Sa structure, sa conception, mais surtout les matériaux qui le composaient, avaient un aspect que je qualifierais d'extra-terrestre, comme si ce bateau était venu d'une époque mythique, à une ère inconnue de l'humanité. Je savais que j'étais en présence d'un très grand mystère et que, d'une certaine façon, le fait de me trouver dans cet endroit, à cet instant, façonnerait ma destinée. Je savais aussi que je ne pouvais pas repartir sans en emporter un morceau. J'étais habité par une curiosité dévorante. J'enviais mon ami indigène dont la foi lui permettait d'accepter sans poser de questions, mais je suis un Américain des temps modernes, attaché à la preuve et à la recherche scientifiques. Alors que j'affichais tous les signes extérieurs du respect, j'étais bien décidé à emporter un échantillon avant de quitter cette caverne.

Mon compagnon sortit de son sac d'autres boutons de peyotl et les mangea un par un. Il m'invita à l'imiter, mais cette fois-ci, je déclinai son offre. Assis en tailleur, il psalmodiait à voix basse et il ne tarda pas à entrer en transe. Je l'observai jusqu'à ce que je sois certain qu'il errait dans des mondes lointains, puis j'entrepris de prélever mon échantillon. Je pris mon couteau et commençai à couper le coin d'un morceau de peau qui pendait de la coque. Elle était étrangement gaufrée, un peu comme de la peau de crocodile, mais elle provenait d'une créature que je ne reconnaissais pas. Même si elle me rappelait le fabuleux Kakamakara indo-asiatique. Hélas, elle s'avéra impossible à *couper, et craignant d'échouer dans ma tentative, je saisis un lambeau de matière plus fine, attachée à un espar fragile, et qui semblait faire partie d'une voile. L'os se brisa au niveau d'une vieille fracture, et tout le morceau me resta dans la main. J'adressai rapidement quelques remerciements à la divinité qui me portait chance, enveloppai ma « découverte » dans une étoffe huilée et la cachai au fond de mon sac.*

Nous émergeâmes de la paroi rocheuse, bien plus bas, pas très loin du sol de la vallée. À l'endroit où les premiers venus avaient été propulsés dans la montagne sacrée. Mon compagnon pointa le doigt par l'ouverture de la caverne et m'expliqua que, alors que nous nous trouvions à plusieurs kilomètres de la mer, l'immense vallée qui s'étendait en contrebas avait été autrefois reliée à l'océan. En creusant, nous découvririons du sable et des coquilles de créatures marines, ajouta-t-il. De fait, la preuve se trouvait sous mes pieds. La caverne était tapissée de sable fin et blanc, très différent des sédiments rouges et orangés, grossiers, qui recouvraient le sol de la vallée. Je m'agenouillai et fis couler les grains entre mes doigts. Effectivement, je trouvai de minuscules coquilles coniques, des bivalves aussi délicats que des ongles, et ce qui ressemblait à des fragments de corail au milieu de débris de coquillages plus gros. J'avais toujours pris ces histoires de grand Déluge pour des fadaises. J'ai changé d'avis.

<u>Civilisation</u>

Je me trouve maintenant à Santa Fey. Nous avons atteint ce que certains nommeront « la civilisation », mais hormis le steak et les œufs que j'ai dégustés avec plaisir, et un bain chaud, que j'ai apprécié tout autant, je me sens impatient, frustré. J'ai l'impression que la foi que j'avais en chaque chose a été ébranlée en profondeur. L'endroit que nous avons visité, il y a moins de deux jours n'existe plus. La fissure du monde s'est refermée, me dit mon ami. Comment le sait-il, je ne le lui ai pas demandé.

« Quelque chose a réveillé le Grand Serpent. Il redouble d'efforts pour se libérer. » C'est tout ce qu'il m'a dit.

Je suis sûr qu'il existe une cause plus scientifique, mais quand je cherche à l'expliquer en termes géologiques, il se contente de sourire, comme s'il voulait faire plaisir à un enfant. En tout cas, nous avons ressenti les secousses ici, nos lits ont tremblé et, peu de temps après, nous avons appris par télégramme que ma ville bien-aimée de San Francisco avait été presque entièrement détruite. Cette nouvelle m'attriste profondément, mais elle a décidé à ma place : je n'y retournerai pas. Ce charme sauvage que j'aimais avait déjà commencé à disparaître ; la reconstruction ne fera qu'introduire encore plus d'ordre et la fera ressembler à n'importe quelle autre ville.

Demain, nous partons. Mon compagnon s'affaire déjà, il achète des vivres. Quand il me dit que mon voyage n'est pas terminé, je ne crois pas qu'il parle des routes de ce monde. Impossible de savoir où nous allons, et s'il existe un service postal dans cet endroit ; c'est pourquoi j'envoie ces carnets, ainsi que l'échantillon que j'ai récolté, à Lockwood à Londres, en lui indiquant la personne à contacter. Je lui envoie également quelques boutons de peyotl, au cas où il voudrait les essayer ! Demain, nous emprunterons la piste qui va vers le sud[1].

1. *Aperçu pour la dernière fois au Mexique en 1919. On suppose qu'il est mort là-bas.*

CHAPITRE 14

Extrême onction

Adam bâilla. Les carnets de l'Américain l'avaient captivé. Il avait l'impression de lire un roman d'aventures dans l'Ouest sauvage, en plus passionnant car il y avait des dessins, des esquisses et même une fleur séchée ! Tout cela rendait les paysages plus vivants à ses yeux. Sans parler de ces choses étranges. Il se demandait si Lockwood avait reçu son colis d'os et de peau, et s'il l'avait fait examiner. Dans ce cas, le résultat était-il banal et ennuyeux, ou cet échantillon appartenait-il à une créature inconnue ? Il éprouvait un drôle de pressentiment et, comme Stone, il avait l'impression d'être à l'orée d'un grand mystère qu'il ne percevait pas encore. Stone avait pénétré dans les profondeurs d'un site qui portait aujourd'hui le nom de Zone 51. Un territoire d'ovnis. Où on conservait, paraît-il, des vaisseaux extraterrestres. Et même des extraterrestres. Alors, peut-être que...

Adam referma le livre et essaya de trouver le sommeil. À cause de sa jambe, il était obligé de rester sur le dos, une position qu'il n'aimait pas, mais, bercé par le rythme régulier de la respiration de son père et les bips monotones des machines, il ne tarda pas à s'endormir.

Il se réveilla en sursaut. Il demeura immobile, en se demandant ce qui l'avait dérangé dans son sommeil. Le double vitrage laissait passer peu de bruits de l'extérieur. Au petit matin, l'activité de l'hôpital était réduite à presque rien. Il y avait peut-être de l'animation aux urgences, mais ici les lumières étaient tamisées, les couloirs silencieux.

L'état de son père s'était-il modifié ? Adam tendit l'oreille. Non, sa respiration était régulière et les machines n'indiquaient rien d'anormal. Alors, quoi ? Il y avait quelqu'un dans la chambre avec eux. Il en était sûr maintenant. Il essaya de maîtriser sa respiration. Il se risqua à entrouvrir les yeux. La porte qui venait de s'ouvrir se refermait dans un soupir. Difficile de distinguer quoi que ce soit, même si la chambre n'était pas plongée dans une obscurité complète : un peu de lumière filtrait du dehors et les diodes des machines émettaient une faible lueur. Apparemment, tout était normal. Adam s'apprêtait à se rendormir lorsque les rideaux qui entouraient le lit voisin bougèrent, très légèrement. Quelqu'un essayait de se glisser à côté du lit de son père. Adam ne voyait toujours rien, mais il entendit le bruissement du tissu contre le tissu.

Frère Zack ôta délicatement l'oreiller qui soutenait la tête de l'homme endormi. Le vieillard avait la bouche entrouverte, sa mâchoire relâchée pendait sur le côté, sa peau était cireuse dans la lumière verdâtre des machines. En vérité, se disait Frère Zack, il rendrait un service à ce vieil homme en mettant fin à ses souffrances. Après tout, s'occuper des mourants faisait partie de sa mission. Il agrippa à deux mains le coton amidonné de l'oreiller, prêt à appuyer.

CHAPITRE 15

Alerte

L'alerte donnée par Adam avait fait accourir tout le personnel de nuit et son signalement de l'intrus donna lieu à une fouille minutieuse du bâtiment, mais les agents de sécurité ne découvrirent aucune personne suspecte. Ils ne s'étonnèrent pas de croiser un prêtre dans ce service qui accueillait un grand nombre de patients très malades. La fin survenait souvent au petit matin. Un prête avec son étole, venu administrer les derniers sacrements, c'était un spectacle courant.

Adam se recoucha. Personne ne doutait qu'il avait vu

un intrus, pas vraiment, mais la sœur infirmière semblait convaincue qu'il avait rêvé, ou qu'il s'était laissé emporter par son imagination. Quoi qu'il en soit, il n'y avait plus rien à craindre désormais ; ils pouvaient se reposer.

Adam et son père savaient bien, eux, qui était entré dans cette chambre, et ils ne se sentaient pas en sécurité. Aucun des deux ne put trouver le sommeil.

« Ils ne recommenceront pas de suite, dit le père d'Adam. Il fait presque jour et il y a trop de monde. »

Il avait peut-être raison, mais Adam n'était pas rassuré pour autant.

« Ils attendront demain, ou la nuit suivante, reprit Abraham Black. En tout cas, ils reviendront. Et cette fois, ils ne commettront pas d'erreur. Je suis une cible facile. »

Adam hocha la tête. Il y avait de nombreuses façons d'aider un homme malade à mourir.

« Mais ne t'inquiète pas, ajouta son père.

– Oh. Et pourquoi ? »

Adam ne voulait pas paraître névrosé, mais il lui semblait que cette tentative de meurtre méritait que l'on s'inquiète.

« Je vais nous faire sortir d'ici, déclara son père.

– Oh. Et comment comptes-tu t'y prendre ? » demanda Adam.

En guise de réponse, il eut droit à un léger ronflement. Le sédatif administré par l'infirmière avait produit son effet, visiblement.

Adam, lui, ne parvint pas à s'endormir. Quoi qu'en dise son père, il redoutait une nouvelle attaque dans l'immédiat. Mieux valait monter la garde jusqu'à l'aube. Il alluma sa lampe de chevet, ouvrit son tiroir et sortit le carnet bleu.

Il y avait un blanc après la dernière page de Stone. La section suivante s'intitulait Le Grand Œuvre ; elle était rédigée à l'encre noire, de la belle écriture moulée de Lockwood. La première notation était inscrite directement sur le papier.

7 juin 1906

Quelque chose de mystérieux...

Nouveau colis envoyé par Stone : celui-ci contient l'objet promis : une chose étrange, intrigante, emballée dans une de ses précieuses boîtes de cigares. Avec deux ou trois bourgeons ratatinés, sans doute des boutons de peyotl. Je les ai avalés consciencieusement pour me livrer à cette expérience, mais il ne s'est rien produit de notable, si ce n'est quelques rêves bizarres, mais pas plus terribles que ceux provoqués par une incursion tardive dans le garde-manger. Je suis d'accord avec lui au sujet de l'opium[1], mais je n'ai pas trouvé que cela valait beaucoup mieux, je dois l'avouer. Je préfère nettement un verre de brandy et un bon cigare.

Conformément aux instructions, j'ai apporté le contenu de cette boîte (un fragment d'os et un morceau de peau) à McKendrick au musée des Sciences. Le grand homme parut, tout d'abord, très excité. De fait, il devint extrêmement survolté : ses favoris frémissaient et sa loupe tremblait, tandis qu'il soumettait la " découverte " de Stone à l'examen le plus rigoureux. Finalement, il reporta son attention sur moi. Il repoussa l'objet et me dévisagea de son air le plus féroce.

1. *Voir correspondance antérieure.*

C'est un vieil homme à l'aspect tout à fait redoutable, avec une crinière de cheveux blancs indomptée, un nez d'aigle et des yeux d'un bleu glacial qui vous transpercent, sous un front creusé par des rides dues à une cogitation permanente. Il me regarda comme si j'étais un vulgaire étudiant qui méritait un savon suite à un misérable tour.

« Si nous n'appartenions pas au même club, Lockwood, me dit-il d'une voix tonitruante, je penserais que vous avez essayé de monter un canular. »

Je ne pus que protester et exiger de savoir ce qu'il voulait dire par là, nom d'une pipe !

« Quelle est donc cette chose, selon vous ? » me demanda-t-il. Il poussa l'échantillon avec son crayon.

« J'espérais que vous me le diriez, répondis-je, un peu trop sèchement. De quelle créature provient-elle ?

– Créatures au pluriel, dirais-je. Et de différentes espèces. Les os sont creux, comme ceux d'un oiseau. Un très gros spécimen : un aigle de Haast, peut-être. Ils ont disparu, mais leur extinction est récente. On peut encore se procurer des ossements sans trop de difficulté. Et une sorte de peau de lézard, dit-il en appuyant sur le lambeau séché avec l'extrémité de son crayon. Sans doute un varan, gros lui aussi, un dragon de Komodo par exemple. On vous a mené en bateau, Lockwood. Vous avez été victime d'un canular, ça ne fait aucun doute ! » Il leva vers moi ses yeux bleus, brillants d'ironie. « C'est ça, le problème avec vous autres, les artistes. Vous vous occupez de choses qui ne vous regardent pas. Laissez-nous la science. Moitié oiseau, moitié lézard ? » Il repoussa vers moi l'échantillon incriminé. « Bientôt, vous allez me dire qu'il s'agit d'une sorte de ptérosaure ! »

Je ne pus que récupérer le spécimen de Stone et faire mes excuses.

Je pris congé en entendant son rire tonitruant résonner dans mes oreilles, et en me demandant ce qui était le plus terrible : être pris pour un mauvais plaisant ou un imbécile crédule.

Je repartis avec le sentiment que cette boîte de cigares cabossée renfermait un mystère. En outre, je savais que McKendrick partageait cette impression, mais jamais il ne voudrait le reconnaître. Je répugnais à demander un deuxième avis, certain que McKendrick raconterait à tout le monde que j'étais un idiot, et sachant que nul n'oserait s'élever contre l'opinion du " grand homme ", ainsi qu'il aimait à se considérer. Les hommes de science ne sont pas réputés pour leur imagination et ils n'aiment pas le mystère. Cet échantillon est désormais exposé dans une des vitrines de mon cabinet de curiosités, où il a récemment éveillé l'intérêt d'un biologiste de ma connaissance. Celui-ci a affirmé déceler des traces de plumes.

Le mystère demeure.

Sous ces notes, le père d'Adam avait ajouté les mots suivants : *mystère résolu*, et collé un article de journal :

Un dinosaure doté de plumes totalement formées.

Une preuve irréfutable a été découverte dans des fossiles retrouvés dans des formations rocheuses du Chanshu, près de Chaoyang, en Chine...

New Science Journal, mars 2002.

Suivaient plusieurs annexes, sur des feuilles volantes : datation au carbone. ADN... Adam les parcourut. Son père avait dû faire examiner l'échantillon.

Un rapport attaché à un autre article, provenant d'une autre revue scientifique, affirmait que des savants de l'université du Montana avaient obtenu de l'ADN à partir des tissus d'un spécimen de ptérosaure tombé dans une tourbière et qui s'était transformé lentement en charbon. Abraham Black avait réclamé un listing des données. La concordance était presque parfaite.

Abraham Black avait écrit, de sa belle écriture penchée : *Il s'agit d'un ptérosaure !*

Adam plissa le front. Comment était-ce possible ?

Il tourna la page, espérant découvrir de nouvelles réponses, mais il tomba sur une autre énigme. Une lettre de Stone était glissée entre deux feuilles. Elle n'était pas datée, mais une longue période semblait s'être écoulée depuis sa précédente correspondance ; l'écriture avait considérablement changé. La lettre avait été rédigée sur du papier à lettres à l'en-tête du Belize Palace. Apparemment, il était question d'un autre objet que Stone avait envoyé à Lockwood. Un crâne en cristal.

Mon cher Lockwood,

Voilà bien longtemps que nul n'a reçu de mes nouvelles, et il y a une bonne raison à cela. J'ai vécu loin de toute forme de civilisation, investi que j'étais dans la difficile et laborieuse formation nécessaire pour devenir shaman. Croyez-moi, Lockwood, quand je vous dis que c'est la seule véritable façon de voyager entre les différents niveaux de l'existence. C'est devenu le but de ma vie, mais je m'égare. Je vous entends déjà demander : comment avez-vous acquis cet objet fabuleux ?

Figurez-vous que ce crâne est entré en ma possession dans les circonstances les plus étranges. Je l'ai acheté à un bandit, qui l'avait volé à un des révolutionnaires de Pancho Villa, qui l'avait lui-même subtilisé dans le trésor du président mexicain. On raconte que ce crâne se transmettait d'un dirigeant à l'autre, comme un symbole de pouvoir, et ceci depuis une époque antérieure aux conquistadores. Les Aztèques le tenaient du peuple maya, qui habitait l'actuel Guatemala. Le Peuple du Jaguar. Ce crâne m'a mené jusqu'à eux, et ils ont été mes professeurs.

Ils pensent que ce crâne est très ancien, bien plus vieux que toutes les civilisations connues dans cette partie du monde. Anatomiquement parfait, il serait très difficile à reproduire, même aujourd'hui. Selon eux, il provient d'un endroit inconnu ; il est arrivé par la mer, apporté par un être mystérieux et ses disciples. Ce visiteur venu de la mer était connu des Mayas sous le nom de Kukulan. SURTOUT, ne le montrez à personne, sous aucun prétexte. Ce n'est pas une pièce de musée[1]. C'est un objet vivant. Conservez-le près de vous pendant quelque temps, et vous comprendrez ce que je veux dire. De plus, un certain nombre de faux grossiers circulent[2] ; les crânes sont très en vogue par ici. Le moindre plaisantin affirme en avoir découvert un, mais soyez certain que celui-ci est L'AUTHENTIQUE et je ne veux pas qu'on le compte parmi les autres.

Un crâne en cristal ! Adam en avait entendu parler, mais il n'en avait encore jamais vu.

La lettre n'était pas signée. En haut de la feuille était attachée une note rédigée par son père.

---

1. *Stone détestait les musées.*
2. *Possible allusion au Crâne de Hodgkin-Ramen, découvert au Honduras britannique en 1924.*

Des faux ? Une idée reçue : comment un peuple si ancien avait-il pu fabriquer un tel objet ? Certes, la plupart de ces crânes ne résistent pas à un examen au microscope électronique ; toutefois, d'autres aspects continuent à défier toute logique. Le cristal est une matière étrange. Et puissante. Nous commençons à peine à découvrir la technologie du quartz, des cristaux liquides et des lasers rubis. Peut-être s'agit-il simplement d'un autre usage de ce médium. Un usage que nous ne comprenons pas. Lockwood, lui, a su voir son potentiel. Il a observé des propriétés mystérieuses. Il l'a gardé dans une vitrine fermée. Voir note suivante.

Adam tourna la page du carnet bleu.

Je peux juste dire que, parfois, je trouve la présence du crâne troublante, sans être menaçante toutefois, mais à tel point que je suis obligé de le couvrir. À plusieurs reprises, j'ai vu des lumières s'en échapper. Et je sais qu'il se déplace à l'intérieur de sa boite. Au début, j'ai soupçonné Mrs Abbott et sa manie du ménage (je lui ai pourtant dit de ne pas toucher à tout ce qui se trouvait dans les vitrines). « Ce truc bizarre ? Jamais je m'en approcherais ! », telle fut sa réponse, et je la crois. Thompson m'a juré qu'il n'y avait pas touché, lui non plus. Je dois donc en déduire qu'il bouge tout seul. Par ailleurs, s'il semble parfois aussi clair que de l'eau de roche, à d'autres moments on le dirait rempli de coton. Il est nuageux, traversé de couleurs fumées, et dans ces moments-là, il ne fait pas bon y plonger le regard. Désormais, je l'enferme dans une vitrine.

Je suis tout disposé à croire que le cristal possède de nombreuses propriétés encore inconnues. Je ne parle pas de Madame T. qui tente de voir l'avenir dans sa boule de cristal ; je pense plutôt à ces nouveaux dispositifs de communication sans fil. Je lisais justement quelque chose sur ce sujet l'autre jour, dans un ouvrage intitulé *La TSF, le tapis volant moderne*, d'un certain M. Ralph Strange. Le cristal recèle bien des mystères, assurément, et nous ne sommes pas au bout de nos surprises.

Venait ensuite une autre page écrite par Stone, avec une encre différente, sur le papier à lettre d'un hôtel de Manaus. Adam ne savait pas trop où se situait cet endroit, mais ce nom lui évoquait l'Amérique du Sud.

Je dois vous informer, Lockwood, que le crâne que je vous ai envoyé a un jumeau, sculpté dans une sorte de cristal noir. Ils s'opposent sur tous les plans : l'un est clair et brillant, l'autre est taillé dans l'obscurité et n'émet aucune lumière. Le crâne sombre doit rester caché, pour le bien de l'humanité, une tâche entreprise par une tribu qui vit dans les profondeurs du bassin amazonien. Si ce crâne leur échappe, c'en sera fini du monde. Je sais bien que cela paraît insensé, mais il s'agit d'une prophétie prise très au sérieux par les Amérindiens, de l'Alaska jusqu'à la Terre de Feu. Et qui cause beaucoup d'inquiétude. Car ce crâne est convoité par un homme aussi riche qu'impitoyable. J'ai déjà perçu sa présence en Amérique centrale et sur les îles situées au large de cette région. Je veux parler de notre vieil ennemi : Buller Wesson. On pourrait presque croire qu'il me suit, ou l'inverse. J'ai appris qu'il faisait route vers le sud. Je pars dès demain, avec pour seul espoir d'atteindre ce peuple avant lui. J'ai l'intention de voyager léger, voilà pourquoi je vous confie mes découvertes. Soyez prudent, toutefois. Je crains que Wesson ne soit devenu encore plus puissant, et plus impitoyable assurément. Il fait sentir sa présence à plusieurs niveaux de l'existence.

Encore Wesson. Ce nom arracha brutalement Adam à l'endroit où il dérivait. En quoi était-il impliqué ? Comment toutes ces choses étaient-elles liées ? Son esprit fatigué ne comprenait plus. La section suivante était intitulée « Extraits des Lascaris ». Il tourna la page pour découvrir des dessins de plantes et d'animaux familiers, des roues du zodiaque parsemées d'étranges symboles, entourées d'une petite écriture soignée, dans une langue qu'il ne reconnaissait pas. Ses yeux se fermaient. Il comprenait de moins en moins. Assez pour aujourd'hui. Il referma le carnet et le remit dans son étui. C'était presque le matin ; l'hôpital reprenait vie. Adam pensait que plus personne ne viendrait maintenant ; malgré tout, il dormit en serrant le carnet contre sa poitrine, au cas où.

CHAPITRE 16

La Chanteuse et la chanson

Kris n'avait pas oublié la promesse qu'il avait faite à Bram de retrouver la fille. Mais il avait été victime d'un contretemps ; plus précisément, il avait été renversé sur son vélo, ce qui lui avait valu une commotion cérébrale. Des événements indépendants de sa volonté, donc. Malgré tout, il s'était renseigné, par le biais de ses contacts, et la fille avait été repérée. Il ne lui restait plus qu'à franchir l'obstacle de Mamma Celestine. Un froncement de sourcils plissa la peau sombre du front de la vieille femme quand Kris lui avoua son intention, et elle fit saillir sa lèvre inférieure. Comme chaque fois qu'elle réfléchissait intensément.

« Cette fille est sûrement importante, elle a quelque chose de spécial, dit-elle finalement. Et elle est en danger. Ça fait aucun doute. De plus, une promesse est une promesse. Mais fais bien attention. Tu entends ? Tu as été blessé à la tête. Je t'interdis de te battre ou de te surmener.

– Moi, me battre ? Sois pas bête, Mamma ! Pourquoi je me battrais ? »

Kris conclut par un petit rire, mais d'après ce qu'il avait entendu dire, ça risquait fort de se finir de cette façon.

« Pas de surmenage non plus, j'ai dit. »

Kris promit de ne pas se fatiguer. « J'aurai mes gars avec moi. »

Mamma Celestine finit par le laisser partir, avec sa bénédiction. En vérité, elle était aussi désireuse que lui de retrouver cette fille, mais elle était bien obligée de lui montrer qu'elle s'inquiétait pour lui.

Kris entraîna sa bande dans le métro. Le temps pressait. On racontait qu'il n'était pas le seul à chercher cette fille.

Zillah était à son emplacement dans le métro, hors du champ de vision des employés du guichet, à l'intersection de plusieurs couloirs. À cet endroit, les voyageurs ralentissaient pour s'orienter et ils étaient davantage enclins à plonger la main dans leurs poches ou leur sac pour déposer un peu de monnaie sur le châle qu'elle avait étalé devant elle.

Ça ne faisait que quelques jours qu'elle venait ici, mais

elle avait déjà des habitués, prêts à lancer quelques pièces à cette fille aux cheveux et aux yeux extraordinaires, qui chantait d'une voix si pure, si claire, qu'elle vous brisait le cœur. Mais ils ne s'attardaient pas assez longtemps pour comprendre les paroles, ou pour s'interroger sur le langage qu'elle utilisait. Quelques notes suffisaient à faire naître dans leurs esprits les images d'un autre lieu, d'une autre époque. Ils les emportaient avec eux et fredonnaient toute la journée un refrain aussi rafraîchissant qu'une ondée, en se demandant si la jeune fille serait encore là pour les égayer durant le long trajet du retour.

Les voyageurs étaient incapables de mettre des paroles sur les mélodies qu'ils fredonnaient dans leurs têtes. Elle chantait dans une langue qu'ils ne connaissaient pas, et elle non plus. Les paroles jaillissaient sous forme de phrases toutes faites, dont le sens lui échappait, mais qui la réconfortaient dans sa solitude.

Ici, elle était à l'abri, protégée par le flot de la foule. Ça lui suffisait. Telle était sa vie désormais. Elle n'avait plus qu'une seule préoccupation : survivre.

Sa nouvelle amie, Dee, faisait la manche au niveau supérieur. Elles ne parlaient jamais du passé, d'où elles venaient, de ce qu'elles étaient avant ; dans ce monde, chacun arrivait comme neuf. Dee avait vu Zillah se battre contre deux proxénètes, et c'était elle qui avait eu le dessus.

« Tu sais te servir de tes poings, lui avait-elle dit en l'abordant. Tu as un endroit où dormir ? Tu veux manger quelque chose ? »

Les deux types lui avaient posé exactement les mêmes questions. Zillah n'avait pas baissé sa garde.

Dee n'avait pu s'empêcher de rire en la voyant aussi méfiante. Elle avait repoussé ses longs cheveux épars aux mèches roses et vertes, attachés par des rubans jaunes sales. Son visage avait conservé une bonne partie de sa beauté, mais elle était pâle, maigre, et ses yeux gris ourlés d'une fine peau violacée, exagérément ridée pour son âge.

« Ne t'inquiète pas, je suis pas avec eux. C'était juste pour savoir. J'avais pas d'idée derrière la tête. Allez, viens. Je connais un endroit pas loin ; c'est propre et y a de la place. On pourra manger un truc en chemin. » Elle avait fait tinter les pièces de monnaie dans sa poche. « La journée a été bonne. »

Zillah avait observé cette fille et évalué la situation. En la suivant, elle faisait peut-être une grosse bêtise, mais elle mourait de faim et ses jambes tremblaient de fatigue. Elle en avait assez de repousser des prédateurs, et la solitude lui pesait de plus en plus. Certes, elle avait toujours été autonome, elle aimait se dire qu'elle n'avait besoin de personne, mais elle commençait à oublier le son de sa propre voix. En fait, ça ne faisait pas si longtemps, mais quand vous vivez dans la rue, chaque seconde dure une minute, chaque minute une heure, et une journée ressemble à l'éternité. Elle n'avait parlé à personne depuis qu'elle avait quitté l'hôpital, si ce n'est pour hurler qu'on lui fiche la paix ou se livrer à un échange monosyllabique avec un commerçant. Cette fille lui semblait sincère. Zillah était tentée de prendre sa proposition pour argent comptant.

« Au fait, je m'appelle Dee, avait dit la fille en tendant la main, timidement, comme si elle tentait de sympathiser avec un chat sauvage.

– Zillah.

– C'est pas commun. »

Zillah avait haussé les épaules.

« C'est ton vrai nom ? »

Encore un haussement d'épaules. Le reste du trajet s'était effectué en silence.

Dee vivait dans un squat au milieu d'un ensemble de vieilles boutiques délabrées qui avaient été condamnées avec des planches en attendant la réhabilitation du quartier.

« Des fois, y a des patrouilles de surveillance avec des chiens, avait-elle expliqué. Dans ces cas-là, faut décamper fissa. Mais ça arrive pas souvent. »

Dee s'était révélée être une bonne copine. Elle ne posait pas de questions. Zillah était avare de confidences, mais Dee sentait que ce n'était pas une fugueuse ordinaire. Sa méfiance agressive ne lui avait pas échappé et elle devinait que des gens la recherchaient.

C'était Dee qui lui avait coupé et teint les cheveux couleur rouge feu.

« Ça sert à rien de se cacher, lui avait-elle expliqué. Plus tu essayes de disparaître, plus c'est facile de te retrouver. Mieux vaut se déguiser. Tiens, regarde. »

Zillah avait examiné le résultat dans un miroir brisé. Ses cheveux avaient une couleur artificielle éclatante, quelque part entre le rose fuchsia et le rouge écarlate. La coupe formait des pointes en dents de scie, plus longues dans la nuque, qui rebiquaient au niveau du menton. Zillah se regardait à travers les mèches de sa frange inégale. Dee lui avait épilé les sourcils et dessiné les yeux au khôl, ce qui la vieillissait. Plus rien à voir avec la fille qui s'était enfuie de l'hôpital.

« Où as-tu appris ça ?

– Je travaillais dans un salon de coiffure dans le temps. Quand je serai revenue dans le droit chemin, j'ai l'intention d'avoir mon truc à moi... » La voix de Dee s'était éteinte. Dans la rue, chacun rêvait de mener une vie normale. « Bon, parlons d'autre chose, avait-elle ajouté, avec une gaieté qui sonnait faux. Alors, qu'est-ce que tu t'en dis ? »

Zillah avait grimacé ; son enthousiasme initial s'était dissous dans le doute.

« Je risque pas de me faire remarquer avec des cheveux pareils ? Autant crier : "Arrêtez-moi !"

– Justement, c'est ça le but ! Qui oserait attirer l'attention de cette façon ? Ça marchera. Crois-moi. »

Dee avait raison. Zillah chantait dans les couloirs du métro et les sbires du Temple passaient devant elle matin et soir sans se douter que la fille qu'ils recherchaient désespérément se trouvait à quelques mètres d'eux.

C'était une journée tranquille. Il y avait des perturbations sur une des lignes, ce qui voulait dire que des hordes de voyageurs allaient défiler, ou bien personne. Dans un cas comme dans l'autre, c'était mauvais pour les affaires. Zillah continuait à chanter malgré tout, mais elle avait du mal à garder son entrain. Elle hésitait à plier bagages et à changer d'endroit quand une bande de garçons avança vers elle. Avec son pied, elle ramena son châle jusqu'à elle. Il était toujours bon de surveiller les environs et elle avait appris à jauger les passants de loin : les généreux donateurs, les radins, les employés du métro qui venaient la déloger, ceux qui voulaient lui faucher sa place ou son argent. Ces gars entraient dans la dernière catégorie. Elle avait déjà eu des ennuis avec des bandes. Elle balança son tambourin dans son dos et se baissa pour ramasser son châle et les quelques pièces qu'il contenait. Elle le fourra sous son sweat-shirt et s'éloigna en direction de l'Escalator.

« Hé, attends ! »

Cette voix dans son dos lui fit presser le pas. Soudain, un garçon surgit du couloir devant elle, puis un autre. Zillah recula, à la recherche d'une autre issue, mais les garçons qui se trouvaient derrière elle approchaient à toute vitesse. Elle était prise au piège. Elle se mit en garde, prête à en découdre. Bien qu'elle soit en infériorité numérique, elle refusait de donner son argent sans infliger des dommages à ses voleurs.

« Hé, *sister* ! *Cool* ! » Le plus petit de la bande s'avança. « On veut pas te faire de mal...

– Ah bon ? » Elle le jaugea. Il était beaucoup plus petit qu'elle, et maigrelet. « Je me suis déjà fait dépouiller par des petits merdeux dans ton genre. »

Elle se jeta sur lui, lui tordit le bras dans le dos et passa le sien autour de son cou. Elle avait l'intention de serrer jusqu'à ce que ses copains reculent. Elle leur lança un regard de défi, puis ses yeux s'écarquillèrent. Un autre groupe descendait le long couloir ! Leur chef portait une grande robe, comme un prêtre. Elle contrastait avec le costume de son compagnon. Semblable à celui qu'il portait la dernière fois qu'elle l'avait vu. Elle avait en face d'elle l'Avocat.

CHAPITRE 17

Permission

En revenant de sa séance de kiné, Adam fut surpris de découvrir Jethro Poutney assis sur le bord de son lit. Il connaissait bien ce visage. Poutney était un des concierges du Temple ; il avait toujours un sourire ou un mot gentil pour les garçons, et il fermait les yeux quand l'un d'eux rentrait un peu trop tard d'une permission. Certes, il était au service du Temple, mais cela n'en faisait pas pour autant un être méprisable. Là-bas aussi, il y avait des bons et des méchants, et Jethro appartenait à la première catégorie. Le père d'Adam partageait apparemment cette opinion car tous les deux étaient en pleine conversation.

Adam s'arrêta sur le seuil de la chambre. Sa première réaction fut de se dire que Jethro était venu le chercher pour le ramener au Temple. Sa seconde réaction fut : je n'irai pas.

« Comment ça va, jeune homme ? demanda le concierge en voyant le garçon entrer dans la chambre.

– Bien, répondit celui-ci de manière évasive.

– Tant mieux ! À plus tard. »

Sur ce, Jethro quitta la chambre avec un large sourire, après leur avoir adressé un clin d'œil à tous les deux.

Adam s'assit sur son lit, soulagé d'avoir échappé, momentanément, à un affrontement.

« Alors, cette jambe ? demanda son père.

– Le kiné est très content de moi. » Adam montra la coque en plastique, très légère et ressemblant un peu à une chaussure de ski, qui servait à protéger sa cheville. « Tant que je ne force pas trop, je peux marcher sans difficulté. Jethro, que venait-il faire ici ?

– Nous sommes de vieux amis. Il est passé prendre de nos nouvelles et t'apporter des affaires. » Abraham montra le sac de voyage posé sur le lit. « Il est censé revenir te chercher cet après-midi. »

Adam hocha la tête. Il s'y attendait.

« Pourquoi lui ? Pourquoi pas Frère Zack ?

– Il a autre chose à faire, apparemment. »

Adam se retourna vers son père.

« Je n'irai pas. Je refuse de te laisser seul. Qui sait ce

qu'ils sont capables de faire s'il n'y a plus personne pour te protéger. »

Abraham fut surpris par la sollicitude et la détermination de son fils. Des larmes inhabituelles lui picotèrent les yeux ; il était si rare qu'on se soucie de lui. Adam n'était encore qu'un enfant ; il semblait si fragile en pyjama et robe de chambre, avec sa jambe dans une coque en plastique. Ah, on pouvait dire qu'ils formaient un beau duo ! Le vieil homme se moucha bruyamment dans un mouchoir en papier et essuya sa moustache. Bon, assez. Ce n'était pas le moment de s'apitoyer sur son sort. À croire que la vieillesse et l'infirmité l'affaiblissaient.

« Il faut filer d'ici ! déclara Adam dans un murmure. On ne sait pas ce qu'ils mijotent. »

Son père le fit taire d'un geste car quelqu'un passait dans le couloir.

« Les médecins veulent que je me lève, dit-il sur le ton de la conversation. Ce n'est pas bon de rester couché, paraît-il. Ça te plairait de m'emmener faire un tour dans cette chose ? » Il montra le fauteuil roulant près du lit : un vieux machin branlant avec de petites roues. On aurait dit une chaise de jardin montée sur roulettes. « Tu t'en sens capable ? »

Adam hocha la tête

« Bravo.

– Et toi ?

– Oh, ça va beaucoup mieux. J'ai repris des forces. Et j'en ai marre de contempler ces quatre murs.

– OK. Quand veux-tu y aller ?

– Pourquoi pas tout de suite ? » Abraham montra le sac

apporté par Jethro. « Je serais toi, fiston, je mettrais des frusques correctes. »

Nul n'émit la moindre objection quand Adam sortit de la chambre en poussant son père dans le fauteuil roulant. Au contraire, l'infirmière de garde trouva que c'était une excellente idée. L'hôpital avait pour politique d'inciter les patients à retrouver leur autonomie le plus vite possible. Faire fonctionner le corps était capital, au même titre que la stimulation mentale. Abraham Black se rétablissait de manière remarquable et un changement de décor, un petit trajet jusqu'à la salle commune, la possibilité de bavarder avec d'autres patients, feraient énormément de bien au vieil homme.

Mais celui-ci n'avait que faire de ces préoccupations. Il avait insisté pour emporter sa petite valise, cachée sur ses genoux sous la couverture rose en matière synthétique, et il était évident qu'il n'avait nullement l'intention de faire un détour par la salle commune. Il demanda à Adam de passer devant sans s'arrêter, et de tourner dans un des grands couloirs principaux. Les issues étaient clairement indiquées. Le garçon sentit son cœur faire un bond. Il ne s'agissait pas d'une innocente promenade. Ils allaient s'enfuir !

Son père s'adressa mentalement à lui : *Pas trop vite. Reste calme. N'attire pas l'attention. Donne l'impression de savoir ce que tu fais. Tu m'emmènes subir un examen.*

Abraham le dirigea vers une sortie située à l'arrière de l'hôpital, où le personnel et les malades venaient fumer une cigarette en douce. Jethro était là ; il les attendait. Le premier réflexe d'Adam fut de faire demi-tour pour retourner à l'intérieur du bâtiment, mais son père lui ordonna de continuer à descendre la rampe. *Fais-lui confiance*, dit la voix dans sa tête. *C'est la seule solution !*

Jethro prit le relais et, comme il aurait pu s'agir d'un brancardier, personne ne s'intéressa à eux, alors qu'il poussait le fauteuil roulant vers le parking. Il s'arrêta à l'arrière d'un imposant 4 × 4 qui ne ressemblait pas aux véhicules utilisés habituellement par le Temple. Noir, avec des vitres fumées, c'était plutôt le genre de voiture qui trahissait un certain niveau de vie. Jethro ouvrit la large porte arrière et appuya sur un bouton. Une sorte de monte-charge descendit, avec un fauteuil roulant tout électrique, ultra-sophistiqué. Jethro souleva le vieil homme dans ses bras, comme s'il ne pesait pas plus lourd qu'un enfant, le déposa dans le fauteuil et le couvrit d'un épais plaid. Une simple pression sur le bouton, et le fauteuil remonta. Jethro bloqua les roues.

« Allez, monte ! lança-t-il à Adam. Il vaut mieux ne pas s'éterniser.

– Tout est prêt ? demanda Abraham Black, à l'arrière.

– Fin prêt, répondit Jethro sans se retourner.

– Bien. Fichons le camp avant que ces salopards ne s'aperçoivent de notre disparition. »

Ils laissèrent derrière eux le misérable fauteuil de l'hôpital et la couverture rose qui traînait par terre.

Adam s'enfonça dans le siège en cuir profond et regarda défiler les rues ; il guettait les pancartes, en se demandant où ils allaient. « Pourvu, se disait-il, que Jethro les conduise dans un endroit tranquille à la campagne, le plus loin possible de la ville et du Temple, un endroit où ils pourraient vivre librement. Un endroit où on ne les retrouverait jamais. Mais il observait le décor avec une inquiétude grandissante. Il essaya d'alerter son père : le flot de voitures au milieu duquel ils avançaient au pas suivait un itinéraire qu'il connaissait bien, trop bien. Ce kiosque à journaux, c'était là que les demi-pensionnaires les plus âgés venaient acheter des cigarettes, et les vrais rebelles de la marijuana. Il s'était remis à pleuvoir. Les gros titres des quotidiens, inscrits sur les panneaux d'affichage, commençaient à dégouliner : *Sectes : épidémie de décès.* Un sentiment funeste s'empara d'Adam, aussi sombre que le mur de pierre qui bordait un côté de la chaussée. Jethro les avait trahis ! Il envoya cette pensée à son père, tout en essayant de combattre la panique qui enflait. Il n'obtint aucune réponse. Le vieil homme s'était isolé du monde extérieur. Peut-être avait-il perdu tout discernement. « *Fais-lui confiance* », avait dit sa voix, mais s'il se trompait ? Jethro avait condamné l'ouverture des portières. Impossible de s'échapper. Adam ferma les yeux et fit un effort pour se ressaisir. Il se demandait ce qui l'attendait une fois que les hautes grilles du Temple, hérissées de pointes, s'ouvriraient en grand pour les accueillir, avant de se refermer. La grosse voiture bifurqua dans une étroite rue perpendiculaire. Le mur d'enceinte du Temple se dressait sur leur gauche, telle la paroi lisse d'une falaise sombre. En empruntant l'entrée principale, ils risquaient d'attirer l'attention. On allait les faire entrer en douce, comme des produits de contrebande. D'une minute à l'autre, ils allaient se retrouver derrière ces hauts murs.

CHAPITRE 18

Une rencontre inattendue

Il fallut moins d'une seconde à Zillah pour se décider. Elle mit sa capuche et l'abaissa sur ses yeux. Puis elle enfonça les mains dans les poches de sa veste, rentra la tête dans les épaules et adopta la démarche chaloupée des membres de la bande, qui se regroupèrent autour d'elle. Elle était grande, mince, et elle avait des hanches fines ; elle pouvait aisément se faire passer pour un des garçons. De fait, l'Avocat et ses sbires ne leur adressèrent même pas un regard lorsque le groupe s'éloigna sur le quai en traînant les pieds. Ils sautèrent dans la rame qui attendait, juste avant que les portes ne se referment.

Zillah se retrouva assise entre eux, comprimée, au fond d'un wagon, sans trop savoir ce qui se passait. S'il fallait choisir entre ces garçons et l'Avocat, il n'y avait pas photo, mais que lui voulaient-ils ? Lorsque la rame entra dans la station suivante, Zillah se leva pour descendre. Mais le plus petit de la bande, leur chef, la retint par le bras.

« T'es pas en sécurité dehors, *sister*.

– Je prends le risque. »

Elle tenta de se dégager.

« Je plaisante pas. Pour toi, y a qu'un seul endroit sûr, et c'est là que je t'emmène. Au fait, je m'appelle Kris. »

Il sourit et enveloppa sa main dans son poing, en signe d'amitié. Zillah scruta ses yeux et n'y détecta aucune menace. Au contraire : il paraissait bien décidé à la sauver. Elle détourna le regard, gênée. À l'exception de Dee, personne n'avait pris soin d'elle. Jamais.

« J'ai une amie, dit-elle. Elle s'appelle Dee. Elle va s'inquiéter.

– Je la préviendrai, dit Kris avec un sourire. Dès que je t'aurai déposée. Je m'en chargerai personnellement.

Effectivement, après l'avoir conduite chez sa grand-mère, Kris partit à la recherche de Dee.

« Il tient pas en place, celui-là ! »

Mamma Celestine s'avança pour accueillir Zillah. Son accent des îles était bien plus prononcé que celui de Kris, qui singeait le langage de la rue. On aurait dit qu'elle ne vivait pas depuis longtemps dans ce pays.

« Je m'appelle Zillah, dit la jeune fille, étant donné que Kris n'avait pas fait les présentations.

– Enchantée, Zillah. Moi, c'est Mamma Celestine. »

Elle lui tendit la main. C'était une femme minuscule, bien plus petite que Kris. Ses mains étaient à la fois fines et puissantes ; leur peau ridée et les veines apparentes trahissaient son âge, mais son visage était presque lisse, et elle avait des pommettes saillantes et des yeux en forme d'amande, à la prunelle très noire, soulignée d'un trait de khôl qui accentuait la blancheur du cristallin. Son nez, petit et écrasé, surmontait une bouche généreuse, retroussée par un sourire permanent. C'était un beau visage, serein, et en même temps plein de vie. Un visage que Zillah reconnaissait grâce à l'étude des « croyances erronées et idolâtres ». Le visage d'une Madone noire. Humaine, et néanmoins divine.

En une fraction de seconde, Mamma Celestine redevint une dame ordinaire. Chaleureuse et accueillante.

« Viens donc soulager tes pieds, ma petite. »

Elle conduisit Zillah dans le salon. C'était une pièce meublée modestement, mais claire et propre.

« Tu dois être fatiguée. Assieds-toi donc pendant que je te prépare quelque chose à dîner. J'ai fait des haricots et du riz. Ça te va ? »

Zillah hocha la tête et s'assit sur un vaste canapé recouvert de jetés de lit colorés. Elle était fatiguée, en effet. Elle était tentée de s'allonger dans ce nid de coussins aux couleurs vives et de fermer les yeux, mais elle demeura assise, bien droite, les bras croisés, sur ses gardes. La vie dans les rues lui avait appris à prendre chaque jour, chaque instant de la journée, comme il venait ; à jauger et à évaluer chaque situation, à guetter les menaces ou les avantages potentiels. Ce garçon, Kris, l'avait sauvée. S'il n'était pas intervenu avec sa bande, l'Avocat l'aurait trouvée. Néanmoins, elle continuait à se demander ce qu'elle faisait là. Les doutes revinrent l'assaillir. Elle espérait qu'elle pouvait faire confiance à Kris pour informer Dee, afin qu'elle ne s'inquiète pas. Dans le monde des sans-abri, les gens entraient et sortaient de votre vie en permanence, mais Dee était une amie. Une véritable amie. La seule qu'elle ait jamais eue. Où était le danger ici ? Mamma Celestine semblait gentille, affable même, mais Zillah sentait en elle une sorte d'inquiétude, teintée de peur. C'était une chose qu'elle connaissait bien. Certaines femmes de la Maison avaient ce même regard quand un enfant allait être puni sans qu'elles puissent intervenir. L'expression d'une Madone penchée sur son enfant. Zillah devinait qu'il allait se passer quelque chose. Peut-être devrait-elle partir en courant, fuir immédiatement. Cette vieille femme n'était pas de taille à la retenir. En levant les yeux, Zillah découvrit son hôte qui la toisait, une assiette à la main ; la compassion envahit son visage. Honteuse, Zillah baissa la tête.

« Mange d'abord. On parlera ensuite. »

Zillah mourait de faim. C'est toujours un repas de gagné, pensa-t-elle. La mentalité de la rue s'était déjà incrustée en elle. Le plat sentait bon, c'était de la cuisine faite maison, et c'était gratuit.

Celestine regarda la jeune fille engloutir le poulet rôti aux épices, avec des haricots rouges et du riz, mais personnellement, elle ne mangea rien. Une fois l'assiette vide, Zillah la repoussa. La vieille femme s'assit sur le canapé. Elle portait un pantalon en lin clair, des sandales en cuir et un chemisier de couleur vive sous un long cardigan tissé avec une fibre naturelle. Sa main emprisonnait le fermoir qui unissait les deux pans du vêtement aux mailles lâches. Ses doigts à la peau foncée suivaient les courbes du corps ovale et caressaient le filigrane en or des ailes. Zillah porta sa main à son cou, par automatisme, pour sentir le talisman qui pendait au bout d'un lacet de cuir.

« Je porte la même chose », dit-elle.

Quand elle caressa le métal lisse et frais, son agitation retomba.

« Je peux voir ? »

La vieille femme se leva et s'approcha.

Zillah sortit le talisman de sous son T-shirt.

« Mon amie Dee en a fait un pendentif. »

Celestine le prit soigneusement. L'abeille brillait sur la peau sombre de sa paume. À voix basse, d'un ton de vénération presque, comme si le talisman en or était vivant, elle demanda : « Dis-moi, ma petite. Comment as-tu eu cet objet. » Elle le retourna entre ses doigts pour examiner la surface, rendue quasiment lisse par le temps. « Il est très très ancien.

– Je faisais partie d'une secte. Je l'ai trouvé... »

Celestine lui tapota la main.

« C'est plutôt lui qui t'a trouvée. Ne te sens pas obligée de me raconter toute l'histoire si tu n'en as pas envie ; je voulais juste savoir d'où il venait. »

Zillah finit par tout lui raconter, en évoquant ses souvenirs les plus lointains, avant que les Enfants de la Sixième Aube s'emparent d'elle, jusqu'au moment où elle avait été évacuée par les airs. Elle termina par sa dernière rencontre avec l'Avocat. Celestine l'écouta sans l'interrompre par des remarques ou des questions. Quand Zillah eut terminé son récit, la vieille femme murmura : « Bénie soit la Mère », puis elle se rendit dans la cuisine pour chercher à boire. Elle revint avec deux verres de jus d'orange.

« "Bénie soit la mère ?" répéta Zillah. Pourquoi dites-vous ça ?

– Elle t'a sauvée. L'abeille est son symbole. Il représente la Ruche. Le travail de plusieurs pour le bien de tous. La reine qui redonne la vie. Dès que tu l'as trouvée, elle s'est mise au travail. Elle t'a placée à l'abri de leurs regards. Elle t'a protégée. Celui que tu appelles l'Avocat, il te connaissait même pas, là-bas, hein ? »

Zillah haussa les épaules.

« J'étais comme les autres, c'est tout. Pourquoi m'aurait-il remarquée ?

– Parce que tu es différente, répondit Celestine en prenant le visage de la jeune fille entre ses fines mains sombres. Crois-moi ! » Ses yeux étaient brillants de larmes tout à coup. « Bénie sois-tu ! Dis-moi, Zillah, que te voulait cet Avocat, à ton avis ?

– Je suis témoin de ce qui s'est passé. Il veut me faire taire. »

Celestine secoua la tête.

« Tu as un destin particulier. Il y a une chose que toi seule peux faire. Il aurait dû te tuer quand il en avait l'occasion. Tu es l'Élue. Il le sait maintenant. »

Zillah reconnut la vérité dans ces paroles. Elle avait toujours su que l'abeille était spéciale. C'était pour ça qu'elle l'avait prise, au départ. Elle avait risqué un châtiment extrême pour la conserver, car quand elle la serrait dans sa main, elle se sentait protégée ; cette présence lui apportait du réconfort dans un monde hostile et dangereux.

La vieille femme lui sourit.

« Ne t'en fais pas. Tu es à l'abri ici. Christophe va contacter ton amie, Dee. Il lui dira que tu es avec moi. Il ne ment pas et ne fait pas de fausses promesses. Aie confiance en lui... Et en moi, ajouta-t-elle.

– Comment avez-vous su que... ? » Lisait-elle dans les pensées ?

« Que tu t'inquiétais à ce sujet ? » Les yeux de la vieille femme étaient voilés et énigmatiques. « Je sais un tas de choses. » Elle prit les mains de Zillah entre les siennes. « Que la Mère veille sur toi et fasse en sorte qu'il ne t'arrive rien. »

Elle prononça ces paroles comme une bénédiction ou une incantation rituelle.

Malgré ses doutes, Zillah baissa la tête. Après son séjour chez les E6A, elle ne croyait plus en grand-chose, mais ce n'était pas le cas de Mamma Celestine, visiblement. Rien n'arrêterait l'Avocat, et il voulait sa mort. Une petite prière n'était peut-être pas inutile alors, étant donné qu'elle aurait besoin de toute l'aide qu'elle pouvait trouver.

CHAPITRE 19

11 Forfar Street

Adam ferma les yeux ; il s'attendait à ce que la voiture tourne à gauche pour pénétrer dans le Temple, mais elle accéléra brusquement et continua tout droit. Jethro ôta sa casquette et la lança à l'arrière du véhicule.

« Plus besoin de ça ! »

Il éclata de rire en s'engageant dans un dédale de rues bordées de maisons hautes et étroites. Les nombreuses voitures en stationnement rendaient la conduite délicate. Les maisons étaient anciennes, munies de volets en bois pour la plupart ; des escaliers en pierre, raides, menaient aux sous-sols ou aux portes d'entrée. Certaines, joliment peintes, avaient été rénovées récemment ; alors que d'autres semblaient laissées à l'abandon, à en juger par la peinture qui s'écaillait et les fenêtres crasseuses. Adam ne savait toujours pas où ils se trouvaient, ni où ils allaient, d'autant que les deux hommes ne disaient rien, mais il sentait son cœur cogner dans sa poitrine et ses bras se couvrir de chair de poule sous l'effet combiné du soulagement et de l'excitation. Jusqu'à présent, il avait été résigné, n'ayant jamais défié l'Ordre, et n'imaginant même pas que c'était possible. Et voilà que ces deux-là étaient en train de le faire, en toute décontraction. Que se passait-il donc ?

Au moment où il allait poser la question, la voiture tourna dans une ruelle et s'arrêta devant une imposante porte en bois à double battant, dont la peinture partait en lambeaux et certaines planches étaient rongées par l'humidité. Jethro appuya sur un bouton situé sur le tableau de bord et la porte s'ouvrit automatiquement. En marche arrière, il pénétra dans une cour étonnamment vaste, puis les battants de la porte se refermèrent. Tout cela n'avait duré que quelques secondes. Sacré numéro de prestidigitation.

« Les gens regardent toujours devant, jamais derrière », commenta Jethro en descendant de voiture.

Le hayon arrière s'était ouvert et l'espèce de monte-charge s'était abaissé. Abraham manœuvrait déjà son fauteuil roulant en direction de la maison. Adam suivit les deux hommes. Il avait l'impression de les voir se métamorphoser sous ses yeux : son père ne paraissait plus aussi fragile et le pseudo-brancardier s'était débarrassé de son apparence servile. Il se tenait différemment et semblait plus jeune, plus fort ; il marchait en se pavanant. Jethro se retourna et remarqua qu'Adam l'observait.

« C'est la casquette qui fait tout, expliqua-t-il. Et l'uniforme. » Il arrondit un peu le dos et baissa la tête, les yeux fixés au sol. « Personne ne fait attention. Surtout pas cette bande de crétins arrogants. » Il se redressa et sourit. « Le déguisement parfait ! »

Il poussa le fauteuil roulant jusqu'à la porte de derrière, et Adam entra à leur suite dans la maison. Pendant que Jethro emmenait Abraham se changer, rapidement, Adam continua d'avancer dans un large couloir. Le sol était recouvert de dalles de pierre usées et les murs de lambris sombres. Des appliques soutenaient des lampes à gaz dont la lueur bleutée était diffusée par des globes en verre nacré.

Adam atteignit un grand salon. Les volets fermés plongeaient la pièce dans une semi-obscurité ; la seule lumière provenait du feu dans la cheminée. C'était comme faire un bond en arrière dans le temps, dans un autre siècle. Il y avait dans ce décor quelque chose qui tracassait Adam. C'était là, juste à l'orée de sa conscience.

Jethro entra en poussant Abraham. Il aida le vieil homme à s'asseoir dans un fauteuil près de l'âtre, puis rajouta des bûches dans la cheminée. Il alluma des bougies et, très vite, le salon se remplit d'une agréable chaleur et d'une douce lumière.

Les doigts joints devant le visage, Abraham contemplait le feu. Ce n'était plus le même homme. Rasé, vêtu d'un costume trois pièces beige en tweed à chevron, par-dessus une chemise à carreaux couleur crème et une cravate sombre à rayures, il paraissait plus jeune, distingué, non plus malade mais simplement fatigué. Il portait des chaussettes ornées de losanges sur le côté et des souliers marron cirés. Adam devina qu'il s'habillait habituellement de cette manière, un peu démodée. Pour la toute première fois, il fut tiraillé par un vague souvenir, le sentiment diffus d'avoir déjà vu cet homme.

Abraham l'invita à prendre place dans le fauteuil en cuir usé situé en face du sien.

« Cette maison possède une longue et intéressante histoire, déclara-t-il. À une époque, elle fut la propriété d'un certain Dr Arnold Brume, alchimiste réputé et associé de Robert Fludde. On raconte qu'elle abritait son laboratoire secret.

– Ce bonhomme dont j'ai lu le carnet... Lockwood. » Adam sourit car il avait enfin fait le rapprochement qui le tracassait. « C'est sa maison !

– En effet, répondit son père, en souriant à son tour. À sa mort, il nous l'a léguée, à Solomon Rapoport et à moi. Nous devions être les conservateurs de sa collection. Nous avons dû lui promettre de la protéger et de ne rien changer dans la maison. C'est Jethro qui a veillé sur cet endroit. Exception faite de quelques... modernisations, elle est demeurée exactement telle qu'elle était. »

Adam regarda autour de lui les lampes à gaz et les bougies, en se demandant quelles étaient ces modernisations.

« J'aimerais savoir si... » commença-t-il. Sa lecture de la nuit précédente avait fait naître de nombreuses questions. « La Longue Pièce. Est-ce que je pourrais la voir ? »

CHAPITRE 20

La Longue Pièce

Repoussant les prévenances de Jethro Poutney qui voulait l'aider à se déplacer, le père d'Adam fit rouler lui-même son fauteuil pour quitter la pièce. Un antique monte-chaise, installé le long des boiseries sombres, conduisait à l'étage supérieur. Il datait de l'époque d'Aurel Lockwood, lorsque celui-ci était devenu infirme. Abraham Black l'observa d'un air dubitatif.

« Ce machin fonctionne encore ?

– Suffisait de le rafistoler un peu, et le voilà comme neuf, répondit Jethro avec un grand sourire. Ils savaient fabriquer du solide en ce temps-là. Installez-vous donc, je vais vous montrer. »

Il appuya sur un bouton, et la chaise s'éleva dans l'escalier.

Adam suivit, pendant que Jethro montait le fauteuil roulant.

« Voici la Longue Pièce. »

Adam fit franchir la large porte à son père et regarda autour de lui. Cette salle était exactement telle qu'il l'avait imaginée. Des volets masquaient le jour, comme au rez-de-chaussée. Elle était éclairée au gaz, mais Jethro alluma des lampes à pétrole. Un des murs accueillait d'immenses vitrines dont les portes étaient dotées de serrures et de loquets en cuivre ; on se serait cru dans un musée d'autrefois. Sur les trois autres côtés, des étagères montaient du sol au plafond, interrompues uniquement par les châssis des fenêtres et une cheminée en marbre sculpté. Ces étagères contenaient de vieux ouvrages reliés en cuir, dont les tranches rigides s'ornaient de caractères dorés en partie effacés. L'effet produit était impressionnant. Dans cette pièce se trouvait réunie l'œuvre de toute une vie, peut-être même de plusieurs vies. Cette collection devait avoir une valeur inestimable.

Des meubles à tiroirs transformaient la pièce en un labyrinthe d'acajou et de verre. Les ouvrages les plus précieux, ou les plus insolites, étaient ouverts pour laisser admirer, à travers les vitres, leurs épaisses feuilles de vélin couvertes d'une écriture ancienne et les marges remplies d'illustrations étranges. Adam souleva l'étoffe en velours qui recouvrait une des vitrines pour faire apparaître une succession d'images, aussi audacieuses qu'une bande dessinée, aussi éclatantes que le jour où elles avaient été peintes. D'origine maya, pensa-t-il. Ou peut-être aztèque. Il avait étudié la civilisation aztèque à l'école. La vitrine suivante renfermait des papyrus et une sorte de disque : *Égypte, Troisième dynastie ; Crête, grec mycénien.* Il dut se pencher pour lire les étiquettes rédigées à l'encre avec le plus grand soin, sans doute à l'aide d'une plume parfaite : les traits des lettres minuscules étaient plus fins que les pattes d'une araignée. Il ouvrit un des tiroirs en tirant sur les poignées en cuivre encastrées et découvrit plusieurs rangées de tablettes en argile rose pâle, certaines ébréchées et émiettées, d'autres rassemblées avec minutie, toutes creusées d'une multitude de marques triangulaires faites par un stylet. Des caractères cunéiformes. La plus ancienne forme d'écriture, inventée par les Sumériens, aussi incompréhensible que des empreintes d'oiseau.

Adam referma soigneusement le tiroir et leva la tête. On l'observait. Des yeux le toisaient à l'intérieur des grandes vitrines murales. Des créatures sveltes et gracieuses, dotées de têtes d'oiseaux, de chacals ou de crocodiles, le regardaient avec indifférence. D'autres visages, massifs, aux lèvres épaisses, mi-homme mi-autre chose, l'épiaient avec une malveillance intemporelle. Une créature femelle aux seins nus, mince, brandissait des serpents dans ses mains. Une autre lui jetait un regard mauvais : une femme flanquée de deux chouettes, avec des ailes d'oiseau et de grands pieds griffus qui semblaient suspendus au-dessus d'un couple de lions rugissants.

Il y avait dans cette pièce des dieux et des déesses, collectés dans le monde entier, mais ça ne ressemblait pas vraiment à un musée. Dans ceux qu'Adam avait visités, les objets présentés n'étaient que des enveloppes vides et poussiéreuses, des vieilles carapaces qui avaient perdu depuis des lustres le pouvoir qu'elles avaient peut-être possédé un jour. Ici, il sentait autre chose, une force soigneusement accumulée. Il y avait de la méthode derrière l'obsession du collectionneur. Adam se tenait maintenant devant une frise représentant des prêtres figés en dévotion pour l'éternité, les mains remplies d'offrandes, les yeux écarquillés, les têtes baissées devant une créature invisible. Plus personne n'exprimait sa foi de cette façon. C'était peut-être un tort. Peut-être ne fallait-il pas prendre à la légère un tel pouvoir séculaire.

« Tout ce qui se trouve dans ces vitrines, que tu es en train d'examiner, appartient au registre ordinaire de l'archéologie, déclara son père en faisant rouler son fauteuil. Mais la méthode est particulière, c'est une approche que tu ne trouveras dans aucune collection conventionnelle. Toutes ces choses, dit-il en les englobant d'un large geste, les écritures anciennes, les descriptions des dieux et des déesses, proviennent de nombreuses traditions différentes. Pourtant, Lockwood était convaincu qu'elles partageaient une racine commune dans un système de croyances beaucoup plus ancien. Dis-moi, Adam. Depuis quand, selon toi, existe-t-il une vie civilisée sur terre ? »

Le garçon haussa les épaules. Il ne savait pas. Pas très longtemps, pensait-il.

« Deux ou trois mille ans ? risqua-t-il.

– Si je te disais que tu te trompes de dix mille ans ? » Le vieil homme agrippa les bras de son fauteuil, à en faire blanchir ses jointures. « Et si je pouvais le prouver ? »

Je me dirais que tu es un vieux maboul. Adam essaya aussitôt de masquer cette pensée.

« Évidemment, dit son père en riant. C'est ce que tout le monde pense. Viens donc voir ceci. » Il se déplaça vers une autre vitrine, ouvrit un tiroir et sortit une boîte en carton marron en piteux état, mais solidement fermée par plusieurs rubans brillants. « C'est arrivé l'autre jour, d'après Jethro. Ouvre. »

À l'intérieur se trouvait un prospectus :

MUSEUM SANDERS

Il y en a pour tous les goûts !!!

Plus de 10 000 curiosités stupéfiantes !

Et un mot, qui enveloppait un bloc de matière transparente, rond et brillant.

Cher M. Black,

Nous nous sommes rencontrés dans une conférence, il y a quelques années. Je me suis intéressé à votre exposé intitulé « Faux et anomalies ». Vous avez eu l'obligeance de me donner votre carte, en me demandant, si je tombais sur un objet étrange, de vous l'envoyer. Eh bien, je crois que ceci vous plaira !

Cordialement,

Stan Sanders
Sanders' Museum
Old Post Office
10 East Street
Somertown
NZ

Adam fit tourner le bloc entre ses mains.

« C'est quoi ? On dirait de l'ambre.

– Ça y ressemble beaucoup, concéda son père, mais c'est loin d'être aussi vieux. De dix à onze mille ans ? De l'ambre en formation. Il s'agit de l'ancienne résine de Kauri de Nouvelle-Zélande.

– C'est rare ?

– Pas particulièrement.

– Alors, qu'a-t-il de spécial, cet objet ?

– Regarde à l'intérieur. Tu vois ? Place-le dans la lumière, et tu y découvriras une chose qui ne devrait pas y être... Tu vois maintenant ? Une pointe de flèche. Une offrande, peut-être. Ou un chasseur qui a manqué sa cible et atteint un arbre.

– Qu'est-ce qu'il y a de si étrange ?

– Rien. Sauf que cette résine est restée enfouie dans le sol pendant dix mille ans avant qu'un être humain soit censé avoir posé le pied sur ces îles. Si on croit ce qu'on nous raconte. Il s'agit donc d'une anomalie. Voilà ce que je collectionnais. À l'instar d'un grand nombre d'objets qui se trouvent dans cette vitrine. Tous qualifiés de faux et rejetés, comme je l'avais prévu. »

Il prit dans sa poche une petite clé en cuivre, avec laquelle il déverrouilla un tiroir de ce même meuble. Il sortit une boîte en bois. Dessus était écrit *Romeo y Julieta.* Il souleva le couvercle pour montrer le contenu à Adam.

Il s'agissait de la relique que Stone avait envoyée à Lockwood. Les doigts tremblants, Adam caressa l'éclat d'os, sombre et creux, et le petit morceau de peau grisâtre et friable. La surface bosselée dessinait des losanges. Rien de très spectaculaire, peut-être, mais au niveau du profil ADN ? Adam se pencha davantage. Son souffle agita la fine pellicule de sable blond qui couvrait le fond de la boîte. Il était en train de contempler de la peau de ptérosaure. Ce n'était pas un fossile, l'os était léger et poreux, percé de petits trous ; la peau était parcheminée, telle qu'il se représentait une aile de chauve-souris. Pourtant, ces créatures étaient censées avoir disparu à l'époque des dinosaures. Ce qu'il avait devant les yeux pouvait bouleverser l'Histoire. Il observait ces vestiges avec respect, très impressionné.

Si quelqu'un acceptait d'y croire ! La voix de son père se fit entendre dans sa tête. *Moi, j'y ai cru. Lockwood aussi.*

« Viens par ici. » Le vieil homme fit rouler son fauteuil à travers la pièce. « Regarde ça. » Il ouvrit un grand tiroir contenant des cartes anciennes, qu'il étala sur le dessus de la vitrine. « Ce sont des cartes de Portolan, tracées par des navigateurs portugais à l'époque médiévale. »

Ces cartes, dessinées sur du papier vélin, étaient magnifiques. Incroyablement détaillées, elles fourmillaient d'annotations, rédigées d'une écriture minuscule, en suivant les courbes des côtes. Il y avait même des représentations d'êtres humains et d'animaux. Adam identifia un chameau. Elles n'étaient pas quadrillées par des longitudes et des latitudes comme les cartes modernes, mais parcourues de toiles d'araignées complexes qui se déployaient à partir de roses des vents. Adam n'était pas très calé en géographie, mais elles lui paraissaient plutôt exactes. Les côtes de la

Méditerranée et de la mer Noire ressemblaient à celles des atlas modernes, plus ou moins.

« Hé, attends un peu ! C'est pas l'Australie, ça ? » Adam retourna la carte. « Pourtant, ce continent a été découvert très longtemps après l'époque médiévale.

– En 1606. Premier contact européen officiel. Compare-les avec ceci. » Son père sortit une autre carte. Aucun détail n'y figurait et les proportions étaient fausses ; on aurait dit un dessin d'enfant. « Une carte typique de cette époque. Par contraste, celles de Portolan sont d'une incroyable précision, et elles indiquent les tracés de terres qui n'avaient pas encore été découvertes : l'Amérique du Sud, l'Inde et l'Australie. Avec une stupéfiante abondance de détails.

– D'où venaient ces cartes ?

– Nul ne le sait véritablement. On pense qu'il s'agit de copies de copies. Incroyablement anciennes, et pourtant sans égales jusqu'à l'époque moderne. Évidemment, nombreux sont ceux qui les qualifieront de faux ou d'escroqueries. Regarde celle-ci. » Le vélin craqua lorsqu'il la sortit du tiroir. « C'est l'œuvre d'un amiral de l'empire ottoman. Elle est datée de 1513. Il a dessiné un planisphère en rassemblant diverses cartes existantes. L'une d'elles était très récente ; elle avait été confisquée à un marin qui avait navigué avec Colomb. D'autres, en revanche, étaient anciennes, elles provenaient d'Arabie et des bibliothèques d'Alexandre le Grand. »

La carte avait bruni avec le temps, et les bateaux représentés sur les océans auraient pu être menés par Christophe Colomb. Adam identifia les côtes opposées de l'Afrique et de l'Amérique du Sud, avec un éléphant sur l'un des deux continents, face à ce qui pouvait être un lama. Abraham Black renversa la carte et suivit avec son doigt le tracé de la côte jusqu'en Antarctique.

« L'Antarctique n'était pas encore connu en ce temps-là, n'est-ce pas ? dit Adam.

– Non. On l'appelait *Terra Incognita.* Encore un grand mystère. La côte est représentée telle qu'elle serait sans l'épaisseur de glace qui la recouvre depuis des millénaires. Et il y a un commentaire : "*Nul n'accoste sur ces rivages. C'est une terre désolée, peuplée de serpents géants. Des monstres créés par le chaos à l'origine du monde.*" L'explication la plus évidente est qu'il s'agit d'un faux, d'une contrefaçon moderne, elle a pourtant été identifiée comme datant du XVIe siècle. En outre, il a été prouvé que le tracé des côtes sous la glace était exact.

– Quelle autre explication peut-il y avoir ?

– Les cartes originales ont été dessinées par une race de marins qui vivaient à une époque où cette terre, une partie du moins, n'était pas encore recouverte de glace. Une civilisation si ancienne qu'elle n'est pas mentionnée dans les textes historiques, mais des fragments de leurs cartes ont subsisté, préservés par d'autres marins, sous forme de copies de copies.

– C'est impossible...

– Non ! Les preuves sont autour de toi, partout ! Des anomalies. Des objets, des cartes, des manuscrits. Qualifiés de faux et condamnés à l'oubli. Pendant des années, j'ai pensé comme toi, reconnut-il. Jusqu'à ce que Lockwood et Rapoport m'ouvrent les yeux.

» ... Solomon Rapoport était un juif de Prague. La moitié de sa famille a péri à Terezine, l'autre moitié à Treblinka. Il a survécu en tant que membre des *Sonderkommandos*, les Détachements spéciaux. Après la guerre, il est venu ici pour essayer de retrouver ce qui avait été volé par les nazis. Il s'est fait engager comme gardien au National Museum. C'est là que je l'ai connu. Un jour, je l'ai surpris en train de voler dans la Salle Rouge : l'endroit où sont conservées les anomalies.

» ... Il cherchait un manuscrit particulier. Vois-tu, Solomon venait d'une ancienne et distinguée lignée de rabbins, des érudits, familiers de la Kabbale et d'autres mystères. Ils pouvaient retracer leur arbre généalogique jusqu'à Moïse, disait-on. Bref, le document en question était dans leur famille depuis des siècles ; ils le protégeaient.

– Pourquoi les nazis l'auraient-ils volé ? Ce n'était pas... » Adam cherchait les mots appropriés, en vain. « Ils l'auraient plutôt détruit, non ?

– Parce qu'il appartenait à des rabbins ? Tu serais surpris si tu savais tout ce qu'ils ont volé. Les nazis étaient des gens étranges, étranges et effroyables. Eux aussi s'intéressaient aux mystères et à l'occulte. Le Manuscrit de Lascaris, rédigé dans une écriture inconnue, était un objet de vénération aux yeux des érudits de la Kabbale et également des alchimistes, pour qui ce manuscrit était une copie de la version originale de la Table d'Émeraude d'Hermès Trismégiste (Hermès le Trois Fois Grand), sauvée de l'incendie qui ravagea la Grande bibliothèque d'Alexandrie. On pense que la Table d'Émeraude, elle-même, est le condensé d'une sagesse plus ancienne encore, provenant de la Tablette des Destinées sumérienne et du Parchemin d'or des Argonautes. Toute sa famille étant morte, c'était à Solomon qu'incombait la tâche sacrée de protéger ce document. Il avait lutté pour survivre dans les camps de concentration uniquement pour pouvoir poursuivre cette précieuse mission. Il a suivi la trace du manuscrit jusqu'au National Museum. Récupéré par les troupes britanniques, celui-ci s'était retrouvé dans une vente aux enchères. Il avait été acheté par l'État, avant d'être déclaré faux.

» ... C'est ainsi qu'il a échoué dans la Salle Rouge, entre mes mains. Solomon s'était fait engager comme gardien uniquement pour pouvoir l'approcher. Il l'a subtilisé et a passé le restant de sa vie à essayer de le traduire. Le manuscrit était rempli d'étranges symboles, de mystérieux diagrammes, de descriptions d'une faune et d'une flore inconnues. De l'avis général, il s'agissait d'une supercherie datant de l'époque médiévale. »

Le père d'Adam déverrouilla un autre tiroir, d'où il sortit d'épaisses feuilles de vélin décolorées.

« Voici les originaux des copies effectuées par Rapoport dans le carnet bleu. »

Adam se pencha pour mieux voir. Il remarqua un grand arbre au tronc épais, coiffé de branches qui poussaient du sommet ; une petite plante dotée de jolies fleurs bleues poussant sur un sol pierreux ; un buisson dont les branches étaient hérissées de longues épines et garnies de fleurettes blanches en forme d'étoiles. Au premier coup d'œil, les plantes semblaient familières. Contrairement aux animaux. Ceux-ci semblaient tout droit sortis d'un bestiaire médiéval. Les pages étaient envahies de différentes créatures, ailées, munies de crocs ou de serres. Certaines avaient des écailles, d'autres des plumes. Il pouvait s'agir de créatures mythiques : dragons, griffons, basilics. Ou bien alors, c'étaient...

« Des créatures que nous connaissons grâce aux fossiles ? demanda son père avec un large sourire. Tout juste. Dans "*Le Jardin du diable*", à cause des descriptions de plantes et de créatures insolites. Certains pensent qu'il a inspiré à Jérôme Bosch ses visions de l'Enfer et de la damnation. Solomon et Lockwood étaient convaincus qu'il s'agissait d'un texte incroyablement ancien, copié de nombreuses fois, comme les cartes de Portolan, à partir d'un original rédigé dans *la* langue, mère de toutes les autres, qui dépeignait, avec précision, un monde perdu.

– Le monde des anciens marins, des cartographes ?

– Exactement ! » D'un large geste, le vieil homme engloba la pièce et tout ce qui y était conservé. « À partir de toutes ces preuves, nous avons supposé qu'il avait existé, dans un passé très lointain, une sorte de diaspora ; ce peuple de la mer s'est répandu à travers le monde. En emportant ses cartes et ses connaissances. Des fragments de ces Temps Anciens ont survécu dans les mythes et les histoires, les constructions et les divinités d'autres peuples, de la Mésopotamie aux Amériques, mais à quoi ressemblait ce monde, que cherchaient donc à fuir ses habitants, qu'ont-ils laissé derrière eux ? Tout cela demeurait un mystère. Nous savions que le Manuscrit de Lascaris renfermait tout ce savoir, mais la clé permettant de le déchiffrer avait été perdue. Il avait toujours été soigneusement gardé, et transmis de père en fils. Le moment venu, Solomon aurait dû recevoir ce savoir, mais il en fut autrement. Tous les Gardiens furent liquidés lors de l'Holocauste. Solomon ne détenait aucune clé. Et puis, un jour, en parcourant le carnet de Lockwood, il a découvert les hiéroglyphes que Stone avait copiés sur les parois du Ventre du Monde. Solomon était convaincu qu'il s'agissait du même langage.

– Qu'est-il devenu ?

– À la mort de Lockwood, il a pris ce dont il avait besoin ici et il a trouvé à se loger dans une synagogue, où il travaillait comme concierge. Cette synagogue a été délaissée peu à peu, puis elle a fermé. Après avoir été désaffectée, elle est devenue une boutique de tapis, et plus tard une boîte de nuit. Mais récemment, elle a été sauvée. Elle va être transformée en musée. Au cours des travaux de rénovation, ils ont découvert la Chambre de Solomon. »

Adam voit avec les yeux de son père. Il se trouve dans une galerie en hauteur. Des travaux ont lieu en dessous. Les odeurs de ciment et de bois neuf montent jusqu'à ses narines, alors qu'il passe sous une arche, en partie dissimulée par une tenture déchirée. Il se faufile au milieu d'un groupe de gens : des ouvriers coiffés de casques et des passants venus voir la cause de toute cette agitation. La nouvelle d'une découverte insolite s'est répandue dans les rues environnantes. Les murs sont grossièrement peints en noir et en violet, ornés d'étoiles blanches en plastique, à moitié décollées, fluorescentes dans la lumière noire. Il y a un gros trou au fond. On a arraché un morceau de lambris. Les coups de pioche ont mis à jour diverses couches de peinture superposées. Les gens sont massés devant cette ouverture. Que voient-ils ?

L'inquiétude et la peur les traversent tour à tour, comme un courant alternatif. Une vie figée en un instant.

Un espace exigu et encombré, à peine plus grand qu'un placard. Un simple coup d'œil suffit pour tout voir. La chambre semble être restée en état, exception faite d'une couche de fines impuretés grises, la crasse de la ville, et des déjections de pigeon. Les vitres sales laissent passer un peu de lumière. Hautes et étroites, ce ne sont en fait que des lucarnes ; un carreau est cassé, il en manque un morceau. Les fientes de pigeon recouvrent le rebord et le mur, elles se sont accumulées sur le haut de l'armoire bon marché en formant des stalagmites. Un lit étroit, en fer, est collé à un des murs ; dessus est posée une couverture grise de l'armée, dont les plis semblent durcis. Un repas inachevé est encore sur la table ; les aliments ne sont plus que de petits tas de moisissure. Des lunettes rondes sont posées à côté de l'assiette, sur un livre, dont la page est marquée par un ticket de métro. Des journaux sont empilés, des carnets superposés sont tombés. Des feuilles se recroquevillent sur le sol, éparpillées autour des pieds de la chaise, comme si elles avaient glissé des genoux d'une personne qui s'était levée brutalement. Certaines sont marbrées d'auréoles brunes causées par la pluie, d'autres souillées par les oiseaux. Adam serre les poings et les fourre dans ses poches pour s'empêcher d'aller les ramasser.

« Je savais même pas qu'il y avait une porte ici, dit un des ouvriers. Ils avaient repeint par-dessus. Elle devait être condamnée depuis que la synagogue avait fermé...

– Sûrement la loge du concierge, suggère quelqu'un. Comment il s'appelait déjà ? » Celui qui a parlé se tourne vers le vieil homme à côté de lui. « Solomon quelque chose...

– Rapoport, s'entend dire Adam.

– Oui, c'est ça, dit un autre vieil homme. Je me souviens de lui. C'était un érudit, et un tzaddik, un juste. Il se promenait dans le quartier avec des pièces de monnaie dans les poches pour les distribuer aux plus malheureux. Sans doute est-il parti quand la synagogue a fermé.

– La porte était verrouillée de l'intérieur... » La voix de l'ouvrier s'éteint.

Il y a là un mystère qu'il ne peut expliquer.

Adam entre dans la pièce. C'est alors qu'il voit. Chaque surface disponible est recouverte de mots ; le papier peint des murs, les marges des journaux, les emballages alimentaires, les paquets de cigarettes, les tickets de métro, même les touches blanches du piano sont couvertes de lettres et de signes minuscules. On dirait que les mots se sont déversés des carnets pour se répandre partout. Des symboles semblent danser dans l'air, tels des grains de poussière dans les rayons de soleil.

« Alors ? Que s'est-il passé ? demanda Adam à son père.

– On l'a retrouvé sous la couverture. Ce qu'il restait de son corps, du moins. Il s'était cloîtré et laissé mourir, avec un secret si terrible qu'il ne pouvait pas le révéler au monde. La police a emporté sa dépouille et posé des scellés à l'entrée de la pièce. J'ai attendu qu'ils repartent, puis je me suis faufilé à l'intérieur pour récupérer les feuilles et les carnets. Quand Solomon s'est retrouvé à court de papier, il a écrit sur tout ce qu'il trouvait : les murs, des tickets de métro... À l'aube, j'avais tout lu. Je savais exactement ce que contenait le livre de Solomon, et je comprenais pourquoi il avait choisi la mort plutôt que de dévoiler ce qu'il savait. Il était coincé entre une vérité impossible à regarder en face, en supposant que quelqu'un puisse y croire, et la certitude que certains tourneraient son travail en ridicule, tout en utilisant ce qu'il avait découvert pour arriver à leurs sinistres fins.

» ... Le Manuscrit de Lascaris renfermait des échos de croyances anciennes que l'on trouve dans les mythes fondateurs de nombreuses cultures, à travers le monde. La notion de Paradis perdu, le récit de sa destruction : les étoiles arrachées à leurs emplacements, les villes détruites, les tours renversées, tout un monde effacé, jusqu'à ce qu'il ne reste plus qu'un désert glacial dominé par des Dieux Sauvages, cruels et terrifiants, des créatures reptiliennes, les ancêtres de tous les démons et divinités cauchemardesques qui ont hanté l'humanité depuis cette époque maudite jusqu'à aujourd'hui. Elles étaient bien vivantes. Réelles. Les créatures sont mortes par la suite, mais la croyance a survécu. Il existe des dieux reptiliens, des dragons et des serpents dans les mythes de nombreux peuples. Beaucoup de religions racontent, à leur manière, comment ces créatures chtoniennes ont été vaincues : les pythons jumeaux de Delphes tués par Apollon et enroulés autour de son caducée ; Satan cloué au sol sous le talon de l'homme ; le serpent du monde obligé d'avaler sa queue. Leur pouvoir est donc maîtrisé. Pour l'instant. Mais je pense que le Manuscrit de Lascaris est à la fois un livre d'histoire et une prophétie. Ce qui s'est passé une fois peut se reproduire. »

Il existait d'autres parallèles avec l'Éden. Le prénom Adam ne devait rien au hasard. Le jeune garçon et la jeune fille. Leurs choix décideraient du sort du monde, comme cela s'était passé il y a fort longtemps. Mais Abraham n'en souffla mot à son fils, une telle révélation risquait de l'accabler, or il souffrait déjà.

Adam fut soudain traversé par la vision d'un lieu lugubre, sinistre et froid, peuplé d'horribles créatures, qu'il sentait sans les voir. Cette apparition le remplit d'une peur paralysante, et une très grande faiblesse s'empara de lui. Il se sentait mal. Sa jambe le faisait horriblement souffrir et refusait de soutenir son poids. Il bascula sur le côté et dut s'appuyer contre une vitrine.

Son père le regarda d'un air inquiet. « Pourquoi n'y ai-je pas pensé plus tôt ? » dit-il, comme s'il se parlait à lui-même. Il fit rouler son fauteuil vers un petit meuble en bois foncé et vernis, choisit une autre clé et l'introduisit dans la serrure. « Nous avons besoin de toute l'aide que nous pouvons trouver pour affronter la tempête qui s'annonce. » Il sortit un objet de forme ronde, enveloppé dans un carré de velours bleu décoloré. « Au fil des ans, Stone a envoyé des merveilles à Lockwood, mais celle-ci est la plus précieuse, et sans doute la plus belle.

– Le crâne de cristal ! » Adam ouvrit des yeux comme des soucoupes.

« Tu as lu ce passage également ? Tu n'as pas perdu ton temps pendant que je dormais, ma parole ! »

Abraham le manipula avec soin. Il était lourd. Il s'agissait d'un crâne humain sculpté dans un seul bloc de quartz transparent. Il semblait anatomiquement exact, dans les moindres détails, jusqu'à la mâchoire inférieure articulée.

« Je peux le toucher ?

– Je l'ai sorti pour ça, dit son père avec un sourire. En plus de tous ses mystères, il possède des pouvoirs de guérison époustouflants. Place tes mains de chaque côté. »

La surface lisse n'était pas du tout froide. Adam plongea le regard dans les profondeurs du cristal et remarqua des veines et des stries laiteuses. Sous ses yeux, elles semblèrent grandir et se propager entre ses doigts comme une toile d'araignée. Il ressentit un léger picotement, une sorte de courant électrique léger, et la chaleur irradia dans tous ses membres. Sa jambe était soulagée, et il était maintenant envahi par une impression de calme, de bien-être. Toutes les peurs et les tensions semblèrent s'évacuer. C'était vraiment un objet remarquable. Plus stupéfiant que ce à quoi il s'attendait. Qui l'avait fabriqué ? Comment ?

« Nul ne le sait, répondit son père, qui lisait dans ses pensées. Mais à mon avis, il s'agit d'une relique des Temps Anciens. Il est plus facile de qualifier cet objet de faux que d'admettre qu'il aurait pu être fabriqué par des gens qui ne connaissaient pas les outils en métal. Qui pourrait prendre un bloc de quartz et le frotter pour lui donner une forme, en utilisant uniquement du sable et des cheveux ? Qui consacrerait chaque jour de son existence à façonner ce seul objet, vie après vie ? Qui peut dire pourquoi ? Peut-être s'agissait-il d'une forme de méditation profonde. Il existe des personnes qui pensent que tout le savoir est distillé dans les atomes de ce cristal : ce qui était, ce qui est et ce qui sera. Il a certainement le pouvoir de guérir, mais quoi d'autre ? On l'ignore. Ce crâne est aussi mystérieux pour nous que nos ordinateurs le seraient pour ce peuple, mais il est plus beau. »

Adam était un sujet réceptif. Il semblait posséder de véritables affinités avec les forces, quelles qu'elles soient, qui agissaient à l'intérieur de cet objet magnifiquement ouvragé. Abraham n'avait jamais vu le crâne fonctionner si vite, et si efficacement. Ils se trouvaient affreusement près de l'abîme, mais il y avait encore un peu de temps. Peut-être leur position n'était-elle pas entièrement désespérée ? Beaucoup de choses reposaient sur les épaules d'Adam. Abraham sentit renaître un peu d'espoir en observant son fils.

« Qu'est devenu Stone ? demanda ce dernier.

– Là aussi, il y a bien des mystères, et je doute qu'ils soient levés un jour. D'après l'histoire officielle, il a disparu au Mexique en 1919, après s'être trouvé impliqué dans la révolution. Pourtant, sa correspondance avec Lockwood a continué après cette date. Il a continué à voyager, il a poursuivi sa quête. La seule chose que l'on sache, concernant son sort, c'est qu'un homme affirmant être Brice Ambrose Stone est mort dans un asile d'aliénés en Californie.

– Rendu fou par ce qu'il avait découvert ? Comme Rapoport ? » demanda Adam.

En lisant les lettres, il avait conçu de l'admiration pour l'esprit téméraire de Stone et il déplorait que celui-ci ait connu une si triste fin.

« Peut-être, dit Abraham.

– As-tu une photo de lui ? »

Adam ignorait à quoi ressemblait cet homme. Il était curieux de voir si l'image qu'il avait formée dans son esprit correspondait, de près ou de loin, à la réalité.

Son père ouvrit un tiroir en bas du même meuble et sortit quelques papiers.

« Tiens, dit-il en tendant une photo à son fils. Elle a été prise quand Stone vivait à Londres. Peut-être a-t-il changé par la suite. »

C'était un cliché en noir et blanc, évidemment, mais suffisamment net pour paraître récent. On y voyait un bel homme au regard clair, dont l'attention était détournée par un objet qui se trouvait hors du cadre. Il portait une redingote par-dessus un gilet. Les boutons en nacre de sa chemise blanche brillaient légèrement et son nœud papillon penchait un peu du côté gauche. Ses cheveux clairs tombaient en boucles sur ses épaules et sa moustache fournie rebiquait à chaque bout, ce qui semblait soulever ses lèvres pincées, comme s'il allait sourire. C'était un visage intelligent, plein d'humour et de vie. Adam se dit qu'il aimait bien cet homme.

« Dans la lettre que j'ai lue, il parle à nouveau de Wesson.

– Oui, ce qui troublait énormément Lockwood. Il avait perdu sa trace après l'épisode du Poète et des tablettes volées, qui n'avaient rien donné. Wesson donnait l'impression d'être passé à autre chose : la création d'une secte de cinglés destinée à séduire de jeunes idiotes. Le voir réapparaître ainsi, *en faisant sentir sa présence à plusieurs niveaux de l'existence*, c'était inquiétant, pour ne pas dire plus. Alerté par Stone, Lockwood a entrepris de collecter ce qu'il appelait des *preuves*. »

Abraham Black prit une pile de coupures de presse, jaunies et rendues friables par les ans, et les tendit à Adam.

Empire News, *mercredi 15 août 1934*

UN CHANGEMENT RADICAL

Après une série de déplorables scandales et de procès en diffamation qui ont inscrit à tout jamais dans la conscience de cette nation BULLER GILPIN WESSON, autoproclamé « Seigneur des âmes mortes » ; comme « l'homme le plus épouvantable de la terre », nous sommes contraints de faire état d'un changement radical.

M. Wesson, connu également sous le nom de Maître Therion, ou bien encore de « la Grande Bête », a été accusé par le passé de s'être livré à de sinistres cérémonies affichant les signes extérieurs de rites impies et à des cérémonies de magie noire impliquant le sacrifice d'animaux et le meurtre de bébés dans son Temple de Telfu, en Italie. Au cours de son procès en diffamation le plus récent, intenté contre ce journal, M. le juge Anderson Montgomery a avoué que durant les quarante années pendant lesquelles il avait fréquenté les tribunaux, jamais il n'avait entendu des choses aussi effroyables, abominables et infâmes.

Sans doute haussera-t-il les sourcils d'un air dubitatif quand il prendra connaissance de la dernière déclaration de sa bête noire. En effet, il semblerait que M. Wesson soit sur le point de tourner le dos à ses anciennes croyances pour rejoindre un ordre religieux. L'Ordre du Temple existe apparemment depuis l'époque médiévale. Jadis fort influent, il se trouve actuellement réduit à une petite église mère dans les Pyrénées françaises.

Wesson va faire son entrée dans l'Ordre avec le statut de novice et l'on raconte qu'après avoir été admis, il lui fera don de son immense fortune, qui comporte de vastes propriétés dans le Warwickshire.

Adam reporta son attention sur les notes de Lockwood qui accompagnaient ce document.

Il y a de la méthode dans sa folie. L'Ordre qu'il a rejoint a connu des jours meilleurs, mais fut une époque où il rivalisait avec les Jésuites au niveau de l'éducation et du travail missionnaire. Les frères du Temple étaient présents partout : d'Occident en Inde, en Chine et au Japon, à l'ouest du Nouveau Monde, ils traquaient et éradiquaient l'hérésie, rééduquaient les indigènes, confisquaient les textes païens qu'ils trouvaient, partout où ils allaient. Leurs frères restés en Europe s'activaient tout autant pour collecter les travaux sur l'alchimie, la Kabbale et toute forme d'hérésie. Leur bibliothèque contient une collection de textes interdits qui n'a rien à envier à celle du Vatican. Pas étonnant, dès lors, que Wesson ait choisi de renaître sous le nom de Frère Anselm !

« Il cherchait la même chose que Lockwood et Rapoport », dit Adam. Soudain, tout commençait à s'éclairer. « Le fait d'avoir accès à cette bibliothèque l'a mis sur la piste du crâne de cristal ! Il est donc devenu Frère Anselm, puis Grand Maître. Astucieux ! Mais attends voir... » Adam fronça les sourcils et vérifia la date du journal qu'il venait de lire. « Je comprends comment il est devenu Frère Anselm, et même Grand Maître, mais comment peut-il être encore là ?

– C'est plus difficile à expliquer. » Ce fut au tour de son père de froncer les sourcils. « Il y a deux possibilités. Soit il peut se projeter et vivre dans les corps d'hommes plus jeunes, comme il s'est servi du Poète. C'est une forme de transmigration, sauf que l'hôte ne meurt pas. Soit il peut utiliser ses pouvoirs de shaman et d'initié pour s'extraire du temps. Quand il revient, le monde a vieilli, mais lui a gardé le même âge. Comme Rip Van Winkle ou les humains enlevés par les fées.

– Il a donc pu revenir en tant que Grand Maître ?

– Oui. Mais il y a autre chose que tu dois savoir. Il est également le fondateur des Enfants de la Sixième Aube. Même chef, branches différentes.

– Quel est le lien ?

– Il n'y en a pas. En apparence. Mais tout cela s'inscrit dans le plan de Wesson. Il lui fallait un réservoir de victimes crédules et consentantes. Ce qu'il veut tenter de faire exige des sacrifices, vois-tu, des sacrifices à grande échelle, d'après la tablette babylonienne qu'il a volée.

– De façon à être *toujours* en vie pour profiter de la Convergence Cosmique qui va se produire. »

Adam voyait avec effroi les pièces s'assembler devant ses yeux.

Son père hocha la tête.

« L'heure est venue du Rite de Régénération. Pour que le dieu renaisse.

– Et l'histoire du crâne sombre de Stone ? Quelle est sa place dans tout ça ? »

Abraham Black secoua la tête.

« Il en a besoin pour une raison quelconque, mais laquelle ? Je l'ignore. Nous ne savons pas vraiment comment ces crânes ont été faits. Ni dans quel but. Ils sont peut-être extrêmement anciens. Peut-être même proviennent-ils de ce monde détruit...

– À quoi ressemblerait la fin ? » demanda Adam.

Il ne reçut pas de réponse directe, il sentit plutôt un

déplacement de ses sens, l'impression que le temps et l'espace étaient suspendus. Les murs de la pièce dans laquelle ils se trouvaient s'éloignèrent, les meubles s'effacèrent : son père avait choisi de lui montrer ce qui allait se passer.

Adam est dehors. Il neige. Il lève les yeux. Les flocons pâles qui tombent sur son visage sont brûlants et secs. Le soleil n'est plus qu'une tache orangée dans un brouillard de poussière et de cendre. Ça ne fait que commencer...

Autour de lui, les gens crient et montrent du doigt. Il suit du regard la direction indiquée par les têtes tournées et les bras tendus. Une lueur blanche éclaire le ciel. Il n'y a aucun bruit pour l'instant, aucune explosion, uniquement un vent torride qui s'engouffre dans les rues en hurlant. La Grande Roue rougeoie un instant, puis disparaît comme un cercle de fumée. Dans la City, le verre fond et dégouline sur les flancs rebondis, à multiples facettes, du Cornichon, telle la cire qui coule d'une bougie. À Canary Wharf, la pyramide juchée de Canada Square est bordée d'une lumière incandescente ; la structure interne de la construction apparaît comme une radiographie, avant de se diluer dans le néant. Sur les téléviseurs, les mêmes images apparaissent, en provenance du monde entier. En bas de l'écran défile une liste de villes : Londres, Manchester, Glasgow, Édimbourg, Cardiff, Dublin, New York, Chicago, Los Angeles, San Francisco, Paris, Berlin, Tokyo, Pékin... Les noms se déversent jusqu'au moment où les écrans se transforment en neige cosmique. Puis les écrans deviennent noirs lorsque l'électricité s'arrête. La toute fin est proche. Des bâtiments s'écroulent, des gens courent, d'autres restent immobiles, pétrifiés, le regard fixe, comme on assiste à la perte d'un bras ou d'une jambe, en sachant qu'il n'y a rien à faire, qu'il ne reste que quelques secondes, pendant lesquelles on regarde le sang couler à flot d'une blessure mortelle. Le soleil disparaît totalement lorsque la tempête de cendre se transforme en blizzard. Les lampadaires qui fonctionnent encore crépitent et clignotent dans l'obscurité générale. Ils s'éteignent, l'un après l'autre. Il fait nuit à midi.

« C'était quoi, *ça* ? Une attaque terroriste ?

– On peut voir les choses ainsi, c'est plus rassurant, mais la puissance libérée sera mille fois supérieure à ce que n'importe quel groupe humain peut espérer engendrer. Des forces se déploient contre nous. Des forces conduites par Wesson. Des forces qui *veulent* que cela arrive. Nous devons agir, dès maintenant. Mon "accident" à Temple Green n'était pas une crise cardiaque. Il s'est passé quelque chose dans ma tête. Comme si on actionnait un interrupteur. Je savais que cela se produirait à un moment donné, mais je ne savais pas quand.

– Comme si tu avais été... activé ? » demanda Adam.

Son père esquissa un sourire.

« Oui, en quelque sorte. Maintenant, il est temps de t'activer, toi aussi.

– Moi ? »

Le vieil homme hocha la tête.

« Tu as un rôle important à jouer, crois-moi, si nous voulons éviter l'Apocalypse. Rapoport, Lockwood, et moi-même, nous avons rassemblé des matériaux pour bâtir une maison dans l'obscurité. Désormais, la lumière est allumée, mais d'autres choses se sont illuminées. Nous découvrons que nous sommes en train de bâtir au bord d'un précipice. Nous n'avons plus beaucoup de temps. »

Il hésita. Il n'avait pas tout dit à Adam, loin s'en faut. Il lui avait délibérément caché certains détails.

« Nous n'avons pas le choix, reprit-il. Et tu as un rôle à jouer... » Il fit rouler son fauteuil jusqu'à Adam et emprisonna les mains de son fils entre ses longs doigts. « Ne me regarde pas. Plonge ton regard dans les yeux du crâne. Et écoute attentivement. Voici ce que tu dois faire... »

Adam entendait la voix de son père, mais ses paroles n'avaient aucun sens. Il savait que ce qu'on lui transmettait était capital, et pourtant il sentait son esprit vagabonder, comme dans les premiers stades du sommeil. Ses yeux se fermèrent, mais ses paumes semblaient collées à la surface glissante du cristal.

Abraham maintenait les mains de son fils et se servait du cristal pour lui donner ses instructions. Il restait trop peu de temps, et ce qu'il avait à lui apprendre serait trop lourd pour l'esprit conscient du jeune garçon. De telles connaissances avaient conduit des adultes aux frontières de la folie, et même au-delà. Regardez Rapoport. Et ce pauvre Stone qui avait fini sa vie dans un asile d'aliénés en Californie. L'heure n'était plus aux questions et aux explications. La tâche exigeait une adhésion totale. Adam devait retourner dans les Temps Anciens. Une fois là-bas, son destin lui apparaîtrait clairement. Abraham brûlait d'amour pour son fils. Si le garçon réussissait, ils partageraient la même existence. S'il échouait, ça n'aurait plus d'importance...

CHAPITRE 21

Au cœur de la ville

Ils furent interrompus par des coups violents frappés à la porte d'entrée, un tambourinement sourd et prolongé. De l'arrière de la maison leur parvint un bruit de verre brisé. Ils avaient moins de temps que l'avait cru Abraham Black.

« Nous avons de la visite, annonça Jethro sur le seuil de la pièce, d'une voix neutre. Devant et derrière. »

Abraham lâcha la main de son fils.

« Trouve la fille.

– Quelle fille ? »

Adam avait l'impression de s'éveiller. Il décolla ses doigts du cristal.

« La fille de l'hôpital. L'unique survivante du suicide collectif. Il se peut qu'elle soit accompagnée d'un garçon prénommé Christophe. Sa grand-mère, Celestine, sait ce que tu dois faire.

– Où suis-je censé la chercher ? »

Cette fille pouvait se trouver n'importe où. Adam observa sa jambe. Elle devrait le faire souffrir à la simple évocation des pérégrinations qui l'attendaient.

« Ma jambe... Elle ne me fait plus mal. »

Il fléchit son pied. Il défit les clips qui maintenaient la coque en plastique et le fléchit de nouveau : c'était comme s'il n'y avait jamais eu aucun problème. Il ressentait juste de légères démangeaisons.

« Elle est en ville, dit son père. Essaie dans le métro. C'est une vagabonde. Elle doit certainement mendier. C'est sans doute là que tu la trouveras. Allez, file avec Jethro. Dépêche-toi. Il ne faut pas qu'ils te trouvent ici ! »

Adam constata alors qu'il n'avait qu'une chaussure.

Jethro lui tendit le sac qu'il lui avait apporté à l'hôpital.

« La deuxième est là-dedans.

– Et toi ? » demanda Adam à son père, tout en faisant son lacet.

Les coups frappés à la porte redoublèrent de violence. Sur l'arrière de la maison, il y eut un fracas de bois qu'on arrache.

« Pas le temps. Jethro te montrera le chemin. »

Celui-ci entraîna le garçon sur le palier, ouvrit une porte située au fond du couloir, qui donnait sur un escalier de service. Les marches en bois brut étaient usées au centre, étroites et raides ; les murs étaient en briques nues. Jethro posa son index sur ses lèvres pour imposer un silence absolu, et Adam prit soin de marcher sur la pointe des pieds lorsqu'ils passèrent devant une porte verrouillée qui devait donner sur la cuisine. À travers les boiseries leur parvenaient des voix d'hommes, des pas lourds, des ahanements et des bruits de bois brisé : ils pénétraient de force dans le couloir du rez-de-chaussée.

Bientôt, l'escalier en bois se transforma en escalier de pierre qui descendait dans la cave. Celle-ci avait servi d'atelier à une époque, et Jethro se dirigea aussitôt vers un vieux buffet couleur crème, poussiéreux, qui faisait office d'établi et occupait la moitié de la longueur d'un mur. Dessus s'empilaient des pots de vernis et de peinture entamés, dégoulinants. Et maintenant ? se demanda Adam. Toute tentative pour le déplacer provoquerait l'écroulement des pyramides, or il était capital de ne faire aucun bruit. Des hommes montaient la garde à l'extérieur. Adam apercevait leurs chaussures et les revers de leurs pantalons à travers les vitres sales, couvertes de toiles d'araignée. Jethro souleva un loqueteau sur le côté de l'établi et le panneau du fond coulissa. Il ouvrit ensuite les portes du buffet et fit signe à Adam de se faufiler à l'intérieur. De l'autre côté de l'établi se trouvait une alcôve basse, voûtée. Jethro le suivit, referma les portes et remit le panneau en place.

« Voilà qui devrait les mystifier, commenta-t-il avec un grand sourire. Le coup de la femme qui disparaît. Le plus vieux tour de magie. »

Il alluma une puissante lampe électrique qu'il avait sortie de sa poche. L'arche s'ouvrait sur un tunnel.

« La maison a été construite sur les fondations d'un ancien couvent. Les souterrains datent de cette époque.

– Et mon père ? On ne peut pas l'abandonner !

– Il faut que je te fasse sortir d'ici, répondit Jethro. J'ai des ordres. » Il sourit d'un air rassurant. « Cette vieille demeure recèle quelques surprises. Ton père ne craint rien, ne t'en fais pas. »

Le souterrain, bordé de parois de pierres gris pâle, était presque deux fois moins haut que l'alcôve. Jethro s'y engagea le premier, à quatre pattes. Ses épaules occupaient presque tout l'espace. La moisissure s'accrochait à ses vêtements. Adam le suivit, les yeux fixés sur les semelles du factotum, en essayant de ne pas respirer cette poussière verdâtre et en tendant l'oreille pour guetter d'éventuels poursuivants.

Le tunnel céda la place à un autre, plus haut de plafond. Plusieurs ouvertures se découpaient dans l'obscurité, et Adam craignait de se perdre, mais Jethro prenait chaque tournant avec l'assurance de celui qui connaît son chemin.

Finalement, ils atteignirent une volée d'étroites marches conduisant à une grille en fer. Jethro fit signe à Adam de s'arrêter. Il gravit le petit escalier et resta aux aguets quelques instants, avant de déplacer la lourde grille. Il glissa la tête au-dehors pour jeter un regard circulaire. Une fois certain que la voie était libre, il fit signe à Adam de monter.

« Vite ! »

Ils émergèrent derrière un banc de square. Il était

occupé, mais le locataire endormi ne cilla même pas lorsqu'ils passèrent près de lui.

« Ah, on dirait que quelqu'un a pris la place de ton père », commenta Jethro en riant.

Adam regarda le clochard blotti à l'intérieur d'un sac de couchage crasseux. Il n'arrivait pas à croire que son père avait vécu de cette façon. Ils se trouvaient dans un jardin, à côté de la station de métro de Temple Green. Une église, jadis blanche, se dressait derrière eux. Le Temple était fermé. Adam apercevait son sinistre mur de pierre.

Jethro regarda en direction des bâtiments préfabriqués et des grillages qui indiquaient la présence de travaux, mais il n'y avait aucun ouvrier en vue.

« Ce doit être la pause déjeuner. Mieux vaut ne pas s'attarder. Tu dois...

– Vous ne venez pas avec moi ? »

Adam s'efforça de masquer son sentiment de panique. Il n'avait pensé qu'à s'échapper jusqu'à présent ; il n'avait pas réfléchi à ce qui se passerait ensuite.

Jethro secoua la tête. « Non. Il faut que je retourne à la maison, pour voir comment se débrouille ton père. Te voilà livré à toi-même, petit. Tiens, ça devrait t'aider... » Il sortit son portefeuille et lui tendit quelques billets. « J'espère que personne ne nous voie, dit-il avec un petit rire gêné.

– Mais... »

Jethro avait déjà disparu dans le trou, tel un lapin blanc géant. La grille se referma en raclant le sol, et Adam se retrouva seul, sans savoir quoi faire.

Le clochard se redressa dans son nid et tendit sa main noire de crasse.

Adam l'esquiva, le rouge au front. Il quitta le jardin et traversa l'étendue de sol boueux en gardant la tête baissée, ce qui ne l'empêcha pas de déclencher un concert de remarques.

« Hé, mon mignon ! Coucou, mon joli ! Par ici ! Tu cherches quelque chose ? »

Il pressa le pas, en prenant soin de ne croiser aucun regard, bien décidé à atteindre la bouche de métro sans se faire agresser. C'est pourquoi il ne vit pas un groupe de garçons se détacher du mur contre lequel ils étaient appuyés pour le suivre.

CHAPITRE 22

Dans la clandestinité

Adam suivit la foule qui descendait dans la station de métro. Il prit un ticket à un distributeur. Soudain, l'image de la fille surgit dans son esprit. La fille de l'hôpital. La survivante du suicide collectif. Ses cheveux, ses yeux, son visage. Il la voyait aussi nettement que lorsqu'elle s'était penchée au-dessus de lui. Il devait la chercher. Mais où ? Certes, il avait toujours vécu dans cette ville, aussi loin que remontent ses souvenirs, mais isolé de tout, à l'intérieur du Temple, et il ne sortait jamais sans être escorté. Résultat, il était aussi désorienté qu'un touriste. Il pouvait passer sa vie à la chercher, sans la trouver. Le poids de cette mission pesait sur ses épaules.

Il suivit la horde de voyageurs. Il ne connaissait pas le réseau du métro, mais il ne perdit pas de temps à examiner le plan. Des individus étaient peut-être à ses trousses, envoyés par le Temple. Il ne voulait pas courir le risque d'attirer l'attention en s'arrêtant devant un panneau. Il se sentait plus en sécurité, anonyme, au milieu du flot incessant des usagers. Il décida de monter dans une rame et de se laisser transporter au hasard, le temps de réfléchir à ce qu'il allait faire. Alors qu'il débouchait sur le quai, une affiche en partie arrachée attira son attention.

STRESSÉ ?
PRIS AU PIÈGE ?
VOUS NE SAVEZ PAS OÙ
CHANGEZ DE VIE
REJOIGNEZ LES ENFANTS
MENEZ LA VIE QUE VOUS
ASPIREZ À UNE EXISTENCE
RENSEIGNEZ-VOUS

Quelqu'un avait écrit « NE PASSEZ PAS À CÔTÉ », en haut de l'affiche. Quelqu'un d'autre avait ajouté « ARNAQUE ».

Adam sauta dans la rame juste au moment où les portes se refermaient. Elle était bondée. Il se faufila jusqu'au centre et agrippa la barre au-dessus de sa tête pour lutter contre le balancement et les secousses du train qui négociait les tournants dans un vacarme d'acier. À la station suivante, il trouva un siège et regarda droit devant lui, fixement, comme tous les autres passagers. L'homme assis en face de lui croisa son regard. Adam reporta aussitôt son attention sur la liste des stations au-dessus de la porte.

Les mouvements de la rame avaient quelque chose d'apaisant. Il se laissa bercer. Il se sentait fatigué tout à coup. Très fatigué. Il s'autorisa à fermer les yeux une minute, le temps de songer à ce qu'il allait faire.

Quand il se réveilla, la rame était quasiment déserte. Il regarda autour de lui, en se demandant où étaient passés tous les voyageurs. C'est alors qu'il les vit. Ils étaient assis à l'autre bout, collés les uns aux autres : un groupe de cinq ou six garçons, vêtus de jeans larges et de sweat-shirts à capuche. Jusqu'à présent, il y avait un tas de gens entre eux, c'était pour ça qu'il ne les avait pas remarqués. Mais eux l'avaient repéré.

Ils ne cessaient de jeter des petits coups d'œil dans sa direction. Puis ils se regardaient, ou bien ils baissaient la tête. L'un d'eux murmurait quelque chose aux autres, et ceux-ci répondaient à voix basse, en continuant à l'épier, si bien qu'Adam finit par être convaincu qu'il était l'objet de leurs commentaires. Si ça se trouve, ils ne parlent pas du tout de moi, se disait-il pour se rassurer. Je deviens parano. Mais de nouveau, ils tournaient la tête dans sa direction ; l'un d'eux chuchotait, les autres acquiesçaient, et l'angoisse d'Adam renaissait de plus belle.

Il prit le journal abandonné par l'homme qui avait été assis en face de lui. Ils n'allaient sans doute pas tarder à descendre. Il n'était pas pressé ; il pouvait rester là toute la journée, s'il voulait. D'ailleurs, c'était exactement ce qu'il allait faire. Jusqu'à ce qu'ils descendent. Deux autres hommes étaient venus s'asseoir en face de lui ; l'un et l'autre lisaient le journal. Tant qu'il y avait des passagers dans la rame, il ne risquait rien...

Il se concentra sur son journal.

SECTE DE L'APOCALYPSE : DERNIERS DÉVELOPPEMENTS

Lire page 5

On continue à découvrir de nouveaux décès qui pourraient être liés à la Secte des Enfants de la 6e Aube. Si les mises en scène spectaculaires de massacres à grande échelle ont pris fin, on déplore encore des morts. Suite à une étrange épidémie, les agences de presse du monde entier font état d'incidents « similaires », et l'on pense qu'une avalanche de pactes suicidaires aurait été alimentée et propagée par le biais d'Internet. Certaines victimes semblent s'être rencontrées sur des *chats* et avoir planifié ensemble leurs « départs ». De fait, plusieurs « blogueurs suicide », comme on les a surnommés, sont apparemment décédés.

Miracles et merveilles.

Certaines sources relient ces morts prématurées à la propagation ininterrompue de phénomènes religieux et d'histoires miraculeuses. Partout à travers le monde, des foules se rassemblent pour être témoin des miracles signalés. Ces phénomènes ne sont pas limités à une religion ou à un dogme précis. Les hindous se précipitent pour voir le dieu Ganesh et le dieu Shiva, le Destructeur, accepter du lait ; à Chicago, le métro a été pris d'assaut par des gens venus voir une image de la Vierge Marie sur un mur en béton. Des croix de lumière se sont allumées dans des salles de

bains, de Sunderland à Surbiton.
On ne compte plus les statues qui pleurent, tandis que des fillettes versent des larmes de cristal, et que le nom d'Allah, en langue arabe, est apparu dans une aubergine. Des statues géantes ont surgi au cœur de l'Australie, des bébés bisons sont nés dans le Midwest américain, et de la lumière irradie des images du Bouddha.
Et ainsi de suite.

Adam tourna la page et tomba sur :

LA FIN DU MONDE

Qui l'aurait cru ? Les calendriers des anciens Mayas et la prophétie sumérienne se mêlent à l'astrologie, à l'astronomie et aux plus récentes théories de la probabilité dans l'ouvrage de Malcolm Fitzgerald : *Est-ce que ça pourrait arriver ?* Ce livre est déjà un best-seller aux États-Unis, et ses éditeurs espèrent connaître le même succès au Royaume-Uni. Fitzgerald, physicien, a combiné les connaissances ésotériques anciennes à la toute récente théorie des quarks pour prédire la fin du monde.

Adam lut l'article jusqu'au bout, en serrant le journal de plus en plus fort :

Elle est proche. L'heure tourne. Pour savoir si vous serez encore ici l'an prochain, lisez *Est-ce que ça pourrait arriver ?* de Malcolm Fitzgerald, Street Books, £15.99. Disponible sur Internet à £12.99. Vous aurez peut-être tout juste le temps de le lire.

Adam laissa échapper le journal, qui tomba sur ses genoux, puis par terre. Tout ce que lui avait raconté son père, tout ce qu'il avait lu, la correspondance de Lockwood... Tout cela se réalisait. Il se souvenait de ce phénomène en Amérique, baptisé L'Extase, quand des gens avaient escaladé des montagnes pour attendre la fin du monde, mais il ne s'était rien passé. Et si cette fois, ça se produisait pour de bon ? Quand est-ce que ça commencerait ? Le journal ne le précisait pas, mais son père avait parlé de l'ancien solstice d'hiver, le 12 décembre. À l'hôpital, Adam avait perdu la notion du temps. Il regarda la date sur le journal. C'était dans moins d'une semaine ! Il revit des images fugitives de sa vision : le vent brûlant, la tempête de cendre, puis l'obscurité. Voilà qu'il s'était mis à transpirer. Tous ces gens autour de lui allaient mourir. Il se sentait prisonnier soudain. Claustrophobe. Il fallait qu'il descende de ce train. Immédiatement.

Il se leva. La rame allait entrer dans une station. La bande de garçons s'était rapprochée et scindée pour l'encadrer, trois de chaque côté. Ils l'empêchaient d'accéder aux portes. Le métro ralentit. Les deux hommes qui se trouvaient en face de lui plièrent leurs journaux.

« Temple Green... Temple Green », annonça une voix dans les haut-parleurs.

Il avait fait un tour complet.

« Attention à la descente... Attention à la descente. »

Les garçons s'avancèrent pour le prendre en tenaille. Adam se raidit. Il ne savait pas ce qu'ils lui voulaient, mais ils voulaient quelque chose, assurément. Il devait tenter sa chance. Il s'apprêtait à passer en force, mais ce ne fut pas nécessaire. Les deux hommes qui s'étaient assis en face de lui bousculèrent les garçons pour pouvoir descendre. Adam en profita pour sauter sur le quai, juste au moment où les portes se refermaient. Il espérait que les autres resteraient coincés à l'intérieur de la rame, mais l'un d'eux s'empara du porte-documents d'une femme pour bloquer les portes.

La voix grésillante protesta dans les haut-parleurs, tandis qu'Adam se faufilait vers la sortie encombrée. Il parcourut aussi vite qu'il le pouvait les couloirs sinueux, en direction de l'Escalator. Trois des garçons s'étaient lancés à ses trousses ; ils injuriaient les voyageurs qui s'offusquaient d'être bousculés. Les autres membres de la bande empruntèrent l'escalier central. Adam jeta un coup d'œil en biais. Cet escalier était fixe, et pourtant, ils semblaient gagner du terrain. Il y avait moins de monde devant eux. Malgré tout, il arriva en haut le premier, mais il dut chercher son ticket dans ses poches. Certains portillons ne fonctionnaient pas. Des queues se formaient. Deux agents de la sécurité, vêtus de gilets jaunes fluorescents, ouvraient les barrières et faisaient signe aux gens de passer. Adam se dit qu'il serait sans doute plus en sécurité avec eux. Il risqua un regard par-dessus son épaule. Des têtes coiffées de capuche s'agitaient pour essayer de le repérer, mais les garçons étaient coincés derrière une masse compacte de voyageurs. Adam s'autorisa à respirer de nouveau. Il avait presque atteint la barrière. Une fois de l'autre côté, il pourrait se fondre dans la foule qui se déversait hors de la station.

C'est alors qu'il sentit une main se poser sur son épaule.

Et une voix lui parla dans l'oreille, tout doucement. Une voix qu'il connaissait.

« On t'a cherché partout, Adam. »

Une autre main, puissante, se referma sur son bras et l'entraîna, loin des agents de sécurité.

Adam n'eut pas besoin de se retourner pour reconnaître Frère Zack. Celui-ci était suffisamment près pour qu'il sente les effluves épicés de son après-rasage et l'odeur écœurante de ses bonbons à la violette.

CHAPITRE 23

Étrange rencontre

« Hé ! Faites un peu attention, mon vieux !

– Vous aussi ! »

Frère Zack se retourna pour regarder, d'un air mauvais, la cause de cette agitation derrière eux. Quelqu'un le bouscula. L'étau de sa main se resserra sur le bras d'Adam, et deux autres hommes s'avancèrent, de chaque côté. Les deux passagers du métro ! Depuis combien de temps le suivaient-ils ? Un profond sentiment de malaise menaçait de le plonger dans un état de panique. Ils devaient être partout, avec des photos et des signalements, se dit-il. Où qu'il aille, quoi qu'il fasse, ils le rattraperaient. Une effroyable sensation de claustrophobie l'étreignait ; il avait l'impression d'être prisonnier d'un cauchemar dont il n'arrivait pas à se réveiller.

Ils avaient atteint les portillons automatiques ; chacun devait posséder un ticket ou une carte. Frère Zack plongea la main dans la profonde poche de son grand surplis vert. Il étouffa un juron. Il dut se contorsionner pour fouiller dans son autre poche et la pression de sa main sur le bras d'Adam se relâcha, très légèrement, mais suffisamment pour permettre à celui-ci d'introduire son ticket dans la machine. Les portillons s'écartèrent. Adam passa. Ils se refermèrent aussitôt, avant que Frère Zack puisse le suivre. Le choc fut brutal et il se retrouva éjecté sur le côté par l'homme qui se trouvait derrière lui.

Il pesta de plus belle et se dirigea, en boitant, vers le contrôle manuel, furieux de s'être ainsi ridiculisé devant tout le monde, autant que d'avoir laissé filer sa proie. Heureusement, il avait des hommes de l'autre côté. Adam ne pouvait pas lui échapper. Soudain, un nouvel incident éclata. De jeunes garçons déboulèrent en hurlant et sautèrent avec agilité par-dessus les portillons hors-service. Les agents de sécurité fermèrent les barrières afin de pourchasser les resquilleurs, en passant devant les deux hommes qui avaient pour mission de s'emparer d'Adam. La colère de Frère Zack redoubla. Le garçon lui avait échappé !

Adam replongea dans les couloirs labyrinthiques de la station de métro. Il se sentait moins exposé sous terre. S'il ressortait maintenant, il serait beaucoup trop près du Temple. Il dévala le vaste souterrain qui reliait le métro à la gare. Les murs étaient faits, non pas de gros carreaux de faïence étincelants, mais de fines briques jaunes. Des panneaux indiquant les quais neuf et dix étaient suspendus à l'entrée des tunnels. Si tout cela n'était pas réel, peut-être que le mur allait s'ouvrir pour lui permettre de plonger dans un autre monde, ou de retrouver le sien. Dans un cas comme dans l'autre, il devait agir. Il s'était méchamment tordu la cheville un peu plus tôt et sa jambe, qui lui faisait un mal de chien, menaçait de céder sous son poids. Il repensa au doux murmure sifflant de Frère Zack dans son oreille, à son haleine parfumée et chargée de haine. Nul doute qu'il adorerait voir Adam s'écrouler et rester coincé là, par terre, jusqu'à ce qu'on vienne s'emparer de lui pour le ramener au Temple comme un vulgaire paquet. Cette pensée lui redonna les forces supplémentaires dont il avait besoin. Il continua d'avancer, sans chercher à savoir où le conduisaient ces souterrains. Ses poursuivants semblaient avoir disparu, mais cette préoccupation fut très vite remplacée par une autre : il n'avait toujours pas retrouvé la fille.

Elle pouvait être n'importe où. L'affolement le disputait à la panique et au désespoir. Cette quête était vaine.

Soudain, la bande de garçons réapparut ! Ils avaient surgi de nulle part. Il y en avait trois devant, deux derrière, et un sixième qui descendait du plafond, au milieu des tuyaux. Adam se figea et s'adossa au mur de briques rugueux.

Personne ne dit rien. Pourquoi le harcelaient-ils ? Il n'avait rien. Pourquoi ne s'en prenaient-ils pas aux touristes ou aux banlieusards avec leurs téléphones portables et leurs iPod ?

« Qu'est-ce que vous me voulez ? » cria-t-il. Sa voix lui revint en écho. Le dos collé au mur, il serrait les poings, mais ses jambes tremblaient. « J'ai rien du tout !

– Hé ! » Celui qui paraissait le plus jeune, et qui était assurément le plus petit, s'avança, les mains tendues, paumes ouvertes, doigts écartés. « Du calme. On te veut pas de mal, mec.

– On dirait pas », répliqua Adam en jetant des regards méfiants autour de lui.

Les autres commençaient à l'encercler.

« Faut que tu viennes avec moi », déclara le petit.

Apparemment, c'était lui le chef.

« Où ça ? demanda Adam.

– Voir ma grand-mère, Mamma Celestine. »

Le soulagement arracha un grand éclat de rire à Adam.

« Lui manque pas de respect, pigé ? lança Kris d'un ton menaçant. Je te conseille de pas m'énerver. »

Tout cela avait un air de déjà-vu. D'abord la fille, hier, maintenant ce gars. Kris ne leur voulait aucun mal, il essayait de les aider au contraire. Alors, pourquoi est-ce qu'ils ne le croyaient pas ? S'il n'avait pas donné sa parole à Mamma Celestine, il laisserait ce petit Blanc à la merci du prêtre.

« Je ne lui manque pas de respect, dit Adam. C'est juste que mon père m'a chargé de te retrouver. »

Kris rit à son tour. « T'es le gamin à Bram ?

– Qu'est-ce qu'il y a de drôle ?

– Rien. Sauf qu'il est plutôt du genre clodo alors que toi... » Kris rit de nouveau.

« Bon, assez discuté. Je m'appelle Kris. Eux, c'est ma bande. »

Les garçons se disposèrent en cercle autour d'Adam, prêts à l'escorter. Adam sentit une partie de sa tension s'évacuer. Ces garçons étaient de son côté ; il n'était plus seul.

« Attendez, attendez, leur dit-il. J'ai encore un truc à faire. Je dois retrouver quelqu'un.

– Quelqu'un comment ? demanda le petit en levant les yeux vers lui. Qui ça ?

– Une fille. Je dois retrouver une fille. »

Un des membres de la bande, parmi les plus grands, s'approcha de lui en ôtant sa capuche. Adam reconnut la fille de l'hôpital. Il éprouva la même sensation que la première fois, comme s'il la connaissait déjà. Comme s'il l'avait toujours connue. Zillah lui sourit. On aurait dit qu'elle partageait cette impression. Adam voulut lui demander comment elle s'était retrouvée ici, au milieu de cette bande, mais le chef reprit la parole.

« Visiblement, tu l'as trouvée, mec, dit Kris avec un sourire, car il avait remarqué l'échange de regards entre eux. Désolé d'interrompre ces retrouvailles, mais il faut filer. » Un index émergea de la manche de sa doudoune argentée lorsqu'il pointa le doigt devant lui. « Pas plus tard que tout de suite. Ran, fais-nous sortir d'ici ! »

Un bruit de course résonna dans le couloir, auquel répondirent d'autres pas précipités de la direction opposée. Le plus grand des garçons sauta pour s'accrocher aux tuyaux au-dessus de sa tête et se hissa à l'intérieur du faux plafond. Un par un, il souleva les autres, y compris Adam.

Le dernier de la bande remit la grille en place et se tortilla pour s'éloigner de l'ouverture.

« Ils vont se rejoindre juste à l'endroit où on était, murmura Kris.

– Alors, vous les avez vus ? »

La voix de Frère Zack venait de juste en dessous.

« Non, Monsieur. Aucun signe. »

Une lampe électrique puissante balaya leur cachette.

« Il y a quoi, là-haut ?

– Des coffrages pour les câbles électriques, le système de chauffage et ainsi de suite.

– Ils sont passés par là, comme les misérables rats auxquels ils ressemblent.

– Dans ce cas, ils peuvent être n'importe où.

– Eh bien, faites-les sortir !

– Le faux plafond ne supportera pas notre poids, dit l'agent de sécurité. Un adulte risque de rester coincé. Mais il y a une autre solution.

– Laquelle ?

– Le gaz toxique. Ils l'utilisent contre les rats. Quand le métro est fermé, évidemment. »

Frère Zack parut hésiter, mais l'homme qui l'accompagnait s'avança.

Zillah sentit la sueur lui picoter les paumes et le bas du dos. C'était l'Avocat.

« Eh bien ? dit-il. Qu'est-ce que vous attendez ? Allez-y ! » De toute évidence, il ne partageait pas les doutes de Frère Zack. « Bouclez ce secteur.

– C'est un produit puissant, murmura l'agent de sécurité. Dans un espace confiné... » Il haussa les épaules. « Ce n'est pas une science exacte.

– Faites-le.

– Ils risquent d'y passer. »

L'Avocat le foudroya du regard. Son visage adipeux était impassible. « Je les veux à mes pieds dans moins d'une heure. »

Frère Zack leva brusquement la tête. Ne devraient-ils pas en référer au Nouveau Maître ? se demandait-il. Le risque... « Nos ordres étaient... bredouilla-t-il. Le Nouveau Maître... »

Les paroles moururent dans sa bouche, face à cet homme qui le regardait avec ses yeux qui avaient la couleur du cuivre corrodé.

« Les ordres changent », dit-il.

Sa voix n'avait plus le même timbre ; elle était devenue brutale et autoritaire, avec des accents gutturaux. La transmigration était presque achevée. Il ne restait plus grand-chose de celui que l'on nommait l'Avocat.

« Très bien. »

Frère Zack se soumit car l'Ordre exigeait une obéissance totale envers un supérieur, mais pas seulement. S'il baissa la tête, ce n'était pas en signe d'assentiment : il éprouvait le besoin impérieux d'échapper à ces pupilles qui semblaient s'être allongées et rétrécies, sombres et creuses comme le chas d'une aiguille.

CHAPITRE 24

La Station fantôme

Il fallait qu'ils sortent d'ici. Et vite. Ils avancèrent en rampant, derrière le plus grand de la bande, dénommé Ran. Mince comme un fil, il semblait suivre le tracé sinueux des conduits et franchir les coudes telle une anguille. La chaleur était étouffante, l'atmosphère oppressante, chargée d'une poussière graveleuse suffocante. Adam était beaucoup moins souple et, deux ou trois fois, il dut lutter contre la panique, certain d'être coincé. Enfin, ils atteignirent une sortie. Ran passa le premier, les autres se laissèrent glisser jusqu'à terre derrière lui. Adam perçut soudain la présence d'un courant d'air, puis il sentit un souffle chaud et les vibrations d'un train qui approchait à toute allure. Les passagers défilèrent devant ses yeux sous la forme d'une tache floue, à quelques centimètres seulement. Kris plaqua son bras sur la poitrine d'Adam pour le coller au mur.

« T'approche pas trop, mec. Sinon, tu risques d'être aspiré sous les roues. »

Le vacarme se transforma en long gémissement strident lorsque la rame prit un long virage dans le tunnel.

« Vite, avant le prochain train », grogna Ran. Il avait une voix rauque, une voix d'homme. « Par ici ! »

Il les entraîna le long d'une autre voie. Autour d'eux, les rats couinaient et les observaient avec indifférence.

« Je déteste ces saloperies ! » cracha Kris en s'apprêtant à écraser un rongeur gris clair aussi gros qu'un chat. La bestiole décampa en direction de l'orifice par lequel ils venaient de sortir, en courant sur les rails argentés, suivi de sa queue nue et brillante semblable à un câble électrique rose.

« Comment Ran connaît-il le chemin ? interrogea Adam.

– Il a vécu là, expliqua Kris. Avec son père, quand leur droit de séjour est arrivé à expiration. Il connaît tout le réseau comme sa poche.

– C'est là ! » dit Ran en montrant un renfoncement dans la paroi du tunnel. Les murs étaient tapissés de suie.

Il indiqua une porte de service fermée par une barre métallique et sur laquelle était écrit ISSUE DE SECOURS au-dessus du pictogramme d'un personnage en train de courir. Kris adressa un signe de tête à l'un des gars de sa bande. Le plus costaud et le plus fort, celui qu'ils appelaient Maxwell.

Il souleva la barre et poussa la porte. Ils se faufilèrent par l'ouverture, un par un. Maxwell referma la porte avec fracas, juste au moment où une autre rame passait en rugissant. Dans un coffre, ils trouvèrent des lampes électriques, et Ran les aida à s'orienter dans les souterrains utilisés par le personnel d'entretien.

Ils s'échappèrent du tunnel juste à temps. À cent mètres en arrière, le gros rat gisait sur la voie, mort avant même que la rame ait sectionné sa grosse queue rose. Des bulles de sang sortaient de ses narines ; sa mâchoire étroite était crispée en position ouverte, dans un rictus de souffrance qui dévoilait ses longues dents jaunes. Il avait mis précisément trois minutes à succomber aux effets du gaz toxique qui avait envahi les tunnels derrière eux.

« Suite à un grave incident, le trafic est interrompu sur toutes les lignes. » La voix nasillarde du haut-parleur se répandait dans tout le réseau. « Il ne s'agit pas d'un exercice. Je répète : il ne s'agit pas d'un exercice. Tous les passagers sont priés de se diriger vers la sortie la plus proche, le plus vite possible. Des agents sont là pour procéder à l'évacuation. »

« Ils font croire à une sorte d'attentat terroriste, dit Kris en regardant autour de lui. Ça veut dire : réponse armée. Des agents de sécurité partout. Impossible de se mêler à la foule. Ran, mon pote, faut nous trouver une autre sortie. »

Ran les conduisit alors jusqu'à un quai éloigné. Là, il sauta sur la voie et invita les autres à l'imiter.

Adam hésita.

« Tu es sûr qu'on ne risque rien ? » Il essayait de maîtriser le tremblement de sa voix. « Un train peut déboucher à tout moment ! »

Ran secoua la tête. « Y a plus de trains, mec. T'as entendu ce qu'ils ont dit. Le trafic est suspendu. »

À contrecœur, Adam sauta à son tour sur la voie, même si son instinct devinait que c'était une erreur, et en dépit de tous ses sens qui lui criaient : « Danger ! Reste sur le quai ! Il faut être fou pour faire ça. Tu vas te retrouver écrabouillé ! »

« Et le courant ? demanda-t-il en continuant à hésiter, les yeux fixés sur le rail sous tension. Ils l'ont coupé ?

– On n'en sait rien, mon pote. » Le garçon qui se trouvait derrière lui cracha en direction du rail central et de ses isolateurs ronds en porcelaine. « Tu veux un conseil ? T'approche pas. »

Loin du quai, un éclairage résiduel tremblotait, produisant une lueur verte sinistre. Les faisceaux de leurs lampes semblaient avalés par l'obscurité grasse de suie. Inutile de leur dire de rester groupés. Ils avançaient le long de la voie en se suivant à moins d'un pas. Ran faisait courir sa main sur la paroi, cherchant l'endroit où le métal incurvé laissait place à la brique rugueuse.

« C'est là », annonça-t-il au bout d'une centaine de mètres peut-être. « La station fantôme, ajouta-t-il en guise d'explication. Elle sert plus. »

Le quai avait été muré, à l'exception d'une ouverture au milieu. Ran braqua sa lampe sur le trou et leur fit signe de s'y hisser. La crasse était partout : la poussière de suie s'était accumulée contre les murs telles des congères de neige noire. Adam distinguait à peine le nom de la station et les flèches indicatrices peintes en jaune et marron. Il avait l'impression d'avoir été transporté dans le passé. Il y avait même un antique distributeur de tablettes de chocolat. Ici et là, de vieilles affiches publicitaires se décollaient des murs recouverts de carreaux beiges et verts. Ran les conduisit dans un tunnel, puis un autre. De l'eau gouttait, des stalactites de calcaire pendaient au plafond. Une volée de marches effritées conduisait à un niveau supérieur et ouvrait sur un espace dégagé et une obscurité encore plus profonde. Le courant d'air qui en descendait agitait leurs cheveux et charriait le murmure inquiétant de la circulation au-dehors.

« La vieille cage d'ascenseur. »

Ran la contourna et se dirigea vers une grille rouillée. Le loquet s'ouvrit avec un bruit métallique, laissant voir le bas d'un escalier en colimaçon.

« Allez-y lentement, conseilla-t-il en posant le pied sur la première marche. La route est longue. »

Les membres de la bande et Adam émergèrent dans une ruelle à côté d'une pizzeria. Ils ôtèrent leur capuche et fourrèrent leur casquette dans la poche arrière de leur pantalon, alors qu'ils se mêlaient à la foule qui déambulait dans la rue principale. Ils se trouvaient juste au coin et ils ne voulaient pas attirer l'attention des importantes forces de police mobilisées pour faire face à l'incident survenu à la station de Temple Green.

CHAPITRE 25

Le Bunker

Une simple pression sur un bouton et les vitrines pivotèrent. La pièce avait été aménagée de façon à ce que les vitrines soient remplacées par des répliques, dont certaines étaient même fendues ou brisées ; elles étaient toutes vides, il ne restait que des présentoirs et des étiquettes à moitié effacées, qui se recourbaient dans la fine couche de poussière pâle.

Abraham Black s'extirpa de son fauteuil roulant et le renversa sur le flanc. Il était faible, mais cela ne l'empêchait pas de marcher. Il prit la boîte qui renfermait le crâne. Il n'eut pas à aller très loin : il s'arrêta devant la bibliothèque qui jouxtait la cheminée. Coinçant la boîte sous son bras, il manipula une succession d'ouvrages sur différentes étagères, se contentant de les sortir à moitié, avant de les ranger, en suivant un ordre qui, malgré les apparences, n'avait rien d'aléatoire. Ce mécanisme avait été installé par un des précédents propriétaires. Il datait de plusieurs siècles, mais il fonctionnait encore parfaitement. La moindre erreur dans l'ordre de manipulation des livres bloquerait le mécanisme et rendrait impossible tout accès de ce côté. Lorsque le dernier ouvrage eut retrouvé sa place, la bibliothèque pivota, le mur coulissa et Abraham Black pénétra dans la chambre secrète. Là, il actionna une série de leviers en cuivre et le mur, puis la bibliothèque, se refermèrent. Il ne restait plus dans la grande pièce que le fauteuil roulant renversé.

« Il n'y a rien ici, déclara une voix dans la pièce déserte. Ils ont tout emporté. Arrêtez de crier !... Le vieux. Oui. Les roues de son fauteuil roulant tournent encore. Il vient juste de filer... C'est possible. On va chercher... » L'homme s'adressa à quelqu'un qui se trouvait près de lui. « Il existe peut-être un panneau secret. Occupez-vous de la cheminée. Moi, je m'attaque à la bibliothèque. »

Abraham Black sourit en l'entendant déplacer les livres au hasard, ce qui allait bloquer le mécanisme.

Il descendit un escalier étroit pour atteindre la chambre secrète d'Arnold Brume. Bien qu'il s'agisse d'une des parties les plus anciennes de la maison, le refus du confort moderne qui s'exprimait dans les pièces situées au-dessus ne s'appliquait pas ici. Sous le contrôle de Jethro, l'endroit dans lequel Abraham Black se trouvait maintenant avait été doté des équipements les plus modernes et contenait tout ce dont il pouvait avoir besoin. De fait, il s'agissait d'un véritable bunker : insonorisé, à l'épreuve des balles, protégé par des serrures électromagnétiques. Il y avait en outre des batteries de secours, des réserves d'eau, une grande quantité de vivres (surgelés) et un système de purification d'air. Abraham n'avait rien négligé pour assurer son confort, y compris une excellente bouteille de brandy, et il resterait ici jusqu'à ce que tout soit terminé. D'une manière ou d'une autre.

Il suivait les faits et gestes des sbires du Temple grâce à un système de caméras de surveillance et écoutait leurs conversations pendant qu'ils fouillaient la Longue Pièce. Il s'en désintéressa très vite. Ils auraient beau chercher, ils ne trouveraient rien. Il appuya sur un bouton, réduisant la scène à un petit carré en haut de l'écran. Il appuya sur un autre bouton, et l'écran se fractionna en une mosaïque d'images en provenance du monde entier : des étendues glacières libéraient des icebergs de la taille de petits pays ; une eau brunâtre se déversait sur un paysage inondé et se répandait autour des cimes des arbres et des toits des maisons ; une carte météo montrait des tempêtes tropicales qui balayaient le sud des États-Unis, une autre indiquait la progression de l'ouragan Zenobia qui dévastait les Caraïbes. Le voile de fumée provoqué par des incendies de forêt était visible de l'espace ; il souillait le globe bleu et blanc telle une empreinte de pouce sale. Un volcan zébré de coulées de lave couleur rubis éructait des cendres. Des villages recouverts de poussière n'étaient plus que décombres, alors que des tremblements de terre plissaient le fond des océans comme un écheveau de soie.

L'eau, l'air, le feu et la terre. Sur l'écran, les scènes correspondaient aux symboles alchimiques délavés qui ornaient le mur opposé. Cette petite pièce avait été l'antre d'Arnold Brume, l'associé du Pr Robert Fludde, le célèbre alchimiste. C'était là qu'ils accomplissaient leur Grand Œuvre. Ce laboratoire secret était resté soigneusement caché aux yeux de ceux qui auraient aimé voler leur formule permettant de fabriquer de l'or à partir d'un vulgaire métal, bien que ce soit la plus insignifiante des expériences qu'ils menaient en ce lieu. Abraham Black leva les yeux vers un écran vierge situé devant lui, et l'espace d'un instant, celui qu'il avait été le contempla sous des sourcils broussailleux et saillants. Ses cheveux aussi rebelles qu'une corde effilochée s'échappaient de sous son bonnet d'apothicaire ; une barbe épaisse, veinée de gris et de blanc, reposait sur sa poitrine. Il se mordillait la lèvre inférieure, recroquevillé à l'intérieur de sa longue robe de travail en velours vert foncé, dont les amples manches étaient élimées et les plis volumineux constellés de brûlures d'acide. Un clignement de paupières, et la vision disparut pour laisser apparaître le Black d'aujourd'hui. Son « attaque », ce dérèglement cérébral qui l'avait rendu inconscient et impuissant, lui avait permis d'entrapercevoir celui qu'il avait été, bien des vies plus tôt, en remontant jusqu'aux temps les plus anciens.

Son regard quitta son propre reflet pour revenir sur les autres scènes qui défilaient sur l'écran. Ça commençait. Il ouvrit la serrure de la boîte en bois verni et sortit le crâne en cristal. Il le déballa soigneusement. La surface lisse était étonnamment chaude sous ses doigts. Dans les yeux, deux petits points s'allumèrent. Le secret de sa fabrication et les connaissances qu'il renfermait avaient été perdus depuis une éternité. Jadis, il était aussi clair que l'eau la plus claire, mais il avait perdu de sa pureté. Le cristal était brumeux sous la surface, strié de traits minuscules. Les fractures et les défauts se propageaient, à partir de points situés dans les profondeurs du cristal. Les dégâts avaient empiré. Considérablement. Black avait reçu un choc en le revoyant, bien qu'il n'en ait rien dit à Adam. Maintenant, il craignait même de le regarder, terrorisé à l'idée qu'il puisse se briser. Il sentait sa fragilité sous ses doigts, la vie qui battait, comme à l'intérieur du crâne fragile d'un nouveau-né.

Le moment venu, le cristal se fragmenterait, il exploserait en mille morceaux. Abraham leva les yeux vers un immense disque de pierre, aussi grand qu'une roue de charrette, incrusté dans le mur opposé. Des symboles disposés en cercles concentriques montraient les roues dentées des années qui s'emboîtaient les unes dans les autres. Ils indiquaient bien d'autres choses également, pour ceux qui savaient interpréter les signes complexes : le chemin des étoiles à travers les cieux et les destins de ceux qu'elles gouvernaient, imbriqués selon une progression méticuleuse. Le destin tournait avec une précision infinitésimale. D'après le Grand Décompte, le temps était presque écoulé.

L'étoffe du monde se défaisait de manière régulière pour se transformer en autre chose. Une chose non identifiable, privée de toute humanité. Il resterait ici et apporterait tout son soutien, mais en définitive, tout dépendait du garçon et de la fille. Le Messager avait été envoyé. Il les conduisait vers celui qui les guiderait jusqu'à leur devoir. Abraham Black ressentait la force d'attraction irrésistible de l'amour et du sang, malgré le contrepoids du devoir qu'on avait jeté en lui comme une pierre. *Il n'y avait pas d'autre solution.* Il se sentait impuissant, prisonnier de ses obligations, comme l'avait sans doute été son homonyme au moment de prendre le couteau aiguisé et de tester le tranchant de la lame sur son pouce en approchant à contrecœur de l'autel sacrificiel sur lequel était étendu son fils. Mais inutile d'attendre la voix de l'ange salvateur venue du ciel, ni l'équivalent du bélier malchanceux coincé dans le buisson.

Il n'y avait qu'une seule chance de tout arranger, se dit-il. *Il fallait que ce soit fait.* Par eux. Adam et la jeune fille. Homme et femme, corps et âme, les divins jumeaux de l'alchimie, les deux aspects d'un seul être, le mariage chimique. Ils étaient présents dans le Manuscrit de Lascaris, dans la description des Temps Anciens. Mikel et Eztar. Ange et Étoile. Ils avaient porté cette tâche en eux, vie après vie, depuis cette époque. Telle était la vérité qui avait été masquée par l'obscurité, l'histoire qui avait été mise à jour par Aurel Lockwood et Solomon Rapoport. Tous les indices tendaient vers ces deux enfants, aussi sûrement que l'aiguille d'une boussole indique le nord. Le moment venu, ils connaîtraient leur devoir, et sauraient comment l'accomplir. Voilà ce que disait la prêtresse, la Maman. L'abeille était son symbole. Mais il y avait une mauvaise surprise à la fin. Adam, son fils bien-aimé, Mikel dans l'Ancien Monde, l'Élu, devait mourir de la main de quelqu'un qu'il aimait, de quelqu'un qui l'aimait. Il devait mourir pour que le monde renaisse.

Voilà ce que lui avait dit la Maman. Une fois la mission accomplie, Adam et la fille reviendraient. Mais si elle se trompait ? Il ne reverrait jamais son fils. Et si tout cela ne servait à rien ? Il reporta son attention sur les images de destruction : ce n'était qu'un début.

Il appuya sur un bouton et l'écran devint noir.

CHAPITRE 26

Un thé entre amis

« Il est forcément là, quelque part ! Continuez à chercher ! »

Frère Zack mit son correspondant en attente pour observer les scènes de rue qui se succédaient sur les écrans disposés devant lui. La maison de Forfar Street était déserte, d'après les hommes qu'il avait envoyés sur place. Pourtant, les caméras n'avaient enregistré aucun mouvement à l'extérieur. L'équipe de surveillance n'avait rien signalé. Mais il n'avait plus guère confiance en eux désormais. Poutney et le garçon avaient réussi à filer sous leurs nez !

– Vous êtes toujours en ligne ? demanda-t-il. Inspectez le sous-sol et le grenier. Nous avons découvert l'existence d'un tunnel qui partait de l'église. Nous pensons que c'est de cette façon que Poutney et le gamin se sont enfuis. » Il écouta ce que disait son correspondant. « Non, c'est trop étroit pour son fauteuil. Et il n'est pas en état. » Il perdait le peu de patience qu'il lui restait. « Il n'était pas avec eux quand on les a aperçus ! Continuez à chercher ! Essayez le grenier. Il y a peut-être un passage avec les maisons voisines. Faites évacuer la rue ou je ne sais quoi ! Dites qu'il y a une alerte à la bombe ! Prenez des initiatives ! »

Il referma son téléphone et le glissa dans la poche de son surplis. Ces hommes étaient censés représenter l'élite de l'élite. Anciens membres des services secrets et des commandos de l'armée. Ce n'étaient pas des mercenaires. Il y avait des Soldats de la Foi dans tous les corps de police et justice. Leurs croyances faisaient toute la différence. Impossible de faire confiance à d'autres individus. Aucun mercenaire ne pouvait se montrer à la hauteur du travail exigé. Frère Zack savait tout cela, mais parfois, ils l'exaspéraient ; ils étaient franchement idiots.

L'opération dans le métro n'avait pas été plus fructueuse. Le garçon avait réussi à passer entre les mailles du filet. Et comme si ça ne suffisait pas, il avait retrouvé la fille. C'était une nouvelle inquiétante. Des caméras les avaient filmés tous les deux en compagnie d'une bande de jeunes Noirs. Ce n'était plus qu'une question de temps. Les images étaient nettes. On les avait transmises à des agents dans toute la ville. Il devait rédiger son rapport. Il avait un nouveau chef désormais. Le mystérieux « invité d'honneur », celui qui se faisait appeler l'Avocat. Il s'était approprié la Salle du Grand Maître : une crypte circulaire, nichée dans les profondeurs de la mosaïque de caveaux qui s'étendait sous le Temple. Il s'y était installé et avait fait venir du matériel électronique, ainsi qu'une très grosse et très lourde caisse. Frère Zack n'avait pas la moindre idée de ce qu'il fabriquait là-dessous, et d'ailleurs il ne cherchait pas à savoir. De Monseigneur, le Nouveau Maître, plus aucun signe. Ses appartements avaient été abandonnés ; son bureau était vide. Mieux valait ne pas poser de questions. La curiosité était un vilain défaut que l'Ordre désapprouvait, et Frère Zack n'avait pas oublié le regard de l'Avocat. Celui-ci avait établi de nouvelles directives. Frère Zack occupait désormais le poste de Capitaine, il était donc responsable de la mise en œuvre des décisions. L'Ordre gérait un réseau complexe d'indicateurs dignes de confiance, qui rassemblaient des informations très prisées par les services de sécurité du gouvernement. Ceux-ci avaient été informés qu'un groupe terroriste avait tenté de répandre du gaz toxique dans le métro. Cette menace était prise très au sérieux. Hélas, le groupe en question avait réussi à disparaître dans la nature. Leur arrestation était désormais la priorité numéro un. Le niveau d'alerte était maximal.

La bande se dispersa presque aussitôt.

« Inutile d'attirer l'attention, dit Kris.

– Tu crois qu'ils savent, alors ? demanda Adam, inquiet.

– Ah, ah ! s'esclaffa Kris, imité par les autres. Tu as

oublié ton cerveau en route ? Même s'ils ne savent rien, ils nous arrêtent quand même. Appréhender et fouiller, c'est la règle. »

Adam et Zillah restèrent avec Kris et un gars prénommé Maxwell. Les autres s'éloignèrent et se fondirent dans la foule qui traversait le pont près de la Tour. Kris décida qu'il était plus prudent de continuer à pied en évitant les grandes artères. Autant que pouvait en juger Adam, ils se dirigeaient vers le sud-est, mais il n'était encore jamais venu dans cette partie de la ville.

« Où on va ? demanda-t-il, plus pour souffler que pour savoir véritablement, car sa cheville foulée le faisait souffrir.

– Je te l'ai déjà dit, mec, on va voir ma grand-mère !

– Elle habite où ? C'est loin ? »

Kris avalait les kilomètres en marchant d'un pas vif et infatigable. Zillah n'avait aucun mal à le suivre et Adam avait honte de rester à la traîne, mais sa cheville lui faisait un mal de chien et il boitait bas. Zillah s'arrêta pour l'attendre et elle cria à Kris de ralentir un peu.

« On est presque arrivés ! répondit le chef de la bande. Hein, Max ? »

Le garçon confirma d'un hochement de tête et les entraîna à travers une sorte de terrain vague parsemé de détritus, en direction d'une immense cité constituée d'immeubles de quatre ou cinq étages, disposés en épi et reliés par une série de passerelles en béton. On avait l'impression de pénétrer dans un labyrinthe en trois dimensions. Pas facile de retrouver la sortie. Impossible même, si Kris n'avait pas été là pour servir de laissez-passer. Des garçons traînaient devant chaque porte, à chaque intersection, à l'entrée de chaque escalier. Adam reconnut parmi eux un ou deux membres de la bande de Kris. Celui-ci leur adressait des signes de tête et échangeait quelques mots à voix basse en passant ; il tapait dans des poings, serrait des mains. Il était connu et respecté. C'était suffisant pour voiler les regards hostiles provoqués par la présence d'Adam. Zillah, elle, semblait être un visage connu. Quand les garçons lui souriaient et l'appelaient « *sister* », elle répondait par un sourire timide. Heureusement que je suis avec eux, se dit Adam. Ici, un Blanc tout seul était un homme mort. Ça ne faisait aucun doute.

Des emballages de fast-food, des canettes vides, des mégots et des bouteilles en plastique jonchaient les coins et les recoins de la cage d'escalier sombre et humide. Les balcons étaient couverts d'une croûte de fientes de pigeon, les passerelles étroites encombrées de sacs poubelles et de cartons remplis de bouteilles. Certaines portes étaient condamnées par des planches, d'autres protégées par d'épaisses grilles.

Kris pensait qu'ils n'avaient pas été suivis. Les étrangers s'aventuraient rarement par ici ; on les repérait de loin. La police ne venait pas souvent non plus, et uniquement en force pour effectuer des descentes. Il avait chargé ses « frères » de monter la garde. Les barres d'immeubles faisaient office de tours de guet. Si jamais une personne suspecte montrait le bout de son ncz, ils seraient avertis immédiatement. Kris vivait au cœur de la cité. Quiconque voulait lui faire des ennuis avait peu de chances de parvenir jusque-là.

« C'est ici que vit ma grand-mère, annonça Kris en conduisant Adam et Zillah vers une porte peinte en rouge vif, derrière un grillage. Je l'ai posé moi-même. » Il prit les clés accrochées à une chaîne qui pendait à sa ceinture. « Sur les fenêtres aussi », précisa-t-il.

Il y avait un judas au centre de la porte, derrière laquelle Adam sentait une présence.

« C'est moi, Mamma ! cria Kris. Je l'ai retrouvé. Ouvre-nous ! »

On entendit des bruits de verrous.

« Zillah est avec toi ? » La voix derrière la porte semblait inquiète.

« Oui, Mamma. Elle est là aussi. »

La porte s'ouvrit. La grand-mère de Kris les accueillit avec un grand sourire. Elle était toute petite, encore plus que Kris, mais elle avait la même bouche, la même forme de visage. Elle était svelte comme une jeune fille et son visage était lisse. Difficile de lui donner un âge, n'eussent été les rides qui apparaissaient aux coins de ses yeux quand elle souriait.

« Contente de te revoir saine et sauve ! dit-elle en levant les bras pour étreindre Zillah.

– Et moi, alors ? protesta Kris.

– Toi, tu es capable de te défendre. » Elle lui donna une petite taloche affectueuse et se tourna vers Adam. « Tu dois être Adam. Sois le bienvenu chez moi. Je m'appelle Celestine. »

Adam ne lui demanda pas comment elle savait qui il était. Elle le savait, voilà tout. Ses yeux brillaient comme un clair de lune sur un lac sans fond, obscure et rempli d'un savoir tenu secret.

« Ne restons pas dans ces courants d'air. »

Celestine les précéda dans un couloir étroit qui distribuait des pièces à droite et à gauche. Tout en marchant, elle gronda son petit-fils et s'excusa pour sa façon de se comporter, de s'habiller et de parler.

« Cool, Mamma, dit Kris avec un sourire exactement semblable au sien. Stresse pas ! Tout roule, OK ?

– Je t'ai déjà dit de pas parler comme ça ! On croirait que tu débarques des îles ! Tu sais bien que j'aime pas ça.

– C'est le langage de la rue, Mamma.

– Tu n'es plus dans la rue, là, Christophe. Tu es dans ma maison.

– C'est un appart, je te signale ! Mais bon, OK. » Kris abandonna son accent nasillard et gouailleur. « Adam, je te présente ma grand-mère. Tu la vois comme elle est : une vieille sorcière autoritaire ! »

Mamma Celestine voulut lui donner une tape, mais Kris esquiva. Adam sourit. Ces remontrances et ces taquineries trahissaient la profonde affection et le grand respect qu'ils éprouvaient l'un pour l'autre. Il ressentit un pincement de jalousie en les suivant dans le salon ; c'était un sentiment qu'il n'avait pas connu. Il ne se souvenait pas d'avoir eu une vie de famille.

C'était une pièce en L avec un petit coin caché par un paravent au fond. Les fenêtres qui occupaient presque tout un mur projetaient des rectangles de lumière sur le parquet verni où se côtoyaient des tapis chatoyants. Les meubles étaient peu nombreux, mais confortables, agrémentés de couvertures tissées aux motifs abstraits et aux couleurs vives. Les rideaux blancs ouverts laissaient voir un petit balcon orné de diverses plantes. Celestine les regarda avec une évidente fierté, avant de lever les yeux vers le ciel londonien.

« Pas facile de faire pousser des choses ici. Il fait froid et humide.

– Y a du soleil aujourd'hui, Mamma !

– Il n'est pas chaud ! rétorqua-t-elle. Les plantes ont besoin de chaleur pour bien pousser.

– Peut-être que tu devrais planter autre chose que des bananes et des papayes.

– Christophe ! dit-elle en ignorant la dernière remarque de son petit-fils. Offre donc à boire à nos invités. Où sont passées tes bonnes manières, voyons ?

Kris s'arracha au canapé dans lequel il s'était affalé et se rendit dans la cuisine. Il lança :

« Y a du jus de fruits et du Coca ou alors du thé !

– Un jus de fruits, dit Adam.

– Et toi, Zillah ?

– Pareil. »

Kris revint avec les boissons.

« Qu'est-ce qu'on mange ? demanda-t-il.

– Y a du ragoût dans le four. Et du riz sur le feu.

– Ça vous va ? » demanda Kris.

Zillah et Adam hochèrent la tête.

Ce dernier but une grande gorgée de jus de fruits. De la mangue avec autre chose. Il ne put empêcher son estomac de gargouiller à l'idée de manger. Il n'avait pas remarqué à quel point il avait faim. Les événements s'étaient enchaînés aujourd'hui. Il ignorait ce qui était arrivé à son père. Peut-être l'avaient-ils emmené. Peut-être même était-il mort. Il s'était mis en danger pour lui permettre de fuir, pour qu'il puisse retrouver cette fille, et maintenant ils étaient là tous les deux, comme de simples adolescents qui prennent le thé en rentrant de l'école. Adam fut frappé par l'étrangeté de la situation. Qu'allait-il se passer maintenant ?

CHAPITRE 27

Miroirs

Ils restèrent assis à table pendant que Christophe débarrassait. Après quoi, il annonça qu'il sortait pour vérifier certaines choses. Il rentrerait ensuite.

Celestine attendit que la porte claque et que l'appartement retrouve son calme.

« Allons nous installer confortablement. » Elle les invita à la suivre dans le salon et les fit asseoir côte à côte sur le canapé. « Vous devez comprendre certaines choses avant qu'on commence. »

Adam regarda Zillah. Qu'on commence quoi ?

« Je viens des Caraïbes, reprit Celestine. De Taïnos. Une petite île dans un archipel au large du Honduras. Mon peuple est composé d'anciens esclaves, mais pas tous originaires du même endroit d'Afrique. Différentes tribus, différentes régions. Les Européens venaient de France, de Grande-Bretagne et d'Espagne. Les conquistadores, d'Amérique du Sud. Les indigènes qui vivaient là avant ont disparu. Mais pas tous. Il y a un grand mélange sur cette petite île. Gens différents, langues différentes, croyances différentes. Mais on trouve des bribes de foi commune. De là est née une nouvelle religion. Elle a plusieurs noms, mais nous, on l'appelle Vodoun.

– Le vaudou ? » demanda Adam.

Zillah ouvrit de grands yeux. Le vaudou figurait en bonne place sur la liste des « croyances erronées et idolâtres ».

Celestine hocha la tête. « Oui, c'est un de ses noms. Mais ne croyez pas tout ce que vous entendez. Beaucoup d'ignorants, qui ne savent pas de quoi ils parlent, racontent un tas de sottises. Il y a le bien et il y a le mal. C'est pareil dans toutes les religions. C'est un mélange. Comme ce ragoût qu'on a mangé. Il était bon, non ? »

Adam et Zillah confirmèrent d'un hochement de tête.

« Tout dépend de la personne qui fait la cuisine. Trop de ceci ou pas assez de cela et c'est mauvais. On ajoute une pincée d'un ingrédient qui ne devrait pas y être, ou bien on le laisse trop longtemps en pleine chaleur, et ça devient du poison. Est-ce que ça veut dire qu'on ne devrait pas faire de ragoût ?

– Non, répondit Zillah. Ça veut juste dire qu'il faut faire attention. »

Celestine sourit.

« Exactement. Merci, petite. Il faut faire attention à ne pas faire de mal aux autres. On se mélange tous avec les indigènes de l'île. Il paraît que les îles sont les vestiges d'un monde englouti. Une civilisation bien plus ancienne que celle des Mayas, qui vivaient sur le continent. Leurs légendes parlent d'un peuple venu par la mer, d'une terre détruite qu'ils ont dû quitter pour tout recommencer. Ils ont apporté un tas de choses avec eux, le savoir et la sagesse. Ils vénéraient un Dieu Père et une Mère. » En prononçant ces mots, elle serra dans son poing l'abeille qu'elle portait sur sa poitrine. Son visage s'assombrit. « Leur religion avait également un côté obscur. Mais ils savaient le contrôler. Ils ont vécu dans la paix et la prospérité pendant de nombreuses années, puis la mer s'est soulevée de nouveau. Alors, ils sont allés sur le continent. Puis l'homme blanc est arrivé, il a essayé d'éliminer tout ce qu'ils avaient laissé derrière eux, mais il reste encore plein de choses, si vous prenez la peine de regarder. C'est ce qu'a fait un homme. Il s'appelait Buller Wesson... »

Adam se redressa dans le canapé. Brice Ambrose Stone et lui semblaient avoir suivi le même chemin, en rassemblant des informations sur le passé. À ses côtés, Zillah fronça les sourcils ; elle se demandait ce que l'Estimé Fondateur venait faire dans cette histoire.

« Vous avez entendu parler de lui, à ce que je vois », dit Celestine.

Zillah se souvint des malles et des caisses, des étiquettes

portant des noms exotiques. Peut-être que l'une d'elles provenait d'un voyage aux Caraïbes, sur l'île de Celestine.

« Pourtant, j'ai toujours cru que le Fondateur... » Elle s'interrompit avant d'utiliser la terminologie des E6A. « ... Je croyais qu'il était mort. »

Celestine secoua la tête.

« Non. Il est bien vivant. Et il va revenir. »

Zillah fit un bond.

« Comme dans la prophétie ? s'exclama-t-elle. Mais comment ? Et pourquoi maintenant ? Tous les Enfants sont morts !

– Ils ne lui ont pas été utiles. » Celestine paraissait mal à l'aise. « D'après ce que tu m'as raconté sur ton Avocat, il est même possible qu'il soit déjà là.

– Que voulez-vous dire ?

– Un homme tel que lui, versé dans les sciences occultes, sait comment prendre possession d'un autre être humain, pour vivre dans sa peau. À sa guise, quand ça l'arrange. »

Adam songeait à son père, à tout ce que celui-ci lui avait raconté. Un changement se produisit dans la pièce, l'atmosphère était différente tout à coup. Il sentit qu'ils avançaient vers quelque chose. Très vite.

« Connaissez-vous mon père ? demanda-t-il à Celestine. Est-ce qu'il va bien ? »

La réponse fut énigmatique. « On a été en contact. Je connais sa volonté et son objectif. Il va bien. Pour l'instant. Mais si on n'arrête pas cette chose, aucun de nous n'ira plus jamais bien. Il n'y a pas de temps à perdre. Il faut agir immédiatement. »

Maintenant que l'heure avait sonné, Adam sentait sa bouche s'assécher et son estomac se nouer. Son père l'avait préparé en vue de cet instant. Il ne se souvenait d'aucune des paroles prononcées par le vieil homme, et pourtant il savait parfaitement ce qu'il devait faire. Et il était prêt. Presque sans réfléchir, il prit la main de Zillah dans la sienne.

« Tu es prête ? » demanda Celestine à la jeune fille.

Zillah leva la tête. Ses yeux bleu-vert, ourlés de noir, conféraient à son visage une beauté particulière. Ces deux aigues-marines évoquaient des lieux lointains. Elle n'allait pas tarder à découvrir leur éloignement. Zillah hocha la tête et serra dans sa main l'abeille qui pendait autour de son cou pour indiquer qu'elle était prête. Celestine inspira profondément. À partir de maintenant, les choses allaient se précipiter. Elle prit un miroir qui se trouvait sur la table. Un miroir ordinaire, cerclé de métal, avec un côté grossissant, comme ceux qu'utilisaient les hommes pour se raser et les femmes pour se maquiller. D'une chiquenaude, elle le fit tourner.

« Regardez-le », ordonna-t-elle.

Adam et Zillah fixèrent leur regard sur les images qui se succédaient sur les deux surfaces réfléchissantes. Impossible de saisir et de conserver leurs reflets ; ils avaient l'impression de pourchasser leur visage, ce qui les obligeait à se concentrer de plus en plus...

À force, la surface lisse sembla se fractionner en une myriade de facettes obscures, mouvantes et miroitantes, constellées de minuscules points blancs semblables à des parasites sur un écran de télé, à cette différence près qu'ils tournoyaient et tombaient tels des flocons de neige, inexorablement, pour se noyer à la surface d'une mer sombre et agitée...

Ils basculèrent à la renverse sur le canapé. Assise en face d'eux, Celestine les observa. Si la chose devait se produire, elle se produirait rapidement. Les secondes défilaient, elles devinrent des minutes, puis des heures. Dehors, l'obscurité grandissait. Celestine se leva pour tirer les rideaux, d'abord les voilages diaphanes qui lui rappelaient sa maison natale, puis les épaisses tentures aux couleurs chatoyantes qu'elle avait choisies pour chasser la froideur londonienne.

Elle revint s'asseoir pour reprendre sa veille, le cœur de plus en plus gros. Quelque chose n'avait pas marché, apparemment. Si ça devait se produire, ce devrait déjà être fait. Le transfert devrait être quasiment instantané. Ils devraient être partis tous les deux. Ils ne devraient plus être là, dans un état de profonde transe, allongés sur son canapé. Ils devraient être ailleurs, couchés dans un lit douillet, menant une autre existence.

Ils se tenaient par la main. Ils venaient tout juste de se rencontrer dans cette vie, mais l'amour qui les unissait était puissant. Le problème demeurait. La même chose s'était déjà produite. Celestine ne laisserait pas le doute miner sa détermination. Il ne restait plus qu'une seule chose à faire. Elle guetta le retour de Christophe, le bruit de sa clé dans la serrure. Elle avait espéré pouvoir l'épargner, mais ça ne se passait pas comme prévu. Elle devait envoyer

Christophe sur leurs traces. Il était le Messager ; il avait son rôle à jouer dans l'Ancien Monde. Elle répugnait à mettre ces jeunes gens en danger, mais si elle ne le faisait pas, il n'y aurait aucun avenir pour personne. Elle récita une prière, pour son Christophe, pour ces enfants qu'on lui avait confiés, et pendant ce temps la peur venait alourdir le poids qui pesait sur son cœur, posé là comme une plaque de glace.

CHAPITRE 28

La Salle du Grand Maître

L'Avocat se tenait dans une salle octogonale, construite bien des siècles plus tôt pour servir de salle capitulaire aux dirigeants d'un Ordre rassemblé autour du même savoir et de l'adoration du crâne. Les murs étaient en pierre couleur crème et un banc bas avait été taillé dans chacun des huit côtés de l'octogone. C'était une pièce sobre, sans aucun ornement, mais la richesse de l'Ordre était visible dans la qualité de la pierre, l'architecture raffinée des colonnes sveltes et les arceaux de la voûte en éventail.

Il fit le tour de la pièce. Tout était en place. Tout était

en ordre. Il attendait le retour du Grand Maître, le moment où il ressurgirait des profondeurs du passé. Il y avait déjà eu des étapes de transmigration. L'homme connu sous le nom de l'Avocat n'était quasiment plus qu'un simple titre, bien utile, et un costume vide que l'on pouvait habiter à sa guise, comme maintenant. Il n'avait pas véritablement *disparu*. Il avait changé, simplement. Le Grand Maître s'emparait de son corps, ainsi que de son âme. Pour quiconque l'avait connu, les changements auraient été flagrants : son visage s'était empâté, une cicatrice profonde y était apparue, comme un trou dans la joue, et son regard était différent. Mais quelle importance ? Ceux qui avaient connu l'Avocat étaient tous morts. Parmi eux figurait le Nouveau Maître, qui gisait telle une marionnette recroquevillée au fond d'un caveau poussiéreux, dans un coin reculé de la propriété. La gorge arrachée. L'Avocat suçota un morceau coincé entre ses dents. Au cours de ses longues pérégrinations dans la peau de Ket, prêtre de l'Ancien Monde, il avait pris goût à la chair humaine.

L'être corporel du Grand Maître avait pourri depuis longtemps. Il était devenu un imago, qui passait d'une forme à une autre. Bientôt, il serait prêt pour un nouveau changement. Bientôt. Il fit les cent pas dans la salle. Il avait voyagé dans le passé, loin, très loin, pour en ramener les connaissances qui permettaient de débloquer les secrets du crâne sombre. Leur *Ars Magna*, leur Grand Œuvre, serait réduit à néant. Tous ces siècles passés à détourner la lumière de l'obscurité n'auront été que du temps perdu. Ils étaient venus des ténèbres, ils y retourneraient. Le monde renaîtrait ; la transmutation s'accomplirait, elle avait déjà commencé. Il en était la preuve vivante. Il sentait le pouvoir de la bête monter en lui, tendre l'enveloppe fine de sa peau humaine. Plus rien ne pouvait l'arrêter désormais.

Il quitta cette salle pour se rendre dans une autre où une carte du monde était représentée sur un écran transparent. Des petits points rouges clignotants indiquaient les principales villes de chaque continent. Il appuya sur un bouton, et aussitôt des motifs géométriques complexes les relièrent entre eux. Les villes s'alignaient en suivant des lignes de force invisibles qui, à leur tour, reliaient des points géographiques où le courant terrestre était le plus puissant : certaines collines, le point de jonction de deux rivières, l'espace entre deux étendues d'eau. Cet agencement avait été dicté par des règles oubliées depuis fort longtemps, par la géomancie, l'antique magie de la terre, aujourd'hui perdue, mais les villes sont construites sur la poussière de cités qui ont vu le jour et péri avant elles. À l'intérieur des villes se dressent d'autres talismans : des colonnes, des pyramides et des obélisques, uniquement décoratifs. Leur véritable signification a été oubliée depuis longtemps. Mais le moment venu, ils seraient réactivés. Le pouvoir de la terre remonterait et pénétrerait dans ces imitations : les dragons, les basilics, les griffons et les jaculus qui avaient été taillés dans la pierre ou le métal, extraits de la terre elle-même dans les carrières et les mines. Leurs atomes se recomposeraient. Ils ressusciteraient ! Les dieux anciens se réveilleraient, dans le monde entier, sous terre et à la surface. Les Ouroboros, les Jormungandrs, le grand serpent qui entourait le globe cesserait de se mordre la queue, il se déroulerait et libérerait son pouvoir. Le moment annoncé de la Convergence était presque là. Tout était prêt. L'Occident allait rejoindre l'Orient, le champ magnétique terrestre s'inverserait. Le nord deviendrait le sud. Le savoir contenu dans le crâne de cristal sombre pénétrerait en lui et achèverait sa transformation, de même que la tablette rituelle de Lockwood réveillerait le dieu que les Chaldéens nommaient Mimma Lemnu, tout ce qui est Maléfique. Le sarcophage en basalte avait été livré. L'effigie d'argile, volée sur son ordre au musée de Bagdad, était déjà en place.

Lockwood. Il semblait loin, très loin, dans sa mémoire. Une image lui venait à l'esprit, semblable à un daguerréotype en partie effacé : la raie au milieu, un menton fuyant dissimulé par une barbe clairsemée. Et cet imbécile de poète, avec ses lunettes rondes et une mèche de cheveux bruns qui barrait son front. Un joli garçon. Il demeura immobile un instant pour essayer de faire apparaître un autre visage. Son front se plissa, ses traits s'assombrirent. L'Américain. Quand il essayait de se souvenir de lui, il ne voyait que le vide. Pour la première fois dans cette incarnation, il éprouva un sentiment qui s'apparentait à la peur. Il secoua la tête. Peu importe, se dit-il. Rien ne l'arrêterait. Et certainement pas un mystérieux Yankee. Ou ce gamin boiteux...

Il ressentit un autre pincement au cœur. Ce garçon était important. Il aurait fallu le récupérer. Cet idiot de Nouveau Maître avait payé son erreur. Le garçon était là depuis le début, de manière permanente. Il avait porté différents noms : Mani, l'Enfant de la Lumière ; Mithras, l'Esprit

Vivant ; Dionysos, le Dieu de la Lumière aux pieds de taureau ; Hermès ; Horus ; Weiland le Forgeron ; Llew chez les anciens Gallois. Il avait toujours représenté un danger. Et la fille... Elle avait réussi à ne pas se faire prendre depuis qu'elle avait échappé à l'attention de celui qu'on appelait autrefois l'Avocat. Il y avait Black également. Il avait totalement dupé l'Ordre, en se faisant passer pour un clochard, et il demeurait introuvable. Il s'était révélé expert en la matière. Ils auraient dû le savoir et l'éliminer quand ils en avaient l'occasion. Et puis, il y avait cette femme noire et son petit-fils. En temps ordinaire, une telle incompétence généralisée l'aurait fait enrager, mais il n'y avait plus personne à punir. Sauf Frère Zack. Le rituel exigeait du sang ; il ferait parfaitement l'affaire. Il avait laissé filer le garçon trop souvent. Il n'était jamais bon de sous-estimer ses ennemis, mais ses adversaires étaient insignifiants, aussi impuissants dans ce monde-ci que dans tous les autres. Ils ne comptaient pas. Quel que soit le misérable plan qu'ils préparaient, il serait trop tard. La lumière qu'ils transportaient, toujours tremblotante, serait bientôt éteinte par les ténèbres qui approchaient. Le temps dont ils disposaient était bientôt écoulé ; les heures glissaient comme du sable dans un sablier.

Tournant le dos à la carte du monde, il pénétra dans le sacrarium, le saint des saints, éclairé uniquement par la lueur rouge d'une veilleuse. Là encore, il s'agissait d'une salle octogonale, mais un des côtés était occupé par un autel rectangulaire dépouillé. Il passa derrière et ouvrit la porte en bois d'un placard incrusté dans le mur. Avec un soin infini et un immense respect, il ôta le crâne et l'enveloppa dans du cuir souple. Tout dépendait de cet objet, du savoir qu'il renfermait, du pouvoir qu'il pouvait libérer. Il laissa sa main glisser sous la peau fine et veloutée pour caresser les contours glissants, comme un aveugle explorerait le visage d'un être cher.

Il avait déjà dans la bouche le goût du pouvoir qu'il utiliserait bientôt, comme du soufre, du sel sur le bout de la langue. Figé, les yeux fermés, il émit un son à mi-chemin entre un sifflement et un soupir.

À la périphérie de la City, un passant eut la frayeur de sa vie. Les jambes tremblantes, il descendit les quais, jusqu'à l'obélisque ; là, il dut s'asseoir. Il regarda fixement le fleuve, n'osant pas se retourner. Il était passé devant le griffon qui garde la City, posté sur son socle, une patte avant et une patte arrière dressées. Et il aurait juré qu'au moment où il passait la créature avait tourné la tête vers lui et soulevé sa paupière de bronze.

CHAPITRE 29

Voyage temporel

Abraham Black regardait fixement le calendrier sur le mur d'en face. Taillé dans la pierre et peint de couleurs vives, c'était pour lui une chose vivante, animée, qui fonctionnait à trois dimensions et composait des motifs complexes ; chaque cercle tournait dans une direction opposée à ceux qui l'entouraient, ils se combinaient pour indiquer l'écoulement du temps, lent et inexorable. Le vieil homme se pencha en avant et agrippa les bras de son fauteuil, il guettait le plus infime changement, le moindre battement.

Toujours rien. Ses pensées accompagnaient son fils et

la fille. Une lourde mission pesait sur leurs épaules. La mort et le sacrifice étaient-ils l'unique solution ? Ses doutes grandissaient. Pouvait-on mourir dans un monde, mais continuer à vivre dans un autre ? Ou bien Adam mourrait-il dans les deux, à l'instant où la fille le frapperait ? Échapperait-elle à la souillure du meurtre ? L'un des deux reviendrait-il ? Et si les choses se passaient mal ? Et si c'était tout ou rien ? Tant de questions, et aucune réponse. Black avait le cœur serré. Son désespoir l'entraînait dans les sinistres profondeurs d'une obscurité totale. Il attendit que la vague d'émotions reflue, puis il s'obligea à se concentrer sur ces spirales qui symbolisaient le sort et le destin. Il se renversa dans son fauteuil. Peut-être pourrait-il enfin trouver une réponse...

Il se livra à des calculs, recopia des glyphes avec un crayon, mais il commettait des erreurs, sa main tremblait trop. À tâtons, il chercha une gomme dans un des nombreux tiroirs du bureau. Au lieu de cela, il tomba sur une petite clé en cuivre. Perplexe, il la fit tourner entre ses doigts. Puis il examina le bureau. Il ne voyait aucune serrure dans laquelle l'introduire. Il regarda plus attentivement. Ce bureau avait été celui de Lockwood, et il regorgeait de surprises. La bordure sous les tiroirs du bas paraissait disproportionnée, trop épaisse pour un meuble en noyer de si belle facture. Black fit glisser sa main sur la surface vernie, et, comme il s'y attendait, un mince panneau glissa pour laisser apparaître un tiroir secret. Il introduisit la clé dans la serrure.

Le tiroir contenait une fine chemise cartonnée fermée par un ruban rose et portant la mention *Testament de Stone*, de l'écriture de Lockwood. Black souffla dessus pour chasser la légère couche de poussière grise qui avait réussi à pénétrer dans cette cachette. La couverture couleur chamois protégeait une liasse de vieilles feuilles de pelure d'oignon pour machine à écrire.

Il tourna les pages. Sous ses doigts, les lignes de caractères en relief ressemblaient à du braille. Le texte, compact, occupait la totalité de chaque feuille, d'un bord à l'autre. Avec le temps, l'encre noire avait verdi. Certains caractères, moins nets que d'autres, trahissaient l'usure des touches, mais l'ensemble demeurait parfaitement lisible. Une lettre, reçue le 18 janvier 1960, accompagnait le paquet de feuilles.

Cher Mr Lockwood,

Il est de mon devoir de vous faire part de la triste nouvelle du décès d'une personne qui se faisait appeler Brice Ambrose Stone et affirmait être l'homme de lettres disparu au Mexique il y a bien longtemps.

Mr Stone était pensionnaire de cet établissement depuis un bon moment, et sa santé n'avait cessé de se dégrader. Il s'est éteint paisiblement jeudi dernier, après avoir émis un dernier souhait : que l'on vous envoie certains documents. Il m'a arraché une promesse solennelle et je vous adresse cette lettre afin de tenir mon engagement.

Toutefois, je pense qu'il est bon que vous en sachiez un peu plus sur son état et les circonstances qui l'ont conduit parmi nous. C'est une curieuse histoire. Mr Stone a été trouvé, il y a bien des années, dans un port du Pérou, par l'équipage d'un baleinier venu de San

Francisco. Ces hommes l'ont découvert sur les quais, en train de mendier, vêtu de haillons. Il parlait anglais et, à son accent, les marins ont deviné que c'était un compatriote, bien que les paroles qu'il prononçait n'eussent aucun sens. Quand ils cherchèrent à savoir qui il était, et comment il avait échoué là, aucun des habitants ne put les renseigner. Certains affirmèrent qu'il avait été amené par un bateau de pêche qui l'avait sauvé d'un naufrage ; d'autres qu'on l'avait trouvé errant à l'intérieur des terres, se nourrissant de racines et de baies. Les marins répugnaient à laisser un compatriote dans cet état, et comme ils devaient rentrer au pays, ils le ramenèrent à San Francisco.

Hélas, ses expériences semblaient avoir eu un effet profond et durable sur sa santé mentale, et on le conduisit ici pour le soigner. Nous fîmes notre possible, mais son cas était désespéré. En définitive, nous pûmes uniquement nous occuper de ses besoins physiques et assurer son confort.

Je ne voudrais surtout pas donner l'impression que c'était un patient difficile. Bien que souvent renfermé, et parfois plongé dans un monde différent du nôtre, il était toujours paisible et généralement aimable. Il passait le plus clair de son temps à aider à la bibliothèque. Nous incitons nos malades à s'exprimer, en fonction de leurs capacités, et, pendant plusieurs années, il s'est attelé au récit de ses expériences. Ce sont ces documents que je vous adresse. C'était un perfectionniste, qui écrivait et réécrivait de manière obsessionnelle, n'hésitant pas à déchirer des pages entières.

Jusqu'au bout, il maintint qu'il s'agissait d'un récit authentique, mais il était sujet à de fréquents délires. Les puissantes drogues qu'il avouait avoir prises, ajoutées aux privations qu'il avait subies par la suite, avaient très certainement altéré ses fonctions mentales. Ses écrits doivent donc être considérés comme les divagations d'un fou, même s'ils dénotent un indéniable talent de conteur.

Je vous envoie ces documents via l'éditeur américain de vos œuvres. Ainsi, j'ai tenu mon engagement envers un homme que, en dépit de ses fréquentes poussées délirantes, j'ai appris à aimer et respecter.

Faites ce que bon vous semble de son témoignage.

Veuillez agréer, Monsieur, l'expression de mes sentiments les meilleurs.

Pr Douglas Haughton
Directeur
Hôpital de Stockton (ancien asile d'aliénés de l'État de Californie)
510 E Magnolia Street
Stockton
Californie

Abraham mit de côté la lettre d'accompagnement pour s'intéresser au testament proprement dit. Il ne l'avait jamais lu. Il ne l'avait même jamais vu. Lockwood avait simplement dit que Stone était mort dans un asile. Il n'avait pas parlé de ce récit. Sans soute l'avait-il mis sous clé dès qu'il l'avait reçu ; il pleurait la mort de son ami, il se lamentait sur sa triste fin, et il ne voulait pas l'exposer au jugement des autres ; il déplorait qu'un esprit si brillant ait fini par s'égarer sur les chemins sinueux, labyrinthiques, de la folie. Quelles que soient les motivations de Lockwood, Black ne les connaîtrait jamais.

Stone avait consommé des drogues puissantes et Black avait des doutes sur la véracité des connaissances acquises de cette façon, mais il cherchait désespérément quelque chose, n'importe quoi, qui lui donnerait espoir.

Il s'était obligé à considérer qu'il n'y avait pas d'autre solution, malgré cela, son esprit et tous les sentiments humains qui l'habitaient se révoltaient contre cette notion de sacrifice. S'il envoyait Adam à la mort... si son fils devait ne jamais revenir... Le temps dont Black disposait encore lui paraîtrait bien trop long s'il devait vivre avec ce fardeau. De nouveau, la culpabilité et le désespoir menacèrent de le submerger, mais cette fois il les repoussa. Il dévissa le capuchon de son stylo à plume et commença à prendre des notes, de sa petite écriture soignée.

LE TESTAMENT DE STONE

Voyages physiques et spirituels

Toute ma vie j'ai été un voyageur, un pèlerin ; à la recherche de la vérité, en quête de connaissances et d'aventures, à parts égales. Ma soif d'expériences nouvelles m'a conduit dans bien des endroits étranges. Mais aucun ne peut rivaliser sur le plan de l'étrangeté avec celui dont je vais vous parler.

J'avais entrepris d'explorer l'Amérique du Sud sur les

traces de la tribu qui conservait le fabuleux crâne de cristal noir. Hélas, je ne découvris que quelques huttes dans la forêt, en ruine et abandonnées. Craignant que Wesson m'ait précédé, je m'embarquai pour un voyage d'un autre genre. On m'avait parlé d'une plante utilisée par les shamans de ces contrées. Elle renfermait une substance, m'avait-on dit, qui permettait au suppliant de voler, de se déplacer d'un monde à l'autre. Ma quête me mena à une tribu du Haut Amazone. Les ingrédients de la concoction qu'ils utilisaient étaient secrets, mais je pense qu'elle était faite à partir d'une variété de datura, mélangé à de l'ayahuasca, la plante des âmes mortes. Bref, quelle que soit sa composition, ce breuvage eut pour seul effet de me faire vomir violemment.

Malade et regrettant amèrement mon geste, écrasé par un terrible sentiment d'effroi et d'échec, je suivis les eaux sombres et tumultueuses du rio Urubamba jusque dans les montagnes et atteignis finalement la mystérieuse cité des Incas, Machu Picchu, découverte par mon vieil ami Hiram Bingham. J'y restai un certain temps. Ce merveilleux lieu sacré, dissimulé au cœur de la nature sauvage et luxuriante, m'apporta le repos et apaisa mon esprit troublé. De là, je descendis les Andes, jusqu'à ce que j'arrive au bord du lac Titicaca et aux ruines de Tiahuanaco. Il y avait là beaucoup de choses à apprendre, et de nombreux motifs d'émerveillement, dont le moindre n'étaient pas ces immenses œuvres en pierre qui marquaient les anciennes limites de ce lac mythique. Je poursuivis mon chemin vers la côte, où l'on me montra d'immenses lignes tracées dans le désert par des gens perdus. Partout où j'allais, on me racontait la même légende. Ces œuvres gigantesques avaient été laissées par un peuple ancien, une civilisation avancée qui avait existé à cet endroit des milliers d'années auparavant. Cette civilisation avait été fondée par un étranger nommé Virococha, ce qui signifie écume de mer. Les récits parlaient d'un homme grand, à la barbe et aux cheveux gris, vêtu d'une simple tunique maintenue par une ceinture. Il était arrivé par bateau, en plein déluge, dans le chaos, accompagné d'un groupe de fidèles disciples. Ils avaient apporté avec eux l'ordre et la civilisation. C'étaient des scientifiques, des magiciens, des ingénieurs ; ils avaient bâti les routes, les terrasses, les bâtiments et les monuments devant lesquels je m'émerveillais. Les peuples suivants n'avaient fait qu'entretenir ce qui existait déjà. Ces pionniers étaient repartis aussi mystérieusement qu'ils étaient venus, en voguant vers le nord, et emportant avec eux leur savoir. Dans un rêve, on me conseilla de les suivre.

La mer était le chemin le plus rapide. Je pris un bateau à Lima. J'étais le seul passager, mais ma couchette était confortable, la nourriture correcte et le capitaine était un homme sympathique qui appréciait un verre de brandy ou deux et un bon cigare. Je passai donc une semaine relativement agréable, tandis que le bateau longeait la côte. Hélas, un violent orage s'abattit sur nous. La salle des machines fut noyée et nous nous retrouvâmes en train de dériver, victimes des courants. Nous nous éloignions de plus en plus vers le sud. Il faisait plus froid de jour en jour. La radio ne fonctionnait plus. Nous envoyâmes des fusées de détresse, mais ne vîmes aucune autre embarcation, d'aucune sorte, bien que les baleiniers soient nombreux sous ces latitudes. La mer était d'huile et des nappes de brouillard nous enveloppaient telles des couvertures mouillées. C'était une impression étrange et inquiétante, comme si nous naviguions sur des mers inconnues.

Nous étions à la merci de la mer, et elle n'eut pas pitié de nous. C'était une journée ensoleillée. Le brouillard s'était dissipé. Autour de nous, les flots étaient paisibles. Pas un nuage en vue dans le ciel d'azur. Soudain, le second se mit à crier. Puis sa voix céda place à la terreur et, comme paralysé, il ne put que pointer un doigt tremblant. Une vague de quinze mètres de haut, surgie de nulle part, se dirigeait vers nous ! Un immense mur d'eau verte dressé au milieu d'une mer calme. Il n'y avait rien à faire. Inutile de tenter une manœuvre d'évitement. La vague s'abattit sur nous quelques minutes plus tard, avec une force indicible.

Je me retrouvai projeté par-dessus bord. Je ne me souviens même pas d'avoir atterri dans l'eau. C'était comme si j'étais tombé dans un abîme sans fond. S'il n'y avait pas de commencement, il ne pouvait pas y avoir de fin. J'avais l'impression d'avoir basculé hors du temps.

Je ne me souviens donc pas comment je me retrouvai échoué sur ce rivage sombre et sinistre, ni comment je cessai d'être Brice Ambrose Stone pour devenir Aynegeru, le Juste, le Voyageur venu d'une Terre Lointaine, mais je pense maintenant que mon arrivée en ce lieu n'était pas un accident. Elle avait un but qui, je l'espère, vous apparaîtra à la lecture de ce récit...

Black reposa son stylo. Les deux plantes dont parlait Stone, le datura et l'ayahuasca, étaient extrêmement dangereuses et réputées pour provoquer un état de catatonie, qui ressemblait à la mort, quand ce n'était pas la mort elle-même. Ces substances puissantes avaient peut-être dérangé son esprit, ou bien alors, plongé dans une sorte de transe mystique, déclenchée par ces drogues ou par un autre moyen, il avait véritablement voyagé. Tout ce qui s'était passé après sa visite à la tribu qui lui avait fait boire cette mystérieuse décoction faisait peut-être partie d'un seul et long voyage spirituel qui avait pu le conduire, finalement, dans l'Ancien Monde, dans la peau d'Aynegeru, le Voyageur venu d'une Terre Lointaine. Dans ce cas, Stone avait été le témoin d'événements s'étant déroulés dans un passé insondable. Ce récit était le témoignage d'une personne qui avait vécu cette expérience...

CHAPITRE 30

Un de plus

« Hé, Mamma, il faut qu'on... » Kris fit irruption dans la pièce et s'interrompit brusquement. « Qu'est-ce qui leur arrive, à tous les deux ? On dirait qu'ils sont morts ! » La panique faisait trembler sa voix. « Qu'est-ce que tu leur as fait ?

– Rien.

– Tu leur as fait avaler un truc ? »

Celestine secoua la tête.

« Tu as forcément fait quelque chose ! » Kris souleva la main de Zillah et la laissa retomber. « Elle est toute molle, on dirait une poupée de chiffon. Et lui aussi. » Il fronça les sourcils, inquiet. Il ne voulait pas y croire. « Non, Mamma ! Pas maintenant !

– Il ne leur arrivera rien. L'effet ne dure pas longtemps, il va bientôt se dissiper, je te le promets. Ils se réveilleront en pleine forme.

– Je m'en fiche de ça, Mamma, dit Kris en tirant nerveusement sur ses tresses. Il faut les emmener loin d'ici !

– Pourquoi ?

– Y a des types qui fouillent la cité. Ils sont partout. On dirait un commando. Je sais pas s'ils sont de la police, mais ils plaisantent pas. Ils ont des pistolets mitrailleurs. Je peux pas demander à mes gars d'intervenir. Tout ce qu'on peut faire, c'est planquer ces deux-là en lieu sûr. Mais comment on va s'y prendre s'ils sont dans les vapes ?

– Ils peuvent marcher. Ils peuvent t'entendre aussi. Ils ne sont pas aussi impuissants qu'il y paraît. »

Le jeune garçon regarda sa grand-mère. Il commençait à comprendre.

« Tu les as transformés en...

– En zombies ? Presque. On raconte tellement de bêtises à ce sujet. Ce n'est qu'un état de transe. Comme dans d'autres religions... Pourtant, on ne fait jamais des films d'horreur sur le bouddhisme, hein ?

– J'en sais rien, Mamma. »

Celestine était une Maman, une prêtresse, hautement vénérée et respectée. Kris ignorait pourquoi elle avait agi ainsi, et il ne songeait même pas à la critiquer. Simplement, elle aurait pu choisir un autre moment.

« Il faut les déplacer. Immédiatement. Combien de temps ils vont rester dans cet état ? »

La vieille femme haussa les épaules.

Kris réfléchit.

« Prépare-les. Je vais chercher des gars. Je vais vous emmener à la planque. Ensuite, je verrai ce que tu peux faire ici. Faut tout débarrasser. Comme si c'était vide. Pour qu'ils nous foutent la paix.

– Ne casse rien, surtout.

– T'en fais pas, Mamma... » Il prit le miroir posé sur la table et jeta un coup d'œil à son reflet, instinctivement, pour se regarder. « C'est bizarre, dit-il en retournant le miroir du côté grossissant. Je vois pas mon visage. »

Ils étaient trois maintenant. Celestine les observa un instant, avant de sortir. Elle fit signe au garçon qui attendait, adossé à l'extrémité de la passerelle en béton. Il vint vers elle en parlant dans son téléphone, pour appeler les autres. Ils sauraient quoi faire. Et ensuite ? Comment savoir ? On verrait bien. Une seule chose était sûre : elle serait là pour veiller sur eux. Quoi qu'il arrive, elle irait jusqu'au bout. Elle les regardait tous les trois, allongés côte à côte, et elle se demandait où ils voyageaient dans les Temps Anciens...

Dans son bunker, Black perçut soudain un changement dans le mouvement complexe de l'horloge. Les signes des

Jumeaux et du Messager se rencontrèrent et se croisèrent. Il se redressa dans son fauteuil. Les symboles tournants avaient vu Adam, Zillah et Kris voyager dans le passé. Il envoya une prière muette à toutes les puissances susceptibles de l'écouter, mais le mouvement de l'horloge se poursuivit. Exception faite de cette petite trépidation, il continua, comme il le faisait depuis des siècles. Le sacrifice n'avait pas été accompli. Pour l'instant, du moins. Abraham Black ne savait pas s'il devait s'en réjouir ou avoir peur.

À l'intérieur du crâne en cristal, les virgules jumelles des hippocampes émettaient une lueur violette malsaine, semblable à un hématome qui se développait dans le cerveau. Elles prirent la couleur sombre du crâne jumeau, comme si une force quelconque les avait activées. L'horloge réagit par une petite secousse. De la poussière venant du plafond saupoudra ses cheveux et ses épaules, comme si des perturbations s'étaient produites au cœur de la terre elle-même. Wesson était à l'œuvre. Soit dans ce monde, dans la peau du Grand Maître, soit dans l'autre, sous les traits de Ket. Il était présent dans l'Ancien Monde, d'après Stone, et sa puissance grandissait, pendant que Black était contraint de demeurer ici, sans pouvoir intervenir. Il sentit des frissons de panique le parcourir. Le désespoir le submergea. S'il n'adoptait pas rapidement un moyen d'action, ce bunker allait devenir sa tombe.

Abraham Black regarda fixement le crâne de cristal. Il s'était toujours concentré sur le Manuscrit de Lascaris, dont les précieuses mises en garde avaient été ignorées, et sur le Rite sumérien de Lockwood, mais s'il s'était trompé ?

Si un autre talisman, tout aussi puissant, était nécessaire pour provoquer les changements que Wesson cherchait à concrétiser ? Le Crâne Sombre. Vieux Monde, Nouveau Monde, quelle importance ? Tous ces objets mystérieux et anciens venaient d'un endroit que les Sumériens avaient baptisé le *Lointain.* Et il existait un témoignage d'une personne qui y était allée : le récit authentique d'événements distants d'une éternité. Des événements qui pouvaient encore façonner le présent.

Abraham Black agit prestement. Il se servit de toutes ses forces psychiques pour envoyer, à travers le temps et l'espace, à la vitesse d'une flèche mentale, un message adressé à son fils, dans les profondeurs du passé.

TEMPS ANCIENS

I

On me conduisit dans ce que je crus être la capitale : une grande ville portuaire située au sommet de falaises qui dominaient une baie profonde. De belles constructions de pierre se dressaient un peu partout, certaines dans le style des édifices d'Amérique centrale ou des ziggourats de Mésopotamie, alors que d'autres ressemblaient davantage aux solides temples égyptiens d'avant les pyramides. Ces constructions indiquaient que cette société avait connu une période d'expansion et de prospérité, mais celle-ci était de toute évidence révolue. Toutefois, en dépit des privations dont ils étaient victimes, les gens me traitèrent avec gentillesse.

On m'installa dans la Maison des Étrangers et on me baptisa Aynegeru, un nom qui se transforma vite en Ayne, à mesure que je m'intégrais dans leur société. Je participai à la construction de bateaux et appris à naviguer, des savoir-faire qui allaient me sauver la vie. Je fus également enrôlé dans la Compagnie, un corps d'élite de combattants composé uniquement d'étrangers, un peu à la manière des janissaires des Turcs ottomans.

LE TESTAMENT DE STONE – BRICE AMBROSE STONE

Eztar quitta la Maison de la Mère. La Fin des Temps approchait. Bientôt, les bateaux lèveraient l'ancre. Certains avaient déjà quitté les rivages ; ils attendaient l'Ativeteh au large. Une grande épreuve arrivait, lui avait dit l'Ama, la Présence de la Mère sur Terre. Une épreuve pour les gens, une épreuve pour l'Ativeteh, le Sage Souverain et le père de Mikel ; et une épreuve pour elle. Mikel était parti dans le Grand Nord ; elle avait pour tâche de le retrouver. Et ensuite ? Elle refusait de songer à l'autre épreuve qu'on lui avait réservée.

Elle traversa la ville sur son poney ; de tous côtés, elle apercevait les signes du déclin. Des mauvaises herbes poussaient entre les pierres de la chaussée et à l'intérieur des palais abandonnés. Des chiens errants montraient les dents dans la cour du Temple Rouge des Prophètes. L'immense porte en bois sculpté du Palais des Arts était ouverte aux intempéries. Des tablettes brisées jonchaient le sol devant le Temple de l'Inscription. Les bassins sombres sur le toit de la Tour des Astrologues étaient gelés.

Année après année, le froid s'était intensifié. La terre ne donnait plus de récoltes, seuls les animaux les plus robustes avaient survécu, les gens avaient succombé aux maladies et à la faim, par centaines, par milliers. Les Astrologues l'avaient prédit. Ils vivaient à l'écart, différenciés des autres par leurs barbes teintes en rouge et leurs yeux écarquillés soulignés par des traits de charbon de bois. Ils étudiaient le ciel qui se reflétait dans les bassins immobiles, toutes les nuits, jusqu'à ce que les ans forment des siècles. La moindre modification dans les astres était repérée et notée ; les connaissances se transmettaient de génération en génération. Les cieux avaient modifié leurs trajectoires, affirmaient-ils. Les constellations s'étaient éparpillées dans d'autres parties de l'éther, quand elles n'avaient pas totalement disparu après avoir franchi l'horizon pour toujours. Les Sept Sœurs ne se levaient plus pour venir s'installer à leurs emplacements habituels. À midi, des taches sombres souillaient la surface du soleil, et la nuit, le ciel était éclairé par des voiles colorés tourbillonnants. Ils approchaient de la Fin des Temps.

Les gens réagirent de façon imprévisible. Beaucoup pensèrent que si un tel malheur se produisait, c'était parce qu'ils avaient mis les dieux en colère ; les Dieux Sauvages, les Dieux Anciens qui étaient là depuis l'époque où cette terre avait été créée. Leurs prêtres s'empressèrent d'affirmer que les tragédies actuelles étaient la conséquence du mécontentement des dieux. Ils avaient réclamé de plus en plus de sacrifices, et leur appel avait été entendu.

Le chemin d'Eztar la fit passer devant leur temple, la Demeure des Crânes : un immense bâtiment de pierre, carré, dont la base massive allait s'amenuisant, en une succession de terrasses, jusqu'à un autel protégé par un toit plat, au sommet. Mikel lui avait expliqué que le Temple des Dieux Sauvages avait été construit de manière à refléter la forme exacte de la Montagne Sacrée. Au-delà des montagnes s'étendaient la Terre Interdite et le gros rocher rouge, Ha'Itzilaki, la demeure des Dieux Sauvages. Ces différents lieux étaient alignés, avait précisé Mikel, chacun puisait son pouvoir dans l'autre, et tous se trouvaient renforcés, disait-on, par le sacrifice.

Sur l'autel, une gigantesque forme humaine étendue, en pierre rouge polie, regardait fixement devant elle avec ses yeux aveugles. Il s'agissait de Xtal, le Vieux, celui qui apportait les cœurs des hommes aux Dieux. Il était entouré par les formes dressées des principaux Dieux Sauvages, aux quatre points cardinaux. Sculptés dans la roche la plus dure, tachetée de gris, ils jetaient des regards furieux et montraient les dents, toutes griffes sorties. Sigur, le Chef de Tous, regardait vers le nord ; Hortzhaganak, le Denté, scrutait la direction du sud ; Matwin-Salto, le Destructeur, était tourné vers l'est ; et enfin, Eltlxar, le Seigneur des Mouches, faisait face à l'ouest. Ses grands yeux, semblables à deux fentes, étaient fixés sur Eztar. À l'étage du dessous se trouvaient les dieux inférieurs : Atzamar, Peste et Feu ; Labana, Seigneur des Armes et de la Guerre : Otso, le Farouche ; et Haize, Seigneur du Vent.

En temps normal, Eztar aurait évité d'approcher de leur présence infamante, mais aujourd'hui, elle affronta leurs regards, tête haute. C'était une Guerrière de la Mère, pas question d'afficher un sentiment de peur. Tout autour de la base de la construction massive, des crânes étaient alignés sur des corniches qui s'arrêtaient de chaque côté de l'escalier central. Des têtes humaines à différents stades de décomposition occupaient ces étagères de pierre. Celle du haut accueillait des têtes relativement récentes ; on distinguait encore les traits du visage sous les chairs gonflées, les lèvres commençaient juste à se tendre dans un rictus de mort. Plus bas, les têtes n'étaient plus que des crânes nus auxquels s'accrochaient encore quelques touffes de cheveux ou des lambeaux de peau brune parcheminée. Certains arboraient des sourires vides car leurs dents avaient été utilisées pour confectionner des masques. Une fois que les crânes étaient débarrassés de toute trace de chair, on les empilait dans des cages. Des coulées de sang séché dessinaient des motifs en relief sur les marches. À une époque où il faisait plus chaud, la puanteur était insoutenable ; le bâtiment tout entier n'était alors qu'une masse noire et bourdonnante de mouches.

Les sacrifices se succédaient, et malgré cela, la terre continuait à agoniser. À midi, l'ombre du soleil du jour le plus long n'avait pas réussi à atteindre le bas des marches du temple ; elle s'était couchée de travers, tel un serpent au dos brisé. Et puis, la nouvelle s'était propagée, des rumeurs venues de l'est : les Dieux agonisaient, eux aussi. Ils étaient faits de chair et de sang, murmurait-on, comme tout le monde ; ils dépendaient d'autres grandes créatures pour assurer leur subsistance, comme les gens ordinaires mangeaient du mouton ou du bœuf. Or ces animaux mouraient les uns après les autres, tués par le froid. Ces Dieux n'en étaient donc pas, finalement.

Propos scandaleux ! Quelle effroyable hérésie ! Parmi ces mécréants figurait l'Ativeteh, le Roi Mage, le premier et le plus avisé des Sept.

Eztar était présente quand il était venu parler à l'Ama.

« Impossible de sauver la terre », avait-il dit. Son visage était marqué par l'inquiétude. Ses joues étaient creusées au-dessus de sa barbe teinte en bleue, la peau autour de ses yeux ridée et sèche comme une feuille d'arbre après l'hiver. « L'unique façon de survivre, c'est de la quitter. » Il s'était mis à chuchoter comme si, même ici, dans les profondeurs de la Maison de la Mère, il craignait d'être entendu. « La nuit dernière, je me suis réveillé en sursaut. J'avais l'impression qu'une voix me parlait à l'oreille. *Construis des bateaux*, me disait-elle. *Prends à bord tous ceux qui possèdent le savoir et la sagesse, laisse-les emporter des animaux utiles, les graines de la vie, tout ce qui est nécessaire. Et emmène ton peuple loin de cette terre. Les Dieux Sauvages ne doivent pas vous accompagner, en aucun cas, car sinon vous périrez tous. Prends garde : la Fin des Temps est proche ; elle sera bientôt là. Laisse les Dieux Sauvages ici. Seuls les hommes savent construire des bateaux.* C'était la voix de Patiku, le Père Unique. Le Chef des Jeunes Dieux. »

L'Ama hocha la tête.

« Moi aussi, je L'ai entendu.

– Que doit-on faire ?

– Obéir.

– Et défier les Dieux Anciens ?

– Ils sont faits de chair et de sang ! déclara l'Ama derrière son masque d'argent. Ce ne sont pas plus des dieux que toi et moi. Les bateaux sont la seule façon de quitter l'île ; et la seule façon de survivre, pour les bêtes comme pour les hommes, c'est de laisser les Dieux ici. Ils essaieront de t'empêcher de partir, ils voleront tes bateaux, mais souviens-toi des paroles de Patiku. Dans l'intérêt de l'humanité, et de toutes les autres créatures. Les Dieux Sauvages doivent rester ici. Ils doivent succomber au grand froid qui arrive. Ils doivent mourir comme des arbres qui tombent. Il n'y a aucune place pour eux sur terre. »

L'Ativeteh rejoignit les Sept, qui étaient tous d'accord. Si c'étaient réellement des dieux, pourquoi auraient-ils besoin de fuir ? Ils décidèrent de bâtir une importante flotte. Les Rois de la Mer furent rassemblés ; des capitaines et des navigateurs expérimentés qui connaissaient les voies maritimes aussi bien que d'autres connaissaient les longues routes droites qui sillonnaient la terre. Ils étudièrent leurs cartes et se divisèrent le monde comme des quartiers de fruit. Mikel, le fils de l'Ativeteh et Voyant de talent, avait été envoyé au Cap des Âmes pour jouer son rôle dans cette mission.

Le travail était presque achevé quand la nouvelle se répandit : les Dieux Sauvages quittaient la Terre Interdite. Ils avaient découvert l'existence des bateaux. On avait repéré des Azhdarchs, d'immenses créatures volantes, au-dessus des ports. Aussitôt, les critiques s'abattirent sur l'Ativeteh. La tradition n'avait pas été respectée. Voilà pourquoi les Dieux intervenaient. À quoi bon provoquer leur colère ? Le respect et des sacrifices adaptés leur redonneraient de la force et permettraient de sauver la terre. Une fois au cours de chaque existence, un Prince du Sang devait emprunter le Chemin des Larmes qui montait vers la Montagne Sacrée. L'heure était peut-être venue. Mais l'Ativeteh ne pensait qu'à sauver son fils.

Alors que les Dieux Sauvages approchaient de la cité, l'Ativeteh retourna consulter l'Ama.

« La solution est simple, lui dit-elle. Ils vont essayer de s'emparer de tes bateaux. Tu dois partir avant.

– Mais nous ne sommes pas prêts !

– Dans ce cas, tu dois gagner du temps. Use d'un stratagème. Fais-leur croire que tu leur donnes les bateaux, à condition qu'ils quittent cette terre. Ils sèment la désolation partout où ils passent. Ils tuent pour le plaisir. Leur route est semée de destructions. Plus rien ne vit après leur passage. Tu dois partir vite. Une grande perturbation s'est emparée de la terre et des cieux. L'Œil de la Mer s'est ouvert. »

Le visage de l'Ativeteh blêmit. Mikel devait l'attendre au Cap, comme convenu, dans une petite baie calme et profonde, au pied des immenses falaises, mais si l'Œil de la Mer s'était réveillé, aucun bateau ne pourrait accoster.

« Je ne peux pas abandonner mon fils !

– Je placerai le garçon sous ma protection. »

L'Ama le regarda. Ce serait leur dernière entrevue. Les Dieux Sauvages s'apprêtaient à pénétrer dans la cité. L'Ama, qui avait mis son masque d'or de cérémonie, était prête à les rencontrer dans la Salle des Ancêtres. L'inquiétude de l'Ativeteh au sujet de son fils pouvait le détourner de son objectif, et cela risquait d'avoir des conséquences désastreuses. Il était le père de tout le peuple, pas seulement de son fils légitime.

« Ne t'inquiète pas pour lui, Ativeteh. Écoute les paroles de la Mère et sois rassuré. »

Elle l'entraîna dans la Chambre des Oracles. Eztar attendit dehors, car ce genre de consultations était privé. Quand l'Ativeteh ressortit, son visage était encore plus hagard et sa barbe veinée de poils blancs. Il passa devant elle sans la voir, concentré sur les Paroles de la Mère. L'Ama fit signe à Eztar de s'avancer.

« Je ne partirai pas sur les bateaux. » Ses yeux brillaient comme deux perles noires éclatantes dans son visage bruni et inexpressif. « Je suis prête à rejoindre les Ancêtres, prête à plonger dans les ténèbres.

– Mais... Ama ! s'exclama Eztar, affolée. Qu'allons-nous devenir sans...

– Chut ! Écoute-moi ! Tu dois rejoindre Mikel au Cap des Âmes.

– Et ensuite ?

– La Mère va te dire ce que tu dois faire. »

Eztar la suivit dans la Chambre des Oracles. La voix qui s'adressa à elle était douce, si débordante d'amour et de douceur qu'Eztar pleura comme une enfant, mais les paroles prononcées furent aussi amères que l'herbe étouffante utilisée par les Voyants quand ils voulaient partir pour un autre monde.

En repartant, Eztar passa devant une troupe de la Compagnie des Étrangers. Habituellement, ce corps d'élite, constitué d'éclaireurs et de guerriers, débordait de fierté et de combativité, mais ces hommes regagnaient la cité épuisés et abattus, les traits tirés, le regard fixe, perdu dans un lointain imaginaire. Les plus jeunes d'entre eux avaient vieilli prématurément à cause de ce qu'ils avaient vu.

Les Dieux Sauvages arriveraient par la Voie Ancienne qui descendait en ligne droite de la Montagne Sacrée et pénétrait dans la cité par la Porte Sombre. Cette route était également appelée le Chemin des Larmes car les enfants que l'on conduisait sur la Montagne Sacrée ne revenaient jamais. Après avoir franchi les murs de la ville, la Voie Ancienne devenait la Voie de la Cérémonie et serpentait au milieu d'une myriade de petites maisons qui composaient la Ruche. Ces petites habitations étaient collées les unes aux autres, comme les cellules d'un rayon de miel. La Ruche avait été autrefois le foyer d'Eztar. Un endroit plein de gaieté ; les maisons étaient peintes de couleurs vives, les autels et les niches étaient entretenus, des plantes et des fleurs de la forêt étaient disposées autour des statuettes d'argile de la Déesse. Désormais, de nombreuses parties de la Ruche étaient à l'abandon ; des chiens faméliques rôdaient dans les ruelles et se battaient pour des charognes avariées ; des enfants abandonnés erraient en gémissant ; les habitations peintes s'effritaient et se dissolvaient dans le sol en terre. La Ruche était consacrée à l'adoration de la Mère. Son symbole, l'abeille, était omniprésent, mais la foi en Elle, comme dans les autres dieux, s'effritait elle aussi.

Eztar portait l'abeille dorée sous sa tunique. C'était le signe de son appartenance à la caste des Prêtresses Guerrières de la Déesse. Elle pria l'Ama pour lui demander la force d'accomplir la mission qu'on lui avait confiée. Elle avait voulu assister à l'entrée des Dieux Sauvages dans la cité, mais elle ne pouvait pas s'attarder. Elle fit avancer son poney. Quand les Dieux pénétreraient en ville, elle devrait se trouver loin d'ici.

Elle laissa passer la Compagnie des Étrangers. Elle était curieuse de savoir quelles nouvelles ils apportaient, mais elle dirigea sa monture vers la Porte Blanche et la route qui conduisait vers le nord. Pendant tout ce temps, elle entendait la voix de la Mère, qui rugissait et chuchotait, semblable au bruit d'un coquillage collé à son oreille.

« Il y a des choses pires que la mort, Eztar. »

Elle quitta la cité en suivant la Route Blanche. Au-delà de la Plaine d'Agirre, les Montagnes des Hommes s'étendaient jusqu'aux océans au nord, et aussi loin que portait le regard au sud. Là, elles rejoignaient les Montagnes dans le Ciel, ainsi nommées parce que leurs sommets scintillaient au-dessus des nuages, tel un royaume céleste. Ces chaînes marquaient la frontière de la Terre Interdite, la légendaire Terre des Dieux Sauvages.

Alors qu'Eztar contemplait l'horizon, quelque chose attira son regard. Les Dieux Sauvages approchaient de la ville. Une longue procession de créatures imposantes, pas plus grandes que des souris à cause de la distance, suivait la Voie Ancienne.

L'Ativeteh reprit ses préparatifs sans parler à quiconque de ce que lui avait dit l'Ama, ni des paroles qu'il avait entendues dans la Chambre des Oracles. Il y avait beaucoup à faire, et vite, s'ils voulaient prendre de vitesse les Dieux Sauvages et lever l'ancre à temps. Il ne laisserait pas Mikel sous la protection de l'Ama. Il voguerait vers le nord pour retrouver son fils. Que connaissait-elle à ces choses-là, elle qui vivait enfermée dans son temple avec ses prêtresses ? Les Voyants et les Astrologues avaient prédit les perturbations dans les cieux, mais ils n'avaient pas parlé de l'Œil de la Mer. Pas plus que les capitaines, qui connaissaient les océans aussi bien que les commandants connaissaient les collines et les forêts. Et si Elle se trompait ? Peut-être que tous les dieux déclinaient, à l'exception de Patiku, le Père Unique. Le Tout Miséricordieux. Lui comprendrait la réticence d'un père à abandonner son fils. L'Ativeteh ne laisserait pas Mikel mourir au milieu des Dieux Sauvages. Il défierait la Mère. S'il commettait une erreur de jugement, Patiku lui enverrait un signe.

II

Les Dieux Sauvages étaient à l'image du basilic, ou tout autre créature mythique, mais plus terrifiants encore car ils étaient réels. Comme si une espèce d'horribles lézards ayant vécu il y a une éternité, non contents de survivre, avaient changé et évolué, pour ressembler davantage à des hommes, par leur posture et leur intelligence. Les gens les appelaient Abere, ce qui voulait dire « Bêtes », et ils les idolâtraient. Ces dieux étaient accompagnés d'hommes qui les servaient. Parmi ces prêtres se trouvait un visage connu.

LE TESTAMENT DE STONE – BRICE AMBROSE STONE

La Compagnie des Étrangers mit pied à terre et prit place le long de la Voie de la Cérémonie. Autour d'eux, les gens leur tournaient le dos, leur capuche baissée sur leur tête et les mains plaquées sur le visage. Regarder les Dieux, c'était prendre le risque d'être aveuglé ou transformé en pierre.

Certains soldats eux-mêmes gardaient la tête penchée et les paupières vissées pour ne pas entrevoir les Dieux Sauvages. Mais les hommes de la Compagnie des Étrangers, eux, refusaient de se tourner. Ayne regarda son compagnon, Iker, qui se tenait droit comme un I, les yeux fixés devant lui. Ce n'était encore qu'un garçon. Son teint mat et ses épais cheveux bouclés le désignaient comme étranger et il était jeune pour un janissaire, mais c'était un combattant farouche et un archer émérite. Et, également, un compagnon joyeux et amusant. Les Prêtresses de la Déesse, avec lesquelles il avait vécu depuis l'enfance, l'adoraient. On racontait qu'elles lui avaient fait don de la chance. Ayne espérait qu'elle ne l'avait pas quitté car l'ultime bataille approchait et ils en auraient besoin.

Le silence s'abattit comme une vague et se répandit à travers la foule. Les Dieux Sauvages franchissaient la Porte Sombre en une longue procession, à pas mesurés.

La terreur qu'ils inspiraient était justifiée. Ayne avait voyagé dans les contrées limitrophes ; il avait vu ce dont ils étaient capables. Des cadavres à ce point lacérés et mutilés que seules la fourrure ou la peau permettaient de différencier un animal d'un humain. La plupart des corps avaient été écartelés ; certains avaient des membres en moins, d'autres avaient été dépecés. Sur leurs os étaient visibles des traces de dents. La terre, trop dure, n'avait pas permis d'enterrer les morts. Dans tous les villages, une fumée noire montait des bûchers funéraires.

Des plumes, épaisses et lustrées, scintillant de mille couleurs, flottaient autour des Dieux, semblables aux manteaux qu'arboraient leurs prêtres. Un souffle de vent permit de voir que ces filaments aux tiges épaisses poussaient dans leur peau grumeleuse, d'un gris bleuâtre. Les yeux de chaque côté de leur visage hideux, pareil à un masque, étaient couverts d'une pellicule rosâtre, que balayaient régulièrement les paupières. Les pupilles noires dessinaient deux fentes verticales au centre de leurs iris ambrés et se contractaient ou s'élargissaient au moindre changement de lumière. Ils marchaient debout en prenant appui sur des jambes puissantes et musclées, et dépassaient de la tête et des épaules le plus grand des hommes. Leurs griffes recourbées, semblables à des crochets au bout de leurs pieds à trois orteils, cliquetaient sur les pavés. Leurs bras aux muscles saillants s'achevaient par trois serres d'une longueur et d'un tranchant inquiétants. Une crête hérissée se scindait en deux sur leur crâne et descendait jusque dans la nuque. Leur énorme museau renfermait des rangées de dents pareilles à des couteaux, dont les bords intérieurs étaient tranchants comme du silex taillé. Des muscles bordaient les angles vifs de leur mâchoire. D'un seul coup de dents, ils pouvaient réduire un os en bouillie sanglante.

Ils constituaient une force hors du commun. Les Dieux et leur entourage étaient suivis par plusieurs rangées de bêtes inférieures, plus petites que leurs seigneurs, mais dotées du même aspect féroce, des mêmes dents et griffes. En fin de cortège se balançait une procession d'énormes créatures en armure qui s'étendait jusqu'à l'horizon et disparaissait dans les nuages de poussière que soulevaient leurs pieds en frappant le sol.

Ayne et Iker défilèrent jusqu'à la Grande Salle des Ancêtres, où l'Ativeteh s'apprêtait à accueillir les Dieux Sauvages. Cet édifice était le plus ancien de la cité. C'était le seul endroit où les gens se sentaient protégés car ces murs épais abritaient les Ancêtres eux-mêmes : présences obscures qui trônaient en hauteur dans des niches de pierre érodées, leurs visages dissimulés par des masques en or.

Les Dieux Sauvages entrèrent en file indienne pour rencontrer l'Ativeteh et son assemblée de Sages. Ils paraissaient intelligents. Ils communiquaient par une large gamme de claquements de langue et de sifflements, interprétés par les prêtres qu'ils avaient amenés avec eux.

Ces derniers *étaient bien* des hommes, même si, à première vue, seule leur stature les différenciait des bêtes qu'ils servaient. Ils portaient des manteaux de plumes et des têtes d'animaux à la gueule ouverte. Quand leur chef s'avança pour parler, Ayne vit nettement son visage. Yeux noirs, dents pointues et lèvres pincées dessinant un rictus sadique qui déformait sa bouche béante et cruelle de reptile. Il avait une cicatrice profonde, une sorte de trou dans la joue gauche. Ayne fut parcouru par un frisson de stupeur : il avait reconnu ce visage venu de son propre monde.

Le prêtre s'exprima : « Je m'appelle Ket. Je parle aux noms de mes seigneurs. »

Il leva les yeux vers les créatures immenses qui le

toisaient pour observer les rapides mouvements de tête, écouter les sifflements et les claquements de mâchoires.

Il se retourna vers le conseil. Sa voix résonnait dans le vaste espace vide au centre du temple de pierre. Il regarda alternativement l'Ativeteh et ses conseillers, et les masques brillants des Ancêtres, comme pour les inclure dans son discours. Les fentes de leurs yeux l'observaient en retour, impassibles, dans la lumière des torches qui se reflétait sur l'or martelé couvrant leurs visages.

« Nous sommes ici pour accepter votre reddition complète et servile, faute de quoi nous détruirons cette cité et tuerons tous ceux qui s'y trouvent, hommes, femmes et enfants. »

L'Ativeteh se détacha du demi-cercle formé par les Anciens. Il était vêtu simplement, comme toujours, d'une longue tunique blanche, maintenue à la taille par une ceinture. Le seul symbole de sa fonction était une chaîne qui pendait à son cou. Sa longue barbe noire, teinte de la couleur bleue des Voyants, était désormais veinée de gris ; il demeurait néanmoins le plus jeune de tous. Il ouvrit la bouche, comme s'il voulait parler, mais il fut immédiatement interrompu.

« Nous sommes également venus pour nous emparer des bateaux que vous avez construits. La terre que nous partageons est condamnée ; notre volonté de partir est aussi forte que la vôtre. Nous reconnaissons votre clairvoyance. » Les yeux noirs du prêtre brillaient sous son masque. « Nous venons prendre possession de ce qui nous appartient. »

Nul ne répondit et ne sembla bouger le moindre

muscle, mais un frisson parcourut l'assemblée. Les Dieux Sauvages avaient l'intention de tout emporter et de les laisser mourir là.

« Très bien, dit l'Ativeteh, impavide. Nous allons tout préparer. Si vous n'avez rien à ajouter, je dois consulter mes capitaines...

– Nous n'avons pas fini, Monseigneur, dit le prêtre de sa voix veloutée. Il y a autre chose. Nous attendions une offrande sur la montagne. Le Premier Né... Votre fils. » Il regarda autour de lui. « Je ne le vois pas. Je crois savoir que c'est un Voyant exceptionnellement doué. Je pensais le trouver à vos côtés.

– Mon fils est dans le Nord. Il a une mission à accomplir.

– Quel dommage ! Une telle offrande est aussi rare que les fleurs bleues qui poussent sur les Montagnes des Hommes. »

Tous les enfants que l'on conduisait sur la Montagne n'étaient pas sacrifiés. Les Dieux Sauvages gardaient les plus brillants, les meilleurs, pour en faire des prêtres. Mikel avait la réputation d'être le meilleur Voyant de sa génération, peut-être même de tous les temps ; il savait lire dans l'esprit des hommes et des femmes, il connaissait le langage secret des oiseaux et des animaux. En outre, il boitait, ce qui était la marque d'un jeune dieu.

« Les Spéciaux sont fort appréciés. Comme je l'ai été, mon frère. Je pensais le former pour qu'il me succède. »

Un mouvement parcourut l'assemblée, qui retint son souffle. Parmi ceux qui étaient présents, seuls quelques-uns des Anciens savaient, ou avaient compris, que Ket, prêtre en chef des Dieux Sauvages, et l'Ativeteh, le Sage Éternel, étaient du même sang.

Les deux frères s'observèrent. Finalement, ce fut l'Ativeteh qui parla :

« Mikel ne reviendra qu'une fois que vous serez partis avec les bateaux. D'ici là, comme je l'ai dit, Messeigneurs, ajouta-t-il en se tournant vers les Dieux Sauvages, il reste beaucoup de choses à préparer si nous voulons vous honorer. Mes capitaines et mes navigateurs sont là pour vous servir. À cet instant même, ils surveillent le chargement des vivres et des esclaves destinés à votre usage au cours de ce long voyage. »

III

À l'extrême ; les Montagnes dans le Ciel étaient désormais inaccessibles, prisonnières des glaces. Des glaciers miroitants dévalaient leurs flancs et se répandaient dans les vallées et les plaines, en avançant un peu plus chaque année. Au nord, l'Œil de la Mer se retournait. Nul ne savait si ces « Grandes Perturbations », comme on les nommait, étaient dues à la sorcellerie ou à un phénomène naturel. Ou si la première avait provoqué le second.

LE TESTAMENT DE STONE – BRICE AMBROSE STONE

Mikel contempla l'Œil de la Mer aussi longtemps qu'il en eut le courage. Il avait compris d'où venait le problème. L'Œil se détournait du soleil. Il sentait bouillonner en lui un sentiment d'effroi semblable au maelström auquel il assistait. Ce phénomène annonçait un profond bouleversement. Pas uniquement ici, mais partout ailleurs dans le monde. La terre allait se retourner comme un gant, les

Astrologues l'avaient annoncé à son père en écarquillant leurs yeux bordés de noir ; les étoiles allaient partir à reculons. La terre allait se recroqueviller sur elle-même, tel un fruit qui se ratatine. Le garçon avait entendu leurs paroles, mais il n'aurait jamais cru qu'une telle chose soit possible s'il ne l'avait pas vue de ses propres yeux.

La fille se tenait derrière lui, sans bouger, les doigts serrés sur le manche de son couteau. Lui aussi était parfaitement immobile, même s'il avait la chair de poule dans l'attente du coup qu'elle allait lui porter. Pour elle, ce serait un geste difficile à accomplir. Ils se connaissaient depuis longtemps. Depuis leur plus tendre enfance. Ils étaient amis. Non, pas seulement. Ils étaient comme frère et sœur. Ils auraient même pu devenir plus que ça. Si on leur en avait laissé le temps. Dans un avenir proche. Mikel avait nourri cet espoir secret, mais, désormais, il n'y avait plus d'avenir car le temps était écoulé. Il était préférable qu'ils partent ensemble, se disait-il, tandis que la fille regardait, pardessus sa tête, le vortex écumant. Ils devaient se jeter dans le vide pour rejoindre les esprits que déversait le Cap des Âmes.

Pendant que la fille hésitait, le maelström incurvé bouillonnait et s'amplifiait. L'immense chaudron d'eau tourbillonnante s'élargissait encore ; ses bras en spirale s'enfonçaient de plus en plus loin dans les trois océans, prêts à s'emparer de tous les navires qui passaient à leur portée. Quelles conséquences pour la Grande Flotte ? se demandait Mikel, qui sentait la panique monter en lui. Était-ce de la sorcellerie ou un phénomène naturel ? Il l'ignorait. La Mère savait peut-être. Sans doute avait-elle ordonné qu'il soit sacrifié pour apaiser les éléments. Voilà pourquoi la fille était ici. Il se prépara. L'heure avait sonné.

En voulant se lever pour l'accueillir, il perçut une nouvelle perturbation, en lui cette fois. À l'intérieur, comme à l'extérieur, tout devint flou ; on aurait dit que le temps lui-même s'était mis à trépider. L'espace d'un instant, il entrevit un endroit qu'il ne reconnut pas. Ses pensées et ses souvenirs, des lieux et des gens, semblaient appartenir à un monde totalement différent. Il entendit une voix dont il savait que c'était celle de son père, mais celui-ci s'exprimait dans une langue que Mikel ne connaissait pas, même s'il comprenait le sens de ces paroles. Il pencha la tête pour écouter. La voix était très faible, bien plus faible que l'écho déclinant des baleines qui fuyaient. Le message provenait d'un endroit et d'un temps lointains ; il couvrait une distance impossible à concevoir.

Pourtant, il était clair : le sacrifice était inutile. Aussi inutile ici, sur la Montagne Sacrée, que dans le Temple des Crânes. Mikel se tourna vers la fille. Leurs regards se croisèrent ; elle desserra sa prise sur le manche du poignard et le laissa retomber dans sa gaine. Son esprit était entièrement vide. Elle était venue pour le tuer, avant de se suicider. Si elle avait échoué d'un côté, elle réussirait de l'autre. Mais il lui prit la main au moment où elle passait devant lui.

« Le sacrifice ne servira à rien, déclara-t-il avec autorité et douceur. Nous avons autre chose à faire. »

Eztar regarda derrière lui. L'Œil de la Mer bouillonnait à leurs pieds ; les flots ressemblaient à du linge qu'on essore. Elle ressentait le même mouvement nauséeux en elle, comme si tout son être tourbillonnait lui aussi, en laissant un espace vide que remplissait un autre...

« Ne regarde pas la mer ! » Mikel lui serra la main plus fort. Il était frêle, presque fragile, mais il possédait une force stupéfiante. « Aide-moi à me lever. Il est temps d'y aller. »

Elle prit son autre main et le dévisagea. Sa peau à peine brunie était tachetée comme un œuf ; ses cheveux châtain clair, épais, encadraient son front large et s'accrochaient sur le dessus de son crâne tel un bloc de mousse. Des larges mèches avaient été tressées et enroulées sur les côtés et derrière. Sous ses sourcils voûtés, ses grands yeux noisette brillaient d'une lueur intense et sa bouche se retroussait aux commissures, sous l'effet d'un sourire qu'il ne parvenait pas à réprimer. Il avait un beau visage, mais celui-ci dégageait quelque chose d'étrange. Avec ses pommettes saillantes et son menton pointu, il ressemblait à une créature de la forêt, de celles qui n'existaient plus car plus personne n'y croyait. Eztar ne cherchait pas à lui dissimuler ses pensées. Elle se réjouissait de ne pas l'avoir tué. Mikel détourna vivement la tête, comme s'il n'aimait pas apprendre de telles choses à son sujet.

Il entreprit de gravir le sentier rocailleux qui menait au chemin. La pente était raide et l'herbe rase, rendue cassante par le gel, aussi glissante que du verre. Eztar se garda bien de l'aider. Il maniait avec habileté ses béquilles en ivoire, mais elle craignait qu'il ne dérape. Il haletait et son souffle lançait des bouffées de vapeur dans l'air glacial. Elle avait du mal à le regarder se déplacer si difficilement.

Le poney à courtes pattes et à trois orteils attendait à

l'endroit où elle l'avait attaché. Elle aida Mikel à monter dessus.

« Quelle est cette chose que l'on doit faire ? demanda-t-elle.

– J'ai reçu un message. Il était question de l'Arche que conserve la Mère et d'un prêtre… » Ce message avait été comme une douce cloche lointaine qui vibrait dans sa tête, mais il ne pouvait pas le lui expliquer. Au lieu de cela, il demanda : « Les Dieux Sauvages sont-ils venus ? Sont-ils accompagnés de prêtres ?

– Ils sont venus, oui, mais je suis partie avant qu'ils entrent dans la cité. Ils veulent s'emparer des bateaux, mais si l'Ama le veut, ils arriveront trop tard. Il y a une chose que tu dois savoir, ajouta-t-elle après un court silence. Surtout maintenant. Ton père va défier l'Oracle. Il va voguer vers le nord pour venir te chercher.

– Comment le sais-tu ?

– L'Ama sait tout.

– Mais l'Œil de la Mer se retourne ! Les navires vont être capturés ! » Il éperonna le poney. « Nous devons envoyer un signal. Et atteindre la forêt. Il n'y a pas de temps à perdre ! »

Eztar courait à ses côtés. Elle était grande pour son âge ; elle avait de longues jambes, un corps bien proportionné. Mikel l'admirait, comme il admirerait un bel animal. Elle était aussi gracieuse qu'il était pataud. Sa tête arrivait à la hauteur de son genou. Elle leva les yeux vers lui ; ils avaient la couleur bleu-vert, laiteuse, de l'eau de fonte des glaciers. Ses traits étaient puissants, mais finement ciselés ; son nez droit, sa bouche et son menton joliment dessinés.

Gênée par cet examen, elle détourna la tête et Mikel dut résister à l'envie impérieuse de caresser ses cheveux couleur fauve et brillants, noués en une natte serrée. Il n'avait ni sac ni arme. Il n'en avait pas besoin. Elle était sa protection, armée jusqu'aux dents d'une longue lance, d'un arc qu'elle portait dans son dos et d'un carquois rempli de flèches. La lame de son couteau, taillée dans la glace noire des Montagnes de Feu, qui ne fondait jamais, était assez tranchante pour couper un cheveu.

Ces Grandes Perturbations, l'agonie de la terre, dépassaient l'entendement, mais pour Mikel, les dieux n'en étaient pas responsables, et ils n'avaient pas le pouvoir de les arrêter. On ne pouvait plus leur faire confiance. Ils devaient façonner eux-mêmes leur destin. Il se réjouissait qu'ils soient encore en vie tous les deux.

IV

La forêt avait été autrefois une source de joie. À la Saison des Jeunes Pousses, les gens allaient ramasser les bourgeons verts et durs, signes avant-coureurs d'une nouvelle vie ; à la Saison de la Floraison, ils confectionnaient des guirlandes avec les fleurs éclatantes aux délicieuses senteurs ; à la Saison des Fruits, ils allaient se rassasier et emportaient ceux qu'ils ne pouvaient pas manger, pour les faire sécher et les conserver, afin de retrouver la douceur sucrée de l'été durant la Saison Où Rien Ne Pousse. Maintenant, tout le monde fuyait la forêt.

LE TESTAMENT DE STONE – BRICE AMBROSE STONE

Les arbres auraient dû retrouver des forces, reverdir et devenir luxuriants, ou se parer de teintes flamboyantes et changeantes, comme ils l'avaient toujours fait, à l'image de la mer. Mais d'abord, il y avait eu la pluie, et maintenant le froid. Les fleurs étaient tombées avant l'apparition des fruits ; les cosses gisaient sur le sol, ratatinées. Les fougères avaient perdu leur feuillage ; les rares feuilles restantes étaient presque noires, réduites à l'état de squelettes ; elles se détachaient des troncs qui n'étaient plus que des souches brisées. Les grands palmiers, privés de leur frondaison, étaient aussi nus que des poteaux plantés dans le sol. Des rangées d'arbres dépouillés se succédaient, aussi loin que portait le regard, se balançant telle une armée de fantômes gris ; leurs branches entrelacées formaient une dentelle fragile, leurs troncs fendus et décolorés craquaient, comme s'ils risquaient de tomber d'une minute à l'autre. Le vent agitait les rameaux qui s'entrechoquaient et produisaient un son évoquant le glas de la forêt. Les aiguilles de pin et les feuilles résistantes, évasées, des bakahs étaient éparpillées sur le sol au milieu des troncs ou prises dans les toiles d'araignées qui pendaient entre les branches tels des linceuls.

Quand ils atteignirent l'arbre le plus haut, Mikel réclama une halte. Ce qu'il s'apprêtait à faire était justifié. Mais avant cela, il devait demander le pardon.

Ce grand Seigneur de la Forêt était vénéré et idolâtré comme le symbole vivant de l'axe sur lequel tournait le monde. Il faisait l'objet de pèlerinages ; son énorme tronc était entouré de tresses brillantes et orné de guirlandes de fleurs, on suspendait des cloches et des moulins à prières aux arbres environnants. Ses racines plongeaient au cœur des collines, ses branches se dressaient jusqu'aux cieux. Il paraissait aussi fort que jamais, dominant de toute sa hauteur le reste de la forêt, si large que bien des hommes devaient se donner la main pour en faire le tour. Mais toutes les petites plantes qui puisaient en lui leur nourriture gisaient à sa base, mortes. Tout en haut, ses branches ne portaient plus de feuilles. Elles s'étendaient nues comme des cornes et il semblait baisser les yeux, frappé par une tristesse humaine, alors que de la peau argentée de son tronc coulaient de grosses gouttes de résine. Il n'y avait plus d'offrandes. Les guirlandes de fleurs étaient fanées, les tresses avaient perdu leurs couleurs éclatantes. Tout autour, ses fils et ses filles, les derniers descendants de ces grands arbres, étaient morts ou à l'agonie, leurs feuilles étaient tombées. Quelques-uns se dressaient encore fièrement, malgré leur nudité, alors que certains étaient penchés l'un vers l'autre dans une ultime étreinte, leurs racines mises à nu, arrachées à la terre.

Eztar frappa sur son petit tambourin et chanta la « Chanson de la Forêt », pendant que Mikel prenait un morceau de jade sculpté en forme de spirale verte, semblable au bourgeon d'une plante qui se déploie ; un symbole de la vie qui se renouvelle, même si partout autour de lui les fougères tapissaient le sol, noires et mortes. Levant le bras, il l'introduisit dans une goutte de résine, conformément à la coutume. Eztar coupa une de ses tresses, agrémentée de coquillages et de scarabées brillants, et fit de même. Après quoi, tous les deux se reculèrent, têtes baissées pour prier. Le Seigneur de la Forêt laissa couler ses larmes d'ambre, et ils partagèrent sa tristesse face à ce qui n'était plus, et à ce qui allait survenir.

« Père de la Forêt, pardonne-moi ce que je vais faire », murmura Mikel et, quand il leva la tête, lui aussi avait les larmes aux yeux.

Il resta plongé dans une vénération silencieuse, avant de mouiller son doigt pour déterminer la direction du vent. Celui-ci soufflait de la mer maintenant, vers l'intérieur des terres, en continu.

« Sors tes pierres, dit-il à Eztar. Celles que tu utilises pour faire du feu. »

La jeune fille sortit ses silex et l'éclat de la pierre d'étoile, gris argenté, pendant que son jeune compagnon rassemblait des feuilles avec ses béquilles et les entassait au pied de l'arbre, aux endroits où la résine s'était accumulée.

« Mets le feu, ordonna-t-il. Ici et ici. »

La résine brûlerait très vite. L'arbre était sec, le bois craquait. Il s'enflammerait comme une torche. Emportées par le vent fort, les flammes bondiraient vers les arbres les plus proches, tout aussi secs et résineux. Les bourrasques éloigneraient ensuite le brasier, jusqu'à la crête qui faisait office de grande séparation. En fuyant dans la direction opposée, ils pourraient redescendre des falaises et trouver refuge sur le rivage.

« Il sera visible de très loin, de tous les côtés. » Mikel s'éloigna de la chaleur tremblotante, déjà insoutenable. « Il servira de signal à nos bateaux pour qu'ils changent de cap. »

Mikel et Eztar s'enfuirent devant un mur de feu. Le vent chassait le plus gros de l'incendie dans l'autre sens en s'emparant des flammes qu'il projetait vers l'intérieur des terres, mais des langues de feu se faufilaient dans les buissons et des vents de travers tourbillonnants déplaçaient le foyer dans des directions imprévisibles. Des braises s'envolaient, des troncs et des branches éclataient dans des gerbes d'étincelles qui roussissaient les cheveux des deux jeunes gens et constellaient leurs vêtements de petits trous. La fumée affolait le poney, de plus en plus ombrageux. Eztar le tenait solidement par la bride pour l'empêcher de décamper, mais il connaissait le chemin. Instinctivement, il trouva le trajet le plus rapide jusqu'à la mer. Quel soulagement lorsqu'ils aperçurent les immenses plages de la Baie de l'Éternité.

Eztar dénicha un sentier et guida le poney jusqu'au sable gris. À proximité des falaises, des étincelles continuaient à pleuvoir sur leurs têtes, alors ils poursuivirent leur chemin, jusqu'à l'endroit où le sable sec effleurait la surface croûtée telles des bandes d'étoffe finement tissée, et où la mer venait s'étendre en grondant.

Mikel n'avait pas dit un mot depuis qu'ils avaient quitté la forêt.

C'était la période la plus sombre de l'année ; le soleil allait bientôt décliner au-dessus de l'horizon lointain. Des nappes de brume blanche venues du large rasaient la mer. Eztar referma les pans de son manteau. Une fois le soleil couché, le froid deviendrait plus mordant. Ils devaient trouver un endroit pour camper, et vite. À l'intérieur des terres, le feu s'atténuait, même si des parcelles de suie continuaient à virevolter dans le vent tourbillonnant, semblables à des flocons de neige noire. Les falaises leur fourniraient un abri. Eztar choisit un endroit adapté, une étroite fissure dans la paroi, et immobilisa le poney en posant une lourde pierre sur ses rênes. Mikel s'assit sur un tapis qu'clle avait étalé à son attention, sans chercher à l'aider pendant qu'elle rassemblait des morceaux de bois flotté pour faire un feu. Il n'en manquait pas. On aurait dit que des forêts entières avaient dégringolé dans la mer.

Le bois sec, imbibé de sel, prit rapidement et se consuma en crachant des flammes vertes et violettes. Eztar confectionna des petits gâteaux de farine, qu'elle déposa sur des pierres plates pour les faire cuire.

Le garçon, assis en tailleur, contemplait la mer.

« À quoi tu penses ? lui demanda-t-elle.

– À mon père, répondit-il. Parce qu'il pense à moi. »

V

Un seul chemin menait au port : une étroite voie pavée, de chaque côté de laquelle se dressaient de hauts murs en pierres de taille. Les derniers habitants de la cité la descendaient en masse. Des prêtres et des prêtresses sortis des temples, des guérisseurs et des érudits. Les cartographes et les astrologues, eux, étaient déjà à bord des bateaux. Le temps pressait, ils le savaient, et pourtant ils ne cédaient pas à la panique, ils étaient simplement habités par une détermination farouche. Ils œuvraient en commun, comme des fourmis, ou plutôt comme les abeilles à l'intérieur de la Ruche de la Mère. L'embarquement avait débuté.

LE TESTAMENT DE STONE – BRICE AMBROSE STONE

Dans le port, les lignes de flottaison des navires aux proues élancées disparaissaient sous l'eau car ils transportaient bien plus que leur quota de passagers et de marchandises. L'embarquement avait débuté avant que les Dieux Sauvages pénètrent en ville. Le subterfuge avait permis aux habitants de gagner un temps précieux pour achever l'évacuation ; hélas, la ruse n'avait pas fonctionné jusqu'au bout. Et désormais, les terrifiantes créatures dévalaient la voie étroite en direction du port, retenues uniquement par les valeureux janissaires, fort peu nombreux.

Chaque bateau, commandé par un Roi de la Mer, transportait à son bord un lot de navigateurs, d'astrologues et de bâtisseurs ; ainsi, si par malheur les embarcations se trouvaient séparées, emportées par les vents ou les courants, ils contenaient tous les éléments nécessaires à un nouveau départ. Nul ne savait combien de temps durerait ce voyage, ni où ils accosteraient, mais chaque personne avait reçu un sac contenant les graines sacrées, et donc, quel que soit l'endroit où elles débarqueraient, elles pourraient faire renaître la vie.

Le gros de la flotte attendait au large. Les navires chevauchaient les vagues en guettant le grand œil bleu cerné de noir qui ornait la proue du bateau de l'Ativeteh. La nervosité des capitaines augmentait. Ils ne comprenaient pas la raison de ce retard. Rares étaient ceux qui accepteraient de partir sans l'Ativeteh, mais certains avaient déjà hissé leurs voiles. Ils ne pouvaient pas patienter plus longtemps. Du pont de leurs embarcations, ils assistaient à la bataille qui faisait rage. Ils devaient lever l'ancre avant que les créatures bestiales atteignent le rivage.

Les janissaires combattraient jusqu'au dernier homme pour permettre aux bateaux de partir. Le dernier d'entre eux avait été chargé, l'Ativeteh était monté à bord, quand l'alarme retentit dans le secteur des Dieux Sauvages. L'immense tambour, fait avec la peau tendue de l'aile d'un Azhdarch, résonna dans toute la cité pour annoncer la duperie et la trahison. En l'espace de quelques secondes, les créatures et leurs prêtres dévalèrent les marches du temple comme une fumée sombre. Ils furent rejoints par d'autres êtres bestiaux ayant franchi les murs de la cité à l'appel du tambour. Tous essaimèrent en direction du port, en tuant tout ce qui se dressait sur leur passage. Partout résonnaient les hurlements des hommes et les rugissements rauques des créatures.

Les janissaires battirent en retraite jusqu'à la voie pavée qui serpentait le long de la falaise abrupte, vers le port. Cette voie était baptisée le Boyau, à cause de son aspect étroit et tortueux. C'était là qu'ils livreraient leur ultime combat. Les grands murs qui la bordaient avaient été construits par les Anciens. Les blocs de pierres de taille, épais de plusieurs dizaines de centimètres, étaient ajustés si précisément qu'il était impossible de glisser une feuille entre deux. Une grande partie du savoir de leurs ancêtres s'était perdue au fil des siècles, mais pas entièrement.

Le Capitaine des janissaires réservait quelques surprises à ses adversaires. Dès que les premières rangées de créatures s'engagèrent dans la voie étroite, plusieurs grands récipients d'huile, installés en hauteur, se déversèrent sur leurs têtes. Des torches enflammées suivirent. Les cris de panique se transformèrent en hurlements stridents alors que les plumes et les tuniques imbibées s'embrasaient. Des créatures devenues des boules de feu tombaient à la renverse, aveuglées par la douleur insoutenable, et enflammaient leurs congénères qui se trouvaient derrière. Des vagues de fumée s'élevèrent, charriant la puanteur écœurante des plumes brûlées et de la chair rôtie.

« En voilà d'autres ! » s'écria un guetteur.

En effet, de nouvelles cohortes jaillissaient de l'enceinte de la cité. Pendant que ses soldats se préparaient à les bombarder avec de nouveaux projectiles, le Capitaine sauta au pied du mur extérieur et se mit à l'arpenter. Il fit signe à Ayne de le suivre.

« Que faites-vous ? demanda celui-ci.

– Je compte, répondit le Capitaine. Je me suis engagé jeune dans la Compagnie, à l'âge d'Iker plus ou moins. Le vieux Capitaine m'a parlé de ces murs. Ils ont été construits par les Anciens pour protéger la cité d'une invasion venant de la mer, ou pour masquer une fuite comme celle-ci. Ils renferment un secret. Il y a une clé de pierre à l'intérieur de chacun des deux murs. Si on les ôte, tout s'écroule. Hé, le jeunot ! lança-t-il à Iker. Toi qui as de bons yeux, viens par ici ! »

Iker sauta par-dessus le mur pour les rejoindre.

« Qu'est-ce que je dois chercher ? » demanda-t-il en levant les yeux.

Chaque mur était constitué de centaines, de milliers de pierres. La tâche paraissait désespérée.

« C'est à peu près au milieu. » Le Capitaine continuait à compter. « Le mur fait mille et un pas. La pierre en question a cette forme... »

Avec ses deux index, il représenta un T.

« Je la vois ! s'exclama Iker en tendant le doigt. Elle est là ! Il y a même de légères prises dans la paroi pour l'atteindre.

– Vous deux, grimpez ! » Le Capitaine aboya des ordres. « Descendez tous, à part deux guetteurs ! » Il se tourna vers Ayne. « Prends une poignée d'hommes et fais le tour. Il doit y avoir une pierre jumelle de l'autre côté.

– Elle bouge ! cria une voix venue d'en haut.

– Il y en a une ici aussi ! lança Ayne, de l'autre côté du mur opposé.

– Bien ! Bien ! dit le Capitaine en se frottant les mains. Maintenant, il n'y a plus qu'à attendre. »

Les clés de pierre se laissèrent retirer comme si elles avaient été graissées avec du beurre. Les soldats les entendirent dégringoler et s'écraser au milieu des rangs compacts qui maintenant se déversaient vers le port. Néanmoins, les créatures continuaient à déferler, indifférentes, piétinant les corps broyés de leurs compagnons. Les janissaires se regardèrent ; le désespoir revenait s'insinuer en eux. Seules les clés de pierre étaient tombées. À quoi bon ? Mais soudain, une autre pierre se détacha, puis encore une autre. Les énormes blocs se mirent à trembler, dans un raclement qui se transforma très vite en un insupportable grincement de la pierre contre la pierre. Les hommes qui se tenaient à l'extérieur du mur reçurent une pluie d'éclats et se retrouvèrent étouffés par le sable et la poussière. Ils bondirent à l'écart, tandis que tout l'édifice commençait à s'écrouler sur lui-même. Aux premiers crissements répondirent de nombreux cris. Puis la cacophonie des gémissements stridents se retrouva noyée sous le vacarme des pierres qui se brisaient les unes contre les autres.

Puis le silence retomba sur toute la longueur du mur.

Le Capitaine entraîna ses hommes au milieu des ruines. Le chemin qui menait au port était totalement obstrué. Il n'y avait plus aucun signe de vie sous les énormes blocs de pierre qui avaient dégringolé. Plus aucun signe de quoi que ce soit.

Le Capitaine posa la main sur l'épaule d'Iker.

« Va au Temple de la Mère. Je sais que tu es impatient de voir comment elle se porte. Remercie-la de notre part et demande-lui sa bénédiction. Je te libère du serment que tu as fait quand tu es entré dans cette Compagnie. »

Inutile que le jeune garçon meure pour rien, cela ne ferait que retarder momentanément les créatures. L'avant-garde avait été écrasée sous les blocs de pierre, mais d'autres viendraient. Des bêtes inférieures, rapides et agiles, suivies d'énormes monstres qui avançaient d'un pas lourd, tandis que des Azhdarchs continuaient à sillonner le ciel.

Pendant que ses janissaires combattaient si valeureusement pour lui permettre de fuir, l'Ativeteh s'attardait près du rivage. Debout à la proue de son navire, il regardait droit devant lui, sans rien voir, aveuglé par le chagrin d'avoir perdu son fils le plus précieux. Celui-ci aurait dû être ici, à ses côtés, comme prévu. Les autres pouvaient voguer vers l'ouest ; lui mettrait le cap au nord. Peut-être que la fille n'était pas parvenue jusqu'à lui, se disait-il. Elle ne connaissait pas la baie qu'ils avaient choisie pour se retrouver. Peut-être que Mikel l'attendait là-bas. C'était décidé, il défierait la Mère. Il prouverait que son oracle était faux.

Il entendait le sifflement de sa voix, semblable au sable qui glisse sur le sol du désert. La Mère pouvait se montrer douce et aimante, mais elle avait d'autres côtés : elle pouvait également se montrer cruelle, impitoyable, dès qu'il s'agissait de protéger ses enfants. C'était pourquoi on la représentait parfois avec une tête de femme et un corps de lionne.

Mikel devait mourir. Voilà ce qu'elle lui avait dit. Le guerrier envoyé à sa recherche serait aussi son assassin.

Elle en parlait à son aise. Elle n'était pas parente.

Tous les hommes sont mes enfants. N'oublie pas ton devoir. Tous les hommes sont tes fils.

Il se fichait de ce qu'elle lui avait dit. Tant pis s'il se laissait aveugler par l'amour. Il était homme autant qu'il était l'Ativeteh. Il y avait peut-être une autre solution. Il attendrait un signe de Patiku. Il attendrait, même si les monstrueuses créatures en armure avançaient vers lui en pataugeant dans l'eau et si les Azhdarchs tournoyaient au-dessus des pierres qui dégringolaient.

Perdu dans ses pensées, il n'entendit pas le Capitaine qui l'appelait et il ne vit pas les marins qui agitaient les bras et tendaient le doigt.

« Monseigneur ! cria le Capitaine. Regardez ! »

L'Ativeteh leva enfin les yeux. À l'ouest, le soleil descendait vers l'horizon, mais à l'est, l'extrémité du monde était bordée de rouge, comme éclairée par une aube flamboyante. De la fumée noire montait dans le ciel. La forêt était en feu ! C'était le signe. Patiku, l'Unique Père, avait épargné son fils et lui avait adressé une mise en garde. Mikel avait mis le feu à la forêt pour lui indiquer où se trouvait le danger. L'Œil de la Mer se tournait. Mikel avait créé une balise dont son père devait tenir compte. Ne va pas au nord, lui disait-il.

L'Ativeteh ordonna au Capitaine de hisser l'ancre de pierre et d'envoyer le signal du départ. Les notes aiguës et graves de la conque résonnèrent au-dessus de l'eau. Tous les navires se rassemblèrent, comme des pièces sur un plateau de jeu, alors que les Capitaines modifiaient les orientations de leurs voiles et mettaient le cap à l'ouest. Les rameurs se mirent au travail. Les bateaux partaient enfin. Son devoir lui intimait de servir son peuple et d'en assurer la survie, mais il avait encore le cœur lourd. Il abandonnait son fils dans un monde désormais gouverné par les Dieux Sauvages, mais une étincelle d'espoir avait été allumée. Ils ne se reverraient plus dans cette vie, mais Mikel n'était pas mort.

Il adressa une prière rapide au jeune dieu auquel Mikel ressemblait beaucoup, et qui l'avait marqué à la naissance, le Dieu aux Pieds de Taureau, à la fois béni et maudit. Il lui demanda de veiller sur son fils, puis il ferma ses oreilles, son cœur et son esprit aux murmures de la Mère :

S'il disparaît, les bêtes disparaîtront aussi.

Lorsque les frêles embarcations atteignirent la houle profonde de l'océan, les voiles se gonflèrent et les rameurs trouvèrent leur rythme. Ils allaient se répandre à travers le monde, en emportant avec eux leur savoir. Le voyage des Rois de la Mer venait de débuter.

D'un poste d'observation, très haut au-dessus de la cité, les derniers janissaires entendirent les cris rageurs des créatures, leurs hurlements de frustration d'avoir été ainsi vaincus, et ils poussèrent des exclamations de joie, malgré l'épuisement.

Le Capitaine s'adressa alors à ses hommes : « Le bateau de l'Ativeteh a quitté le rivage. Merci, mes amis et mes camarades, vous vous êtes battus avec ardeur. » Il balaya du regard son armée diminuée, les masques de suie noire et de poussière de pierre blanche, marbrés de filets de sueur et de sang. « Pour moi, ce n'est pas terminé. Tant qu'il me restera un souffle, je les combattrai. Vous pouvez me suivre si vous le souhaitez, mais je vous libère du serment que vous avez fait quand vous vous êtes engagés dans la Compagnie des Étrangers. Désormais, c'est chacun pour soi. »

Avec son pied, il traça un trait dans la poussière, devant lui, et tous ses hommes le franchirent sans hésiter. Tous sauf Ayne.

« Je vous rejoindrai, déclara celui-ci. Mais avant cela, je dois retrouver Iker.

– À plus tard, donc, dit le Capitaine en serrant la main d'Ayne entre les siennes à la manière des janissaires. Cette cité possède de nombreuses cachettes. Regarde vers les hautes tours. Bonne chance, mon frère. »

VI

Ils vénéraient d'autres divinités, plus civilisées. Parmi elles figurait en bonne place une déesse matriarcale baptisée l'Ama. Sa prêtresse était, pensait-on, son avatar, l'incarnation de la déesse sur terre. Ses rites n'étaient pas sans évoquer les Mystères éleusiniens de la Grèce ancienne, et on lui attribuait des pouvoirs oraculaires. Son culte était à l'exact opposé du culte bien plus primitif des Dieux Anciens, qui exigeait sang et sacrifices humains.

LE TESTAMENT DE STONE – BRICE AMBROSE STONE

Iker longea le mur pour revenir en ville. Le vent charriait une odeur de fumée, et un flamboiement éclairait le ciel au nord, comme si la forêt était en feu. Les bateaux avaient pris le large, en direction de l'ouest ; ils n'étaient déjà plus que de petites taches noires dans l'immense globe rouge du soleil couchant.

Les rues paraissaient désertes. Néanmoins, Iker approcha avec prudence du Temple de la Mère. Sur ses gardes, il guettait l'apparition d'un groupe de créatures sauvages ou d'autres agresseurs, sans s'apercevoir qu'on l'observait.

Ket, le prêtre des Dieux Sauvages, posté à distance respectable, regardait le garçon épuisé venir vers lui. Il retournait auprès de la Mère pour réclamer son aide, comme tous les gens de son espèce ; et la Grande Catin était toujours là, Ket en était convaincu. Une de ses prêtresses le lui avait confirmé, car il avait su se montrer persuasif. Le bruit des combats, étouffés par la distance, montait du port. Ket laissait aux autres le soin de se battre. De toute façon, ça ne servait plus à rien. La flotte était partie. Les bêtes étanchaient leur soif de sang, rien de plus. Il avait des choses plus urgentes à faire que de tuer pour le plaisir. Le Temple de la Déesse était un labyrinthe de tunnels et de passages qui renfermait sans doute de nombreux pièges et dangers. S'il voulait y pénétrer, et en ressortir, il lui fallait un guide.

Iker entra vêtu de son armure, en traînant ses armes. Tous les instruments guerriers étaient interdits dans cette enceinte sacrée, mais aujourd'hui, ça n'avait plus aucune importance. Le palais semblait abandonné. Si l'Ama avait fui, si elle était partie sur un des bateaux, tout était véritablement perdu. Si elle était restée, elle saurait quoi faire, se disait-il.

Iker avait eu le cœur gros de quitter Ayne, le meilleur ami qu'on pouvait avoir. Grand, avec de longs cheveux pâles et des yeux couleur d'azur. Il se laissait pousser la moustache, un choix très inhabituel. En effet, la plupart des hommes se rasaient la lèvre supérieure, ne gardant qu'un collier de barbe qui bordait leur mâchoire et leur menton. Aync était par ailleurs un excellent soldat, courageux et fort. Il possédait une arme taillée dans de la picrre d'étoile, une roche d'un gris terne, lourde, qui servait à faire le feu. La lame pouvait fendre un os. La pierre d'étoile était rare. Il n'y en avait plus assez pour fabriquer des couteaux comme celui-ci, mais Ayne en avait rassemblé le plus possible pour fabriquer des pointes de flèche. Chaque janissaire avait dans son carquois une de ces flèches spéciales, empennée de rouge et de blanc pour la différencier de ses voisines à pointes de silex.

Iker pénétra dans l'Antre de la Mère. C'était la Fin des Temps. Les fagots de roseaux qui servaient à compter les années avaient été brisés, jetés et éparpillés comme de vulgaires brindilles. Les pierres calendaires jonchaient le sol, en mille morceaux. Le feu perpétuel avait été éteint ; il ne serait jamais rallumé. Les flammes avaient été aspergées, il y a peu ; une odeur âcre, mélange de charbon de bois et d'encens, flottait encore dans l'air. Les prêtresses avaient sans doute été parmi les dernières à partir.

Le Palais de la Mère, le Temple de la Déesse, était un très ancien édifice de forme circulaire, sans fioritures, coiffé d'un dôme et fait de gros blocs de pierre rose. L'entrée s'effectuait par une étroite ouverture entre deux énormes linteaux qui avaient été sculptés à l'effigie de la Mère, sous son aspect le plus féroce : avec un arrière-train de lionne et des griffes de rapace. Iker raviva une torche noircie et s'avança dans l'obscurité. Les couloirs s'enroulaient sur eux-mêmes à la manière d'un labyrinthe qui conduisait à trois salles rondes. La première était dédiée à la jeunesse de la Mère. Placée dans une niche en hauteur, elle serrait contre son sein nu des serpents qui crachaient leur venin. Personne dans cette salle. Iker suivit le passage incurvé jusqu'à la suivante. Là, la Mère était représentée allongée sur le flanc, le corps alourdi, voluptueuse, sur le point d'accoucher. Personne, là non plus. Il se rendit donc dans la dernière salle, la plus petite. La Chambre Peinte. Éclairées par la lueur tremblotante de sa torche, des images de la Mère, toutes semblables, bras levés et jambes écartées, à peine humaine, exécutaient une danse perpétuelle tout autour de la pièce. Le plafond voûté était orné d'un motif en nid d'abeille qui se transformait en rangées de spirales là où le plafond descendait vers les murs. L'Ama était encore là, quelque part ; Iker sentait sa présence vivante. Il emprunta l'Escalier aux Sept Marches et pénétra dans un dédale de tunnels creusés au cœur de la roche.

Bien avant d'entrer dans le corps des janissaires, il avait été conduit dans ce temple par l'Ama en personne. On l'avait découvert à bord d'une frêle embarcation, dérivant sur la mer infinie. Il était encore tout petit et n'avait gardé aucun souvenir de tout ce qui avait précédé le moment où on l'avait lancé sur les flots. La première chose dont il se souvenait, c'était d'un œil immense qui le toisait. Cet œil était peint sur la proue élancée d'un grand navire qui fendait sans peine la houle et dominait de toute sa hauteur sa modeste barque. Ils l'avaient repêché très loin du rivage, mais à la couleur de ses cheveux et de sa peau ils avaient deviné qu'il appartenait au peuple des Terres Brûlées. Il avait d'abord tenté de se cacher pour échapper aux hommes qui descendaient les échelles de corde, puis avait utilisé ses dernières forces pour leur résister, mais on l'avait arraché au vieillard qui l'accompagnait et conduit à bord du grand navire. Nul ne savait comment il avait survécu. Son vieux compagnon était mort depuis plusieurs jours ; ce n'était plus qu'un squelette recouvert d'une peau fine, desséchée par le soleil et le vent. Ignorant tout des rites de son peuple, ils avaient enveloppé son gardien dans une voile, en position recroquevillée, conformément à leur propre coutume. Ils avaient ensuite mis le feu à la barque en y jetant des brandons, après l'avoir aspergée d'huile. Il l'avait regardée brûler jusqu'à ce qu'elle ne soit plus qu'une étincelle sur l'eau, vite engloutie par les voiles pourpres de l'obscurité naissante.

Il aurait dû être admis dans la Maison des Étrangers, mais en raison de son très jeune âge, on l'avait confié aux prêtresses dans le Temple de la Mère. Sa peau sombre et ses cheveux bouclés le différenciaient des autres ; son sourire, accroché en permanence à ses lèvres, en faisait le chouchou des prêtresses qui le traitaient comme un animal familier ou une mascotte. Il avait même le droit de pénétrer dans l'intimité de l'Ama. Elle avait la peau mate, comme lui, et elle affirma que sa cicatrice sur la joue indiquait que du sang royal coulait dans ses veines. Elle le baptisa Iker Erregin, le nomma Messager, Prince de la Maison des Étrangers et l'autorisa à entrer dans son sanctuaire : la Chambre des Oracles.

C'était une petite salle de forme circulaire, creusée dans la roche. Les parois et le plafond étaient badigeonnés de teinture ocre. Mais ici, aucune représentation, aucune décoration. Deux niches profondes se découpaient dans le mur du fond. La plus haute contenait l'Arche sacrée, en os poli. Elle avait la couleur du vieil ivoire et était recouverte d'étranges formes sculptées. Nul, à part la Mère, n'était autorisé à la manipuler. D'après la rumeur, l'Arche renfermait le Crâne Sombre, taillé dans un bloc de cristal, jumeau obscur du Crâne de Lumière conservé par l'Ativeteh. Le toucher était synonyme de mort. La niche inférieure béait comme une bouche grande ouverte. Iker s'en approcha et récita l'invocation.

« Ama, Mère, viens à moi. »

Sa voix lui revint, puissante et caverneuse. La dernière fois qu'il avait parlé devant cette niche, il n'y avait pas d'écho. Il se dit qu'il était devenu un homme.

Il attendit la réponse dans un silence absolu. Parfois, l'Ama s'adressait à lui mentalement. Il entendait sa voix présentement, mais ses paroles étaient faibles.

« Tu es venu, mon petit », murmura la voix semblable au vent qui sifflait à travers les fissures de la roche.

La Mère émergea de la pénombre en glissant vers lui, comme si une des peintures murales des salles voisines s'était animée. Elle arborait son masque en or : deux fentes pour les yeux, une simple barre pour le nez et une sorte de balafre à l'emplacement de la bouche. Une esquisse de visage.

« Oui, je suis venu... » Il s'inclina. « Je craignais que vous ne soyez partie, avec vos prêtresses.

– Non, mon petit. Ma place est ici. Mais j'ai une dernière tâche à accomplir, et tu peux m'aider.

– Tout ce que vous voudrez, Mère. Qu'attendez-vous de moi ?

– Viens. Suis-moi, dit-elle en se dirigeant vers l'Arche sacrée. Prends-la. »

Iker hésita car il connaissait la réputation de cet objet. L'Ama laissa échapper un petit rire.

« Il ne t'arrivera rien. »

Rassuré, Iker prit l'Arche en délogeant la poussière accumulée pendant des siècles et lui tendit le coffre en forme de dôme.

La Mère tint l'Arche dans ses mains fines. Le couvercle s'ouvrit en son centre pour laisser apparaître un crâne sculpté dans une pierre sombre et brillante. Il était à la fois semblable aux Crânes de Lumière qui étaient partis sur les bateaux en renfermant toute la sagesse du peuple, et différent. Ceux-là étaient en cristal clair, et leur forme humaine, arrondie. Celui-ci était allongé, les énormes orbites concaves et profondes, les cavités nasales évasées, la mâchoire saillante et les dents pointues. On aurait dit le crâne d'un animal.

« Pire que ça, hélas, dit l'Ama pour répondre à la question muette d'Iker. Ce crâne, le Crâne Sombre, est à la fois celui d'un homme et d'une bête. Une abomination créée par les Anciens avant que les Ancêtres débarquent sur ces rivages.

– Que sont-ils devenus ? Les Anciens ?

– Ils ont tenté de réveiller le serpent du monde et, ce faisant, le savoir qu'ils ont libéré les a détruits. Et il continue. De grandes perturbations surviennent quand les hommes se prennent pour des dieux. La sorcellerie est *Pa*, ça veut dire qu'elle est interdite, pour de bonnes raisons, mais je crains que de telles pratiques n'aient perduré dans les loges des prêtres des Dieux Sauvages qui vivaient avec leurs maîtres à Ha'Itzilaki. Durant de nombreuses existences humaines, il n'y eut aucun contact entre eux et nous, ça n'avait donc pas d'importance, mais quelqu'un est venu qui s'intéresse au savoir enfermé à l'intérieur du Crâne Sombre et qui permet d'ajouter le pouvoir de l'homme à celui de la bête, d'être les deux à la fois. Ket, le grand prêtre, s'est imprégné de sorcellerie. S'il s'empare de ceci, dit-elle en refermant la main sur l'horrible crâne allongé, qui peut dire ce dont il sera capable ? Il a déjà trouvé le moyen d'animer le serpent endormi ; voilà pourquoi la terre gèle et pourquoi l'Œil de la Mer tourne autour du Cap des Âmes. Mikel a été chargé de l'apaiser pour que les bateaux puissent passer.

– Comment a-t-il fait ?

– Il s'est sacrifié.

– Sacrifié ? »

Iker n'en revenait pas. La Mère rejetait les sacrifices.

« La Mère abhorre les sanglantes effusions de la Maison des Crânes, en effet, mais Mikel porte sur lui les marques du jeune dieu. Il est parfois nécessaire qu'une personne unique comme lui meure, dans l'intérêt de tous les autres. Cela s'est déjà produit. Cela se reproduira. Cependant, le sacrifice n'a pas été accompli. L'Œil se retourne, et l'Ativeteh refuse d'écouter la mise en garde de la Mère... »

Iker comprit alors que l'Ama n'était pas sortie du Temple.

« Mikel a envoyé un signe, expliqua-t-il. Il a mis le feu à la forêt. Les bateaux voguent vers l'ouest. »

L'Ama leva les bras pour exécuter le signe de la Mère.

« Béni soit-il. Tout n'est peut-être pas perdu. » Elle referma le coffret. « Pour le bien de toute l'humanité, le Crâne Sombre m'accompagnera dans l'obscurité. Iker, tu seras mon messager. Dis-le à Aynegeru, le Juste, le Voyageur Venu de Loin, car il a longtemps cherché, en voyageant à travers le temps. Dis-lui qu'il est en sécurité, avec moi.

– Erreur, vieille femme ! Erreur ! » La voix de l'homme résonna, rauque et brutale, alors qu'il s'avançait dans la salle voûtée. « Tu l'as gardé trop longtemps. Le moment est venu de le remettre à quelqu'un d'autre. À moi.

– Ket. Serviteur des Bêtes. » Le masque d'or de l'Ama se tourna vers l'homme. « Je suis vieille, comme tu l'as dit, et prête à entreprendre mon dernier voyage. Seule la Mère est éternelle. Elle trouvera d'autres fidèles pour accomplir son œuvre. Aucun de nous ne peut échapper à son destin. Pas même moi. Tes chères créatures mourront, à l'image de leurs semblables, partout dans le monde. Il existe de nombreux chemins, mais une seule frontière dont nul ne revient.

– Le temps des oracles est terminé, vieille femme. Garde le souffle qu'il te reste. »

Il s'approcha de l'Ama. Il tenait à la main son arme préférée : la griffe de la bête, incurvée et acérée. D'un geste, il arracha le masque d'or et le jeta. Les yeux sombres de la prêtresse, brillants, étaient les seules étincelles dans cet autre masque, de chair grise et ridée celui-ci, semblable à un fruit flétri. Son crâne était lisse, à l'exception de quelques fines mèches de cheveux blanchâtres. Son visage était celui d'une vieille femme ratatinée qui avait vécu bien trop longtemps.

Petit Messager, préviens le Voyageur. C'est pour ça qu'il est venu ici. Il doit réussir là où j'ai échoué.

Ket fendit l'air avec sa griffe, comme s'il maniait une faux, et les dernières paroles de la prêtresse s'achevèrent dans un gargouillis sanguinolent.

Alors qu'il disparaissait dans l'obscurité de la salle, Iker eut le temps de saisir une ultime pensée :

Retrouve Mikel. Dis-lui ceci : même si cela doit lui coûter la vie, aucune bête ne doit quitter cette terre.

Le jeune garçon traversa le temple, en ravalant ses sanglots, étouffé par ses larmes salées. Il était vif et petit. Même si Ket se lançait à sa poursuite, celui-ci était plus massif et engoncé dans son manteau de plumes. Iker pouvait se glisser dans des endroits que le prêtre ne pouvait pas atteindre. En outre, les recoins lui offraient de nombreuses cachettes. La Maison de la Mère était une ruche, et Iker la connaissait mieux que quiconque. Il avait passé la moitié de son enfance à s'y perdre, et l'autre moitié à trouver une sortie. Il se rendit dans une lointaine galerie et s'y assit. L'Ama l'avait appelé son Messager. Ses dernières paroles résonnaient encore dans sa tête. Il devait trouver Ayne. Il devait trouver Mikel. Déjà, il manquait à sa parole. De nouvelles larmes coulèrent sur ses joues. Il n'arrivait pas à s'arracher à cet endroit. Sans l'Ama, la vie n'avait plus aucun sens.

Caché dans l'ombre, Ayne vit Ket ressortir du temple. Il fit un pas en avant, puis s'arrêta. Il n'avait pas la moindre idée de ce qui était arrivé à Iker entre ces murs, mais le prêtre semblait fort satisfait. Il avait noué ses bras autour de sa poitrine, comme s'il serrait quelque chose contre lui. Ayne l'observait avec fébrilité. Il avait hâte qu'il s'éloigne pour pouvoir entrer et rechercher son ami, mais Ket demeurait planté là. Ayne lui jetait des regards remplis d'une haine que seule une vieille inimitié, profondément ancrée, pouvait faire naître. Pourquoi restait-il là, les bras autour du corps, avec son sourire de carnassier ? Ayne se demandait ce qu'il allait pouvoir faire, lorsque Ket émit un curieux hululement, une sorte de sifflement nasillard.

Cet étrange appel déclencha des grognements. Au coin du temple apparut une meute de charognards, tout petits, dotés de cages thoraciques étroites, de ventres proéminents et de longues queues semblables à des fouets. Les janissaires les appelaient les Naxars, ce qui voulait dire « nécrophages » dans leur langage. De fait, à en juger par leurs museaux ensanglantés, ils avaient festoyé au milieu des cadavres qui jonchaient maintenant la cité. Leur peau était verte, marbrée de taches de couleurs vives, des plumes graisseuses, chatoyantes, poussaient par touffes irrégulières sur leur dos et s'accrochaient à leur poitrine. Ils bondissaient sur leurs pattes écailleuses ; leur cou lisse et leur tête déplumée les faisaient ressembler à des vautours. Leur mâchoire étroite était remplie de dents très pointues, capables d'arracher un morceau de chair triangulaire d'un seul coup. Ils avaient de petits bras chétifs, mais qui se terminaient par trois longues griffes recourbées et acérées. Ils regardaient autour d'eux avec leurs gros yeux habitués à l'obscurité. Leurs narines évasées se dilataient. Ils chassaient à l'odorat, et toujours en groupe. En dépit de leur apparence repoussante et pataude, les Naxars étaient des créatures extrêmement intelligentes. Ils regardèrent Ket, la tête penchée sur le côté, comme s'ils écoutaient ses instructions, puis ils s'engouffrèrent dans le temple. Le prêtre reprit son chemin avec un grand sourire, les bras toujours noués autour du torse, comme s'il plaquait un objet précieux contre sa poitrine.

Ayne dégaina son couteau et suivit les petits cousins des Dieux Sauvages dans l'antre de la Mère. C'étaient des charognards, mais ils appréciaient également la chair fraîche, et étant donné leur régime alimentaire, la moindre égratignure infligée par leurs dents aiguisées serait fatale. Il devait trouver Iker avant eux.

VII

Je crois que nous ressuscitons, vie après vie, comme le pensent les bouddhistes. Je crois que nous pouvons voyager d'un monde à l'autre, comme l'affirment les shamans.
LE TESTAMENT DE STONE – BRICE AMBROSE STONE

Le brouillard approchait à pas feutrés. Bientôt, il les envelopperait. Eztar laissa Mikel à ses adieux pour aller ramasser des coquillages sur le rivage et du petit bois pour le feu. Quand elle revint, elle fit cuire des palourdes au milieu des braises et remplit des gobelets en cuir d'eau, dans laquelle elle ajouta des pincées d'herbes hachées et quelques cailloux chauffés au rouge pour faire une infusion.

Mikel mangea et but ce qu'on lui donna, mais il resta muet. Pour meubler le silence, Eztar lui chanta des chansons qu'ils connaissaient l'un et l'autre, en tapant doucement sur son tambourin, comme si ce rythme lent pouvait tenir en respect l'obscurité environnante et comme si sa voix aiguë et claire pouvait égayer l'humeur sombre du garçon.

« J'ai entendu la voix de mon père, dit-il finalement.

– Sur les bateaux ? »

Mikel secoua la tête.

« Non. Avant cela. Quand j'étais au Cap des Âmes. Elle se mêlait au chant des baleines qui s'en allaient, mais elle venait de beaucoup plus loin. » Il écarta les bras pour englober la courbe de l'horizon qui s'assombrissait et le champ infini des étoiles qui étincelaient au-dessus de leurs têtes. « Je crois que son message était juste, mais je ne le comprends pas très bien. »

Eztar écouta Mikel lui raconter comment cette voix avait rejeté la nécessité du sacrifice et lui avait confié une autre mission. En entendant ces paroles, elle perçut un changement dans le lourd fardeau de culpabilité qui l'écrasait depuis qu'elle avait désobéi à la Mère. Dans le sable, elle dessina un plan de la cité en représentant les murs et les tours qui entouraient de petites constructions carrées, des places et des palais et, au centre, le cercle du Temple de la Mère.

« La chose que tu cherches est cachée dans la Chambre des Oracles, dit-elle.

– Comment le sais-tu ?

– Je l'ai vue bien souvent. Elle se trouve dans une niche creusée dans le mur.

– L'Ama l'a peut-être emportée avec elle sur un bateau. »

Eztar secoua la tête.

« Non. Elle ne partira pas. Crois-moi.

– Dans ce cas, il faut aller la voir. Elle saura quelle est la signification de tout cela. Elle saura ce que je dois faire. »

Mikel voulut se lever, mais Eztar le retint.

« Non. C'est trop dangereux de voyager dans le noir. De plus, ta jambe te fait souffrir. Tu dois te reposer. »

Il détestait afficher des signes de faiblesse, mais sa main glissa instinctivement vers son genou, puis sa cheville douloureuse.

« Comment le sais-tu ? demanda-t-il, encore une fois.

– Je le sais. »

Eztar ouvrir sa besace, d'où elle sortit un petit sac en cuir. Elle le secoua pour faire tomber des lames de silex taillées en très fines pointes. Elle repéra les stries bleutées sur le genou et la cheville de Mikel et y enfonça les pointes de silex pour ouvrir des canaux et atténuer la douleur. Le garçon grimaça. Il la remercia d'un hochement de tête, néanmoins. La jeune fille rangea ses aiguilles de pierre. Elle ne pouvait pas faire plus pour l'instant.

Ils dormirent collés l'un à l'autre, recroquevillés, pour se protéger du froid, enveloppés dans une couverture aux motifs éclatants, faite avec la fourrure la plus douce des créatures qui vivaient dans les hautes montagnes. Mikel se laissa faire quand Eztar l'attira contre elle et le prit dans ses bras, comme un petit frère, comme une mère le ferait avec son enfant.

CHAPITRE 31

Camouflage

Celestine montait la garde. Tout son corps restait immobile ; son visage sans âge était impassible ; il semblait sculpté dans le bronze ou taillé dans l'ébène. Elle avait l'impression d'avoir voyagé avec eux et elle mit du temps à reprendre pied dans la réalité lorsque des coups frappés à la porte, violents et insistants, l'arrachèrent à sa transe. Les enfants continuèrent à dormir, sans même bouger, quand elle se déplaça.

Elle ôta les verrous et tourna les clés dans les serrures pour ouvrir la porte et découvrir sur le seuil les amis de Kris, Ran et Max, qui sautillaient d'un pied sur l'autre.

« Faut filer, Mamma », dit Ran.

Celestine sortit sur la passerelle. Il faisait nuit noire maintenant. Des camionnettes banalisées se déployaient dans la cité.

En douceur, Max la ramena dans la pénombre. « Vous approchez pas trop près du bord, sinon ils vont vous repérer avec les caméras. »

Elle leva les yeux vers le garçon : « Tout est prêt ? »

Il lui sourit. « Oui. On a trouvé l'endroit idéal. Abandonné depuis longtemps. En plus, ils ont déjà fouillé ce pâté d'immeubles. Par contre, c'est pas vraiment un quatre étoiles, si vous voyez ce que je veux dire.

– Aucune importance. » Elle posa sa main sur le bras de Max. « Du moment que c'est un endroit sûr.

– Tout à fait sûr, Mamma, confirma Ran. On peut pas faire mieux. Allons-y. »

Elle les fit entrer chez elle.

« Ils vous entendent, expliqua-t-elle. Et ils peuvent marcher. Mais il faut les guider. Ils ne voient pas très bien.

– On va chercher de l'aide. »

Max et Ran détalèrent.

« T'as déjà vu un truc pareil, mec ? » demanda Max à son camarade, alors qu'ils dévalaient l'escalier.

Ran fit non de la tête. Certes, ils connaissaient la réputation de magicienne de Celestine, mais c'était quand même super bizarre comme truc.

En leur absence, Celestine murmura des paroles de réconfort à l'oreille des enfants, l'un après l'autre. Puis elle rassembla tout ce dont elle avait besoin. Quand les garçons revinrent, elle était prête.

Certains membres de la bande restèrent dans l'appartement pour tout faire disparaître, pendant que leurs camarades servaient de guide à Kris, Adam et Zillah. Kris étant le plus petit, ils l'enroulèrent dans un tapis, et Ran le hissa sur son épaule. Ils installèrent Zillah dans un fauteuil roulant comme si elle sortait avec un aide à domicile. Deux garçons prirent Adam par les épaules et l'entraînèrent, en riant et en plaisantant gaiement, sans faire trop de bruit toutefois pour ne pas attirer l'attention, comme s'ils avaient tous un peu trop bu, surtout Adam.

Ils les conduisirent ainsi jusqu'au dernier étage et s'arrêtèrent devant un ancien squat aux murs carbonisés. Ran ôta les grilles qui condamnaient l'entrée, arracha les planches de contreplaqué et transporta les trois enfants à l'intérieur, un par un.

« Je vous avais prévenue que c'était pas un palace », dit-il, avec l'air de s'excuser, alors qu'il aidait Celestine à franchir le trou béant où se trouvait la porte autrefois. Il aurait voulu lui demander à quoi servait le miroir qu'elle portait sous son bras, mais l'expression de la vieille femme l'en dissuada.

Celestine regarda autour d'elle. « Ça fera l'affaire, déclara-t-elle.

– Je vous ai trouvé une lumière, dit-il en brandissant une lampe de camping. À utiliser seulement en cas de besoin. Il y a de l'eau dans ce sac, plus des chips, des fruits et tout ça. Mais je vais être obligé de vous enfermer ici. Pour donner l'impression qu'il n'y a personne.

– Vas-y. Tout ira bien. »

Les garçons avaient disposé des sacs de couchage contre un des murs.

« Ne les allonge pas, dit Celestine. Je préfère les voir assis. »

Allongés, ils semblaient morts, et ça la mettait mal à l'aise.

« Besoin de rien d'autre ? »

Celestine secoua la tête.

« Je reviendrai vous chercher quand tout sera rentré dans l'ordre. »

Ran ressortit. Celestine le vit remettre les planches de contreplaqué et l'entendit fixer les grilles. Cet endroit empestait le bois brûlé et le plastique fondu, et toute l'eau déversée pour éteindre le feu rendait l'atmosphère humide. Les murs étaient couverts de traces de suie qui montaient jusqu'au milieu du plafond. Le sol était jonché de bouteilles, de seringues, de cuillères tordues et de morceaux de papier d'aluminium brunis par la chaleur. Celestine détourna la tête, écœurée, et s'assit sur le petit tabouret pliant qu'un des garçons avait installé là à son attention. De dehors lui parvenaient le bruit des portières qui claquaient et des grosses bottes qui martelaient le sol en béton. Des hommes braillaient des ordres, pendant que des chiens, tenus en laisse, grognaient et aboyaient.

« J'espère qu'ils ne vont pas abîmer ma porte », pensa-t-elle en s'apprêtant à reprendre sa veille.

Pendant ce temps, dans son appartement, les garçons travaillaient vite et bien pour faire disparaître toute trace d'occupation récente. Ils vidèrent le réfrigérateur, débranchèrent tous les appareils, éparpillèrent des prospectus sur le paillasson, mirent l'aspirateur en mode soufflerie pour répandre une fine couche de poussière un peu partout. Les voisins, qui ne portaient pas les forces de l'ordre dans leur cœur, avaient appris leur leçon : ils diraient qu'ils ne savaient pas où étaient la vieille femme et son petit-fils, ils étaient partis pour une durée indéterminée, sans doute étaient-ils retournés aux Caraïbes. Le loyer était payé, mais nul ne savait quand ils reviendraient.

VIII

Pour nous qui étions des étrangers, le corps des janissaires représentait une famille. Nous étions une armée de frères. Un appel au secours ne pouvait pas rester ignoré, même si le fait d'y répondre équivalait à une mort certaine.

LE TESTAMENT DE STONE – BRICE AMBROSE STONE

Iker se réveilla en sursaut. Épuisé par le chagrin, il avait dû s'endormir un court instant. Son rêve l'avait réconforté car la Mère était à ses côtés, mais au réveil, la douleur de sa disparition était encore plus intense. Il replongea dans les affres du désespoir. Soudain, un bruit tout proche sécha ses larmes. Dans l'obscurité, il entendit une sorte de gazouillement, accompagné du raclement furtif de pattes griffues sur la pierre. À tâtons, il chercha la torche qui s'était éteinte. Ses doigts se refermèrent sur l'extrémité résineuse et collante, et il fouilla dans sa besace pour sortir son silex. Ce léger mouvement provoqua un silence immédiat, suivi de sifflements rauques, comme s'il était entouré d'une multitude de serpents. Les mains tremblantes, il frotta le silex contre la pierre, en priant pour qu'ils ne lui échappent pas. Les étincelles qu'il parvint à faire jaillir se reflétèrent dans des dizaines d'yeux. Ils étaient tout près et ils se rapprochaient encore ; et quand ils se déplaçaient, c'était tous ensemble. Iker continua à s'acharner sur le silex, en adressant des prières à la Mère. Elles furent exaucées. La torche s'enflamma pour faire apparaître un cercle de créatures à la peau verte et lisse, bouches grandes ouvertes pour exhiber leurs petites dents pointues. Il était assis par terre et pourtant leurs têtes se trouvaient à hauteur de la sienne. L'espace d'un instant, leurs yeux rougeoyèrent comme des rubis, puis leurs pupilles se contractèrent et les créatures se remirent à siffler de plus belle en s'agitant, gênées apparemment par cette clarté soudaine.

« Vous n'aimez pas ça, hein ? » leur lança-t-il.

Sa voix retentit au moment où il se levait d'un bond en balayant la salle avec sa torche. Il se jeta en avant, puis battit en retraite. Garder le dos au mur était essentiel. Il cria de nouveau dans cet espace confiné, à pleins poumons, et reçut la réponse de l'écho, lointaine et décalée. Les créatures regardèrent autour d'elles, perplexes. Elles détestaient ces cris autant que les flammes. Elles reculèrent, en émettant des couinements rageurs, sans décamper cependant. Elles se figèrent, silencieuses, et attendirent en demeurant hors d'atteinte. C'étaient des animaux patients. Ils semblaient savoir que la torche finirait par s'éteindre.

Ils ne quittaient pas des yeux la flamme vacillante, qui donnait déjà des signes de faiblesse. À mesure que l'intensité de la lumière déclinait, ils se rapprochaient. Régulièrement, Iker se jetait sur eux en braillant et dessinait un ruban de feu avec sa torche, mais chaque assaut était un peu moins efficace que le précédent. Les créatures refermaient le cercle. Dès que la flamme s'éteindrait, elles lui sauteraient dessus le lacérer et le dévorer. En quelques minutes seulement, son corps ne serait plus qu'un squelette.

Ayne prit une des torches fixées au mur à l'entrée du temple et l'enflamma, juste à temps pour voir le dernier des monstres verts disparaître dans un des passages qui conduisaient vers la zone interdite au public. Il devait se montrer prudent car ce bâtiment était un véritable labyrinthe, et si par malheur il se perdait, il était fichu. Heureusement, il était facile de les suivre à la trace. Il gardait ses distances, en prenant soin de masquer l'éclat de sa torche. Mais de toute évidence, ils n'avaient pas le sentiment d'être suivis. Il accompagna les voix aiguës de ces petites créatures bruyantes jusque dans les profondeurs du temple. Leurs gros yeux globuleux leur conféraient une excellente vision nocturne et elles possédaient un sixième sens qui leur permettait de repérer les pièges destinés à protéger ce lieu sacré. En file indienne, elles évitaient soigneusement des trous béants et esquivaient les obstacles de pierre qui tombaient sur leur chemin. Ayne les collait le plus possible car il ignorait que certains passages étaient piégés, mais les Naxars ne se retournaient pas. Ils avançaient toujours sur le même rythme, soutenu.

On aurait dit qu'ils savaient exactement où ils allaient, mais parfois, eux-mêmes devaient s'arrêter au croisement de deux tunnels, le temps de prendre une décision. Puis ils repartaient, tous en même temps, et stoppaient un peu plus loin, de la même manière, telle une troupe de danseurs exécutant une chorégraphie. En d'autres circonstances, cela aurait eu quelque chose de comique, mais la perspective de se retrouver bloqué ici, dans l'obscurité, en compagnie d'une meute de charognards, n'avait rien de drôle.

Soudain, tous les bruits cessèrent, et Ayne s'immobilisa pour tendre l'oreille. Rien. Plus aucun signe des Naxars. Comme si le sol s'était ouvert sous leurs pieds pour les engloutir. Il recula de quelques pas en levant la torche à bout de bras pour élargir le faisceau de lumière. Une galerie, basse et étroite, partait sur la droite. Il y introduisit la tête pour essayer d'entendre les créatures un peu plus loin. C'est alors qu'un cri retentit. C'était une voix humaine, frêle, empreinte d'un mélange de terreur et de colère. Une voix de garçon qui avait mué récemment. Ayne sentit son pouls s'accélérer. Iker ! Il l'avait retrouvé ! La voix s'éleva de nouveau : c'était le cri de bataille des janissaires, qu'ils poussaient seulement en dernier recours, quand tout espoir s'était envolé : *Vaa na ! Vaa na ! À moi ! À moi !* Crier ainsi, en sachant qu'il n'y avait personne, c'était le signe d'un immense désarroi.

Ayne hurla la réponse : *Immer ! Immer ! J'arrive ! J'arrive !* Et il s'engouffra dans le tunnel arrondi qui serpentait à travers la roche comme s'il avait été creusé par quelque vers monstrueux. Ayne était parfois obligé d'avancer plié en deux ; ses épaules larges occupaient presque la totalité du boyau. Régulièrement, il s'arrêtait pour écouter. Les étranges ronflements et gazouillis des créatures s'étaient amplifiés, contrairement aux cris d'Iker qui faiblissaient. Ayne pressa le pas, sans savoir si son jeune ami avait été blessé ou s'il n'avait plus le cœur à se battre. Tout seul dans le noir, entouré de ces créatures répugnantes, il était facile d'abdiquer. Ayne lui cria des paroles d'encouragement : *Tiens bon ! Tiens bon !*

La torche d'Iker crépitait ; la résine inflammable qui l'alimentait était presque entièrement consumée. Les créatures, sentant que la fin était proche, se rapprochaient. Iker prit la torche à deux mains, prêt à s'en servir comme d'une massue, et il rassembla ses forces pour pousser un dernier cri, mais les créatures s'étaient détournées de lui car leur ouie était plus aiguisée que la sienne. Quand l'appel retentit de nouveau, Iker l'entendit à son tour. C'était la réponse des janissaires.

Ayne ! Il était venu à sa rescousse. Le soulagement submergea Iker et menaça de l'engloutir, mais il ne pouvait pas se permettre le moindre relâchement. Il ne devait surtout pas abaisser sa garde maintenant. Les Naxars pouvaient lui sauter dessus et le terrasser en une fraction de seconde.

Ayne éteignit sa torche et se dirigea vivement, à pas feutrés, de la minuscule lueur qu'il distinguait droit devant lui. Le tunnel débouchait sur une petite salle ronde. Aussi faible soit-elle, la torche d'Iker dessinait sur les parois et au plafond des formes irréelles. Les Naxars semblaient aussi grands que leurs nobles cousins. Ils s'étaient retournés vers Iker et agitaient la tête en se balançant d'un pied sur l'autre, comme s'ils cherchaient à hypnotiser leur proie. Ayne dégaina son couteau et se rapprocha centimètre par centimètre.

L'attaque prit les Naxars par surprise. Iker bondit, dans un long cri, et se servit des derniers feux de sa torche pour faire reculer les créatures vers Ayne. Elles tombèrent à la renverse en poussant des couinements de rage et de panique. D'un seul coup de son grand couteau, Ayne trancha deux têtes. Il plongea la lame dans la gorge d'une autre créature et en embrocha une quatrième, dans le creux tendre où le cou décharné rejoignait le sternum. Les corps décapités continuèrent néanmoins à courir et à vaciller comme des poules, en aspergeant de sang leurs compagnons. Les Naxars n'étaient pas des charognards exigeants et ils avaient faim. Rendus fous par l'odeur du sang, ils se jetèrent sur les morts et les blessés, arrachant de larges morceaux de chair avec leurs griffes et plantant leurs dents aiguisées dans les ventres mous pour en extirper les viscères d'un mouvement de tête furieux.

Des combats sauvages éclatèrent entre les créatures, pour les carcasses. Ayne prit Iker par le bras et ils s'enfuirent dans les tunnels, loin de ce carnage.

Iker suivit Ayne jusque dehors, dans la nuit. Aucune lampe n'était allumée, les torches étaient éteintes dans leurs niches, et pourtant le ciel flamboyait, une épaisse fumée flottait dans l'air. Au loin s'élevaient les hurlements des hommes et des rugissements triomphants qui n'avaient rien d'humain. Les Dieux Sauvages se vengeaient sur ceux qui n'étaient pas partis avec les bateaux ; ils saccageaient la cité en tuant tout le monde sur leur passage.

Ayne et Iker se déplacèrent avec prudence. Les créatures n'étaient pas l'unique menace qui rôdait dans les rues. Tous les habitants n'avaient pas embarqué sur les navires. Certains, jugeant la décision du Conseil prématurée, étaient restés fidèles à la conviction selon laquelle les Dieux Sauvages les sauveraient. D'autres avaient été défavorisés par le choix qui avait été effectué pour savoir qui partirait et qui resterait. Ainsi, les criminels et les individus jugés indignes avaient été délibérément écartés. La cité désertée était synonyme de riche butin. Les maisons, les temples et les palais étaient abandonnés, et ceux qui étaient partis n'avaient pu emporter que peu de choses. Tout ce qu'ils avaient laissé derrière eux était à la disposition des pillards : or, argent, bijoux, vêtements, vin, bière, victuailles, sans oublier les bâtiments eux-mêmes.

« S'ils réussissent à échapper aux bêtes, ils vivront comme des rois, commenta Ayne, tandis qu'ils passaient devant des groupes d'individus visiblement ivres qui ressortaient des maisons cossues, au milieu des meubles et des vêtements éparpillés. Jusqu'à ce qu'il n'y ait plus rien, ajouta-t-il.

– Que se passera-t-il, alors ? demanda Iker.

– Dieu seul le sait. »

Frigorifiés et affamés, ils feraient brûler les meubles

qu'ils avaient volés et ils se battraient pour la dernière poignée de céréales. Iker frissonna. Ça, ce serait avant qu'ils s'entre-dévorent.

« Ce n'est pas une perspective très réjouissante, dit Ayne qui avait suivi le fil de sa pensée. Avant longtemps, ceux qui ont été tués par les bêtes seront considérés comme chanceux. »

Ils traversèrent la Ruche. Là, aucun signe de combat, quasiment aucun signe de vie non plus. Devant eux, la grande Porte Blanche était béante. Ils la franchirent sans encombre ; il n'y avait plus personne pour la fermer à l'heure du couvre-feu ni pour la garder.

Lorsqu'ils eurent quitté la cité, Iker estima qu'il pouvait enfin raconter à Ayne ce qui s'était passé dans la Chambre des Oracles. Ayne baissa la tête, affligé par la nouvelle de la disparition de l'Ama, et pour lui témoigner son respect. Quand Iker lui répéta les dernières paroles de la Mère, Ayne baissa la tête encore un peu plus.

Voilà donc, se disait-il, quelle était cette chose précieuse que Ket serrait contre sa poitrine.

« C'est mon devoir, murmura-t-il. C'est pour cela que je suis venu ici.

– Comment comptes-tu le lui reprendre ? Et s'il l'a déjà emporté à la Maison des Crânes ? Le suivre là-bas serait un suicide. » Iker secoua la tête. « L'Ama t'a confié une tâche impossible : faire une chose qu'elle-même ne pouvait pas faire !

– Nous trouverons un moyen. Le moment venu. Les bateaux sont partis ; Ket n'ira nulle part pour l'instant. En attendant, nous ferons notre possible. » Il prit Iker par les épaules. « La Mère t'a confié une mission à toi aussi, Messager. Tu dois porter ses paroles à Mikel. » Il marqua un temps d'arrêt et regarda son ami. « Peut-être ne font-elles qu'une. »

Mikel étant quelque part au nord, ils quittèrent la cité en empruntant la Route Blanche. Celle-ci était pavée de galets blancs qui réfléchissaient l'éclat de la lune et des étoiles, même par la nuit la plus sombre, et guidaient les esprits des défunts qui se rendaient au Cap des Âmes. La route, mal entretenue, était dans un sale état. Il y avait des nids-de-poule partout. Certains avaient été remplis avec de la terre et du sable gris provenant de la rivière. Sur la surface pâle, ils ressortaient comme des dents cariées.

Il n'y avait quasiment plus aucune trace de civilisation par ici. La chaussée traversait une campagne sauvage ; un paysage désolé et rocailleux, parsemé de bruyère fauve, de buissons rabougris et de bosquets d'arbres sombres aux feuilles en forme d'épines. Autour d'eux s'étendaient les Plaines d'Agirre, plates et nues. Après l'aube, Ayne réclama une halte. Ils rompirent le jeûne sans parler en mâchonnant de la viande de chèvre séchée, puis ils remplirent leurs gourdes dans un ruisseau glacé.

« Tu entends ? demanda Ayne.

– Quoi donc ? »

Iker tendit l'oreille. Il n'entendit que le silence.

« Justement, dit Ayne. Pas le moindre bruit d'animal, même les oiseaux ne chantent pas. » Il se rinça la bouche et cracha. « Je n'aime pas ça. Je n'aime pas ça du tout. »

Ayne décida d'inspecter les environs, sans rien découvrir

d'anormal. Les créatures avaient disparu, en tout cas. Il ne songea pas à lever les yeux vers le ciel.

L'inquiétant silence se répandit, alors qu'ils reprenaient leur marche à travers la plaine lugubre. Les Azhdarchs avaient beau voler très haut, leur présence n'avait pas échappé aux oiseaux et aux petites créatures qui rampaient sur le sol.

IX

Ces gens faisaient grand cas du symbolisme et de la signification des rêves. Ils se rendaient au Temple Rouge des Voyants pour les faire interpréter. Leurs rêves étaient ensuite notés et conservés dans des archives vieilles de plusieurs siècles.

LE TESTAMENT DE STONE – BRICE AMBROSE STONE

Eztar rêvait. Elle écoutait la Mère qui chuchotait à son oreille. Elle avait l'impression que sa voix parcourait une distance infinie, comme celle qu'avait entendue Mikel, et la jeune fille apercevait des choses qui lui étaient totalement inconnues, mais le ton de la Mère était si doux, si affectueux, qu'Eztar pleurait. Les larmes coulaient sur son visage endormi. Sans doute était-ce le signe du pardon. Son esprit conscient pouvait accepter le raisonnement de Mikel, le bien-fondé de sa décision de ne pas accomplir le sacrifice au Cap des Âmes, mais intérieurement, elle se sentait exclue de la chaleur de l'amour de la Mère, de l'éclat de sa bonté. Son rêve la réconfortait.

Soudain, la voix de la Mère fut remplacée par celle de Mikel. Il la secouait.

« Réveille-toi, Eztar ! Réveille-toi ! »

Elle ouvrit les yeux. Mikel était penché au-dessus d'elle ; son souffle formait des petits nuages blancs dans l'air gelé. Le rêve était toujours présent. Que signifiait-il ? Les Voyants étaient aussi des Devins des Songes. Elle interrogerait Mikel.

Le ciel était clair à l'est, mais le soleil ne s'était pas encore levé au-dessus des hautes falaises, si bien que la plage restait plongée dans la pénombre.

« J'ai fait un rêve étrange », confia Mikel, dont le visage paraissait encore plus pâle dans la lueur grise du jour naissant.

Eztar le regarda avec étonnement. « Moi aussi. J'allais justement t'interroger à ce sujet.

– J'ai rêvé de la Mère, dit le garçon.

– Moi aussi », répondit Eztar.

Hélas, ce que Mikel avait à lui annoncer lui fit oublier son propre rêve, et tout le réconfort qu'il lui avait procuré s'envola.

« J'ai rêvé que j'étais dans la Chambre des Oracles, raconta-t-il. Je n'y ai jamais mis les pieds, et pourtant je la voyais très nettement. La niche dans le mur était vide.

– Et l'Ama ? »

Mikel secoua la tête.

« Je ne sais pas. Je ne sentais pas sa présence. » Il observa la jeune fille, son doux visage marqué par l'inquiétude. « J'ai peur qu'il se soit produit une chose affreuse, Eztar. »

Ils levèrent le camp. La falaise qui les toisait était lisse. Eztar décréta que le plus rapide serait de suivre la plage jusqu'à ce qu'un éboulis de rochers les empêche d'aller plus loin, et à ce moment-là, ils escaladeraient les parois pour se diriger vers l'intérieur des terres.

Au sud, une silhouette apparut, aussi petite qu'une particule de cendre noire dans le ciel de plus en plus éclatant. On aurait dit qu'elle longeait la côte, comme pour chasser en bordure de l'eau, en quête de charognes ou de petites créatures marines. Elle volait si haut qu'il était difficile d'évaluer sa taille, mais lorsqu'elle se rapprocha, elle prit la forme de demi-lune, si caractéristique, d'un Azhdarch. Un examen plus minutieux aurait permis à n'importe quel observateur de constater que la créature volante était plus grande qu'un oiseau, mais Mikel et Eztar étaient bien trop préoccupés pour lever les yeux vers le ciel.

Quatre autres créatures semblables avaient été envoyées dans les airs pour survoler la plaine et la forêt, en couvrant chaque mètre de terrain, de la cité jusqu'au cap, et retour. Si le fils du roi était mort, elles avaient pour mission de ramener son corps. S'il était vivant, elles devaient signaler sa position à Ket.

Eztar et Mikel gravirent péniblement le sentier raide et tortueux accroché à la paroi rocheuse qui s'effritait, sous une pluie de terre, de pierres et de cailloux qui se déversait dans la mer noire tumultueuse en rebondissant contre la paroi. Eztar conduisait le poney, et Mikel s'accrochait à la queue de l'animal. Ils progressaient très lentement et, à la mi-journée, ils n'avaient pas encore atteint le sommet. Pourtant, ils avaient à cœur d'avancer le plus vite possible, mais c'était un paysage inhospitalier envahi de grands buissons d'épineux et les chemins dégagés étaient rares. On pouvait se perdre pendant plusieurs jours dans ce décor. Fort heureusement, ils découvrirent des vestiges du Vieux Chemin qui suivait la côte jusqu'à la cité.

Ce chemin avait été creusé, depuis des temps ancestraux, par les chevriers qui conduisaient leurs bêtes en ce lieu pour qu'elles broutent les buissons de kalaama, dont les petites feuilles grises étaient censées donner à la viande une saveur piquante particulière. Les chevriers avaient disparu, mais des chèvres sauvages continuaient à grignoter le feuillage et les tiges desséchés. Ces buissons d'épines possédaient des pouvoirs médicinaux puissants et leur odeur âcre, si caractéristique, flottait encore dans l'air. Des guérisseurs venaient souvent par ici. Tout comme les apiculteurs. Les bourgeons étaient flétris depuis longtemps, et ils ne refleuriraient plus jamais, mais jadis les abeilles raffolaient de ces petites fleurs blanches qui avaient donné son nom à cette plante : l'Étoile de la Mère. Le miel de kalaama était très recherché pour ses vertus curatives.

Ils marchèrent jusqu'à ce que la lumière décline. Ils n'atteindraient pas la cité ce soir. Eztar tua un jeune chevreau. Elle chargea Mikel de le dépecer et de le préparer pour le faire griller, pendant qu'elle partait voir ce qu'elle pouvait trouver d'autre. Elle revint avec sa besace remplie de feuilles séchées, et les mains pleines de rayons de miel. Les abeilles étaient toutes mortes. La cire était épaisse, mais il y avait du miel à l'intérieur. Mikel mâchonna les morceaux qu'elle lui donna, en avalant la cire avec le reste. Il n'avait jamais rien goûté d'aussi sucré. Eztar étala un peu de miel sur le chevreau en train de rôtir, elle le saupoudra d'herbes, puis enveloppa le reste de miel dans une toile cirée pour l'ajouter à leurs provisions.

Pour la première fois depuis plusieurs jours, ils s'offrirent un vrai repas. Eztar fit infuser des feuilles et sucra le breuvage avec du miel, puis ils s'installèrent pour regarder le soleil se coucher avec une débauche de reflets écarlates. Le ciel passa du bleu clair au bleu foncé, et Mikel chercha du regard les étoiles qu'il connaissait. Longuement, il examina chaque parcelle des cieux. Bien que les astres aient quitté leurs emplacements habituels, il puisait du réconfort dans les formes familières qu'ils dessinaient dans la voûte céleste. Au sud, le Serpent se contorsionnait au-dessus de l'horizon ; la Croix, avec ses deux branches éclatantes, Kalaofic et Kaladim, s'était rapprochée du centre du ciel, non loin de l'endroit où la Ruche se rassemblait autour de l'éclat solitaire d'Anama, la Reine. Au nord, le Guerrier s'étendait, en plongeant vers l'horizon. Mikel récita les noms des étoiles qui le délimitaient : Luga et Gelas qui formaient ses épaules ; Oris, refermé comme un poing sur la boucle de la cape ; Gimel, Mira et Kalagirel, l'étoile rouge, étaient les pierres précieuses de sa ceinture ; Tusca, Xtan et Ulpec dessinaient ses sandales et la pointe de son épée. De l'autre côté du ciel, l'Hameçon pendait dans l'œil brillant de Vorcas. L'air glacial semblait rapprocher les étoiles, et tandis qu'elles s'intensifiaient dans le bleu de plus en plus profond du zénith, Mikel chercha à apercevoir les rivières d'obscurité qui traversaient leur éclat ; c'est ainsi qu'il aperçut la silhouette du Kalasagitzl, l'Azhdarch Géant, qui fondait sur sa proie.

X

Les Abere avaient leurs égaux dans les cieux : de terribles créatures volantes appelées Azhdarchs. Ces énormes monstres ailés ressemblaient aux dragons légendaires. Certes, ils ne crachaient pas du feu, mais si j'osais affirmer que certaines espèces de ptérosaures avaient survécu presque jusqu'à l'époque moderne, sans doute serais-je taxé de fabulateur.

LE TESTAMENT DE STONE – BRICE AMBROSE STONE

Ket, Grand Prêtre des Dieux Sauvages, debout sur le toit carré et plat de la Maison des Crânes, contemplait le coucher de soleil. Il regarda au nord et à l'ouest, en scrutant l'horizon, puis porta à sa bouche la flûte qui pendait autour de son cou et se mit à jouer. L'instrument, long et fin, avait été taillé dans l'os incurvé d'une aile d'Azhdarch. Il soufflait dedans en bouchant les trous avec ses doigts épais. Tout en jouant, il se balançait de droite à gauche au rythme de la mélodie, et son visage se crispait comme s'il ressentait au plus profond de lui les émotions exprimées par l'instrument, alors que celui-ci n'émettait aucun son, du moins aucun son perceptible par l'oreille humaine. Par moments, il s'arrêtait pour contempler de nouveau l'horizon, puis recommençait à jouer.

Il reposa sa flûte, une fois de plus. Des formes sombres étaient apparues au loin : de petites taches dans le ciel dont les derniers feux s'abîmaient à l'ouest. Peu à peu, cinq silhouettes en forme de croissant se dessinèrent ; elles volaient en triangle. Alors qu'elles approchaient de la Maison des Crânes, quatre d'entre elles bifurquèrent vers la droite et la gauche, tandis que la plus grande, une femelle, se posait sur le toit, à côté de Ket.

Elle replia ses ailes immenses comme on replie des voiles, à l'aide d'un grand doigt articulé. Le poids de son corps reposait sur des orteils beaucoup plus courts, à peine plus larges qu'une main humaine. Elle pencha la tête vers Ket, la bouche entrouverte. Ses longues mâchoires étroites étaient bordées d'une rangée de petites dents très pointues.

« Viens vers moi ! Viens ! dit le prêtre d'une voix charmeuse. Ma belle ! »

Il s'approcha d'elle en lui offrant des petits bouts de chair sanguinolente. Elle écouta ses paroles chuchotées, et sa troisième paupière se souleva lentement pour laisser apparaître un œil d'un bleu laiteux ourlé de peau violacée, plissée et rugueuse. Le prêtre se pencha vers elle, en continuant à murmurer. En guise de réponse, la créature fit claquer son bec, deux fois, en remuant la tête. Ket demeura immobile, son attention était fixée sur la créature.

« Toutes mes félicitations, ma grande, ma belle. »

Pour la récompenser de son excellent travail, il lui offrit encore quelques morceaux de chair piochés dans le baquet qu'il gardait près de lui. Elle avait retrouvé Mikel et la fille. Ils seraient rattrapés sans délai. Au cours de son vol, elle avait également repéré un homme et un garçon qui traversaient la plaine. Le jeune était petit, brun, avec des cheveux frisés. Iker et un autre. Il avait donc échappé aux Naxars, songea le prêtre. Cette fois, le janissaire aurait moins de chance. L'Azhdarch baissa la tête. D'un seul coup de bec, elle aurait pu arracher la main de Ket, mais elle le laissa toucher la surface lisse de la crête d'un jaune éclatant plantée sur le sommet de son crâne et qui tombait, en s'affinant, entre les orifices triangulaires de ses narines. Il lui caressa le haut du dos en enfouissant ses doigts dans l'épaisse couche de filaments sombres, longs et doux, à mi-chemin entre le duvet et la fourrure. L'homme et le garçon seraient la récompense de l'Azhdarch. Le prêtre se recula lorsque la créature décolla dans un grand battement d'ailes pour rejoindre ses sœurs qui tournoyaient au-dessus du bâtiment. Elles se dispersèrent à travers la cité, en quête d'un perchoir pour la nuit. Ket quitta le toit et redescendit par l'escalier étroit qui plongeait dans la ziggurat. Il allait informer Sigur et la battue débuterait immédiatement. Les Azhdarchs ne chassaient pas la nuit, mais les grandes bêtes sauvages, si.

XI

Les Dieux Sauvages. C'était un nom approprié. Tour à tour, ils me rappelaient les dragons, les griffons, Quetzalcóatl le Serpent à plumes, Satan au jardin d'Éden, la Grande Bête de l'Apocalypse et toutes les créatures infâmes qui ont menacé l'humanité depuis l'origine. Mais celles-ci étaient faites de chair et de sang.

LE TESTAMENT DE STONE – BRICE AMBROSE STONE

Ils étaient couchés à plat ventre dans la pénombre qui précède l'aube, cloués au sol par une énorme patte qui emprisonnait leur cou. Inutile de tenter de se libérer. Impossible même de lever les yeux. Des griffes pointues comme des aiguilles menaçaient de transpercer la peau sous laquelle battait le pouls. Ils sentaient peser sur eux la présence des créatures immenses et puissantes. Leur odeur musquée les enveloppait, et ils entendaient les grognements qui accompagnaient leur respiration. Tous les deux savaient qu'ils étaient à la merci des dieux, et que le moindre mouvement serait synonyme de mort.

Le poney n'était déjà plus qu'un squelette. Les os d'un blanc brillant, ensanglantés, entouraient les viscères noircis éparpillés sur le sol. Les deux jeunes gens demeuraient immobiles, en se demandant quand ils connaîtraient le même sort. Mikel ferma les yeux et se concentra sur les chuchotements et les claquements de langue qui venaient d'au-dessus. Il poussa un soupir de soulagement. Ils allaient les relâcher. Les griffes acérées se plantèrent dans l'étoffe, et non dans la chair, pour les remettre debout.

Impressionné, le garçon regarda ces géants qui le toisaient. C'était comme si les sculptures de pierre aux couleurs vives qui ornaient les frises des temples s'étaient animées. Leur souffle rauque jaillissait de leurs narines situées de chaque côté de leur long museau écailleux. Le vent naissant agitait les plumes qui recouvraient leur peau. Mikel ferma les yeux pour ne plus voir ces créatures, mais leurs terribles regards restèrent imprimés dans son esprit ; il voyait encore les globes ambrés coupés en deux par les longues fentes noires des pupilles, aussi dépourvus de lumière et de vie que les profondeurs de l'océan.

Derrière les signaux qu'échangeaient les dieux, Mikel captait leurs pensées.

Faites attention. Le garçon est rusé.

Mikel leva la tête, comme si l'un d'eux avait parlé à voix haute.

Ils ne doivent pas savoir que tu comprends.

La pensée émise par la jeune fille pénétra dans son esprit, et il s'empressa de détourner le regard.

Celui qui avait lancé cette mise en garde devait être leur prêtre, estima-t-il. Bien plus petit que toutes les créatures, il semblait écouté malgré tout, respecté, et même traité avec égards. Un visage humain se cachait derrière les grandes mâchoires béantes et leurs crocs terrifiants. Nul n'ignorait que tous les enfants conduits sur la Montagne n'étaient pas sacrifiés. Les plus talentueux étaient épargnés et formés en vue de cette prêtrise d'un genre particulier. C'était le sort que Mikel avait toujours redouté. Si on l'avait emmené sur la Montagne, il aurait été choisi pour devenir prêtre, mais il aimait mieux mourir sur l'autel de pierre, le cœur arraché alors qu'il battait encore, ou sentir les pierres s'amonceler sur lui et l'écraser peu à peu, plutôt que de vivre dans une peau couverte de plumes.

Ket, de son côté, déplorait que l'on gâche des capacités aussi colossales. Il posa son regard sombre sur le garçon, contre lequel il avait déjà été obligé de protéger ses pensées. Le don était en lui ; il aurait fait un élève parfait, dans ce monde, mais également dans celui auquel appartenait Ket. Ah, voilà qu'il recommençait à utiliser son esprit comme une lance, à la recherche du point faible de son armure. Ket sourit. Ce garçon pourrait peut-être lui être utile, finalement.

C'est lui ? demanda la plus grande des créatures. *Le fils de l'Ativeteh ?*

Oui, seigneur Sigur.

C'était donc lui, Sigur. Le chef des Dieux Sauvages. Malgré lui, même s'il ne croyait plus en eux, Mikel frissonna.

Et la fille ? Que fait-on d'elle, Ket ? Voulez-vous la tuer ?

Pas pour le moment. Le prêtre haussa les épaules. *On lui trouvera peut-être une utilité quelconque...* Il essayait de paraître indifférent, mais ses yeux noirs enfoncés dans son visage charnu lançaient des reflets cuivrés quand il regardait Eztar.

Mikel sentit la colère monter en lui. Comment cet homme osait-il insulter Eztar ? Ce *Ket* méritait d'être puni...

Il étouffa ce sentiment aussi vite qu'il l'avait exprimé. À quoi bon s'emporter, alors qu'il ne pouvait rien faire.

On les emmena. Nul ne prit la peine de les ligoter. Les créatures se placèrent en file indienne et reprirent la direction de la cité.

Sigur était accompagné de sa bande de fidèles : Hortzhaganak, le Denté ; Haize, Seigneur du Vent ; Otso, le Farouche ; Labana, Seigneur des Armes et de la Guerre ; Eltlxar, Seigneur des Mouches. Les autres étaient restés dans la cité pour anéantir les derniers foyers de résistance. Sigur avançait à un rythme cruel ; il voulait revenir le plus vite possible maintenant qu'ils avaient capturé le garçon.

Mikel était presque à bout de forces.

Eztar s'adressa au prêtre : « Je ne sais pas ce que vous nous voulez. » Elle était incapable d'effacer de son visage l'hostilité et le mépris. « Mais si vous tenez à le garder en vie, vous allez devoir le porter. »

Donc, Sigur prit le garçon dans ses bras. Mikel n'avait pas peur. Sa jambe le faisait souffrir atrocement et c'était pour lui un soulagement de se laisser porter, même dans les bras d'une créature sauvage. En outre, il souhaitait étudier de plus près leurs ravisseurs. Ils appartenaient tous à la même race, mais des détails les différenciaient, comme chez les humains. Eltlxar était plus mince, son museau plus pointu ; Labana avait une mâchoire plus étroite et Hortzhaganak des crêtes plus prononcées sur la tête et dans le dos. Mikel commençait à enregistrer leurs caractéristiques ; il pensait qu'il était important de les identifier, de savoir qui ils étaient.

Visiblement, c'étaient des créatures intelligentes. Certes, elles communiquaient par des mouvements de tête, des cliquetis produits par leurs griffes, des grognements et des sifflements, mais chaque geste, chaque son était porteur de sens. Parfois, il n'y avait ni mouvement ni son, rien de tout cela, uniquement des lignes de pensées, fluides, qui se rejoignaient et se séparaient comme les courants d'une rivière. Ils sont plus doués que nous dans ce domaine, pensa Mikel, en éprouvant un sentiment qui n'était pas très éloigné de l'admiration. Il était également impressionné par leur force. N'importe quel humain semblerait chétif par comparaison. Il avait été soulevé de terre comme un bambin. Timidement, il caressa les longs filaments qui flottaient au vent et s'enroulaient autour de lui comme un vêtement supplémentaire, et il jeta un coup d'œil pardessus l'épaule de Sigur pour regarder les bêtes qui les suivaient. Elles possédaient une grande et redoutable beauté. On comprenait aisément pourquoi elles étaient idolâtrées comme des dieux.

Leurs plumes ne ressemblaient pas à celles des oiseaux, avec un tuyau et des barbes de chaque côté. Elles pendaient telle une longue cape fluide, faite de grands brins fins qui changeaient de couleur selon leurs mouvements. Le plumage de Sigur brillait de riches reflets pourpres, turquoise et bleus. D'autres étaient plus ternes, mais tous pouvaient changer de couleur : le brun gris se parait d'un chatoiement rosé ou prenait une teinte vert pâle au gré de leurs gestes. Les plumes d'Eltlxar étaient très sombres : son dos noir luisait d'un profond reflet bleu-vert, éclatant, semblable aux élytres d'un scarabée ou au thorax de la mouche à viande qui lui avait donné son nom. Mikel devinait que ces plumes offraient un excellent camouflage, dans la lumière ou la pénombre, sur presque tous les terrains. Leur peau l'intriguait également. Elle n'était ni rugueuse ni sèche, mais au contraire lisse et souple, grenée plus qu'écailleuse, composée de nombreuses épaisseurs, semblables à différentes couches de cire colorée ayant fondu les unes sur les autres. Il se demanda si ces créatures pouvaient en modifier la couleur à volonté.

Trois longues griffes recourbées le tenaient solidement dans leur étau. Elles étaient sombres et brillantes, comme de la corne. À chaque pied, une griffe restait dressée et repliée afin d'être protégée, et pour qu'elle reste bien aiguisée.

Une pensée pénétra l'esprit du garçon : *Les hommes perdent le contrôle de leur corps rien qu'en nous regardant, mais toi, tu n'as pas peur. Pourquoi ?*

Vous pourriez me tuer sur-le-champ, répondit Mikel, mentalement. *Et pourtant, vous me portez dans vos bras comme un bébé. J'éprouverai peut-être de la peur le moment venu, mais pour l'instant, je me sens en sécurité.*

L'esprit de la bête demeura muet, avant de demander : *Et la fille ?*

C'est une Guerrière de la Mère. Elle non plus n'a pas peur.

Mais à ses yeux, vous êtes un ennemi. Elle vous tuera si l'occasion se présente.

La créature pencha la tête sur le côté pour observer Eztar de son œil ambré et fendu. Elle ouvrit la gueule. Des filets de bave s'étiraient entre les deux rangées de grandes dents incurvées ; des filaments de chair décolorée étaient coincés entre les crocs. Mikel grimaça quand une bouffée d'air vicié s'échappa dans une sorte de grincement rauque. La réaction de la bête surprit le garçon : il n'aurait pas imaginé qu'elles étaient capables de rire.

Eztar observait Mikel. Il avait le don de mettre les problèmes de côté, pour vivre dans l'instant présent ; hélas, elle ne possédait pas le même talent. Le souvenir de la Mère l'obsédait ; elle tremblait pour elle. Son sentiment de culpabilité était revenu la hanter, bouillonnant en elle comme l'Œil de la Mer.

« Ça ne sert à rien de se ronger les sangs avant d'arriver dans la cité, avait dit Mikel. En attendant, nous devons nous concentrer sur une seule chose : demeurer en vie. »

Il y avait de la sagesse dans ces paroles. Alors, elle s'obligea à penser à autre chose : de quelle manière tuer les créatures. Voilà une chose qu'elle comprenait. Face à un tel ennemi, vous saviez à quoi vous en tenir. Vous pouviez trouver des moyens de le combattre. Ses doigts posés sur le manche de son poignard la démangeaient. Elle observait leur façon de marcher, par petits bonds, en prenant appui sur leurs orteils écartés. Un épais tendon absorbait les chocs de leur démarche sautillante, en s'étirant comme une corde raide au-dessus du talon. Elle imaginait la lame qui entrait, juste à l'endroit où le muscle s'affinait ; elle l'imaginait qui s'enfonçait entre l'os et le tendon. Elle voyait déjà l'énorme créature s'écrouler et se contorsionner sur le sol, impuissante, pendant que le gros muscle remontait le long de la jambe comme une manche de chemise retroussée.

Cette image réjouissante lui arracha un sourire. Voilà comment il fallait se débarrasser des bêtes sauvages. Mais pour l'homme qui les servait, c'était différent. Il était fait de chair et de sang, elle en était certaine, mais il y avait quelque chose d'autre en lui. Quelque chose d'étrange, venu d'ailleurs. Il était capable de l'emprisonner dans un filet de sorcellerie avant même qu'elle ait le temps de porter la main à son poignard.

Comme s'il répondait à l'appel des pensées d'Eztar, Ket apparut à ses côtés. Maintenant qu'il se tenait à l'écart de ses maîtres, elle découvrait combien il était grand. À cause du masque, elle ne pouvait pas voir son visage, mais elle distinguait ses traits empâtés. Une de ses joues était marquée par une profonde cicatrice, ronde, comme si un objet pointu lui avait transpercé la peau. Une fossette très marquée fendait son menton gras. Il avait de grands yeux, extrêmement sombres, presque noirs, entourés de replis de graisse. Ses lèvres fines donnaient à son sourire l'apparence d'une balafre. Ses dents avaient été limées en pointe pour ressembler à celles de ses maîtres, et indiquer qu'il était leur prêtre. Son sourire trahissait l'homme malhonnête et dangereux, à qui il ne fallait pas faire confiance. Loyal envers une seule personne : lui-même.

« Tu ne m'aimes pas, hein ? » dit-il avec son sourire en lame de rasoir.

Eztar se sentit bête. Elle devait prendre soin de masquer ses pensées.

« Non, avoua-t-elle. Personne n'aime les gens de votre espèce. Vous auriez dû mourir sur le Lieu du Sacrifice.

– Peut-être, répondit-il en haussant les épaules, avec toujours ce même sourire. Qu'aurais-tu fait, toi ?

– Je serais morte ! J'aurais choisi le sacrifice.

– Quand on est mort, on est mort. À quoi bon ?

– Pour l'honneur. Ce serait la seule chose honorable à faire.

– Je ne te crois pas. Ce n'est pas une belle fin, tu sais. Tu changerais d'avis dès qu'ils commenceraient à empiler les pierres sur ton visage. Que penses-tu de ça ? »

Il écarta les pans de sa cape. Il portait autour du cou une sorte de paquet. Il l'écarta pour laisser apparaître un collier constitué de petites mains et de cœurs desséchés prélevés sur des enfants sacrifiés.

L'effroi et l'écœurement se peignirent sur le visage d'Eztar, mais elle demeura inflexible :

« Je choisirais quand même la mort.

– Non, je ne crois pas », dit le prêtre. Une lueur triomphante faisait briller ses yeux noirs. « N'as-tu pas déjà fait ce choix, récemment ? » Il referma sa cape. « Ne mens pas à Ket. Il sait tout. »

Le pas déterminé de la jeune fille se fit plus hésitant. Elle avait trahi la Mère. Le prêtre sentit la culpabilité monter en elle, et il savoura sa honte comme un fruit succulent.

« J'ai été Voyant, ne l'oublie pas, aussi doué à mon époque que celui qui voyage présentement avec Sigur.

Avec l'âge, je vois encore plus de choses. Si tu veux cacher ta culpabilité, ne la harcèle pas comme une langue qui agace une dent cariée. C'est ta désobéissance qui l'a conduit jusqu'à moi. Voir quelqu'un d'aussi talentueux mourir inutilement ! Cela m'aurait profondément attristé. Tu me l'as livré et je dois t'en remercier. »

Ket la regarda s'éloigner. Si jeune, si enflammée, une véritable Guerrière de la Déesse. Et si belle. Quel dommage de la perdre à cause d'un garçon estropié ! Elle portait le talisman de la Grande Catin, l'abeille, serré dans son poing pour chasser le mal. Cela ne lui servirait plus à rien, maintenant que Ket rôdait dans les parages. Il sourit intérieurement. Quel plaisir il prendrait à lui arracher les ailes ! Dans ce monde et dans l'autre, il aurait besoin d'une compagne et d'une personne pour lui succéder. Il avait les deux désormais. Il ne lui restait plus qu'à trouver un moyen de quitter cette maudite île. Pour cela, il avait quelques idées. Il plaqua contre sa poitrine la boîte qu'il transportait et, aussitôt, il sentit l'énergie et le pouvoir se répandre en lui. Le crâne qui se trouvait à l'intérieur commençait déjà à chuchoter ses secrets, et le garçon en faisait partie.

XII

Intelligentes et fourbes, infatigables et puissantes, les créatures chassaient en meute. Chaque membre étant bien plus fort qu'un humain et en contact avec les autres grâce à des sens quasiment surnaturels, ils constituaient très certainement les prédateurs les plus redoutables que le monde ait jamais connus.

LE TESTAMENT DE STONE – BRICE AMBROSE STONE

À l'est, les montagnes en dents-de-scie se détachaient dans l'éclat du soleil levant. La lumière inondait les hauts plateaux et apportait une chaleur bienvenue après le froid glacial de la nuit. Ils étaient encore loin de la cité, quand Sigur ordonna une halte au bord d'un promontoire rocheux qui surplombait la plaine. Il posa Mikel sur le sol et les autres bêtes s'avancèrent aussitôt pour l'encadrer. Ils formaient une ligne, solidement campés sur leurs jambes puissantes, en tendant leur tête au long museau ; certains scrutaient la terre plate qui s'étendait à leurs pieds, tandis que d'autres observaient le ciel. Ket approcha de son maître, peut-être pour lui conseiller de ne pas s'attarder, mais son intervention fut accueillie par un grognement agacé. De toute évidence, le prêtre était mal à l'aise. Son impatience trouvait un écho dans celle d'Eztar. Cette dernière avait hâte de regagner la cité. Pourquoi s'étaient-ils arrêtés ?

« Ce sont des bêtes, expliqua le prêtre avec un haussement d'épaules résigné. Elles aiment chasser.

– Chasser quoi ? demanda Mikel.

– Les Azhdarchs ! Regarde, glissa Eztar à l'oreille du garçon. Ils arrivent du sud. »

Mikel aperçut alors les petites taches noires qui volaient en formation, en venant de la cité.

« Qu'est-ce qu'elles cherchent sur le sol ? demanda-t-il.

– Je ne sais pas. » Eztar tendit le cou. Elle avait de très bons yeux, mais l'étendue de rochers nus et de sable, d'un gris uniforme, parsemée de buissons secs et poussiéreux, semblait déserte, dépourvue de tout signe de vie. « Ils ont une meilleure vue que nous. »

Sigur adressa un signe à sa bande. Avec une agilité surprenante, les bêtes dévalèrent les éboulis et la falaise couverte de pierraille, en sautant de rocher en rocher. Arrivées en bas de la pente, elles s'alignèrent derrière Sigur et avancèrent dans la plaine immense. Malgré leur masse imposante, elles se déplaçaient d'un pas rapide et léger, en prenant appui sur leurs larges orteils, leurs longues jambes avalant sans peine les distances. Elles couraient le corps penché en avant, leurs petits bras collés au corps ou écartés pour manœuvrer. Les plumes qui flottaient dans leur dos et sur leurs épaules faisaient penser à des ailes. Leur queue dressée derrière eux assurait leur équilibre et leur permettait de tourner plus rapidement. Régulièrement, l'une des créatures s'arrêtait, scrutait les environs avec ses gros yeux et faisait claquer sa queue, épaisse à la base, toute fine à l'extrémité, comme un fouet. C'était le signal d'un changement de direction. Une autre faisait un bond sur place, de deux fois sa hauteur, pour avoir une vue d'ensemble. Elles se dispersaient dans la plaine, chacune prenant la position qu'on lui avait assignée au sein de la meute. Tout cela avec une incroyable vélocité.

Les Azhdarchs volaient haut, au-dessus de la plaine, entre la cité et les montagnes. Ils repérèrent aisément leurs proies dans ce paysage quasi désertique qui offrait peu d'abris et se déployèrent pour couvrir les flancs, en échangeant des signes avec leurs ailes et leurs becs afin d'empêcher toute fuite. Leur chef volait en tête ; c'était elle qui dirigerait l'attaque, en agissant à toute vitesse, sans prévenir.

De fait, Ayne et Iker furent pris par surprise. Au moment où ils levaient le camp, ils entendirent un cri rauque au-dessus d'eux, puis un autre. Bientôt, ils se retrouvèrent encerclés par le mugissement du vent s'engouffrant sous les ailes déployées. Ils ne s'attendaient pas à une attaque venue du ciel.

« Couche-toi ! hurla Ayne. À terre ! »

Iker se jeta à plat ventre sur le sol, évitant de justesse le redoutable coup de bec destiné à lui briser la nuque. Il roula sur lui-même, plusieurs fois, jusqu'à l'endroit où se trouvaient ses armes, tandis que son assaillant reprenait de l'altitude et virait sur le flanc pour effectuer une nouvelle approche. Ayne s'accroupit, prêt à s'élancer, mais leur agresseur n'était pas seul. D'autres créatures semblables tournoyaient dans le ciel, prêtes à fondre sur eux, de tous les côtés.

Le premier Azhdarch projeta Ayne à terre. Le bec grand ouvert sur des dents semblables à des lames de rasoir lacéra son manteau en peau de mouton et arracha un morceau d'épaule, jusqu'à l'os. Maintenant, les attaques s'enchaînaient. Ayne dégaina son couteau et roula sur lui-même. Une vulgaire lame de pierre serait inutile, mais avec celle-ci, il pouvait taillader le ventre de la bête ou lui trancher le cou. Il attendit. Des ailes puissantes battirent au-dessus de lui. Sa main se referma sur le manche du couteau. S'il devait mourir, il emporterait une de ces bestioles dans la tombe avec lui, ça ne faisait aucun doute.

L'Azhdarch volait à basse altitude. Ayne resta allongé, alors que l'ombre en forme de croissant fonçait droit sur lui, bec ouvert et serres sorties pour saisir sa proie et l'éventrer. Iker, quant à lui, prit dans son carquois sa précieuse flèche rouge empennée de blanc et banda son arc. Il roula sur le dos et tira. La flèche atteignit l'Azhdarch sous l'aile. La blessure n'était pas mortelle, mais la pointe en acier s'enfonça suffisamment loin pour détourner la créature de sa trajectoire.

L'Azhdarch blessé s'enfuit pour rejoindre ses congénères, l'aile pendante. Iker prépara une autre flèche, tandis qu'Ayne demeurait immobile ; le sang qui s'écoulait de son épaule imbibait le sol. Les créatures volaient encore plus bas, toute leur attention était fixée sur le sol. Elles étaient méfiantes désormais, mais la fin était inévitable. Iker banda de nouveau son arc, en sachant que cette flèche à pointe de silex ne ferait qu'érafler la peau épaisse de l'Azhdarch. Ayne et lui avaient à peu près autant de chances de survivre que des souris repérées par une chouette en chasse.

Les créatures ailées s'apprêtaient à réclamer leur récompense. Les proies étaient petites et chétives, il n'y en aurait pas pour tout le monde, mais elles étaient vivantes, ce qui en faisait un trophée de plus en plus rare. Les Azhdarchs modifièrent leurs trajectoires pour accorder la préséance à leur chef.

Celle-ci semblait avoir récupéré, comme si la flèche plantée dans son flanc n'était qu'une simple piqûre d'épingle. Son aile meurtrie pendant légèrement, elle descendit au ras du sol, serres en avant, mâchoires écartées pour infliger une nouvelle morsure. Elle se concentrait sur la proie blessée, la plus grosse, tandis que ses compagnons attaquaient simultanément la plus petite, de deux côtés à la fois. Obnubilés par leur volonté de tuer, ils n'avaient pas remarqué le changement survenu sous eux, alors qu'ils volaient en rase-mottes au-dessus des buissons.

Sigur fit signe à ses chasseurs de se disperser en fonction du vol des Azhdarchs. Les créatures bestiales s'accroupirent et attendirent, immobiles. La peau tachetée de leur cou et de leur visage avait pris la couleur terne du décor ; leurs plumes paraissaient fades sur le fond de la plaine d'un brun grisâtre. Sigur compta les battements d'ailes qui approchaient et leva la tête pour évaluer la distance au moment où le chef des Azhdarchs passait au-dessus de lui. Et il bondit. Les grandes griffes incurvées se dressèrent ; leurs extrémités pointues comme des aiguilles s'enfoncèrent de chaque côté du long cou. Les serres puissantes déchirèrent la gorge, lacérèrent les artères et la trachée. La créature ailée dégringola dans le vide en suffoquant et en crachant des jets de sang mêlé de bave. Sigur balança alors ses pieds vers le haut ; les épaisses griffes centrales jaillirent et décrivirent un arc de cercle pour venir se planter dans la poitrine de l'Azhdarch agonisant. Des coups de pied rageurs arrachèrent la cage thoracique et le ventre mou, jusqu'à ce qu'il ne reste plus qu'une carcasse vide. Sigur roula sur lui-même, tandis que la dépouille de son adversaire s'écrasait au sol. Le dieu sauvage se releva en léchant le sang et les morceaux de chair sur ses griffes. C'était leur manière de tuer préférée.

Les autres créatures volantes, qui avaient suivi leurs propres trajectoires en rase-mottes, furent éliminées avec la même rapidité. Ayne et Iker gisaient à quelques dizaines de mètres du lieu du carnage. L'un et l'autre demeuraient immobiles, les yeux fermés. Ils avaient entendu la clameur brutale, ressenti l'explosion de violence autour d'eux, mais un instinct profond leur ordonnait de ne pas bouger.

Néanmoins, Ayne risqua un coup d'œil aux alentours. Attentives au moindre mouvement, à n'importe quel bruit, les énormes créatures bestiales se figèrent. Elles tournèrent toutes la tête en même temps. Ayne sentit leur regards se braquer sur lui tel un faisceau lumineux intense. Il referma les yeux, de toutes ses forces. Ils n'avaient fait qu'échanger une forme de mort contre une autre. Les bêtes approchaient, mais impossible de déterminer si elles étaient près ou loin car elles avançaient d'un pas étonnamment léger. Iker était couché un peu à l'écart. Ayne espérait que le jeune garçon était en paix avec le dieu qu'il vénérait, quel qu'il soit. Lui-même n'avait pas prié depuis longtemps. Alors que sa vie l'abandonnait, il vit ce qui l'avait conduit ici : Lockwood dans son bureau, le guide indien sur son cheval tacheté, le crâne de cristal, le navire d'os et de peau. Pour finir, il vit Wesson, assis dans un café parisien, en pleine conversation, puis sous son apparence actuelle, celle du prêtre Ket, souriant d'un air triomphant derrière son masque bestial. Toutes les pensées disparurent et, du plus profond de lui-même, des paroles lui revinrent : *Notre Père qui êtes aux cieux*, au moment où il entendait une légère expiration et sentait un souffle chaud, chargé d'une odeur de sang, passer sur son visage comme un filet de brume.

XIII

Au moment où je croyais que la mort s'emparait de moi, tout m'apparut avec une absolue clarté. Quand je découvris que l'on m'avait épargné, je compris qu'il ne pouvait y avoir qu'une seule raison à cela, et elle était liée à Wesson. Il fallait que je lui reprenne cet objet des ténèbres et que je le raye de la surface de cette terre.

LE TESTAMENT DE STONE – BRICE AMBROSE STONE

Sigur ouvrit sa large gueule maculée de sang, dans un long rugissement venu du fond de la gorge. Des filaments et des morceaux de chair pendaient de sa mâchoire. La peau de son visage et de son cou était écarlate. Sur sa tête et dans son dos, deux protubérances jumelles formaient des crêtes turquoise. Sur son torse, les filaments qui flottaient au vent luisaient et gonflaient telles des vagues mauves irisées.

Campé sur ses jambes, il levait les bras vers le ciel. Un corps reposait entre ses mains. Un corps humain.

Sigur déposa la forme inanimée sur le sol.

Eztar se baissa. C'était un homme au teint pâle et aux longs cheveux dorés. Sans doute venait-il de la Maison des Étrangers. Eztar pensait l'avoir déjà vu quelque part. Il n'était pas mort, mais il s'était évanoui car il avait perdu beaucoup de sang. La chair de son épaule était entaillée jusqu'à l'os, et déjà l'infection enflait et enflammait les contours de la plaie.

« Va me chercher ma besace, dit-elle à Mikel. Et fais bouillir de l'eau. »

Son stock de remèdes n'était pas très important, mais elle avait du miel et elle avait eu la bonne idée de ramasser un grand sac de feuilles de kalaama aux pouvoirs guérisseurs.

« Ils en ont capturé un autre », fit remarquer Mikel.

En effet, un garçon venait d'apparaître sur le camp, escorté par deux des lieutenants de Sigur. Il semblait à mi-chemin entre l'enfance et l'âge adulte ; peut-être était-il un peu plus jeune que Mikel. Lui aussi était petit et frêle, mais il avait la peau mate. L'homme et lui venaient donc de la Maison des Étrangers.

« Tu le connais ? » demanda Mikel.

Eztar hocha la tête. « Il s'appelle Iker. Je l'ai vu dans le temple de l'Ama. C'était son protégé. »

Le garçon vint s'accroupir à côté de l'homme blessé, en le regardant avec la tendresse d'un fils pour son père.

« Peux-tu le sauver ? demanda-t-il à Eztar.

– Je ferai tout mon possible.

– Je m'appelle Iker. » Il lui tendit la main.

« Je t'ai vu dans la Maison de la Mère. Je m'appelle Eztar. Et voici...

– Je sais. » Iker s'inclina et porta sa main à son front en signe de déférence. « Seigneur Mikel, l'Ativeteh.

– Mikel suffira. » Celui-ci était gêné par l'attitude révérencieuse de l'autre garçon. « Et je ne suis pas l'Ativeteh tant que mon père est en vie.

– Votre père a quitté cette terre. » Iker leva les yeux vers Mikel. « Désormais, c'est vous qui commandez. »

Mikel répondit par un petit rire crispé. « Dans ce cas, espérons que mon peuple ne soit pas trop exigeant. » Cette conversation le mettait mal à l'aise. « Qui est ton ami ? demanda-t-il pour changer de sujet.

– Il s'appelle Ayne. Le diminutif d'Aynegeru. »

En entendant son nom, l'homme remua et ouvrit les yeux.

Eztar lui fit boire une décoction de feuilles amères pour atténuer la douleur. Il gémit pendant qu'elle nettoyait la blessure, recousait la plaie et entourait solidement l'épaule avec des bandes de tissu.

« Ativeteh ! »

Mikel se retourna vivement en entendant ce nom, comme si son père avait miraculeusement réapparu, mais il s'aperçut que le garçon à la peau mate s'adressait à lui.

« Je t'ai déjà dit de ne pas m'appeler comme ça. Mon nom est Mikel.

– Mikel, corrigea Iker. J'ai un message de la part de la Mère. »

Mikel posa son doigt sur ses lèvres. « Pas maintenant » dit-il, et il s'éloigna en boitant avant que le garçon puisse en dire davantage.

Un message de la Mère concernait forcément une chose importante, que Ket ne devait pas savoir. Le prêtre des Dieux Sauvages était un Voyant de grand talent qui n'avait pas son pareil pour sonder les esprits, et Mikel lui-même n'était pas à l'abri de ses intrusions mentales. De fait, Ket les observait avec une évidente curiosité depuis un moment, mais il leur tourna le dos et accompagna un certain nombre de bêtes en direction du champ de bataille. Mikel leur emboîta le pas. Il n'avait jamais vu une de ces immenses créatures volantes de près, et lui aussi était bien décidé à fouiner dans les esprits.

Les Azhdarchs étaient étendus sur le sol, leurs grosses têtes rejetées en arrière, leurs longs cous entortillés comme de la corde, les griffes recourbées dans un rictus d'agonie. Leur peau épaisse et sombre était déjà cendrée par la mort ; le vent qui soulevait les longs filaments laissait apparaître la chair grise et grumeleuse. Leurs yeux, boules vitreuses sous la peau violacée, étaient enfoncés dans des cavités bordées de rides.

Sous la direction de Ket, les bêtes entreprirent d'arracher les ailes des Azhdarchs. Mikel était intrigué. Que voulaient-ils en faire ? Mais ce n'était pas la seule chose qui le laissait perplexe. Que faisaient les Azhdarchs si loin de leur territoire ? Pourquoi Sigur les avait-il attaqués, alors que ces créatures volantes servaient habituellement l'Abere ? Et pourquoi avait-il épargné l'homme et le garçon ? Les Dieux Sauvages tuaient très facilement, avec le plus grand plaisir. Mikel n'aurait pas été surpris qu'ils arrachent la tête de ces deux humains pour jouer avec comme si c'étaient des ballons.

Il ressentit soudain une intrusion, une sorte de petit rire moqueur provoqué par ses interrogations. En se retournant, il découvrit Ket debout derrière lui. Il ne l'avait pas entendu approcher, il n'avait pas conscience de sa présence. Il haussa les sourcils d'un air surpris.

« Sigur aime chasser, dit le prêtre. Les Azhdarchs sont les plus rares et les plus formidables des adversaires. Pour abattre une telle créature en plein vol, cela exige de la force, de l'adresse et une parfaite coordination. En outre, elles ne sont plus très utiles en tant qu'espionnes ou sentinelles désormais.

– Pourquoi a-t-il épargné l'homme et le garçon ? »

Le prêtre haussa les épaules et grimaça. « Qui peut lire dans les pensées d'un dieu ? Tu n'as qu'à lui poser la question.

– Qu'allez-vous faire avec ces ailes ? »

Le visage du prêtre se crispa davantage.

« Ça ne te regarde pas », répondit-il en s'éloignant pour aller superviser l'opération.

Mikel regarda les bêtes emporter leur trophées. Les os fins évoquaient de fragiles espars. Quand la peau membraneuse était tendue entre eux, les membres triangulaires ressemblaient à des voiles.

Le jeune garçon suivit le prêtre. Celui-ci l'attendait en souriant. Mikel avait deviné ses intentions. Il avait l'esprit vif. Ket admirait cette qualité. Il lui serait utile. Il connaissait les voies maritimes. Ses pouvoirs étaient grands, et un garçon tel que lui pouvait aisément se laisser corrompre. Avec le temps. Après tout, c'était son neveu. Ket se retrouvait en lui. Mikel ferait un formidable apprentis et successeur. N'avait-il pas déjà désobéi à l'ordre de la Mère ? Si on l'avait conduit dans la Montagne, comme cela aurait dû se faire, Ket l'aurait choisi pour lui faire subir la formation. Le prêtre sourit intérieurement devant le juste ordonnancement des choses. De toute évidence, le destin de Mikel était de le suivre. Et la fille dans tout cela ? L'admiration qu'elle inspirait à Ket n'avait cessé de croître. Sa beauté, sa grâce, et même sa férocité. Une Prêtresse Guerrière de la Mère. Ket lui trouverait un autre rôle, et il y prendrait plaisir. Quant aux deux autres ? L'homme et le garçon ? On pouvait se passer d'eux.

Mikel observa le prêtre en train de l'observer. Celui-ci avait sondé son esprit, mais Mikel avait plus de talent que l'imaginait le prêtre. Il captait toutes les pensées de Ket sans en avoir l'air. Et ce qu'il apprit provoqua sa colère et son indignation. Néanmoins, il prit soin de ne rien laisser paraître. Son visage demeura aussi impassible que le masque bestial du prêtre, et, pour donner le change, il remplit son esprit d'autres pensées. Il était question de bateaux faits d'os et de peau.

« Une idée ingénieuse, dit-il, mais il vous faudra quelqu'un pour les construire. Ayne, l'homme que les bêtes viennent de capturer, est doué pour cela. Je me souviens de l'avoir vu quand j'ai visité les chantiers de construction avec mon père. Il travaillait aux côtés de l'armateur. Et bien sûr, une fois que les navires seront construits, il vous faudra quelqu'un qui connaisse les routes maritimes. »

Ket éclata de rire.

« Tu veux que je t'emmène avec moi ?

– Parfaitement ! Je pourrai vous guider en fonction du soleil, de la lune et des étoiles, et de ce que m'ont raconté les baleines. J'ai énormément à apprendre de vous, mon oncle. J'ai toujours eu envie d'étudier les arts interdits, de connaître les secrets de la sorcellerie et de l'ancienne magie de la terre. Vous pourrez me les enseigner. Mais il nous faudra quelqu'un qui sache naviguer ; je n'ai aucune connaissance dans ce domaine. » Il s'interrompit comme s'il était plongé dans ses pensées. « Le garçon, Iker, est né marin. On raconte qu'il a conduit un bateau depuis les Terres Brûlées quand il n'était encore qu'un enfant. »

Mikel suivait le prêtre en boitant, désireux de lui exposer ses idées. Quand ils revinrent au camp, il avait lancé l'appât. Ket mordrait-il à l'hameçon ? C'était une autre histoire.

XIV

Je me réveillai habité par une détermination nouvelle et avec la conviction que je n'étais plus seul dans cette épreuve. Nous formions un étrange quatuor et, en apparence, nous ne représentions aucune menace pour les forces liguées contre nous, mais peut-être que les faibles pourraient hériter du monde, ou du moins le sauver de la destruction.

LE TESTAMENT DE STONE – BRICE AMBROSE STONE

Dès son retour au camp, Mikel vit que quelque chose n'allait pas. Eztar était livide. Elle ne pleurait pas, mais quand elle parla, elle ne put cacher son émotion.

« Ta vision était exacte, lui dit-elle d'une voix enrouée et grave. Un drame s'est déroulé dans la Chambre des Oracles. Iker est porteur d'une nouvelle atroce. L'Ama est morte. »

Elle détourna la tête, pendant qu'Iker racontait à Mikel ce qu'il avait vu.

« Et Ket possède maintenant ce Crâne Sombre ? » demanda celui-ci.

Voilà qui expliquait l'ingéniosité soudaine du prêtre.

Iker acquiesça.

Eztar se retourna vers eux.

« Il le garde dans le paquet qu'il porte autour du cou, dit-elle.

– Comment le sais-tu ? demanda Mikel.

– Je n'en suis pas sûre. Mais il s'agit visiblement d'un objet précieux. Il ne s'en sépare jamais. »

Mikel grimaça. « Dans ce cas, ce ne sera pas facile de le lui prendre.

– À moins de lui trancher la gorge !

– Et comment fera-t-on ? Il est entouré de créatures la plupart du temps, et même si tu réussis à te retrouver seule avec lui, n'oublie pas que c'est un Voyant aux talents hors du commun. Ses sens repéreront n'importe lequel d'entre vous à vingt pas. Moi, j'ai peut-être une chance d'approcher suffisamment près, mais je ne suis pas un guerrier. Il me maîtrisera sans peine. Nous devons chercher une autre solution.

– D'accord, mais laquelle ? demanda Eztar.

– Je ne sais pas encore ! » L'impatience enflammait le regard doux de Mikel. « Je trouverai quelque chose. »

Eztar ne l'écoutait plus. La sinistre nouvelle de la mort de l'Ama revint éclipser toutes les autres pensées.

Mikel se tourna vers Iker. « Tu disais avoir un message pour moi.

– Oui. Elle a dit : *Même si cela doit lui coûter la vie, aucune bête sauvage ne doit quitter cette terre.* »

Mikel laissa le garçon repartir en courant au chevet de son ami. Celui-ci avait réussi à se redresser en position assise. Il était toujours pâle, mais il reprenait des forces. Tant mieux. Car s'il ne pouvait pas marcher, les bêtes le laisseraient ici. Leur pitié avait des limites. Eztar était une guérisseuse de talent, une authentique Guerrière de la Mère. Ceux qui tuent savent guérir. Il reporta son attention sur les paroles de la Mère. Aucune bête ne devait quitter cette terre, même au prix de sa propre vie. Il comprenait la sagesse cachée derrière cet ordre ; malgré cela, il suivrait le plan de Ket. C'était leur seule chance de partir. Si les bêtes les accompagnaient, tant pis. En temps voulu, il trouverait le moyen d'obéir à la Mère, mais il déciderait à quel moment et de quelle façon. Il était l'Ativeteh désormais.

Mikel fit le chemin dans les bras de Sigur. Il y avait une chose qu'il voulait savoir et il n'aurait peut-être plus l'occasion de discuter avec le Seigneur des Bêtes.

« Pourquoi avez-vous épargné l'homme et le garçon ? lui demanda-t-il.

– Je n'ai pas la moindre tendresse pour aucun membre de votre espèce, dit Sigur. Ne te méprends pas. Mais Ket a changé. Il était l'un des nôtres. Il était comme un frère. Mais depuis quelque temps, il n'est plus le même et je ne lui fais plus confiance. Je les ai épargnés parce que Ket voulait les tuer. »

Quand ils approchèrent de la ville, Sigur posa Mikel, et les bêtes se remirent en route. Le jeune garçon les suivit avec les autres humains, plongé dans ses pensées. Eztar ne parlait à personne ; elle avançait les bras croisés, tête baissée, accablée par le chagrin. Ayne pouvait marcher avec l'aide d'Iker, mais il était encore faible, aussi progressaient-ils lentement. Les bêtes étaient déjà loin ; elles avaient atteint les murs de la cité lorsque Sigur poussa un puissant rugissement. Ils le virent s'écrouler.

Il gisait sur le flanc et, tout d'abord, ils ne virent pas ce qui lui était arrivé. Une substance vitreuse coulait d'un de ses yeux d'où dépassait la pointe d'une flèche, enfoncée jusqu'à son empennage rouge et blanc. Tirée par l'arc d'un janissaire. Elle était entrée dans le cerveau. Sigur mourut à l'endroit où il était tombé.

Mikel éprouva une sorte de tristesse en contemplant ce corps immense. Sigur avait été un ennemi, mais aussi une créature magnifique. Mikel avait admiré sa force et son pouvoir. Il ne pouvait pas lui en vouloir. C'était sa nature de bête qui le poussait à agir ainsi. Mikel en était venu à le respecter.

Mais les autres créatures sauvages ne faisaient pas de sentiment. Elles se jetèrent sur la dépouille de leur chef abattu. Sous les ordres de Ket, elles lui arrachèrent ses plumes et sa peau pour confectionner un nouveau manteau au prêtre. Après quoi, elles débutèrent leur festin. Mikel détourna la tête, écœuré de voir l'une des bêtes s'emparer de sa portion. Plongeant la main dans la carcasse, elle extirpa le cœur encore fumant et le brandit pour le montrer aux autres. Le sang dégoulinait le long de ses bras. Les Dieux Sauvages avaient un nouveau chef : Eltlxar, Seigneur des Mouches.

XV

« Je suis un Étranger, dis-je. Je change de forme. Je suis un sorcier. Un escroc. Je voyage entre les mondes. Là d'où je viens, ces personnes portent le nom de shamans, et l'un de nous est ici. »

« Le temps s'écoule différemment, leur ai-je dit. À supposer qu'il s'écoule. »

LE TESTAMENT DE STONE – BRICE AMBROSE STONE

Les assassins furent traqués. Les marches du temple furent à nouveau inondées de sang humain.

Mikel les conduisit jusqu'à la Salle des Ancêtres. Ils se déplaçaient avec méfiance car on leur avait confisqué leurs armes, mais bêtes et hommes gardaient leurs distances. La

Salle des Ancêtres regorgeait d'esprits vénérables. Les hommes l'entouraient de nombreuses superstitions ; les bêtes elles-mêmes détestaient cette atmosphère. Il flottait dans l'air un tas de bruits étranges et inquiétants qui ressemblaient à des voix, et les Ancêtres en personne, magnifiques dans leurs somptueux vêtements, cachés derrière leurs masques en or, toisaient les visiteurs du haut des voûtes et des niches obscures creusées dans les murs.

Ayne s'interrogea sur le bruit qui les entourait.

Mikel sourit. « Ce n'est que le vent qui souffle dans les conduits des galeries supérieures, expliqua-t-il. Les Ancêtres se sont transformés en poussière depuis une éternité. Et même s'ils *étaient* encore là, étant donné que notre monde est menacé de destruction, sans doute voudraient-ils nous aider, plutôt que de nous faire du mal. »

Ils étaient assis autour d'un feu qu'Iker avait allumé au milieu de la salle. La fumée qui s'en échappait se perdait dans l'obscurité. Ils se sentaient écrasés par ce lieu, comme des voleurs dans une caverne. Les flammes vacillantes constituaient l'unique source de lumière.

Mikel écouta, en silence, Ayne lui raconter son histoire, qui s'achevait pas l'attaque des Azhdarchs dans les Plaines d'Agirre.

« Mais qui *êtes*-vous donc ? lui demanda Mikel quand il eut achevé son récit. Pourquoi êtes-vous ici ? »

Quelque chose l'intriguait chez cet homme. Bien qu'il ne l'ait vu qu'une seule fois avant aujourd'hui, et de loin, il avait l'impression de le connaître.

« Je suis un étranger. Mais ça, tu le sais. » Ayne baissa la voix avant d'ajouter : « Et je change de forme. Je suis un sorcier. Un escroc. Je voyage entre les mondes. Là d'où je viens, ces personnes portent le nom de shamans, et l'un de nous est ici.

– Ket ! » s'exclama Iker.

Ayne acquiesça.

« Tu l'as connu ? demanda Iker. Dans ton monde ?

– Oui.

– Sait-il qui tu es ?

– Je pense qu'il soupçonne quelque chose, sans savoir quoi. Je suis différent des autres, mais tout le monde peut en dire autant dans la Maison des Étrangers. » Il étouffa un ricanement. « Nous sommes connus pour ça. En outre, mes talents de shaman me permettent de me cacher de lui.

– N'en soyez pas si sûr, dit Mikel. Il est rusé et dangereux. »

L'homme confirma d'un hochement de tête. « Encore plus que tu l'imagines.

– Depuis quand est-il ici ? demanda Mikel.

– Impossible à dire. Je sais juste que je le suivais dans mon monde et que je me suis retrouvé dans le vôtre, plus par accident que par une volonté délibérée de ma part. Il se peut que sa présence ici ne doive rien au hasard.

– Vous voulez dire qu'il est venu exprès ? »

Ayne hocha la tête.

« Pour s'emparer du crâne ?

– Non, je ne pense pas. Pas exactement. Ce crâne existe dans mon monde également. Il est venu pour découvrir le secret qui permet de déverrouiller le crâne et pour veiller à ce qu'il demeure intact. S'il est détruit maintenant, ici, il ne pourra pas exister dans le futur. »

Il y avait dans les paroles d'Ayne une chose qui donnait des vertiges à Mikel.

« Je ne comprends pas comment il est arrivé ici, dit Iker. Toi non plus.

– Il y a entre la mort et la vie un moment où une personne peut voyager entre les mondes. J'ai avalé une potion pour atteindre cet état.

– Comme l'herbe qu'utilisent les Voyants ? demanda Mikel.

– En quelque sorte. »

Après cet échange, Mikel resta muet. Il se souvint de la voix qu'il avait entendue au Cap des Âmes. L'impression qu'il avait eue de se trouver à la fois dans cet endroit et dans un autre. Un frisson le parcourut.

Cela n'échappa pas à Ayne.

« Qu'y a-t-il ? demanda celui-ci. Tu as froid ?

– Non. Nous avons une expression qui dit : "Un oiseau a survolé ma tombe." »

Ayne esquissa un sourire sans joie.

« Nous avons une expression semblable.

– J'ai bien observé Ket, reprit Mikel. Parfois, il reste assis sans bouger, totalement absorbé. J'ai essayé de voir à l'intérieur de son esprit, en vain. On dirait une pièce hermétiquement close. Impossible d'entrer ou de sortir, mais il n'y a personne dedans.

– C'est dans ces moments-là qu'il voyage, expliqua Ayne. »

Iker intervint : « On pourrait peut-être s'emparer du crâne quand Ket est dans cet état.

– Dans la Maison des Crânes ? Avec des bêtes tout

autour de lui ? Non, il faut trouver autre chose. » Mikel se tourna vers Ayne. « Est-il possible d'évoluer dans deux mondes en même temps ?

– Pour lui, peut-être. » Ayne secoua la tête une fois de plus. « Mais pas pour moi. Je ne sais pas comment j'ai atterri ici, alors j'y reste. »

Iker fronça les sourcils. Être à la fois dans un monde et dans un autre... Il repensa aux rêves étranges qu'il avait faits quand il s'était caché dans le Temple de la Mère pour échapper à Ket.

« Je ne comprends pas, avoua-t-il.

– C'est normal. Moi-même, je ne comprends pas, soupira Ayne. Le temps s'écoule différemment et ne peut être mesuré. À supposer qu'il s'écoule. » Il prit un bout de bois carbonisé à la lisière du feu. « Ceci est un lieu situé dans le temps. Le vôtre. » Il dessina une sorte d'île sur le sol en pierre. Puis il se leva et disparut dans la pénombre qui occupait le reste de la salle. « L'homme que vous connaissez sous le nom de Ket et moi, nous venons d'ailleurs. » Sa voix leur parvenait sous forme d'écho. « De l'endroit où je me trouve. Imaginez que la terre se soulève et que toute cette partie du sol s'ouvre. À ce moment-là...

– Les cercles se rejoignent, conclue Mikel.

– Exactement. » Ayne revint s'asseoir devant le feu, en tailleur. « Peut-être qu'il se produit un phénomène semblable dans l'espace-temps.

– Si Ket vient de votre époque, dit Mikel en montrant le mur caché dans l'obscurité, comment est-il arrivé ici ? »

Il désigna l'île tracée sur le sol.

« Je vous l'ai dit, je l'ignore. Comme j'ignore de quelle manière moi-même je suis arrivé ici. »

Mikel secoua la tête.

« Avec les bêtes, je voulais dire. Les futurs prêtres sont choisis quand ils sont enfants. Tout autre être humain doit être tué. »

Ayne haussa les épaules.

« Ket est ici car ce qu'il convoite est ici. Il a dû prendre la place de quelqu'un d'autre. Tel un coucou qui s'installe dans un nid.

– Un quoi ?

– C'est un oiseau... Peu importe. »

Mikel croyait savoir ce que voulait dire Ayne. Il avait deviné qu'il y avait quelque chose de bizarre chez Ket, comme s'il avait pris l'enveloppe d'un autre. À l'instar de ces petits crabes que l'on voie sur la plage.

« Les Dieux Sauvages ne s'en seraient pas aperçus ? s'étonna Iker.

– Pas nécessairement. D'abord, Ket porte un masque, et peut-être qu'ils ne voient pas le visage qui se trouve dessous. Peut-être qu'ils voient différemment, comme certaines espèces de lézards, auxquels il ressemble d'ailleurs. Ils ont une excellente vue de loin, mais de près ils voient mal. Et enfin, peut-être qu'en dehors des critères tels que grand ou petit, homme ou femme, nous sommes tous pareils à leurs yeux. Comment savoir ?

– Il se peut qu'ils *aient* remarqué quelque chose. Sigur, du moins. »

Mikel leur rapporta les paroles du Seigneur des Bêtes.

« Et maintenant, Sigur est mort, souligna-t-il.

– C'est un janissaire qui l'a tué ! objecta Iker.

– N'empêche, dit Mikel. Voilà qui arrange bien les affaires de Ket. En vérité, nous sommes tous des étrangers, ajouta-t-il en suivant les méandres de ses pensées. Nous sommes ici depuis de nombreuses vies humaines, mais ce n'est rien, rien du tout. Nous demeurons des nouveaux venus, comparés aux bêtes et à ceux qui étaient ici avant.

– L'Ama m'a parlé des Anciens, dit Iker timidement. Dans ses derniers instants. Elle m'a expliqué que ce lieu leur appartenait autrefois.

– Exact, confirma Mikel. Ils nous ont laissé leurs superbes bâtisses et leur savoir : calendriers, cartes de la terre et des cieux, remèdes pour les malades. Ils nous ont légué beaucoup de choses, parmi lesquelles les crânes de cristal.

– L'Ama a dit aussi qu'ils ont présumé de leurs forces en libérant un pouvoir qu'ils ne pouvaient pas contrôler. C'est pour cela qu'ils ont disparu.

– Et nous leur avons succédé », ajouta Mikel à voix basse, comme s'il se parlait à lui-même. Un certain nombre d'éléments qui l'avaient toujours rendu perplexe commençaient à avoir un sens. « Nous avons amené avec nous de nouveaux dieux : Ama, la Mère ; Patiku, le Père Unique ; Ti'ana, le Fils, Celui aux Pieds de Taureau ; Ti'una, la jeune femme et la fille. Mais les Dieux Sauvages étaient ici avant. »

Ayne secoua la tête. « Je suis perdu...

– Les bêtes vivaient ici avec leurs prêtres. Ou leurs prêtres vivaient ici avec leurs dieux. Ceux qui étaient choisis pour les servir transmettaient une forme de l'ancienne sagesse. Ils assuraient la continuité. Jamais brisée. » Il s'interrompit, pour rassembler ses pensées. « Les Crânes de Lumière ont dévoilé certains de leurs secrets : l'art de la vision et de la guérison. Mais les plus grands sages eux-mêmes ne savent pas tout sur ces crânes. Le Crâne Sombre, lui, renfermait un savoir différent. Le savoir qui est caché. *Pa.* Interdit.

– La sorcellerie, dit Ayne.

– Exactement ! s'exclama Mikel. Et l'ancienne magie de la terre. »

Cette fois, Ayne fronça les sourcils.

« La géomancie ? »

Mikel acquiesça. « Si tel est le nom que vous lui donnez. Ensuite, les Anciens ont disparu. Nul ne sait où. Puis nous sommes arrivés. Le culte des Dieux Sauvages s'est poursuivi. Des sacrifices annuels les apaisaient, mais la pratique de la magie restait interdite. Les Anciens avaient beau avoir disparu, leurs prêtres, eux, étaient toujours là. Ils sont restés près de leurs maîtres, à l'abri, avec tout leur savoir, épargnés par les changements. Leur fonction constamment renouvelée, leur sagesse transmise aux nouveaux venus sauvés du sacrifice... Ils avaient le savoir, mais nous avions le crâne. Les deux choses restaient séparées. Jusqu'à maintenant.

– Là encore, la situation joue en faveur de Ket, souligna Ayne.

– Plus pour longtemps, déclara Mikel.

– Qu'avez-vous l'intention de faire ? demanda Iker en les regardant l'un et l'autre. Tuer Ket et briser le crâne ?

– C'est une possibilité, mais non. Nous avons besoin de Ket pour quitter cette île. Nous partirons avec lui. »

Iker ouvrit de grands yeux.

« Quitter l'île ! Mais si Ket s'en va, les bêtes partiront elles aussi, et la Mère a dit...

– Je sais ce qu'elle a dit. Mais nous devons avant tout survivre.

– Comment compte-t-il partir ? demanda Ayne.

– En construisant des bateaux. »

Ayne ricana.

« Avec quoi ? ironisa-t-il. Il n'y a même pas assez de bois utilisable pour fabriquer un canoë pour un enfant, et les arbres de la forêt sont tous tombés et pourris.

– Il n'a pas l'intention d'utiliser du bois. Les bateaux seront en os et en peau. Il a tout prévu. Les peaux de leurs gigantesques proies ailées formeront la coque. Elles sont résistantes et étanches. D'autres peaux, superposées et cousues avec des tendons, protégeront les plats-bords et la proue, là où les risques de collision sont les plus grands. Les cages thoraciques serviront d'étançons internes. Les voiles seront faites avec les ailes des Azhdarchs, qui sont extraordinairement fines, mais souples et très solides. Par ailleurs, leurs os sont creux, ce qui allégera le poids des embarcations.

– Très ingénieux », commenta Ayne.

Mikel ramena ses genoux contre sa poitrine.

« Trop ingénieux pour Ket, à mon avis. Le crâne a commencé à lui parler, à lui dire ce qu'il devait faire.

– Il n'y a qu'un seul défaut dans ce plan, dit Ayne en mâchonnant la pointe de sa moustache. Je parierais que ni les bêtes ni les prêtres ne savent construire un bateau et le faire naviguer. Je doute même qu'ils sachent nager. »

Mikel sourit.

« Vous pourrez les construire, vous, dit-il. En vous faisant aider par les derniers habitants de la cité. Ket a déjà donné son accord.

– J'ai une meilleure idée... dit Iker dans un murmure, comme si les ombres rassemblées autour d'eux pouvaient l'entendre. Nous devrions partir sans eux. Dès qu'un bateau est terminé, nous le volons. Eux resteront ici, comme le souhaitait la Mère, et ils mourront de froid. La glace recouvrira peu à peu l'île ; elle ensevelira les bêtes, les prêtres, les crânes et tout le reste sous plusieurs mètres, et ainsi vous aurez tous les deux rempli votre devoir envers elle. »

Le visage tiré d'Ayne, creusé par la fatigue et la douleur, s'éclaira d'un sourire.

« Hé, pourquoi pas ? »

Mikel hocha la tête.

« Les meilleures idées sont souvent les plus simples. »

CHAPITRE 32

Traque

Celestine rêvait ; elle voyageait avec eux dans les Temps Anciens. Elle ressentait la douleur vive de leur angoisse et de leur chagrin. Le décès d'une sœur. Assise dans l'obscurité de l'appartement abandonné, elle se balançait d'avant en arrière, alors que les larmes ruisselaient sur son visage. Elle vivait ce drame avec la même intensité que s'il venait de se produire à l'instant, sous ses yeux.

Des coups violents frappés à la porte la ramenèrent brutalement dans le lieu et le moment présents. Elle avait mal aux mains à force de serrer les bras du fauteuil de jardin en plastique. Elle ne bougea pas. Cet endroit était inoccupé normalement. Aucune lumière n'était allumée. Peut-être finiraient-ils par s'en aller. Les coups redoublèrent, accompagnés d'une voix braillarde :

« Y a quelqu'un ? Ouvrez ! »

Aux coups de poing succéda le bruit sourd d'un bélier qui résonna dans l'étroit couloir et se répercuta dans les pièces vides. Le regard de Celestine se posa sur les trois voyageurs adossés au mur. Aucun ne s'était réveillé. Elle n'avait ni le temps de les déplacer, ni d'autre endroit où aller. Sans bruit, elle s'approcha d'eux pour les allonger, avant de les cacher sous une couverture. Elle venait juste de se rasseoir lorsqu'un fracas de bois brisé et de métal arraché lui indiqua que les hommes étaient entrés.

Des pieds bottés firent vibrer le sol en béton, des portes claquèrent et des voix retentirent : « Rien ici ! Rien ici ! »

Elle se trouvait dans la pièce du fond. La porte cogna contre le mur, faisant jaillir des morceaux de plâtre moisi. Celestine tourna la tête pour affronter le faisceau aveuglant d'une lampe puissante. Sa présence inattendue fit sursauter l'intrus. Elle entendit le petit déclic lorsqu'il ôta le cran de sûreté de son arme. Son visage était masqué par un passe-montagne noir, mais elle reconnut son accent quand il demanda : « Qu'est-ce que vous fichez ici, dans l'obscurité ? » Sa voix trahissait ses origines caribéennes.

« Y a pas d'électricité, répondit-elle. Je suis pas censée être ici, de toute façon. » Elle avait pris un ton plaintif, apeuré et suppliant. « Dites rien à personne, surtout. Sinon, ils vont m'expulser. »

L'homme capta l'éclat de ses grands yeux sombres dans

le faisceau de sa torche électrique, avec lequel il balaya la pièce.

« C'est quoi, là-bas, dans le coin ?

– Mon lit et mes affaires. »

Il voulut s'approcher pour en avoir le cœur net, mais Celestine se dressa devant lui. Il la toisa.

« Poussez-vous de là », ordonna-t-il, mais elle soutint son regard.

Quelques secondes plus tard, il rebroussait chemin.

« Y a rien ! cria-t-il en ressortant dans le couloir.

– J'ai cru t'entendre parler à quelqu'un, lança un de ses collègues.

– C'était ma radio », répondit-il en portant sa main à son oreillette.

Quand le calme fut revenu, Mamma Celestine replia la couverture qui cachait les visages de ses protégés et se rassit pour reprendre sa veille.

À l'autre bout de la ville, Abraham Black regardait tourner les roues. Avec la fascination muette de celui qui n'a jamais cru que ce moment viendrait un jour. Les glyphes complexes qui indiquaient les différents décomptes étaient en train de s'aligner. Bientôt, ils coïncideraient avec ceux qui représentaient les mouvements de la planète par le biais des constellations. Ils se rencontreraient là où la gueule du serpent céleste avale le visage doré et souriant du dieu soleil. Celui-ci offrait un alignement extrêmement inhabituel avec les plans galactiques et solaires. La

Convergence Cosmique aurait lieu le surlendemain. L'attente était presque terminée. Les siècles s'étaient transformés en années, les années en mois, les mois en semaines, puis en jours. Maintenant, c'était au tour des heures et des minutes de s'égrener comme autant de grains de sable.

Était-il trop tard ? Abraham Black n'avait aucun moyen de savoir de quelle façon le temps s'écoulait dans le Monde Ancien, mais ici, il était compté. Si le Crâne Sombre était détruit, il restait peut-être un espoir, mais sinon ? Il ne pouvait qu'attendre en entretenant ses doutes et ses peurs.

À l'intérieur du Temple, l'Avocat ne nourrissait pas autant de doutes et d'appréhensions. Les préparatifs étaient presque terminés. Le crâne, posé en équilibre fragile sur l'ancien autel de pierre, pivotait sur deux pointes situées sous la base. Il semblait flotter dans le vide. Une source lumineuse située en dessous traversait les arcades zygomatiques et pénétrait à l'intérieur, où un prisme ruban défléchissait la lumière à travers de minuscules galeries, afin de répandre une lueur violette intense. Les orbites étaient des lentilles concaves. Les rayons dirigés vers l'extérieur transperçaient la pénombre tels deux lasers jumeaux, fins et denses.

Au moment de la Convergence, la Lune, Vénus et les autres planètes se déploieraient en ligne, à partir d'un soleil qui approchait du centre exact de la galaxie. À midi, le jour du solstice d'hiver, l'ellipse solaire traverserait le plan galactique en un point que les Mayas nommaient Xibalba Be, la Route des Enfers. Le Grand Maître suivrait ce chemin et reviendrait en franchissant la faille dans le temps et l'espace, porteur des derniers secrets du Crâne Sombre. Il émergerait de ce grand croisement au moment propice ; et en cet instant de joie, l'Avocat et lui ne feraient plus qu'un. La première étape de la Grande Transformation serait achevée. Le Grand Maître serait accompagné du jeune garçon et de la jeune fille. L'Avocat s'attendait à ce qu'on lui apporte dans l'heure les enveloppes corporelles d'Adam Black et de la fille nommée Zillah. Ils avaient été localisés dans le périmètre d'une cité délabrée. Ses hommes fouillaient actuellement chaque centimètre carré. Il ne restait plus qu'à les dénicher et à éliminer leur ange gardien. Le rite pourrait alors débuter.

Le sacrifice humain avait déjà été accompli : le corps du jeune homme connu sous le nom de Frère Zack gisait sur le sol. Les Sept Élus entreraient et prendraient place dans les niches des murs ; ils se prépareraient pour une journée et une nuit de rites et de prières. Dans le monde entier, leurs semblables se rassembleraient, dans des lieux déjà désignés. Les lieux du pouvoir. À l'heure prévue, le Grand Maître remplacerait l'effigie dans le sarcophage de Mimma Lemnu. Les deux faisceaux lumineux du crâne se mettraient à vibrer et se braqueraient sur le cercueil en basalte. Le Grand Maître réciterait les paroles consacrées, pendant que ce monde serait englouti sous les flammes et les inondations, et que naîtrait le suivant. Ainsi s'achèverait la seconde et dernière partie de la Grande Transformation, quand toute trace de Wesson, Grand Maître et Fondateur Divin, et de son hôte consentant, l'Avocat, disparaîtraient pour ressusciter dans la peau du dieu Mimma Lemnu.

XVI

Tuer le prêtre nous condamnerait à demeurer ici éternellement. L'ironie de la situation ne m'avait pas échappé : notre seul espoir était de suivre le plan de Ket.

LE TESTAMENT DE STONE – BRICE AMBROSE STONE

Posté sur le toit de la Maison des Crânes, Ket rêvassait et complotait. À ses pieds, la cité était en ruine, mais le père de Mikel et son peuple l'avaient bien cherché. La rébellion de l'Ativeteh avait considérablement bouleversé ses plans. Il avait du mal à contenir la colère qui montait en lui. Ils devaient fidélité à leurs dieux, avant toute chose et en toute occasion. Prendre les bateaux pour se sauver, abandonner leurs divinités, c'était un odieux acte blasphématoire qu'ils paieraient cher, maintenant mais aussi à l'avenir. Ces habitants des côtes étaient des constructeurs de navires et des marins nés ; ils étaient partis en emportant leurs embarcations et leur savoir-faire. Il fallait qu'il quitte cette fichue île, avec le crâne, faute de quoi, tous ses plans pour la Fin des Temps tomberaient à l'eau. Il n'existerait tout simplement pas là-bas. Le crâne non plus. Ou alors, si ce précieux objet parvenait à survivre dans le futur, ce ne serait qu'un bloc de pierre inutile. Ket observa le cristal sombre. Superbement ouvragé, d'une remarquable complexité, s'il était privé de son savoir, ce ne serait plus qu'un accessoire de prêtre, conçu pour se balancer au sommet d'un bâton, ou un jouet dans l'atelier d'un magicien : un tour de prestidigitateur, un sujet de conversation. Le crâne palpitait sous ses doigts, il réagissait à son contact. Il y avait un esprit à l'intérieur, une conscience puissante qui luttait pour sa survie. Le crâne lui avait déjà fourni la réponse. Il lui disait ce qu'il devait faire.

Mikel était perché sur l'Œil des Ancêtres, un point d'observation situé au sommet des murs du temple. Ayne avait été convoqué par Ket. Depuis, Mikel guettait son retour. À ses pieds, des bêtes défilaient d'un pas lourd, en portant de quoi construire les bateaux : des peaux empilées et de longs os incurvés posés en équilibre sur leurs têtes et leurs épaules. Mikel leva les yeux vers le ciel pour essayer de calculer depuis combien de temps Ayne était parti, mais il n'y avait pas de soleil. La journée semblait finie avant même d'avoir véritablement commencé. De grands bancs de nuages se formaient, d'un gris maussade, teintés de soufre. Une odeur salée flottait dans l'air, charriée par un vent cinglant. Mikel sentait une pression derrière ses yeux, comme si des doigts glacés lui comprimaient les tempes. C'était un signe de neige. De fait, quelques flocons duveteux commençaient à tomber devant l'entrée du temple, tourbillons blancs dans l'obscurité naissante.

Alors que la neige s'épaississait, et que le ciel perdait ses derniers rayons de lumière, Ayne revint enfin.

« Alors, que voulait-il ? »

Mikel lui laissa à peine le temps d'ôter la neige qui blanchissait son manteau.

« Tu avais raison, dit Ayne. Ket veut que je construise un bateau. Un seul. Je pense qu'il veut voir si c'est faisable. »

Ayne abandonna Mikel à ses pensées. Pourquoi construire un seul bateau ? se demandait-il. Il croyait deviner la raison. Le froid s'accentuait. Quand il expirait, son souffle produisait de la vapeur. Il avait neigé, la glace s'accumulait dans la baie. Le temps manquait pour bâtir toute une flotte. Mais un seul bateau ? Combien de jours faudrait-il ? Une semaine ? Deux ? Si Ket avait l'intention de partir, il partirait bientôt, et seul. Il n'y aurait pas de place pour les Dieux Sauvages. Néanmoins, il aurait besoin d'un équipage et d'un navigateur, sans quoi il ne sortirait même pas du port. C'était décidé : quand Ket serait prêt à partir, ils embarqueraient avec lui, ou bien ils voleraient le bateau.

Toutes les personnes demeurées dans la cité furent conduites à la Maison des Crânes afin de connaître leur sort.

Ket s'avança pour s'adresser à la foule. Il avait les mains posées sur le dôme d'un coffret en ivoire installé sur les genoux en pierre rouge de Xtal, le Très Vieux.

« Je parle au nom d'Eltlxar, Seigneur des Mouches, Chef des Dieux Sauvages. »

Sur ce, le prêtre recula pour laisser place à son nouveau maître. Il souriait derrière son masque, ravi de ce changement de règne. Ce n'était pas de son fait, mais il n'aurait pas pu concevoir un meilleur plan. Sigur avait commencé à se méfier de lui, et l'ancien Seigneur des Bêtes était imprévisible, parfois incontrôlable. Pour une créature sauvage, il avait le cœur trop tendre. Il avait épargné l'homme et le garçon, et il semblait même éprouver de l'affection pour Mikel, autant qu'il en était capable. Eltlxar servait bien mieux ses objectifs. Tous les Dieux Sauvages étaient cruels, mais lui était le plus cruel de tous.

Eltlxar s'avança et toisa la foule avec ses yeux ambrés et fendus. Il était plus svelte que Sigur, plus jeune aussi. Son museau était plus allongé et flanqué de deux crêtes de petites plumes noires et drues. Sa peau tachetée était striée de nuances de gris, et son plumage avait les reflets bleu-noir irisés des mouches à viande, ce qui constituait une des raisons de son surnom. La seconde était sa passion pour la charogne.

Les autres dieux se regroupèrent autour de leur chef. La foule levait les yeux vers lui, dans un silence abasourdi où le respect se mêlait à la crainte.

Ket reprit la parole : « Le Seigneur Eltlxar a décrété que tout le monde devait quitter cette île. À bord de bateaux que vous construirez dans ce but. »

Un soupir de soulagement parcourut l'assemblée, semblable au vent dans les herbes hautes. Beaucoup croyaient qu'on les avait conduits ici pour être sacrifiés. Toutefois, servir d'esclaves aux bêtes et à leurs prêtres risquait fort de ressembler à une condamnation à mort pour la plupart d'entre eux.

« Nous fabriquerons des bateaux qui nous emmèneront loin d'ici, répéta Ket. En attendant, regagnez vos maisons. Nous vous indiquerons ce que vous devez faire. »

Les os et les peaux furent transportés dans les abris abandonnés où avaient été construits les grands navires. Les peaux furent tendues sur des cadres et raclées pour ôter la graisse et la chair. La graisse fut fondue, puis appliquée sur les peaux pour les assouplir. La fumée qui s'échappait des feux permettait ensuite de les sécher.

Pendant ce temps, Ayne œuvrait à la construction de son bateau. Il ne pouvait qu'admirer cette idée. Les os étaient faciles à manipuler et à travailler. Les tendons, une fois tressés, étaient d'excellentes cordes de substitution. Quant aux ailes d'Azhdarchs, elles faisaient de formidables voiles. Iker lui prêta main-forte et, très vite, l'embarcation commença à prendre forme. C'était suffisant pour lui redonner le moral. En outre, son épaule allait mieux ; cette fille était une véritable guérisseuse, et Ayne aimait se servir de ses mains. Le plan fonctionnait et ça lui plaisait. Il se sentait même heureux, curieusement. Aussi bizarre que soit le projet de Ket, Ayne en venait à penser que ça pouvait marcher.

Les Dieux Sauvages, eux, demeuraient presque invisibles. Détestant le froid, ils s'étaient réfugiés dans les profondeurs de la ziggourat, leur montagne artificielle, pour entrer en état de semi-hibernation. Leurs subalternes, eux, continuaient à s'échiner en transportant des os, des peaux et des ailes d'Azhdarchs, destinés à des bateaux qui ne seraient jamais construits. Aux colonnes qui traversaient la plaine s'en joignaient d'autres, qui avançaient péniblement dans la neige, assaillies par le vent, et serrant des choses contre leur poitrine : des couvées et des œufs blottis au milieu de leur plumage. Les cages à l'intérieur de la Maison des Crânes furent vidées. Les œufs furent empilés à leur place, sur les nids de plumes. Les bêtes arrachèrent leur propre duvet pour les garder au chaud.

XVII

Quelle étrange embarcation ce devait être aux yeux d'un observateur posté sur le rivage.

LE TESTAMENT DE STONE – BRICE AMBROSE STONE

Ayne travailla nuit et jour. En deux semaines, le bateau fut terminé. Il dit aux autres de le rejoindre sur le rivage, avec leurs affaires. Il avait déjà chargé des vivres à bord, tout serait prêt.

Ils descendirent vers l'étroite bande de plage de schiste gris, dans la pénombre qui précède l'aube. Un brouillard bas flottait au-dessus de la mer. Cela favoriserait leur fuite. Ayne était déjà là, et Eztar l'aida à mettre le bateau à l'eau. Mikel marchait devant Iker qui portait les sacs de graines qu'il avait tenu à emporter. Mais pas question de les manger.

« C'est pour l'Ama, leur avait-il expliqué. Comme ça, où que l'on débarque, nous pourrons faire renaître la vie. »

Leur terre était morte. Cela ne faisait aucun doute. Plus rien n'y pousserait jamais.

Arrivé au pied de la falaise, Mikel se retourna. Le garçon aurait dû se trouver juste derrière lui, mais il avait disparu.

« Iker ! »

Le bateau était à l'eau. Mikel regarda Ayne qui lui faisait signe de les rejoindre, tout en se débattant pour immobiliser leur embarcation. S'ils ne se dépêchaient pas, ils allaient louper la marée. Soudain, il écarquilla les yeux. Eztar porta la main à la gaine de poignard vide qu'elle gardait toujours au côté.

« Vous ne pensiez quand même pas partir sans nous ? »

La voix cruelle de Ket couvrit le doux clapotis des vagues.

Il descendit le chemin vers Mikel. Avec un compagnon : Eltlxar, Seigneur des Mouches. Celui-ci tenait le jeune Iker à sa merci. Le cou gracile du garçon était emprisonné entre les longues serres recourbées.

« Nous partons avec vous, annonça Ket. Toute résistance... » Il se tourna vers la bête. L'extrémité pointue d'une griffe se planta dans la peau d'Iker et un filet de sang coula le long de sa gorge. « Dépêchons-nous. Il est temps de lever l'ancre. »

Eltlxar portait Iker autant qu'il l'entraînait. Il le lança à l'intérieur du bateau, avant d'embarquer à son tour. Il transportait plusieurs sacs de peau en bandoulière, souples et rembourrés avec du duvet. Il les déposa soigneusement sous une des toiles qui protégeaient les vivres.

« Personne ne doit y toucher, ni même s'en approcher, déclara Ket. Il emmène sa progéniture. »

Ayne poussa le bateau un peu plus loin, puis il sauta par-dessus bord. Eltlxar leur serait utile, pensa-t-il. Il était grand et très fort. Il pourrait les conduire vers le large en ramant, jusqu'à ce que le courant s'empare du bateau et que le vent gonfle les voiles. Ayne regarda autour de lui. Ses amis et lui devraient rester sur leurs gardes en permanence car, bientôt, ils ne serviraient plus à rien. Une fois qu'ils suivraient le cap fixé, Ket n'aurait qu'une envie : se débarrasser des passagers indésirables.

Le bateau était une curieuse embarcation, assurément, mais il flottait plutôt bien, même fortement chargé. Ayne prit la barre, pendant qu'Iker se chargeait du maniement des voiles. Chacun devait mettre la main à la pâte. Eltlxar s'installa à la place du rameur. Ses plumes ondoyaient sous l'effet des variations de couleur, alors qu'il s'apprêtait à pagayer en utilisant l'immense omoplate d'un animal de proie quelconque. Eztar et Mikel se saisirent des rames du côté opposé. Seul Ket refusa de faire quoi que ce soit ; il préférait demeurer debout à la proue, en serrant l'Arche contre lui comme si elle refermait une créature vivante.

L'eau bleu-vert qui formait de grandes vagues paresseuses sous l'embarcation avait un aspect opaque, dense. Mikel s'attendait presque à se retrouver enlisé, mais leur étroite embarcation se frayait prudemment un chemin vers le large. Le front d'Ayne était plissé par la concentration, tandis que les rameurs s'escrimaient, pliés en deux.

« Doucement ! Doucement ! » leur cria-t-il.

Iker se penchait par-dessus la proue, prêt à signaler tout ce qu'il voyait. La baie était profonde, mais des morceaux de glace flottant à la surface rendaient la manœuvre dangereuse.

Alors qu'ils s'éloignaient laborieusement de la côte, Mikel se retourna pour regarder la silhouette irrégulière de la cité qui longeait les hautes et sombres falaises. Les murailles et les tours, les toits carrés et les ziggourats massives semblaient se dissoudre dans le décor, jusqu'à devenir indissociables des formations naturelles du paysage.

Tournant le dos à la terre, Mikel reporta son attention sur la coque qui fendait l'eau épaisse : un ensemble bigarré de peaux aux couleurs et aux textures diverses : marron, jaunes, vertes, striées de noir, tachetées de rouge et de bleu. Il fit courir sa main sur le flanc, tapissé de protubérances et de piquants ; les peaux étaient parfois aussi rugueuses qu'une poignée de galets, ou au contraire aussi douces qu'un serpent. C'était comme s'ils emmenaient avec eux tous ces animaux morts. Peut-être n'y avait-il rien de semblable sur tout l'océan. Il contempla la mer immense. Il n'avait pas oublié la promesse faite à la Mère. C'était impossible.

Ils approchaient de l'embouchure du port. Là, l'eau très profonde ressemblait à une obscurité huileuse, comme du noir de fumée. Des blocs de glace aveuglants dérivaient.

Enfin, le bateau s'élança pour rejoindre la houle de l'Océan du Sud. Leur voyage commençait.

Ket s'était assis sur le fond de la coque. Il paraissait absorbé, loin des autres. Il fredonnait en caressant la boîte qu'il serrait toujours contre sa poitrine. Il avait réussi à fuir ! Il était désormais prêt à entreprendre l'étape suivante avec tout le savoir contenu dans ce coffre en os, à changer de forme, à réveiller le serpent du monde, à devenir un dieu. Grâce à la force de la bête, ajoutée à sa ruse humaine, qui pourrait se dresser devant lui ? Personne ! Il était prêt à conquérir de nouveaux mondes.

Ket continuait à chantonner, mais Mikel refusait de laisser sa voix de shaman pénétrer dans sa conscience. Une fois qu'ils auraient franchi le Cap des Âmes, il chanterait sa propre chanson.

XVIII

Nos sorts étaient liés ; la survie de chacun dépendait des autres, ennemi ou ami. Je pilotai le bateau de mon mieux en faisant confiance à Mikel et à sa chanson.

LE TESTAMENT DE STONE – BRICE AMBROSE STONE

Mikel reçut une réponse seulement lorsqu'ils furent loin de la terre. Ayne et Iker étaient d'excellents marins : Iker savait capter le vent dans ses voiles et Ayne suivait les courants les plus forts. Ils passèrent très à l'ouest du Cap des Âmes afin d'éviter les perturbations et naviguèrent entre les blocs de glace qui dérivaient du sud. Les journées se succédaient, mais Mikel demeurait dans la même position, sans cesser de chanter.

À l'aube du troisième jour, alors que la lumière qui filtrait à l'horizon striait la mer de traînées orange et jaunes,

Eztar décida de rejoindre Mikel. Elle aperçut sa silhouette sombre à la prouc, à sa place habituelle. Elle avait fait ce qu'il lui avait demandé, tout était prêt, mais il ne bougeait toujours pas. Autant qu'elle pouvait en juger, il n'avait rien mangé ni bu, il n'avait pas fermé l'œil. Il ne s'était même pas levé une seule fois pour se soulager. Il était plongé dans une sorte de transe.

Soudain, il remua. Il adressa à la jeune fille un petit signe de tête accompagné d'un demi-sourire, et il déplia ses membres. Il voulut se lever, mais tituba. Si Eztar n'avait pas été là pour le retenir, il serait tombé. Il s'appuya contre elle, le temps de retrouver son équilibre, puis la repoussa. « Tout est prêt ? » demanda-t-il.

Elle hocha la tête. Alors, il s'allongea sur une grosse gourde en peau, à côté d'Iker. Eztar et lui firent semblant de dormir, en enlaçant l'outre gonflée d'air comme si c'était un oreiller.

« Quand ? » chuchota Eztar.

Mikel sourit. « Bientôt. »

Lorsqu'il donna le signal, Ayne attacha la barre avec une corde pour aller s'installer à l'arrière du bateau, les bras noués autour d'une gourde. Ket, quant à lui, avait toujours l'esprit ailleurs. Eltlxar semblait somnoler. Nul n'entendait rien, hormis le clapotis des vagues contre les flancs de la coque en peau, mais pour Mikel, le bruit ne cessait de s'amplifier, jusqu'à devenir insupportable. Il avait envie de se boucher les oreilles, mais il savait que cela ne suffirait pas à étouffer ces sons atroces.

Soudain, le bruit s'arrêta.

La baleine, à demi immergée, percuta le bateau avec

son énorme tête plate. La frêle embarcation tournoya comme si elle était faite de feuilles tressées. Mikel et ses compagnons s'étaient préparés au choc, mais la créature et le prêtre furent pris par surprise. Ce qui suivit fut aussi bref que l'attaque. L'immense mammifère marin fendait les flots de son dos lisse et gris, tandis que le bateau s'immobilisait peu à peu. Ket et Eltlxar s'étaient levés ; ils essayaient encore de comprendre ce qui s'était passé, lorsque les lobes jumeaux de l'énorme queue de la baleine s'abattirent sur l'embarcation.

Celle-ci fut alors projetée hors de l'eau et renvoyée vers la côte, sans équipage ni passagers. Tout le monde était tombé à la mer. Eztar s'accrocha à sa gourde, dans un pur réflexe de survie. Eltlxar et Ket n'eurent pas cette chance. Ils n'avaient rien pour s'accrocher et aucun des deux ne savait nager. Alourdis par leurs manteaux épais et leurs plumes gorgées d'eau, ils coulèrent comme des pierres.

La baleine refit surface et poussa le bateau, en douceur cette fois, jusqu'à ce que les naufragés puissent abandonner leurs outres gonflées et remonter à bord. La majeure partie de la cargaison, solidement arrimée, était encore en place. Il y avait même des vêtements secs. Mikel s'adossa à la coque, vidé par le contrecoup du soulagement.

Il ne savait pas combien de temps ils survivraient sur ces mers immenses et glacées, s'ils reverraient la terre un jour, ni même s'ils achèveraient leur voyage ; mais à ses yeux, cela n'avait pas d'importance. Le règne des bêtes était terminé. Elles n'avaient pas réussi à quitter l'île. Il aida Eztar à sortir les œufs de l'endroit où Eltlxar les avait entreposés. C'étaient des œufs énormes, de la taille d'un avant-bras, au moins. Ils brisèrent les coquilles épaisses et alvéolées et déversèrent le contenu par-dessus bord : des sacs de membranes jaunes et marron, striées de rouge et de petits amas de chair grisâtre.

Ket dansait sur les flots ; il avait été ramené à la surface par le coffret en ivoire fixé sur sa poitrine. Il se débarrassa de son lourd manteau détrempé, de sa cape de plumes et se mit à patauger. Le bateau n'était pas très loin.

À bord, nul ne le vit approcher. Chacun était trop préoccupé par sa propre survie : il fallait enfiler des vêtements secs et allumer un feu dans le foyer en pierre. Ils entendirent un grand plouf. L'arrière du bateau fit une embardée. Mikel envoya un message de remerciement à la baleine, persuadé que ce mouvement signalait le départ du cétacé.

Mais soudain, Iker poussa un cri. Ket essayait de monter à bord ! Ayne libéra un aviron et frappa le prêtre à la tête. Malgré la violence du coup, Ket resta accroché. Ayne jeta l'aviron pour l'attaquer à mains nues. La frêle embarcation se mit à tanguer. Les autres demeurèrent pétrifiés pendant qu'ils luttaient au corps à corps ; le moindre pas dans leur direction aurait fait chavirer le bateau. Ils ne purent qu'assister, horrifiés, au spectacle des deux hommes basculant par-dessus bord, accrochés l'un à l'autre.

Ils disparurent sous les flots, en se tenant toujours par la gorge. Peu à peu, l'étau des mains de Ket se desserra. Il détacha le coffret et le regarda s'éloigner en ballotant sur l'eau. Ses yeux se révulsèrent, son corps s'enfonça dans les profondeurs, tandis que son esprit l'abandonnait. L'Arche étant creuse, elle ne coulerait pas ; elle flotterait à la surface de l'océan. Le précieux crâne trouverait le chemin du rivage, où il serait conservé et protégé, des siècles durant, jusqu'à ce que l'heure de Ket sonne à nouveau. Alors, il le récupèrerait, car, désormais, il connaissait son secret.

CHAPITRE 33

Étranger sur une terre étrangère

Je le regardai s'éloigner en flottant ; des bulles s'échappaient de sa bouche, son visage blanc n'était plus qu'une tache floue qui scintillait dans les profondeurs bleu-vert. Je remontai à la surface et regardai autour de moi. Je n'aperçus aucun signe de mes compagnons à bord de leur petite embarcation. La houle s'était levée et je ne voyais pas grand-chose au-delà de la première vague et de la suivante. Je me retrouvais seul dans cet immense océan glacé, mais l'instinct de survie est puissant en chacun de nous. Je nouai mes bras autour d'un morceau d'épave qui passait à ma portée et m'en servis comme d'un flotteur. Il me fallut un certain temps pour m'apercevoir que je m'accrochais à l'Arche tant convoitée par Ket. Je la croyais définitivement engloutie, avec son propriétaire. Et voilà que c'était la seule chose qui m'empêchait d'être enseveli par les eaux. Fallait-il y voir un pied de nez du diable ? Malgré tout, je savais où était mon devoir. Mes doigts tremblants et engourdis forcèrent le loquet qui fermait le couvercle, et je déversai le méprisable contenu dans les abîmes. Je regardai le crâne s'enfoncer, vite avalé par la mer. Il était venu des ténèbres, il y retournait. Je m'empressai de refermer le couvercle avant que l'eau s'engouffre dans le coffret, et parvins à flotter suffisamment longtemps pour agripper une des voiles de rechange qui était tombée de notre étrange bateau. Fine, mais résistante, elle s'était déployée et, recourbée par l'armature en os, elle était assez légère pour flotter toute seule. Rassemblant mes dernières forces, je me hissai dessus et me laissai tomber au creux de ce curieux canot. Je contemplai le ciel. Des rubans de nuages passaient à une vitesse irréelle, me semblait-il, et je restai allongé là, à penser à Lockwood et aux petites embarcations qu'il m'avait décrites, naviguant sur les rivières de son Pays de Galles adoré, sous un ciel agité. J'ignorais quel sort m'était réservé. Je ne m'attendais pas à survivre, et il m'était égal de mourir. J'avais effectué mon travail.

LE TESTAMENT DE STONE – BRICE AMBROSE STONE

Abraham Black n'arrivait pas à garder les yeux ouverts. Il avait du mal à fixer son attention sur la fin du manuscrit posé sur ses genoux. Il desserra sa cravate noire à rayures, défit le premier bouton de sa chemise à carreaux couleur crème et déboutonna le gilet de son costume en tweed. Il n'était pas vraiment habillé pour une visite à l'hôpital ; il faisait chaud et il n'y avait pas d'air. Les fenêtres s'entrouvraient de quelques centimètres à peine. Pour la santé et la sécurité des patients sans doute, pensait-il. Toujours est-il que ces mesures rendaient l'atmosphère inconfortable pour les personnes bien portantes en tenue de ville. Il remarqua que les roses piquaient du nez dans le vase. Elles n'avaient pas duré longtemps. Il faudrait que Catherine les remplace. Elle tenait à ce qu'il y ait toujours des roses jaunes dans la chambre.

Abraham Black aurait aimé se lever, se dégourdir les jambes, aller prendre l'air, boire un café, n'importe quoi qui l'aide à rester éveillé ; il n'y avait que de l'eau tiède dans un broc en plastique. Mais il demeura à son poste. Aussi forte soit la tentation, il ne pouvait pas s'absenter maintenant. Son fils avait été admis à l'hôpital pour rectifier une légère malformation au pied, mais un problème était survenu durant l'opération, pourtant banale, et depuis Adam se trouvait dans le coma.

Abraham Black avait promis de rester jusqu'au retour de son épouse. D'ailleurs, où était-elle ? Il sortit sa montre de gousset. Catherine aurait dû venir le relever depuis dix minutes déjà. Il reporta son attention sur le manuscrit. Ça suffisait pour aujourd'hui. L'histoire touchait à sa fin. Il ouvrit la petite mallette en cuir posée à ses pieds, afin d'y ranger les documents. Elle avait appartenu à Aurel Lockwood ; il l'avait achetée dans une vente aux enchères.

Il aimait y conserver le carnet et le Testament de Stone ; cela lui semblait approprié. C'était de l'affectation, presque de la superstition. Car Abraham Black était du genre superstitieux, surtout dans son travail. Chez lui, les stylos, par exemple, et tous les objets qui s'y rattachaient, prenaient des aspects de talismans. Comme les mallettes. Cette superstition s'étendait à d'autres domaines. Ainsi, il venait s'asseoir ici chaque jour, dans ce fauteuil, pour lire à Adam des passages du carnet bleu : la correspondance, le Manuscrit de Lascaris et le Testament de Stone, la totalité autrement dit. Il était presque arrivé à la fin du Testament et il se disait que...

Qu'importe ce qu'il se disait. C'était idiot, comme un enfant qui évite de marcher sur les fissures du trottoir ou qui compte les voitures en se rendant à l'école. Comment l'état de son fils pouvait-il dépendre de la fin d'une histoire ? Il le faisait autrefois. Il comptait les objets. Pairs ou impairs. Est-ce que ça changeait vraiment quelque chose ? Il ne se souvenait même plus ce qui était bon signe ou mauvais signe. Catherine avait certainement raison : il perdait son temps. Dans un soupir, il rassembla soigneusement les feuilles volantes. S'il s'assoupissait, elles risquaient de se retrouver éparpillées par terre ; ce serait une corvée de tout remettre dans le bon ordre.

Son épouse colla son nez au hublot découpé dans la porte avant d'entrer dans la chambre. Munies de revêtement plastique, les portes s'ouvraient et se fermaient sans bruit. Catherine se lava les mains avec le gel antiseptique contenu dans le distributeur fixé au mur et avança le plus silencieusement possible. Ils dormaient l'un et l'autre : le père et le fils. Elle écouta le léger ronflement régulier de son mari et le souffle un peu plus laborieux, entrecoupé, qui sortait du régulateur chargé de contrôler la respiration du garçon alité.

Elle se surprit à retenir son propre souffle. Puis elle s'approcha de son mari, la main tendue, prête à le réveiller. Avant cela, elle repoussa ses longs cheveux roux et regarda, par-dessus l'épaule d'Abraham, les feuilles étalées sur ses genoux.

Je ne me souviens donc pas comment je me retrouvai échoué sur ce rivage sombre et sinistre.

Était-ce une lecture appropriée ? Bah, se dit-elle, Adam n'avait pas entendu un seul mot de ce récit de toute façon, alors quelle importance ? Elle se reprocha aussitôt son pessimisme. Les médecins leur avaient expliqué que toute forme de stimulation pouvait se révéler utile. C'est pourquoi la télé restait allumée, et on les avait encouragés à lui faire la lecture, à lui parler, de n'importe quoi, et même à chanter. D'autres personnes venaient les seconder, pour les soulager un peu, mais c'était stressant de trouver des choses à dire, sans jamais obtenir de réactions en retour. Alors, Abraham avait commencé à lui lire les documents sur lesquels il travaillait. Certes, cela pouvait sembler curieux, compte tenu de son domaine de recherches, mais c'était quand même mieux que de rester assis dans le silence, à écouter le bruit des machines.

Catherine secoua l'épaule de son mari, qui se réveilla en sursaut.

« J'ai loupé quelque chose ? Il y a du nouveau ? »

Elle fit non de la tête.

« Désolé. J'ai dû m'endormir. »

Il paraissait fatigué ; la peau sous ses yeux était grise et fripée comme du papier de soie. Et âgé. Ce qui était arrivé à Adam l'avait fait vieillir d'un coup. Il avait le visage émacié, les traits encore plus creusés, le dessus de ses mains était parsemé de taches de vieillesse.

« Va te chercher un café, dit Catherine en s'asseyant à la place de son mari. Et n'oublie pas de manger quelque chose », ajouta-t-elle, en sachant qu'il ne le ferait pas.

Il ne pouvait plus respirer. Il étouffait. Le bateau avait dû chavirer à nouveau et tous les projeter à l'eau, comme Ayne et Ket. Il ouvrit les yeux et, pendant un moment, il ne vit plus rien. L'obscurité l'entourait. Sans doute s'était-il enfoncé dans les profondeurs. Il se débattit, ne sachant plus où étaient le haut et le bas. Mais soudain, il aperçut une lumière au-dessus de lui ! Il n'avait plus qu'à nager furieusement dans cette direction. C'était tout ce qu'il avait à faire...

Catherine demeura paralysée, juste une seconde. Après tant de journées d'immobilité totale, Adam s'agitait dans son lit comme un saumon. Elle appuya sur le bouton d'appel, et la chambre fut aussitôt envahie. Les médecins et les infirmières débranchèrent le respirateur artificiel pour lui permettre de respirer normalement et vérifièrent les données des autres machines. Tous les signes vitaux s'étaient renforcés. Adam regardait autour de lui, hébété, les yeux écarquillés ; il essayait de deviner la cause de cette agitation. Son esprit, resté à mille lieux de là, ne comprenait pas. Il toussa et voulut se redresser dans son lit, mais c'était au-dessus de ses forces. Il retomba sur ses oreillers, pendant qu'un médecin muni d'un ophtalmoscope sondait ses pupilles, l'une après l'autre. Catherine, écartée par le personnel médical, assistait à tout cela en ne pensant qu'à une seule chose : « Il est vivant ! » Pendant tout ce temps, elle n'avait pas voulu croire que c'était son fils qui se trouvait dans ce lit. Maintenant, non seulement Adam était revenu, mais il était vivant ! Elle ne sentait même pas les larmes qui coulaient sur son visage.

« Où est votre mari ? » demanda l'infirmière en posant sa main sur son bras.

Catherine secoua la tête. Elle n'arrivait pas à détacher son regard du lit.

« Il a dû aller boire un café, dit l'infirmière en répondant elle-même à sa question. Je vais aller le chercher. Il faut qu'il soit là. » Elle quitta la chambre.

Catherine aurait aimé qu'ils s'en aillent tous. Elle voulait être seule avec son fils.

« Faites-lui boire de petites gorgées d'eau, dit un infirmier en lui tendant un gobelet en plastique. Mais pas trop, il est encore hydraté par perfusion. »

Catherine s'approcha du lit pour aider Adam à se redresser. Ses muscles avaient fondu et il paraissait tout léger dans ses bras ; il était redevenu un petit garçon. Il toussa, et elle l'aida à avaler un peu d'eau. Il but avec reconnaissance, avant de se tourner vers sa mère pour parler. Sa voix n'était qu'un murmure, éraillé par le tube qui était resté longtemps enfoncé dans sa gorge.

« Vous êtes qui ? » demanda-t-il.

CHAPITRE 34

Retrouvailles

Un homme entra. Il était grand et mince, rasé de près et habillé d'une manière démodée d'un costume beige en tweed, avec un gilet par-dessus une chemise à carreaux couleur crème et une cravate sombre. Ses grosses chaussures impeccablement cirées craquèrent lorsqu'il approcha du lit. Quand il se pencha, ses cheveux tombèrent devant les yeux ; ils étaient presque entièrement gris, même si on apercevait encore quelques mèches blondes sur les côtés. Il les repoussa sur son front, d'un geste caractéristique.

« Salut, fiston », dit-il.

Les larmes accumulées dans ses yeux gris débordèrent

quand il cligna des paupières et coulèrent sur son visage ridé. L'une d'elles s'écrasa sur la main d'Adam ; elle était chaude.

Cet homme lui rappelait quelqu'un, mais Adam n'arrivait pas à savoir qui.

« Il est peut-être un peu désorienté. » Le médecin parlait de lui comme s'il n'était pas dans la chambre. « C'est normal », ajouta-t-il.

Adam ferma les yeux. Il se sentait incroyablement fatigué. Sa tête était remplie d'un fatras de souvenirs et d'images étranges. Rien de tout cela ne semblait appartenir à la personne qu'il était désormais. Il aurait voulu que tous ces gens s'en aillent.

« Oui, beaucoup de sommeil, disait quelqu'un. C'est ce qu'il y a de mieux dans son état. »

La porte se referma dans un chuintement. Adam avait vu son vœu s'exaucer.

Sa chambre était séparée du couloir par une paroi en verre dépoli derrière laquelle les gens lui apparaissaient déformés et flous. Il distinguait des silhouettes : l'homme et la femme qui disaient être ses parents, en train de discuter avec le médecin. Adam remonta le drap jusqu'au menton. Il sentait qu'il allait s'endormir, bien que cela puisse se révéler dangereux. Et si jamais il ne pouvait plus revenir ? songeait-il. D'un autre côté, le sommeil le ramènerait peut-être dans une vie qui lui paraissait plus réelle que celle-ci.

Qu'est-ce qui *était* réel, d'abord ? Cet endroit-ci ou celui qu'il avait quitté il y a peu ? Des bribes de souvenirs lui revenaient, comme une impression de déjà-vu. Mais ces gens, qui étaient-ils ? Ses parents sans doute. Pourtant, il ne se souvenait pas d'eux... Il ferma les yeux pour tenter de repousser des larmes de peur et de frustration. Les images de cet autre endroit commençaient à disparaître, telle la neige par une journée de printemps. Bientôt, il serait nulle part.

D'autres voix le réveillèrent. Des gens semblaient se disputer.

« Relax, OK ? Je veux juste le voir une minute. Je vais rien lui faire ! »

La porte s'ouvrit à la volée. Un garçon entra.

« Salut, mec ! Ça roule ? »

Ses tresses se déversèrent sur ses épaules quand il ôta sa capuche. Un large sourire fendit son visage à la peau sombre.

Adam lui rendit son sourire, ce qui provoqua une grimace de douleur. Il connaissait ce garçon.

« T'es resté dans les vapes un bon bout de temps. » Le garçon s'approcha pour lui donner une poignée de mains, en prenant soin de ne pas arracher la perfusion. « Ça fait rudement plaisir de te revoir parmi nous.

– Combien de temps ? » demanda Adam d'une voix encore éraillée.

Il se racla la gorge. Ça faisait mal. Le garçon prit un air inquiet.

« Hé, vas-y mollo, mec. Tu veux que j'appelle une infirmière ?

– Non, non », répondit Adam.

Ils allaient tous débouler dans la chambre, et le garçon serait flanqué à la porte, or il devait absolument lui parler. Lui seul, pensait-il, pourrait lui expliquer ce qui s'était réellement passé.

« Donne-moi juste un peu d'eau.

– Bois pas ces saloperies de l'hôpital. C'est de la pisse d'âne recyclée. » Il remplit un gobelet avec l'eau d'une petite bouteille en plastique sur laquelle coulaient encore des gouttes de condensation. « Tiens. J'ai pris ça dans un distributeur, dehors. »

Adam but avec bonheur ; il avait l'impression que l'eau fraîche et pure apaisait sa gorge en feu.

« Combien de temps je suis resté dans le coma ? »

Le garçon s'assit dans le fauteuil près du lit et étendit ses jambes.

« Je sais pas exactement, mais un bon moment. C'est bientôt Noël. »

Adam remarqua alors les cartes punaisées sur le panneau de liège, des pingouins chantant des chants de Noël et des pères Noël sur des skate-boards, et les guirlandes suspendues dans le couloir. Une angoisse soudaine, proche de la panique, monta en lui. Décembre. Le solstice. Cela avait une signification. Mais quand il essaya de s'en souvenir, cette pensée lui échappa comme un poisson dans une rivière.

« Ils... commença le garçon aux tresses, avant de s'arrêter, ne sachant pas s'il devait en dire plus. Content de voir que tu t'en es tiré.

– Je sais que ça va te sembler idiot, dit Adam à voix basse, mais... Je te connais ? J'ai l'impression que oui.

– Je m'appelle Kris. J'étais à l'hôpital, moi aussi. Je me suis fait renverser sur mon vélo. » Il rit. « C'est débile. » Il repoussa ses longues tresses pour montrer l'endroit où on lui avait rasé la tête. « Fracture du crâne. J'étais dans les pommes, moi aussi. Mais moins longtemps que toi.

– Je suis sûr de t'avoir vu ailleurs.

– Possible. » Le garçon se pencha en avant et inclina la tête sur le côté ; les perles qui ornaient ses tresses s'entrechoquèrent. « Ça se peut.

– Quand... quand tu étais inconscient, demanda Adam, hésitant, est-ce que tu rêvais ? Tu rêvais que tu étais ailleurs ? »

Kris le regarda. « Peut-être. C'est assez flou, à vrai dire. Je sais pas trop. J'ai rien dit à personne, pour pas qu'ils me croient fou et qu'ils me gardent plus longtemps. Sauf à ma grand-mère. À elle, je lui ai raconté.

– Ta grand-mère ?

– Ouais. Elle est au bout du couloir, en train de discuter avec tes parents.

– Qu'est-ce qu'elle a dit ?

– Elle est futée. Elle sait des trucs. Elle a dit... » Il se leva et se mit à arpenter la chambre, très agité tout à coup. « C'est difficile à expliquer. Peut-être qu'elle t'en parlera elle-même, un jour. Hé ! s'exclama-t-il en prenant le manuscrit que le père d'Adam avait laissé sur la table de chevet. Elle est géniale, cette histoire. Il te l'a lue. Ton père. Ce bonhomme, c'est un... » Il hésita une fois de plus, comme s'il ne trouvait pas les mots exacts pour le qualifier. « C'est un tas de choses, mais surtout, c'est un type rudement intelligent. Il bosse dans un musée et tout ça. Il m'a raconté. Sans dec'. J'étais là quand il te faisait la lecture. Pas seulement ce machin, d'autres trucs aussi. Un vieux bouquin sur lequel il bossait. »

Kris marcha vers la fenêtre et resta muet quelques instants. Quand il se retourna, son visage était grave. Il parla à voix basse, sur un ton de conspirateur.

« Tout est là-dedans, mon pote. Mes rêves. Les tiens. » Il baissa encore la voix. « Ils pensaient que ce Stone était maboule, lui aussi. »

Les questions se bousculaient dans la tête d'Adam. Il ne savait pas par laquelle commencer. Finalement, il n'en posa aucune car une infirmière entra à ce moment-là.

« Qu'est-ce que tu fiches ici, toi ? Allez, ouste ! » ordonna-t-elle.

C'était inutile, Kris se dirigeait déjà vers la sortie.

« Hé ! Non ! » s'écria Adam. Il voulut se lever. « Attends ! »

L'infirmière l'obligea à se rallonger.

« Reste calme. Tu as eu ta dose d'excitation pour la journée. Tiens, avale ça. »

Elle lui tendit des pilules dans un petit gobelet.

« C'est pour quoi faire ?

– Pour t'aider à dormir.

– J'ai déjà dormi ! » Adam avait haussé la voix. « Je ne veux plus dormir. »

Il observa l'infirmière penchée au-dessus de lui. Elle avait quelque chose de familier. Il se souvenait de l'avoir déjà vue, sans savoir à quoi correspondait cet « avant ».

« Je les prendrai seulement si vous me dites un truc », déclara-t-il.

L'infirmière soupira ; elle espérait que ce ne serait pas trop compliqué. Habituellement, quand des personnes sortaient du coma, elles étaient désorientées, mais dociles. Ce jeune garçon ne rentrait pas dans cette catégorie. Elle posa le gobelet de médicaments et entreprit de redresser le lit.

« Que veux-tu savoir ? demanda-t-elle.

– Pour commencer, qu'est-ce qui m'est arrivé ?

– Tu as été admis ici pour une banale intervention à la jambe. Mais il y a eu des complications en salle d'opération, au niveau de l'anesthésie. Un appareil défectueux a provoqué un accident grave...

– Ça veut dire quoi ?

– Ton cerveau a été privé d'oxygène et...

– J'ai failli mourir ?

– Oui, dit-elle en hochant la tête. C'est un peu brutal, mais ça résume bien la situation. Bon, allez, dit-elle en s'approchant de lui. Il faut...

– Non, attendez ! Il y a autre chose que je veux savoir. C'est vous qui vous occupiez de moi le jour de l'opération. Je m'en souviens.

– Exact ! » confirma-t-elle d'un ton faussement enjoué. Le coma pouvait provoquer des pertes de mémoire. Il fallait encourager les patients. « Tu t'en souviens, bravo ! »

Adam acquiesça. D'autres choses lui revenaient à l'esprit maintenant.

« Il y avait une fille... dit-il.

– Une fille ? Quelle fille ?

– On l'avait amenée ici à la suite d'un empoisonnement collectif. Vous m'avez parlé d'elle.

– Un empoisonnement collectif ? »

Son front se plissa. Voilà qu'il recommençait à perdre les pédales, pensa-t-elle.

« Oui ! Tous ces gens qui se sont suicidés ! Ils appartenaient à un mouvement religieux. » Son cerveau engourdi luttait pour se souvenir du nom de la secte. « Les Enfants de quelque chose... de la Sixième Aube ! On en a parlé.

– Comme "les Portes du Paradis", tu veux dire ?

– Oui », répondit Adam, bien qu'il n'ait jamais entendu parler de cette secte.

L'infirmière secoua la tête.

« Je m'en serais souvenue, dit-elle. Surtout maintenant.

– Pourquoi surtout maintenant ?

– Il paraît que la fin du monde est pour demain. C'est une date particulière ou un truc comme ça. Ils ne parlent que de ça dans les journaux. Et à la télé. Mon amie Judith est morte d'inquiétude. Elle y croit dur comme fer ! Elle a même failli faire euthanasier son chat. Je lui ai dit que c'étaient des foutaises, tout ça. »

Le solstice d'hiver approchait. La Convergence Cosmique. Ce n'était pas une plaisanterie, il voulait le lui dire, mais à quoi bon ? Elle penserait certainement qu'il délirait ou bien, comme l'avait dit le médecin, qu'il était désorienté. De plus, que pouvait-il y faire ? L'angoisse des premiers temps avait cédé la place à un fatalisme teinté de lassitude. Ce qui devait arriver arriverait.

« Laisse-moi t'installer confortablement, dit l'infirmière en s'affairant de nouveau autour du lit. Il n'y a pas d'Enfants de je ne sais quoi. Et il n'y a pas de fille.

– Aucune ? »

Adam se laissa retomber sur ses oreillers, découragé. Il semblait sur le point d'éclater en sanglots.

L'infirmière secoua la tête. Des larmes brillèrent dans les yeux du garçon. Il battit des paupières pour les chasser, puis regarda à travers ses cils humides.

« Attends voir, reprit l'infirmière. Il y avait une fille, en effet. Ça me revient. Un peu plus âgée que toi. » Elle lui tendit un mouchoir en papier. « Elle est arrivée à peu près en même temps que toi. C'est peut-être à elle que tu penses. Elle s'était évanouie dans la rue. Une clandestine qui vivait dans des conditions déplorables. Elle était dans un sale état, la pauvre. Les médecins n'arrivaient pas à déterminer de quoi elle souffrait. Sa numérotation globulaire était très basse. Elle est restée un bon moment, le temps qu'ils trouvent un traitement. Elle est venue te rendre visite deux ou trois fois.

– Elle était comment ?

– Grande. Très jolie. Belle, même. Avec des cheveux châtain clair. Et des yeux incroyables. Comme cette jeune Afghane sur le poster. Elle venait d'Ouzbékistan ou un truc dans ce coin-là.

– Qu'est-elle devenue ?

– Le jeune Noir avec qui tu discutais tout à l'heure, c'est sa grand-mère qui l'a recueillie. Une femme adorable. Très gentille. Elle aussi, elle t'a rendu visite. Avec son petit-fils. Presque tous les jours. La fille doit encore être avec eux, je suppose. Ça va prendre du temps avant qu'ils décident si elle peut rester ici ou pas. Allez... » Elle agita les médicaments dans le gobelet. « Avale-moi ça. Après un bon dodo, tu te sentiras mieux. »

Cette fois, Adam ne résista pas. Il avala les comprimés sans protester. Il avait envie de plonger dans le sommeil. Il s'était réveillé dans un cauchemar. Dormir était la seule façon de le quitter.

Dans l'espace entre l'état de veille et le sommeil, il comprit ce qui allait se passer, mais les médicaments l'empêchaient de remonter vers la conscience.

Il était revenu au début. Au milieu des tourbillons de neige, il ne pouvait qu'entrevoir ce scintillement noir dont il savait que c'était la mer.

Il entendit approcher derrière lui le pas léger et lent, et le poignard qui ballottait dans son étui, mais il ne se retourna pas, il ne tressaillit même pas. Il demeura assis, le regard fixé droit devant lui ; il attendit. Le poignard ne quitterait pas son étui. Elle allait basculer dans le vide, devant lui, et elle tomberait longtemps, aussi gracieuse qu'un oiseau car elle avait toujours fait les choses avec grâce. Puis elle serait engloutie par l'Œil de la Mer. Celui-ci cesserait alors de tourner. Les flots s'apaiseraient et il redescendrait, douloureusement et lentement, en boitant, jusqu'à une petite anse en forme de demi-lune.

À cet endroit, l'eau est profonde, abritée par des falaises en saillie. Il attendra, enveloppé dans sa cape, que les bateaux viennent le chercher. Un jour s'écoulera, deux peut-être, puis son père et lui seront enfin réunis, comme ils en étaient convenus, avant que l'arrivée des Dieux Sauvages bouleverse tout. Ils prendront le large, alors que la journée s'achèvera ; ils traverseront les océans et abandonneront derrière eux cette terre maudite, à tout jamais, en se laissant guider par les étoiles et le chant des baleines.

« Viens ! murmure-t-elle à son oreille. Nous devons faire ça ensemble. Viens. » Elle l'aide à se mettre debout. « Viens. »

Elle prend sa main dans ıa sienne. Elle la serre très fort. Quelque chose lui rentre dans la paume ; ça fait mal.

« N'aie pas peur », dit-elle, mais il la sent trembler.

Ils se tiennent au bord de la falaise maintenant.

« Nous allons voler. » Elle lève leurs bras joints pour adresser un salut à la Déesse. « Nous allons voler comme des oiseaux. »

Elle abaisse son bras, et le sien en même temps. C'est le signal. Le moment est venu. Il devrait plonger dans le vide comme un oiseau qui descend en piqué, il devrait s'enfoncer dans les ténèbres comme les baleines qui sondent les profondeurs, dans le froid qui durera éternellement, mais il n'a pas la sensation de tomber ; il ressent uniquement une incroyable légèreté, il a l'impression d'être une plume de duvet portée par le vent, pour toujours.

Tout en bas, un bateau surgit du maelström d'eau tourbillonnante et l'Œil s'immobilise. Les flots sont maintenant aussi lisses qu'un miroir sombre. Une embarcation à la forme insolite glisse à la surface ; elle semble propulsée par un vent miraculeux. Trois passagers se tiennent à l'avant. C'est un moment à l'intérieur d'un moment, un message à l'intérieur d'une bouteille, car voilà qu'il se retrouve avec eux, entre Eztar et Iker. Ianna, l'étoile sœur, la pourvoyeuse de lumière, brille dans le ciel qui s'éclaire, et le soleil émerge telle une perle immense à travers les nappes de brume blanche et les bancs de nuages gris. Ils rient, ils s'enlacent, leurs voix s'élèvent à l'unisson car c'est un jour nouveau qui naît ; ils sont les enfants de l'étoile du Berger et ceci est leur chant.

CHAPITRE 35

Les divagations d'un fou

Quand il se réveille, sa mère et son père sont tous les deux dans la chambre. Son père lui tourne légèrement le dos ; il est en train de lire quelque chose à sa mère :

« *J'ignorais quel sort m'était réservé. Je ne m'attendais pas à survivre et il m'était égal de mourir. J'avais effectué mon travail.* La dernière phrase est manuscrite. » Il leva la feuille en question pour lui montrer. « *Ce qui a débuté il y a si longtemps est maintenant terminé. Comment de telles choses sont-elles possibles ?* "Divagations d'un fou", voilà ce que disait la lettre d'accompagnement.

– D'après ce que tu m'as dit, ils étaient fous tous les deux. Lui et l'autre. Comment s'appelait-il, déjà ?

– Lockwood, répond son mari en replongeant le nez dans sa lecture.

– Oui, exact », dit-elle avec un ricanement comme s'il s'agissait d'une petite plaisanterie.

Mais elle se tait brusquement et pose sa main sur le bras de son mari pour attirer son attention. D'un mouvement de tête, elle montre le lit dans lequel leur fils vient de se réveiller. L'angoisse apparaît dans son regard ; elle craint qu'il ne les reconnaisse pas. Ses yeux se mouillent de larmes, ses lèvres tremblent. Elle n'ose même pas parler.

Le père d'Adam se retourne vivement, en faisant tomber les feuilles du manuscrit et manquant de renverser sa chaise dans son empressement à se lever. Ses yeux gris sont aussi écarquillés que ceux de sa femme. Il ouvre la bouche pour dire quelque chose, puis la referme, comme s'il ne trouvait pas les mots. Son visage ridé se creuse davantage...

« Maman ? Papa ? »

Leur expression s'illumine. Ils semblent avoir rajeuni de plusieurs années. C'est incroyable les changements que la joie peut provoquer.

Les voilà à son chevet, penchés au-dessus de lui. Ils n'ont encore rien dit ; ils le touchent, c'est tout. Le bras, la joue.

« Comment te sens-tu ? demande enfin son père

– Bien. » Il leur sourit. « Je me sens bien.

– Un bon sommeil naturel. C'était ce qu'il te fallait. »

Sa mère serre sa main dans la sienne et il grimace.

« À part...

– Quoi donc ? demande-t-elle.

– À part ma main. Elle me fait mal. »

Il écarte les doigts pour leur montrer. La marque rouge, en forme d'abeille, semble avoir été imprimée au fer dans sa paume. Soudain, les larmes jaillissent. À sa grande honte, il se surprend à sangloter. Puis il commence à leur raconter tout ce qui s'est passé dans les Temps Anciens. C'est la seule façon qu'il a trouvée pour conserver ses souvenirs, pour les maintenir en vie. Mais il doit faire vite car déjà ils s'effacent. Chaque épisode disparaît à mesure qu'il le raconte, comme des empreintes de pas dans le sable, effacées par la marée montante.

Quand il a terminé, il se laisse retomber sur ses oreillers et il n'éprouve rien. Il se sent vide, uniquement. Après un long silence, sa mère s'adresse à son mari :

« Tous ces machins que tu lui as lus, je savais que ce n'était pas une bonne idée. »

Le père d'Adam écoute en silence ces critiques, cette condamnation. Puis il répond simplement :

« Les êtres humains trouveront toujours cette histoire. Ils découvrent leur propre lieu dans un récit formé de ce qu'ils entendent, ce qu'ils voient, ce qu'ils lisent, et même de leurs propres rêves. Adam s'est servi de ce que je lui lisais pour revenir jusqu'à nous. » Il regarde la ligne brillante sur l'écran de contrôle, qui a été, pendant si longtemps, le seul signe qu'Adam était toujours relié à la vie. « Comme le fil d'Ariane. Qui sait ce qui serait arrivé sans ce livre ? Peut-être lui a-t-il permis de sauver sa raison ? »

Peut-être a-t-il sauvé bien plus que ça. Ces paroles ont surgi directement dans l'esprit d'Adam. Il soulève les paupières et voit son père qui le regarde. Ses yeux gris sont remplis d'un immense savoir et d'une sorte de satisfaction. À cet instant, Adam comprend ce qu'est la vérité et ce qu'est la fiction. Son père pose son index sur ses lèvres puis sur le front de son fils, en un geste de bénédiction. Ils ne reparleront plus de tout ça.

CHAPITRE 36

Postface

Non loin de l'hôpital, dans ce qu'on appelle « le quartier du Temple », un vent soudain balaie l'un des nombreux chantiers de construction, soulevant une mince couche de poudre fine qui se dresse sous forme de tourbillons. Cette matière grisâtre est l'unique vestige de la distillation de toutes les choses malfaisantes, de toutes les sciences occultes, transformées en cristal. Les particules restent un instant suspendues, tel un scintillement pourpre dans le ciel, avant de retomber et de se disperser dans la vulgaire poussière.

REMERCIEMENTS

Ambrose Bierce, *De telles choses sont-elles possibles ?*, publié en 1893 à New York par The Cassell Publishing Company.
Stephen W. Hawking, *Une brève histoire du temps : du big bang aux trous noirs*, publié en 1988 par Bantam Press / 1989 par Flammarion.
Arthur Machen, « Le Peuple blanc », tiré de *La Maison des âmes*, publié en 1906 par Grant Richards (copyright © Arthur Machen, 1906).

J'aimerais également remercier les nombreuses personnes qui se sont intéressées à ce projet et m'ont apporté leur aide. Terry, comme toujours ; Janet et Cenfyn Hopkin ; Judith Smith ; Ismay Barwell, Jeff Thomas et Jenny Vial en Nouvelle-Zélande ; Dick Leith pour ses informations sur les langues ; Jackie D'Arcy pour ses conseils sur l'acupuncture, et enfin mon éditrice Kirsten Skidmore, qui a été là du début à la fin...

J'espère que les éventuels oublis me seront pardonnés...

LA PHOTOCOMPOSITION DE CET OUVRAGE
A ÉTÉ RÉALISÉE PAR
GRAPHIC HAINAUT
59163 CONDÉ-SUR-L'ESCAUT

IMPRESSION : CPI FIRMIN DIDOT À MESNIL-SUR-L'ESTRÉE
N° D'IMPRESSION : 92354 – OCTOBRE 2008
IMPRIMÉ EN FRANCE